U0797072

Staread
星文文化

以子之名

末夕 著

江苏凤凰文艺出版社
JIANGSU PHOENIX LITERATURE AND ART PUBLISHING

图书在版编目（CIP）数据

以子之名 / 未夕著 . -- 南京 : 江苏凤凰文艺出版社，2022.9

ISBN 978-7-5594-7099-7

Ⅰ. ①以… Ⅱ. ①未… Ⅲ. ①长篇小说－中国－当代 Ⅳ. ① I247.5

中国版本图书馆 CIP 数据核字 (2022) 第 151926 号

以子之名

未夕 著

选题策划 谢小禾
责任编辑 王昕宁
特约编辑 谢小禾 陈 纯
出版发行 江苏凤凰文艺出版社
南京市中央路 165 号，邮编：210009
网 址 http://www.jswenyi.com
印 刷 三河市嘉科万达彩色印刷有限公司
开 本 700 毫米 ×1000 毫米 1/16
印 张 23
字 数 374 千字
版 次 2022 年 9 月第 1 版
印 次 2022 年 9 月第 1 次印刷
书 号 ISBN 978-7-5594-7099-7
定 价 49.80 元

望　子

希望是鸟儿，栖在灵魂里。

唱着无词的乐曲，永无止息。

——艾米莉·狄金森

希望是万恶之首，

因为它持续人们痛苦的折磨。

——尼采

目录 CONTENTS

第一幕

杨柳和苏梁终于把婚给离了。

第二幕

她看到的都是一双双的脚，脚上头撑着一个一个的人，撑着各自还没有过完的一辈子。

第三幕

苏望在黑暗里说: 妈妈, 你放心, 我不会真跳楼的, 我没有那个勇气。我想活着。

第四幕

杨柳想，她一辈子都要背着这个不可告人的秘密活下去了。

第一幕

杨柳和苏梁终于把婚给离了。

第一章

杨柳和苏梁终于把婚给离了。

这事儿说起来拖了有一年多了。若是从一路的吵闹别扭不痛快算起来，那时间可更长了。

拖是一件消耗人心力的苦事，如一场慢性病似的消耗人的肉体与精力，使人颓丧焦灼、五心烦躁，杨柳怀疑自己可能得了离婚忧郁症。

每天一睁眼，躺在床上，身体没醒的时候心先醒了，这件事马上就爬上心头，如一条冰凉软腻的虫，不断地蠕动。一天里头，哪怕遇上再好的事儿，思绪一旦飘回到这事儿上头去，心情马上一灰，收拾不起来。

要说杨柳没有犹豫，急着逃出这段婚姻也不公平，她不是没有犹豫的，苏梁，到底是她爱过的人。

说起来，她似乎也没有爱上过别的什么人，所以当两个人吵得激烈时，苏梁说，我看你是外头有人了吧，这么迫不及待地想甩掉我？这种时候，杨柳会格外地愤怒。

她骂他，你放狗屁！你放狗屁！她甚至动了手，捶他的肩背，苏梁用手推挡她，他劲儿不大，也或许他并没有用真力气，但是她是用了的，太气愤了，她简直想把他的心挖出来看看是不是黑的，还是他根本没有心。他可以用任何一种烂俗的语言来攻击她，她全不在乎，只有这一条她绝不许他说。

因为那是最大的污蔑。

她没有爱过别人，即使是现在，要离婚了，也绝不是为了别的什么人。从头到尾她只有苏梁一个。

杨柳遇上苏梁的时候才十来岁，结婚时他们也不过都才二十二岁，还没到晚婚的年龄，连杨柳的妈都曾气呼呼地唠叨说，你们为什么这样着急，再多等一年不行吗？又不是……

杨柳知道自己妈是不大高兴的，无非是因为当时她有点儿钱不凑手，担心给女儿办了嫁妆要损失一大笔钱，儿子上学要急用钱该怎么办呢？

跟自家弟弟比起来，杨柳觉得自己在妈的眼里永远是轻如鸿毛。

杨柳一气之下，说我不要你给我办嫁妆，妈立刻轻松起来，杨柳都能听见她长长吐出的一口气。可是她还是说，多少嘛总要陪一点儿，要不你婆家也会有意见。

最后还是陪了点儿，杨柳爸也塞了些私房给她，老头子倒是眉开眼笑的。

他挺喜欢苏梁，说他人单纯，没有鬼心思。

那个时候的杨柳，傻头傻脑的，很快把这一点不如意抛得远远的，一门心思地快活着，眼睛明亮如两盏小灯泡，里头什么也没有，就映着一个苏梁。别说一年，她一天也不想等，心里好像有个小人在催促着，快点儿快点儿，在一起吧在一起吧。

那个时候，杨柳也并没有完全听懂妈的话，她是以姑娘之身嫁给苏梁的，那个时候他们是多么小多么单纯，近乎无知。他们同年，都是一九八五年生的，谈恋爱的时候只十八九岁，不过是孩子。

那段日子，杨柳跟苏梁约会，两个人死死地拉着手，手心里的汗流在一块儿，也会拥抱亲吻，总觉得不够啊不够啊，这样不够，不够，恨不得把对方揉进自己的身体里挤压到自己的血肉里。可他们也不晓得怎么做，有时候杨柳会忍不住用力地在苏梁的肩膀上咬一口，心里的那种渴望那股热蓬蓬的火苗才消下去一点儿，她便得意地笑了，苏梁抚着肩膀哎哟哎哟的，你咬我做什么，他说。

那个时候苏梁也很小很傻，比杨柳还小两个月，爱玩得不得了，有点儿无知，可是真年轻真可爱。

曾经也爱过的，不过现在还是要离。

杨柳想，以苏梁那种散漫拖拉的性子，在离婚这件事上拖泥带水纠缠不清也是正常的，更何况他身边还有一个妈做他的狗头军师。

好吧，离婚不外乎是一通又一通的吵闹，杨柳也想通了。在他们一通又一通吵闹的间隙，他们也数次坐下来协商。

其他都还好说，主要是一件事谈不拢。这件事就成了一个死扣，什么时候可以解开，杨柳就不知道了。

现在，杨柳不怕吵闹了，就怕这个死扣会永远地扣下去。

杨柳还记得，第一次，他们坐下来正式地谈离婚这个话题，是在一年多以前。

在苏梁妈妈家里。

杨柳常想，没有比这种事更荒唐的了，离婚本来是两个人的事，可是他们呢，却开起了圆桌会议。

可是什么荒唐的事放到苏家也就显得平常了。上阵父子兵是苏家的传统。杨柳的妈妈比较重男轻女，父亲又是个不管事的，所以从小她都是自管自，自己的事自己决定。但是苏家是完全另一种家训，什么事都要一家子共同参与，按婆婆的话说，多一个人多一个主意，但杨柳想，多一个人多一张嘴多一重是非。

苏梁妈妈家在一个旧式的小区里，二十世纪八十年代末九十年代初的房子，旧是旧点儿，难得的是地段好。楼与楼之间的距离比现在盖的房子要远些，中间有小花圃，种着些不上档次的树与花，通通落着一层灰，美是谈不上的，可是显得热闹，人气足。楼房是红砖墙，下水管子裸露着。墙上头爬满青藤，附近的野猫会顺着爬上爬下。青藤里头藏着壁虎，一到夏天，这些壁虎就会顺着青藤爬到人家的窗玻璃上，若是窗开着，还会爬进去，在冰箱或是橱柜上游走。刚结婚时，杨柳曾与苏梁在这里住过相当长的一段时间，有一回她半夜起来上厕所，一开灯就发现一只壁虎爬在床头板上，吓得杨柳尖叫不止。

苏家在四楼，好楼层，厅小，可是个明厅，有一扇大窗，晴天的夜晚可以看见很好的月亮，若是满月天，晚上起夜根本不用开客厅的灯，一地一墙的月光，亮刹刹的，像整个厅里汪着一池水。

那天，杨柳与苏梁还有苏家一家子坐在不大的客厅圆桌旁。苏梁的父亲去世得早，只有一个妈和一个大他许多的哥哥。

时隔不少日子，可杨柳还记得，当时苏梁他妈坐在当中，面南背北，苏梁坐她的左首边，他哥苏群坐她的右首边，杨柳暗想，她当自己是尊佛，两旁是哼哈二将呢。苏梁的嫂子许月娟坐在苏群的旁边。

杨柳正对着婆婆坐着，三堂会审似的，杨柳不由得挺了挺脊背，她是孤军奋战的，不得不打起十二万分的精神来，心里再慌，架子要搭起来，气势要十足十。

杨柳背后没有军师，她也没有咨询任何人，甚至没有通知自己的爸妈。

她无师而自通，神情里有一股子悲壮。

苏梁低落着头，在抠桌子上的一道纹路，抠出一点儿细微的“咕嗞”声来。苏群在抽烟，神情不耐烦，许月娟在打毛衣，嗒嗒嗒地捣着针。

婆婆武小慧正在擦拭着一个仿钧窑的大瓷瓶，那是她大儿子苏群在她六十大寿时送的贺礼。仿的，自然不会是天价，但据说仿得不错，也算是名贵的东西，颇值几个钱。苏群说，摆在家里又有档次又可以作为收藏，将来等有适当市价的时候，也是可以折现的，保值的东西啊。其实杨柳知道，那不过是客户送给他们公司的礼，这实在是苏群能做出来的事，万事但求漂亮，可是一定要低成本。

杨柳不由得想起自己当时给出的一万块生日礼金来，有一念心痛，不过很快就释然了。毕竟婆婆武小慧许他们夫妻俩在自己的房子里住了那些年，又帮着他们带过两年孩子，没有功劳也有苦劳，杨柳也不是很会计较的人。

杨柳看着婆婆武小慧用一方雪白的纱布口罩细细地擦拭着瓶子，鸡血红色只衬得她的那双手又黄又枯，瘦如叶脉，她还把纱布拧得细细的，从瓶子的双耳间穿进穿出地细擦，以至于很久之后，杨柳回忆起这头一次的离婚谈判，最鲜明的记忆就是她这双慢悠悠地在瓶子上擦来擦去的手。

那天杨柳打定主意要后发制人，所以一直沉默不语，苏家一家子也都不开口，气氛沉得要压塌楼板。

最终还是苏梁的大哥苏群先开的口，他冲着杨柳还算温和地说：“小杨，你不妨先说说你的意思，毕竟你是当事人之一，要不要过下去，也主要是你跟小梁的事。”

一旁的许月娟有意无意地用毛线针戳了自家老公一下子，苏群微皱了下眉头，杨柳看在眼里。

杨柳说：“我没有什么特别的要求。离婚的事，是我跟苏梁共同提出的，这些年我们也没有什么巨额的存款或者是什么了不得的财产，就那么一点儿存款，一人一半。”说到这里，杨柳艰难地咽一口唾沫，“还有一套房子，还没还完贷……”

苏梁忽地开了口：“房子我不要。”

婆婆武小慧把纱布口罩往圆桌上一扔，明明是轻飘飘的东西，不会有声音的，杨柳听来却是“咚”的一声响。

婆婆说：“房子不是小事，哪个抚养孩子哪个得房子，这个理拿到哪里去说都站得住脚。”

杨柳“唰”一抬头：“我要儿子！”

婆婆也“唰”一抬头：“这不可能。小孩姓苏不姓杨。”

“姓苏姓杨他都是我儿子。”

“这话说来没的恶心，是你儿子不假，但是苏家的种，不是你拖油瓶带来的。”

苏梁叫：“妈！”

武小慧微转过头利落地说一句：“你闭嘴！”

苏群说：“妈，他是当事人，你让他说。”

苏梁却又不言语了，杨柳下死力地盯了他一眼，看见他鼻翼不断地翕动。

苏梁说：“我要儿子。”

杨柳“哧”地一笑。

婆婆竟也“哧”地一笑：“你也不必这种声相儿，你会带儿子，未必我们苏梁就不会带儿子。”

“哦——他会带儿子。他是把过屎还是把过尿？是带他上过学前班还是给他讲过故事？是辅导过他的作业还是开过家长会？是替儿子复印过学习资料还是买过参考书？”

“你有你的带法我们有我们的带法。你那一套不见得就好，也就你自己认为自己这个妈当得不错，连你儿子也不见得领你的情。”

“我带。”苏梁插过一句，“我自己带。”

杨柳说：“要不这样，我们跟苏望商量一下，问问他的意见。”

杨柳这句话如同一枚火引子，点燃了一屋子的声音。

“不行。”苏梁说。

“这不好。”苏群说。

许月娟咳了一声。

婆婆说："你好意思张口问，我们不忍心让小孩听。"

杨柳说："现在有一种观点就是，孩子的事情要让孩子知道，他们也有知情权嘛，苏望也可以做自己的选择。这样反而会减小对孩子的伤害。"

婆婆武小慧站起来给自己泡了一杯茶，"嗞嗞"地吸了两口，看也不看杨柳，对着一团空气说："你那一套什么新派的教育理论不要在我面前卖弄，我也听不懂，更何况你也不是什么教育家。"

"无论如何，我要儿子。"杨柳也站起来。她原本生得小巧，在身材高硬的婆婆面前难免有矮一头的恐慌。她咬着牙重复："我要儿子！"

这头一回的谈判没有达成任何意向，后来的日子里，杨柳又私底下找到苏梁协商。杨柳想，离了苏家那一大家子，苏梁或许会松口，无论如何这是她和苏梁之间的事，只要苏梁松了口，答应把儿子给她，法庭上一判，苏家那一家子还能玩出什么花样来！

杨柳找苏梁协商，一方面是认准了苏梁的性子从根本上来说是软的，他从来不是一个硬心肠的人，这点杨柳心中还是很有数的；还有一方面的原因就是，杨柳深深地知道，苏梁绝不真的愿意带儿子，他自己还没长大呢。

可是出乎杨柳的意料，苏梁一口咬定了不肯交出儿子的抚养权。

杨柳其实想的不错，苏梁自己并不真的那么想把儿子的抚养权握在手上。他一开始打算若是真的离婚的话，杨柳肯定是要儿子的，那他也肯定会把房子给杨柳，本来这房子的产权就属于他和杨柳、儿子三个人，不过这事儿，当初是瞒着武小慧的。

那房子其实也是他们婚姻走到头的原因之一，当时买得窝火，现在要离了，以后他住着也生气。但自己的妈坚决不同意把房子给杨柳，说，房子虽然不大，是二手的，但是这样好的地段，交通便利生活方便，现在房子的价钱一日涨过一日，房子的市值早就升到一百八十万以上，绝对不能白便宜了小儿媳妇杨柳。儿子更不能给杨柳，小孩毕竟姓苏。

苏梁实在是怕了自家老妈成天在耳朵边的催促唠叨外加眼泪哭诉攻势，他从来都是个没主意的。于是他听从妈的意思，要儿子，要房子。至于儿子要到手了以后如何抚养教育，他是一想就烦，只好先不去想。

当然那房子尚未能还完贷款，但是苏梁并不担心，他是没什么钱，但是他大哥苏群有钱。苏梁也晓得大哥苏群是极自私的一个人，但是总归他妈还在，苏梁不相信，有一天他还不起贷款的时候，老妈会眼看着他们父子流落街头而不叫大儿子伸手帮小儿子一把。

这么一拖二拖三拖，杨柳与苏梁的离婚就拖了一年多。

杨柳是早就搬了出去，另租了一个单间住着。杨柳觉得她真是要耗不起了。

就好像她的一条腿生了蛆，已经快烂了，如果还不处理，狠下心来截肢的话，她整个人也要跟着一块儿烂了。

就在这个时候，有一个人给杨柳出了一个主意。

第二章

离婚的事僵持不下的时候，杨柳不是没想过干脆上法庭判决吧。但是对于小老百姓，上法庭又不是上菜场，杨柳想苏梁是没有这般好心理素质的。

在内心深处，杨柳还是舍不得让苏梁过法院这一关，她自己都嘲笑自己傻，从开始到现在，她好像总是舍不得这个男人，她简直拿自己没有法子，凭什么这样心疼他呢？苏梁虽然说不上人高马大气宇轩昂，总还是一个大男人家，可是，从来都是，一有事，她就下意识地护在他前面。

她回想起她刚认识他的时候，他们都是十八岁，那个时候苏梁好像还没有发育完全，个头才一米六几，瘦得一张脸上就看见一双大眼睛，软趴趴的头发，害得她以为他还没有成年。然后她知道他比她小两个月。一伙同年半大的人在一块儿玩的时候，她总是说，哎那个小孩儿呢？不要欺负人家小孩儿啊。苏梁听了总是对着她翻一个白眼，那一伙人就拿他们起哄。哄着哄着，他们两个，看对方的眼睛里就有了不一样的内容。

爱情就是这么个没有道理好讲的东西！

那个时候怎么那么傻呢？自己也是小个子小身板，也才十八，怎么就下意识地有一种要保护他的冲动呢？年轻不懂事傻也罢了，却一傻，就傻了那么多年。

一个女人，在所爱的人身上倾注母性的爱，写在小说里是动人的，带着一股隐隐的纯洁的欲望。可真过起日子来，把老公当儿子疼是一件可悲的事，杨柳想，自己就是一个鲜明的失败的例子。

数次谈判不果之后，有人给杨柳出了个主意。

这出主意的，也不是外人，是苏梁大哥的老婆，他们的大嫂许月娟。

当年杨柳与苏梁刚确定了关系，头一回去苏家吃饭，头一次见到许月娟。

许月娟有一副白净面皮，清水眼，微微有点儿龅牙，所以她一直谨慎地抿着嘴，时不时弯一弯嘴角露一点儿不成形的笑来。她说起话来十分软糯，普通话里混了上海口音，可似乎混得过了些，有点儿浊。

许月娟的眼睛梭子似的在杨柳身上穿了几个来回，人是笑模笑样的，不知为什么总让人觉得有点儿不怀好意。那天，一吃完饭许月娟就极殷勤地劝杨柳洗把脸，拿了管全新未开封的进口洗面奶递给她，杨柳觉得这人挺细心的嘛。偏生杨柳有副尖耳朵，在卫生间“哗哗”的水声里还能听得见许月娟与那个时候还是杨柳未来婆婆的武小慧的私语。

许月娟说：“小姑娘擦了粉底了，不晓得皮肤是不是真的像看起来那么好。”杨柳愤愤地明白过来，难怪这么殷勤，原来是想看看她的“真皮色”，可是又关你什么事呢？杨柳想，你那真皮色是白，也不见得白的就好看，跟死鱼肚子似的，倒是放到大太阳底下做做日光浴增添点儿棕色还顺眼些。杨柳心里从此挽了个叫“许月娟”的疙瘩，她觉得许月娟身上有一种脱不去的小市民气。杨柳自己并没有受过很高的教育，不过一个大专生，在如今硕士博士遍地的年代简直不值得一提，而且出身与许月娟相似，本来两人是半斤八两，可是杨柳还真就看不上小市民气足的人，接触到许月娟这样的，一下子便生出一股天然的敌意来。尽管后来苏群发达了，许月娟也算是个阔太太，穿金戴银，香奈儿套装都穿上了，可是就像俗语说的，穿了龙袍也不像太子。杨柳觉得，许月娟身上的小市民气就好像鱼身上的腥气，与生俱来，就是下重姜、浓油赤酱也是无论如何盖不住的。二〇〇七年杨柳跟苏梁结婚了，没多少存款，买不了房子，暂住在婆家，许月娟来来去去脸拉得跟长白山似的，说出来的话表面上倒是光光坦坦的，里头却全是小毛刺。再后来，杨柳怀了孩子，一家子都挺开心，她在高兴之下难免面上沾了些得色，忘记了许月娟结婚多年不育这码子事儿了。许月娟常常当着她的面说：“要小孩子做什么？小孩子又不是钞票，装在口袋里硬挣挣，小孩子都是来讨债的哇。”一边说一边轻轻地拍拍衣袋。那个时候，苏群已然发了，她那个口袋里，的确有不少的票子。直到两个月后许月娟自己也怀上了，态度才好转了。

这一回，许月娟找了个背人的机会，闲闲地对她说：“依我说呀，也不是没有法子的，他不是要儿子嘛，侬就给他嘛，让他也尝尝滋味。”看见杨柳不解的样子，许月娟一笑，“欲擒故纵侬晓得伐？”许月娟祖上原本正经是土生的老南京，后来流落到上海，在上海浦东落了户，种着十几亩菜地，许月娟从小在南京的奶奶家长大，只在每年寒暑假去上海待一段时间。后来浦东开发了，许月娟便开始坚持讲上海话，张口闭口你们南京“乡务人”“憨大”“拎不清”。

许月娟说完后，杨柳刹那间便领悟了，觉得倒真是一个法子，所谓破釜沉舟，苏梁撑不了多久的，她是太知道，太有把握了。

心里有了主意，觉得许月娟那一口平日里听来十分刺耳的上海“乡务人”口音也不那么令人讨厌了。

当然，杨柳也知道许月娟出这个主意多半是不怀好意的，但是怕什么，这法子可行就行了，许月娟打什么主意不关她杨柳的事，苏家就算有亿万家产，杨柳也半个子儿不想分，何况苏家有钱的只是苏群，跟武小慧和苏梁都没有什么关系，再分也分不到她杨柳头上。许月娟不过是干起哄，不想让武小慧过舒心日子罢了，她们之间的矛盾如同灶台上的陈年老垢，杨柳才没空去打理呢。

于是杨柳对苏梁说她同意把儿子给他。

苏梁意外地睁圆了眼睛，那一瞬间，杨柳听见自己心底里“啪”的一声脆响，是她自己给自己一记耳光的声音，她明白，她这是挖了一个陷阱叫苏梁钻呢。

她从来没有这样待过苏梁，而苏梁，他们之间再吵再闹再不愉快，苏梁从头到尾没有阴过她。

杨柳内心充满了对苏梁的不忍，她没有想到有这么一天，她会用这种损招来对待她一直疼爱的苏梁。

然而为了儿子，杨柳把心一横，也顾不得了。

儿子给了苏梁，按武小慧的那套说法，谁带儿子谁得房子，于是房子和房子尚未还完的贷款都归了苏梁。

苏梁与杨柳两个人终于离了婚。

签离婚协议的过程短得令杨柳与苏梁大感意外。上一秒钟他们是一对怨偶，下一秒钟他们就全无干系了，十来年的岁月，明明一座山似的竖在他们的生命里，可是一刹那间，这山便灰飞烟灭。

那一天，苏梁是头一回自己找到公车站坐车回家的。

车子晃荡得厉害，这司机简直像喝醉了酒开车似的，苏梁被晃得五心烦躁，车窗外飞驰而过的景色陌生得很，似乎坐错车了吧。苏梁想起从前出门，办事也好玩也好，从来都是杨柳打探好路线，坐几路车，要不要倒车，自己只要抄着手跟着她走就是了，家里的事也都是杨柳在操持，苏梁突然想到，坏了，他连自己内裤放在哪只抽屉里都弄不清。

苏梁的心里忽地起了一阵恐慌，似乎是晕车了，他的心一点一点地从腔子里跳到了喉咙口，在那块狭小紧窄的地方惶惶颤动。

苏梁一个人带儿子住了不过一星期，第三次吃酱油拌面的时候，儿子坚决地说，他再也不吃这种东西了，宁可饿死。

儿子并没有问妈妈哪里去了，这小子面色如常，苏梁也不晓得他内心是怎么想自己爸妈离婚这件事的。小孩子这种生物对苏梁来说完全是他不了解的一个物种，令他迷惑无比，索性他也不去了解他们了。而现在，这个陌生的物种里活生生地与他血脉相连的一只，被命运之手推到他面前，苏梁的感觉比当年抱着粉兮兮软塌塌的一个小婴儿还要惊慌。

又熬了两天之后，苏梁带儿子回了母亲武小慧那里，老皮老脸地住了下来。

促成苏梁回妈妈那里住还有一个重要的原因。

杨柳租的那个房子的房东要重新装修房子，把房子转租给人做商用。杨柳一时没有找到合适的地方住。

杨柳娘家的住房也紧，还好她弟在国外，是绝不可能再回国内的了，但杨柳也不想回去住，她怕看自家妈妈的脸色。

离婚之后，杨柳打电话告诉了母亲，可是母亲的反应十分冷淡，说，当年你不听我劝要早结婚，现在你要离婚也不早征求我的意见，现在不过知会我一声，弄得好像还当我是个人，其实你哪里把我们放在眼里，我谢谢你啊。

而杨柳她爸现在脑子已经糊涂了，杨柳生气地对自己发誓，以后有事也绝不会求娘家。

苏梁主动打电话给杨柳，问她近来如何。杨柳说话间有点儿吞吞吐吐的，苏梁追问了一句，杨柳也就把事情说了。

苏梁脱口便说，那你回来住吧，我带苏望到妈那里住去，你找到房子再搬。

杨柳沉默一会儿，说，她一定会尽快找到房子的，一找到她就搬。

放下电话，苏梁与杨柳都有点儿发愣。苏梁想的是，他怎么下意识地就给杨柳打电话了呢？

他不后悔说出借房子的话，虽然明白自己的妈知道了一定会有一顿好闹，那也犯不着后悔，他总不能眼睁睁看着杨柳流落街头，杨柳与她妈一向不亲近，疼她的是她爸，可她爸现在糊涂了，她回去了只有更烦心。不过，杨柳那个人哪，苏梁想，从来就是这样，性子死硬死硬的，她真有本事住到桥洞里去也不会开口求人的。

苏梁又开始庆幸自己打这通电话了。

杨柳也半天没有回过神来，有那么一瞬间，她甚至怀疑自己是不是真的跟苏梁离了。离婚的人千千万万，各人有各人的千般滋味在心头。有的人离了，就好像从身上剥离了一个肿瘤，内心充满了庆幸与希望，指望着囫囵剩下的灵魂有绝处逢生的幸福。而有的人感觉就像遇到一场车祸，被切掉了一只胳膊，或是一条腿。昏迷中醒来，伸手想抓什么东西，却抓了个空，站到地上，却平地里跌了下去。

离都离了，却又住回去，还把苏梁挤走了，杨柳觉得自己太荒唐。

于是又打电话找苏梁，说她不去住了，还叫他带着儿子住回去吧。

苏梁说："你不回去住，你去哪儿啊？"

"总有地方的。你不要管了，没关系的。"杨柳说。杨柳人长得娇小秀气，性子却是强强的，落地有声。

杨柳到底还是没有回去住，苏梁也没有再坚持，他想着，离都离了，那个时候闹得对头似的，好像一天也过不下去了，现在又摆出一副关心得不得了的样子来，简直是二百五。

杨柳最终在离单位挺远的一个小区里找了一个单室套，空空如也，连张桌子也没有，杨柳带着行李搬了过去，当晚在超市买了厚的床垫睡在了地上。

苏梁在妈妈那里住了有一个月，儿子苏望的吃饭问题总算是解决了，每天苏梁还是跟从前一样，下班回家吃完饭就看看报，看看电视，然后就睡觉，偶尔出去跟同事聚个餐喝个小酒，生活好像也没有太大的变化。

儿子苏望是个不大言语的小孩儿，每晚坐在书桌前，大约是在写作业，苏梁也没去过问。

这一天，有人打电话给苏梁。苏梁看到是一个陌生的号码就不高兴去接，谁知这个人坚持不懈地打了好几次，苏梁终于接了电话。

电话是儿子苏望的数学老师打来的，叫苏望的家长到学校去一趟。

苏梁几年来这是头一回到儿子的学校，到校门口时犹豫了半天，记忆中儿子的学校是一个窄窄的铁门，什么时候变成这样阔大的一个门了？大理石的短围墙，电动门，一条笔直宽阔的大道从校门口一直通到教学楼，要不是校门口的墙壁上金光闪闪的几个大字，苏梁真的以为走错了地方呢。是了，他上一次来儿子学校，儿子刚上一年级，他和杨柳送儿子来参加一年级新生的培训，站在操场边的树荫底下，听着教室里传出来的童稚的声音，ā ō ē，竭力想分辨哪一把小细嗓子是儿子苏望的。一晃儿子都上四年级了。

站在苏望的数学老师面前，苏梁有点儿手足无措。

这位老师是一个二十多岁的年轻女人，大着肚子，看样子怀孕有五六个月了。

苏梁隐约记得儿子说过，数学老师姓吴，便说，吴老师好。

年轻的数学老师抬头细细地打量了苏梁一番，心里有隐隐的意外。

苏梁小个子，是长相十分清秀而显年轻的那种男人，看上去也就二十出头。不熟悉的人简直不能相信他已经三十多了，有一个九岁大的儿子。

吴老师开口问："苏望爸爸，你知不知道你儿子最近的学习情况？"

苏梁想，我怎么会知道，你找我来不就是要告诉我吗？卖什么关子。

看苏梁不作声，吴老师接着说："苏望呢，以前数学成绩也不算拔尖，中等偏下吧，有时有超常发挥差不多也可以中等偏上。可是近来他的成绩退步极快，已滑到危险的边缘。这一次单元考，数学考得很不好，倒数了，听说语文和外语考得也很不理想，你看到他卷子了没有？上面没有签字，你们家长怕还不知道吧？"

苏梁不晓得如何搭腔，说不知道，就是把儿子给卖了，说知道，却又说不明白为什么知道了还能这样淡定，显得自个儿是个不负责任的爸爸，就是把自己卖了，所以他只好含糊地咕哝了一声。

吴老师喝了口水又说："现在是没有留级之说了，但成绩册上挂上几个红灯，看哪个中学会要你哟。真的，我不是危言耸听，四年级一眨眼就过去了，五年级一眨眼也要过去了。六年级上学期人家好中学就来挑人，成绩好的孩子人人抢，成绩不好的，你就是捧着赞助费送上门人家也不见得收你。自然啰，可以就近入学，但是哪个家长不想让小孩上一个好中学呢，对不对苏望爸爸？良禽尚懂得择木而栖，何况家家唯一的宝贝孩子。”

苏梁只好说对对对。

“更严重的还不是成绩，老实说成绩掉下来还可以补，可是坏习惯养成了想要改就千难万难了。苏望连着好多天不写数学作业了你知道吗？”

苏梁微微有点儿吃惊，喏喏道：“我问过他的，问他作业写了没有，他说写了。”

吴老师了解地“哼”了一声：“看看看，又是这种论调。不是我说你苏望爸爸，你这是极不负责任的态度，你光口头问一问是不行的，你要一点一点地对照他抄的作业项目查他的作业。要天天查，你自己的儿子有没有自觉性你不知道吗？他说他做了你就信？”

苏梁想他长到这样大，这是头一回被人训成这样，还是一个比自己小的女人。他想，自己怎么就把爸爸做成了孙子呢？

第三章

苏梁灰头土脸地回家了。

走之前还硬着头皮赔着笑对老师说："请您多多教导苏望。对他严一点儿，打也没关系。"

吴老师倒笑起来说："我怎么能打孩子呢？你这不是叫我犯错误吗？这可是一根高压线，一碰就死，我真打了，我的职业生涯也画上句号了。关键还是要你们家长配合，儿子说到底是你自己的，他好将来是你的荣耀，他不好，将来也是你的负担，对不对？"

于是苏梁回家开始管儿子了。

一灯之下父子俩面对面坐着，苏梁眼睁睁地看着苏望写作业。

苏望有点儿奇怪地看了爸爸一眼，然后好像立刻就明白过来，今天这阵仗与以往不同，他知道老爸今天到学校去了，想必老师说了自己一通这不好那不好的，老师嘛，都这样啰。苏望奋力地用钢笔尖向草稿纸上戳去，戳出一个一个细小的洞来，他好像要透过这些小洞洞进入到另一种不同的日子里去，穿过这些洞，苏望想，会不会就到了一个谁也不会因为他的学习而对他横眉冷对的世界呢？

正想着的时候，只听得"咚"的一下重响，原来是爸爸苏梁用力地擂了一下桌子。

"你磨蹭什么？怎么还不写？快写！"苏梁说。

苏望看到父亲脸上不同以往的严峻神气，把想反驳的话努力地吞咽了下去，好像咽下了一块硬橡皮。

等着吧，苏望一边写一边愤愤地想，等到期末学校发教师评议表的时候，就是我报复的时候到了，得给吴老师写点儿恶评，再打上个低低的分！

苏望想得笑起来。

苏梁看着儿子笑，甚是不解。

他好像从来也没有看懂这小孩子，事实上，所有的孩子他都不懂，也不想懂。

他看着儿子慢吞吞地写着作业，写完一项还有一项，写完一项又是一项，稚嫩的脸上满是深刻的老气横秋的痛苦。苏梁想，现在他只剩得一个人了，什么都要他自己管了。过去的那么多年里，所有有关儿子的抚养与教育，都是杨柳在管，他要是不想听不想看只管关上卧室的门躲在里面看电视就行。那种好日子大概真的是一去不复返了。

苏梁于是觉出一种无所依附的苦来，他的身体浮了起来，他想站起来或是躺下去，他想放松放松，让自己松弛到灵魂出窍，他不要这个魂了，他只要那个懒懒的飘着的肉体，轻松地飘到这里飘到那里，什么也不想什么也不问。

苏梁奇怪何以在离婚之后这样频繁地想到杨柳。杨柳啊，苏梁想，她要是不那么折腾多好，她要是懂得得过且过多好，若不是她会折腾，他们就那样相安无事地过下去不好吗？为什么要那么折腾呢？为什么一定要让儿子考个状元才满意呢？她那么个小个子，那么副小身板，哪来那么大的劲头呢？而且，她到底干吗那么折腾呢？苏梁想不通。

第二天，苏梁就开始坚持不了了，他狠声地对儿子说，你自己自觉做作业！听见没有？做不好就打死你！

儿子苏望嘟嘟囔囔地写着，写一写擦一擦，钢笔骨碌骨碌地滚到了地上，“叭”的一声响，等他捡起来时发现笔坏了，一写便染了一本子的蓝墨水，刚写好的那一部分作业也毁了。

苏梁气愤地踢向儿子坐着的椅子，儿子“咕咚”一声从椅子上滚到了地板上。

儿子苏望却也没有哭闹，自己灰溜溜地爬起来，重新坐到书桌前，“嚓”地把弄脏的那一页作业撕了，有点儿壮士断腕般的劲头，重新开始写。

突然，苏望说：“今天中午妈妈来看我了。”

苏梁一愣，问：“到学校去看你了？”

苏望“嗯”了一声，站起来从书包里拖出一个塑料袋，里头有一些零食，牛肉干猪肉脯香蕉片什么的，苏望说本来还有一些的，分给同学吃了。

苏望递一包牛肉干给苏梁说，爸爸你吃不吃？

苏梁撕开小包装，牛肉粒硬得如同石头，苏梁用力咀嚼，嚼得满嘴浓郁的味精的鲜香。

苏梁问儿子：“你妈到你教室去了？”

苏望说：“没有。她在门房等我的，老师叫我出去见她。现在我们学校不许家长随便进校园，要有老师的批准才行。老师先跟门房伯伯打好招呼，家长才能在门房等。要想进校园要有老师的批条。现在好多坏人想到学校去害我们。怎么办呢？世道不好啊！”

苏梁被儿子一番老气横秋的话说得哭笑不得。

可是苏望没有跟爸爸苏梁说，妈妈除了送吃的外，还给他送了一些复习资料、一沓复印好的试卷。妈妈千叮咛万嘱咐地叫他好好地做完，有不会不懂的做好记号，等过些天她会来拿，想办法找人研究出答案来再讲给他听。还是中午，在门房等，妈妈说。

苏望觉得他是有一点儿想妈妈的，可是因为这些复习资料他又不想她了。如果她不是那样老要他学这个学那个，他还是想她的。

很想的。

他回想起妈妈的头发戳着他的脸的感觉。妈妈的脸贴着他的脸，他可以看见妈妈鼻头上那粒熟悉的黑痣，像一个逗号。苏望想为什么自己的妈妈不能像堂弟苏炜奕的妈妈那样成天打扮得漂漂亮亮，说起话来笑模笑样的，带着苏炜奕到处去玩，说是体验生活见世面，从来不让他上奥数奥语或是英语课。那个大伯母呀，每次见到她，她都穿着不同的漂亮衣服，其实她长得远不如自己妈妈好看。可惜自己的妈妈实在是太凶恶了，眉头总是拧着，让她看上去不愉快，也让人不愉快。

不过，苏望又想，堂弟苏炜奕跟自己是不一样的，他家里有钱，他老早就说了，他是绝对不会在中国考大学的，他要去外国上大学。

那些卷了，苏望想，我才不做呢，下次妈妈再来，我就说没有把卷子带在身上。

苏梁慢慢地踱回自己的屋子，在床上躺了下来，顶有耐心地嚼着那一小包牛肉干，那些干巴的肉屑充满了他的口腔，好像嚼了一嘴的刨花屑。苏梁记起杨柳是喜欢吃这种东西的，她常常一边辅导儿子的功课，一边往儿子的嘴里塞一粒牛肉粒，苏梁曾笑她好像在训小狗熊，她也往自己的嘴里填进一粒，一边努力咀嚼，一边替儿子核对数学题目的答案。天晓得她从哪里找来那么多古里古怪的题目，还有那些答案，复印的次数太多，字迹已不甚清楚，她凑在那些纸上辨认着，皱着眉头，指尖在纸上轻轻移动，从她的脸上，苏梁总能清晰地看出儿子做得好还是不好，而多数时候总是不好。

苏梁想着，竟然和衣睡过去了，醒来的时候已在大半夜了，儿子早就被母亲武小慧送上床睡了。苏梁也没耐心去检查儿子的作业了，洗洗重又睡下。

这以后没有多久，老师又把苏梁找到学校去了。

这一次，吴老师的脸色更加难看，说苏望不但没有进步反而更差了，你们家长到底有没有过问他的作业？

苏梁说："我查他的作业了，对照着他抄的作业查的。"

吴老师说："他的作业根本就少记了。他故意的。你知道吗苏望爸爸，这孩子有心计，可惜这份聪明他没用在正道上。"

苏梁肚子里涌上一股子气来，盘旋打转，上不来下不去，说出来的话便有点儿不好听起来："那我真的没有办法了，我总不能陪着他上课。"

吴老师说："你可以打电话问我呀，或是打电话问其他同学。"

苏梁不语，那股子气在他的肚子里更旺盛起来，好像要冲出他的肚皮，或是在他的肚子里炸开来，炸得他四分五裂。

吴老师又说："还有更严重的，苏望现在上课讲话简直控制不住，那句话怎么说来着，如长江之水滔滔不绝，又如黄河泛滥一发不可收拾。真要讲出水来倒也好了，可以去抗旱救灾了。"说着笑起来，大约是为了中和一下自己话里的沉重，减轻讽刺的成分。老师随即又问："你们家是不是有什么事了？"

苏梁扭过头去，不看老师，自己知道这样实在是幼稚极了蠢极了。

老师显然不高兴了。

苏梁又回过头去看看老师，觉得这位怀了孩子的年轻老师真难看。她的肚子比上一回见到更大了一圈，像一只青蛙，说起话来鼓突的眼睛使得她尤其像一只青蛙。

苏梁回想起当年杨柳怀孩子，印象中她好像没有这样难看过，只是在脸颊上长了点儿雀斑，脸色却白里透粉，剪一个男孩子式的短发，露出小巧的耳朵，穿一件大大的工装裤，神情俏皮，像一条金鱼那样不停地吃着东西，嘴巴总是一张一合一张一合。

真奇怪，现在离了他想到的倒全是她的好。

苏梁因为这些回忆心头软了一软，再看看吴老师，带点儿玩笑带点儿刻薄地想，反正你就要回家了，快点儿回家生娃儿吧。生一个磨娘精你就消停了，没工夫替人家的儿子操闲心了。

苏梁回到家看到儿子，那火气又腾地燃了起来，扯了皮带就要抽儿子。

苏望一声尖叫直往奶奶身后躲。

武小慧被他扯得趔趔趄趄，一件新上身的灰色羊绒衫被搓揉得走了形，她“啪”地打掉孙子抓着她的手，又挡开儿子，压低了声音恨恨地说：“以前有你妈在，就为了学习成天鸡飞狗跳的，现在你妈不跟你在一起了，你们给我消停一点儿，不要让四邻听见了笑话。天底下上学读书的孩子多了，也没见哪家像你们这样闹的。你们这不叫上学，简直叫活闹鬼！”

一顿话叫苏梁扔掉了皮带，他想他管不了，管不了了。

他要把儿子还给杨柳。

苏梁第二天便把这想法跟母亲武小慧说了。

母亲武小慧把嘴巴紧紧地闭合着，好像一个蚌。正当苏梁猜想她会不会永远不开口了的时候，她张嘴说：“那房子呢？怎么办？”

苏梁直通通地说：“当时你不是说了吗，谁带儿子谁得房子，那房子自然是归杨柳啰。”

武小慧不徐不疾地把手中拿着的一个茶叶罐子“嗒”地敲在灶台上，说：“她不是要儿子吗？可以啊，房子别想。”

“这不合适吧？”苏梁烦躁起来。

武小慧笑笑，转过脸冲着儿子，直往儿子黑黢黢的眼睛里去，说：“你以为她为什么把儿子丢给你？傻儿子，只有你一个大头呆子看不出来她的把戏。”

苏梁愣一愣，连说不会不会，会有什么把戏呢？杨柳不是那种转弯抹角，肠子九曲十八弯的人。

一瞬间里，苏梁想起杨柳从前说话的样子来，她是小个子，可生了副大嗓门儿，脆亮脆亮的声音，散出来，震得空气微微地颤动，自然，那是他们最好的日子，后来还是不一样了。

武小慧“哧”地极短地笑了一声说：“她肠子不弯？儿子，天底下没有人的肠子不会弯，端看遇到什么事。依我的意思，她要儿子可以，可是要人房两得就不可以。你也弯一弯你那肠子，不要让她太称心。儿子可以给她，房子不要指望。你就那么说，看她究竟有多想要儿子。”

苏梁想，你倒是那么说得痛快了，可是叫我怎么说呢？

怎么说得出口？

谁知杨柳竟然一口答应了不要房子。

要儿子。

说这话的时候，杨柳正与苏梁坐在一家咖啡店里。下午时分，店子里没有什么人，空气里全是咖啡的苦香气，店里每一个角落都摆着大盆的绿色植物，苏梁认出有两盆是滴水观音，从前他和杨柳刚搬到新房子里去的时候也养过，可是很快便死了，这种东西，好的时候很好看，绿绿的，透着雅致，不似别的盆栽那样粗蠢，当时他为了省两个出租车钱，找了辆三轮车自己载回家去的，杨柳就坐在三轮里，他骑得歪歪扭扭，杨柳在他身后叫，笨！你下来，我骑！我带着你，还有花！

后来就死了，枯叶子耷拉下来，比柴火还不如，多像婚姻。

好的时候是千好万好什么都好，连对方嚼过的糖渡到自己嘴里都是甜的，走到不好的时候，每一口呼吸都是错。

杨柳好像知道苏梁要跟她说什么似的，还没有等他开口细说他母亲的意思，杨柳便说，我要儿子，不要房子。

苏梁想女人们真可怕，她们彼此把彼此看得透透的。只有他，夹在中间，直是个糊涂蛋。

苏梁觉得他有好久没有这样细细地好好地看过杨柳了，杨柳的面容渐渐地成了他脑海里一种牢固却恍惚的记忆。他只记得她大致的高矮胖瘦，她的轮廓，她常穿的那几套衣服，这就是全部了。至于她的眼睛鼻子是什么样，眉毛和嘴唇的形状，他已经记不太清楚了。他仔细地看着对面坐着的杨柳，看着她眼角很淡的一点儿纹路，鼻尖上的一粒小痣，因为干燥而有点儿起皮的嘴唇，左脸颊上的一点儿褐色的斑。苏梁不敢细看了，因为越看，他就越看出一些陌生来。

苏梁极响地吸了一口面前的果汁，对杨柳说："我会贴你生活费的。我再帮你重新找一个房子住，离苏望他们学校近一点儿，交通方便些，你们少受一点儿罪，免得跑来跑去的，天天在路上浪费时间。了不得，我再贴房租。"

杨柳说："不用了。"

苏梁说："怎么不用？你工资又不顶高。我们单位还算可以，现在开私家车的越来越多，我们这种单位，只会越来越好。我靠手艺挣钱，收入比你总好些。免得你到时候又说我没良心，不理解你什么的。"

杨柳原本想说，你又来这套了。可是想想又把话吞了回去，只笑笑，说："是真的不用，苏梁你知道我也不是那种虚荣的人，我不是看不起你，那种好地段的房子你贴不起房费，犯不着花那么多的房钱。我也不打算再搬，现在我住的那个地方，这两个多月我也收拾得差不多了，基本生活还是没有问题的，虽然远一点儿但好在交通还算方便。"

"我们那个房子……"苏梁又说。

杨柳打断他的话："你自己住着吧，别白空着。你也不能一辈子住你妈那里。

本来那房子写的就是你的名字，这些年也是用你的工资在还贷。”杨柳的面色忽地一紧，接着说，“有一句话我要说，那个房子当初我们是下了大决心买的，还了这么多年，贷款还有一大堆。虽然累了我们这些年，不过我知道现在那个地段的房价跟几年前是不能比的了，你可不要头脑一热就给出手了，谁跟你说你都不要卖房，耳朵根子不要软。”

苏梁微微一瞪眼：“我耳朵根子哪里软？我自然不会卖房子的，将来房子我也不要，是留给儿子的。”

杨柳斜了苏梁一眼：“我是嘱咐你一句。你可不要轻易地问你哥借钱还贷。要不然，他们夫妻俩说不定下好了套子叫你钻，撺掇你干脆把房子卖给他们，我告诉你，你不要指望着你哥嫂有钱，他们两个人，精得汗毛尖上都长心眼，你不是对手。老老实实自己还贷。我知道你工资还了贷，自己还要过日子，也剩不下什么，儿子的生活费我自己负责，其实就是儿子学习这块花钱多，你看现在义务教育不收学费了吧？可各种补习班费用吓死人，有时候还真有点儿吃不消，我也不跟你客气，这个钱你得帮我分担点儿，你晓得我的，我也不会狮子大开口，金钱是身外之物，我向来不计较的。”

苏梁听着杨柳的话，她一直就这样对他说话，好像他是一个无知小儿，活像他的妈。他从小就听惯了这等语气。刚结婚那会儿，他看着杨柳顶着那样一张与自己母亲干瘦多皱的脸完全不同的年轻鲜嫩的面孔说着这样的话，觉得顶有趣、顶可爱；后来他开始不爽，觉得自己像从一个女人的手掌心辗转到了另一个女人的手掌心，永远被她们拿捏着；再后来，他也就习惯了。

这会儿听起这样的话来，苏梁反倒有点儿愣神，好像他和杨柳还在一块儿过着日子似的，其实他们一出门就要各走各的了。

苏梁的脸上浮现出一点儿怀念的神色，这种情绪却让他觉得自己有点儿二百五，于是那点儿怀念便渐渐地在他脸上消失了。就好像一滴水，一点点地在阳光下蒸发了一样。

苏梁晃晃脑袋，像是要把什么东西晃出去，杨柳看他的样子，便知道他一定是想到什么不愿想的东西了。苏梁就是这样，永远不肯思考，在他看来，活着就够了，日子是用来过的，不是用来想的。十几年前杨柳自己也是这样想的，只是后来，她前进了，而他没有。他那年轻得异乎寻常的面容底下，有一颗最不想成长的心。

杨柳正想着，又听苏梁说："那什么，我每个星期会接儿子，带他出去玩玩，行不行？"

"当然了，"杨柳说，"不过你星期天下午来接吧，早上让他睡一会儿懒觉，再复习复习功课。周六不行，他要上英语上奥数。"

"你，你能不能不要让他上那么多的课……"

苏梁一句话没说完便被杨柳打断了："今天不提这个，好容易可以坐下来心平气和地说说话。"

跟杨柳说妥了之后，苏梁又回家跟母亲武小慧汇报了一番。

母亲武小慧大约是很感意外，她的脸上微微有一点儿吃惊的表情，吃惊里头还有一点儿不以为然，因为她略撇了撇嘴角，每当她认为别人在耍什么花头的时候，总是会这样。

苏梁不懂她还怀疑什么，他觉着自己简直白活了这么多年，一切都让他不懂，女人，小孩，婚姻，日子，以及外头的世界。

他只懂得他自己，他爱悠闲的无所事事的日子。他常常在周末的时候，一直睡到十二点才起，太阳晒进屋来，把他的被头都晒暖了，他醒来坐在床上发呆，时间好像糊了胶水似的，凝固不动，前尘与过往，一切都极其缓慢，无限延长，多好。

苏梁打算跟儿子好好地谈一谈。

苏梁说："儿子，你妈还是想让你跟她一起过。你觉得怎么样？"

儿子苏望低垂着眼，只看见他的眼皮在轻轻地颤动，嘴唇却合得紧紧的。真像杨柳，苏梁想，这样紧闭着嘴巴，犟犟的样子尤其像。

苏望开口道："怪不得你跟奶奶这几天老是在一起偷偷地叽叽咕咕地说话。"

苏梁不晓得怎么回答，只好岔开话说："你要听妈妈的话，好好上学，好好用功读书。不要老让你们老师批评你，上课少讲废话。"

苏望抬起眼来，望向苏梁问："她如果还要我上好多补习课怎么办？"

苏梁说："那你就听话，好好上。她也不会叫你上太多补习班的。你不用怕。"

苏望立刻说："反正你不用上奥数，说得轻松。"

苏梁哄他："我会去看你。"

"哦，那我在哪里找你，也在门房吗？"

苏望抬起头，用他孩子的直接、迫切的眼神看着苏梁。

苏梁笑笑说，不是，我会去你妈那里接你，我们星期天下午出去玩。

苏望忽然说："你给我买个新悠悠球吧，带电光的那种。"

苏梁一口答应了。

苏望开始"咕嗞咕嗞"大嚼起薯片来。苏梁给他收拾东西，他从来没有想到，一个小小的人儿，竟然会有那么多东西。

苏望跟在他身后，好像没有要去做作业的意思，苏梁想，就随他吧，快活一刻是一刻。

苏望忽地在爸爸苏梁的背上拍了一巴掌说："你们俩离婚了为什么不可以住在一起？我们班徐一凡他爸妈也离婚了，但是还住在一起，一人住一间屋就行了。"

苏梁哑口无言。

苏望跟着妈妈走了。

要回儿子之后，杨柳跟许月娟见过一回面，许月娟说，你看我的主意不错吧。不过你也真是憨大，为什么不争取房子？

杨柳说："苏梁也不容易，他最好的时光就跟我这样吵吵闹闹地过了。男人也怕老的，男人也经不起年岁的损失。"

许月娟听了这话，怪怪地看了杨柳一眼，说你们这一对，婚离得很正常，离了以后倒是有点儿怪。

杨柳也没把她的话往心里去。

苏望走了以后，苏梁每个月贴杨柳一千五百块钱，直接打到杨柳的银行卡里。后来他听说，杨柳又给苏望报了个奥数的小班，可能也花了不少的钱，听说那种课论小时算的，一小时至少一百五多则三四百，苏梁想杨柳真是改不了了，像魔怔了似的，非得把儿子弄成个状元不可，可惜苏望还真的不像是那块料，杨柳真是自找苦吃，更苦了儿子。

苏梁知道杨柳在现在的公司只是普通的职员，待遇比她以前所在的单位好不到哪里去，又要付房租又要过日子还要给儿子上这么多的班，想必是吃紧的。自己呢，做机修，钱是比杨柳多些，但是一还贷款再加上贴杨柳的钱，也剩不了什么了。苏望一咬牙，背着他妈武小慧做出了一件大事情。

他搬回到妈那儿住，把自己的房子租了出去，跟妈妈武小慧说是为了还贷，实际上却把钱贴了一大部分给杨柳，去付那贵得要死的补习费。

武小慧从开始就将信将疑的，后来看儿子出租了房子，手头也不见得有多么宽松，略一思忖，便明白了。

于是有一天晚上，母子二人吃了晚饭之后，武小慧悠悠地说："你在这里住在这里吃不要紧，反正我这里空屋子有，空着也是空着，但是你多少也要象征性地给点儿生活费什么的，你也这么大了，虽说养儿防老不过是一句屁话，但是你也要做做样子堵了外人的口，是不是儿子？我这也是为了你的面子考虑，不是贪你两个钱。叫人家说你一个大男人家家的，还要老妈养着。"

苏梁不耐烦地说："行啦行啦，知道了，要我一个月交你多少生活费？"

武小慧不急不忙地把桌上的鱼刺拨到碗里，拿一方抹布细细地擦桌子。"现在物价这样高，钱都不值钱了，米都涨价了，肉也贵，虾更贵，我们总不能天天吃素，渐渐地连蔬菜都要吃不起了，只好天天吃豆腐，可修行得这么刻苦也成不了高僧。一千五吧。"

苏梁抽一口气道："一千五？我工资才五千多，我还要还贷，儿子上课也要钱的。"说完便意识到自己失了口，可那话已经不能再吃回到肚子里，暗骂自己是个笨蛋，跟自己妈耍的什么心眼，他从来也不是她的对手。

武小慧把抹布砸进水盆里，溅起老大的水花，湿了自个儿的前襟。"我顶不喜欢人家拿我当傻子，你自己愿意做二百五贴她多少钱我不管，你不要把我也当成二百五，吃老妈喝老妈，从老妈这里揩油去补贴前妻，你也高尚得过头了吧？这样恩爱又何必离婚？婚也是你们自己要离的。我就说她是有企图的，不要房子要儿子，原来打的是这个主意，叫你替她还房贷，替她在外头租房子，到头来那房子还归你儿子，也就等于归了她。算盘打得精刮乱响，拿我们一家母子两个当香油壶，等把我们这点儿油盘剥空了，她儿子也养大了，房子也得了！"越说便越是气愤，恨不得把十几年的陈年老账全翻腾出来。

苏梁被吵得受不了，只觉得脑壳子都震得嗡嗡响，好像脑子成了一个空屋子，屋顶上扑落扑落地掉着石灰，索性无赖地说："行行行，我是二百五，我承认行了吧。可是依理依情依法我都得贴她钱的。这样，我每个月贴你五百块，再多就没有了。你逼我也没有用，要钱没有要命一条，要不你就把我饿死得了。”

一句话直直地冲着武小慧而去，轻刮爽脆，苏老太太武小慧终于在儿子面前败下阵来，伤心地想，所谓儿子，不过是世上最大的讨债鬼，只在生的时候给你添一点儿面子，养儿子有什么用，你为他操心受累一辈子，而他，却最懂得往你的软肋上下重手。

儿子苏望重新回到了杨柳的身边。

杨柳看到分别了两个多月的儿子，抱着孩子喜极而泣，儿子却在母亲的胳膊里勉力地挣动，一个劲儿地说：“我要喝水，给我点儿水喝。”

儿子拒绝了杨柳陪着睡的提议，自己睡在小小的木床上，杨柳问新床好不好，够不够舒服，儿子沉默半天，答，还可以。

杨柳接回儿子之后就跑去跟他的老师们联系。语文老师兼班主任姜丹华老师是早就熟的，关系处得也不错，杨柳对姜老师有特殊的好感，姜老师对杨柳也一向印象不错，两个人好一通交流。数学小吴老师回家生孩子去了，新换了一位年纪大些的，说是目前对班里学生的情况还没有完全了解，不好随便说，请家长等一个月之后再联系。

杨柳回去后给儿子又报了一个小班的补习课，一个班共八个人，专补奥数，听说那老师是专门搞奥数竞赛辅导的。杨柳小心地跟儿子协商，让他在周六的早上去上这个课。出乎杨柳意料的是，儿子并没有十分激烈地反对，小孩子不说好也不说不好，就只“嗯”了一声，认了命似的。

有了孩子在身边，花销自然一下子多了起来，眼看冬天要到了，旧的棉衣什么的也小了短了，杨柳又给儿子添了些冬天的衣物，手头一下子就紧了。没想到苏梁说，他把房子租出去了，以后可以多贴她些钱。

接下来的几个月，苏梁果然多贴了不少钱给杨柳，杨柳倒有点儿不好意思，只怕前婆婆会有意见，可苏梁说，他能对付得了。

苏梁说这话时，神情里竟然有些小俏皮，就像他们还在一起时那样。

在夜深人静的时候，杨柳也会想，自己到底是怎么走到了这一步呢？

第二幕

她看到的都是一双双的脚，脚上头撑着一个一个的人，撑着各自还没有过完的一辈子。

第一章

杨柳的少女时代是在一片浑噩中度过的。她不大爱学习，除了胡乱地写好作业之外，什么也不做。而写好作业，也无非是不想老师找她麻烦。她的老师们，大多中年，在杨柳那样鲜嫩年纪的女孩子看来，他们全都刻板无趣，性别特征全然淹没在职业特性里，女教师诚然不可爱，男教师似乎更加地不可爱。如果他们可爱一点儿，杨柳宁可选择不做作业，换取他们与她私下谈话的机会。但是不，她连这样的机会也不得，只能悲哀地去完成作业。杨柳年轻的心里充满了忧伤，为着一腔的无所着落的少女情怀，班上的男生们也叫她失望。

虽然家境一般，没什么机会穿戴得高档时尚，但杨柳总还是穿戴得齐齐整整，也懂得打扮自己，会弄些个小女孩的花样，围一条小丝巾，或是把头发放下来，梳得光滑，斜里挑一小束，别一个别致的发夹，加上面容甜美可爱，留着半长不短的直发，刘海蓬松，她不乏追求者。有一年元旦的庆祝会上，有一个自弹自唱的外班男生，在台上，谁都看出他的眼睛一直盯着高二（3）班的杨柳，但是杨柳不爱他满脸的痘痘，那些密密麻麻散布在他脸上的小东西，生生地破坏了他刻意摆出的酷酷的表情。其他的男生们，他们外表邋遢，举止粗俗，语言乏味，连声音都粗嗄难听，杨柳想，难道就没有一个可爱一点儿的男生吗？可爱是什么了不得的品质吗，简直好像上天入地都难寻似的。

杨柳虽然没早恋，但是她并不因此而讨老师的喜爱，因为她的学习实在是太提不上筷子了。

杨柳的父母都是普通人，没读过多少书，家里也没有多少书香，他们对女儿的成绩也全不上心。

杨柳的爸爸是得过且过的人，什么都好说，什么都不计较。而她的妈呢，一向觉得女孩子，再好也有限，视此生无子为人生最大憾事，心心念念想再生一个。

后来，杨柳的弟弟出生了。

这是个超生的孩子，为了他，家里被罚了大笔的款，爸妈各降了一级工资，险些被开除。之后在单位，什么好事也轮不上，一说到计生，便被拉出来做反面教材。

两口子来来去去吃人耻笑，说，这么大代价，要是这个男娃娃将来争气还好，要是不争气，可真是得不偿失，这娃儿也真是个讨债鬼了。

还好，杨柳的弟弟杨曦是争气的。

太争气了。

他外表像足了他妈的黑皮紧骨，也像足了她的事事要强。小小年纪，少年老成，面孔峥峥，目光严肃，小学时便显出不同寻常的智力水准，上学一路顺风顺水，回回考第一，初一没上直接跳级上了初二。

杨柳妈激动得老泪纵横，说想不到老杨家三代资质平平，这辈子也来个人物了。于是把儿子爱若珍宝，一心栽培他，更把女儿放到后脑勺去了。

那个时候的杨柳，爸妈既没有要求，自己也并没有自觉的觉悟，乐得快活逍遥，只觉人生就该这样自由，趁青春年少，随心所欲，不然太委屈自己。

那个时候她是一个天生的懒惰分子，这种懒不是行为上的，而是心理层面的。她只想什么也不做，明知道这样不好，但她就是改不了，她不羞愧不改进，任性地随自己性子向前。

有一天，她遇到了苏梁。

那次她与小学同学聚会，某个同学带来了他现在的几个同学，其中一个，就是苏梁。

杨柳看见人群中那个特别清瘦的身影，那一张孩子气十足的脸，笑着说："你们干吗带一个小孩儿来？"

那小孩儿在大家起哄声中奋力地白了杨柳一眼。

慢慢地就熟了起来，常常是一大堆人聚在一起玩儿，都是升大学无望的孩子，相处倒融洽，很快地自然地凑成了几对。

杨柳知道苏梁比自己小两个月之后，笑嘻嘻地当着大伙儿的面逼他叫自己姐姐，苏梁死活不肯，甩一甩披到眼睛上的额发，一眼一眼地瞪杨柳，杨柳心里的欢喜春潮一样地涨起来，满心满意只有一个念头：这个小孩儿怎么这么好玩啊，怎么这么好玩啊！

她越是欺负苏梁，苏梁倒越是好像与她走得近起来。慢慢地，两个人在一群玩乐的少年人当中便落了单，有一回他们与大部队失散了，又不认识路，一块儿走了一个多小时才走到车站前，苏梁发现自己没硬币坐车了，是杨柳给打的票，他一下子害羞得好像做错了天大的事，下车后急急地跑了，跟后头有恶狗追着要咬他似的，跑了有百米远，又折回来，跟杨柳说了一声谢谢。

杨柳觉得自己真的很喜欢看见苏梁，她很快乐地发现，这个小孩儿与自己性子一样，得过且过，懒懒散散，并且，这个男孩子长着一张干干净净的脸，细致得连毛孔都看不见，身上也打理得干干净净，声音也是少年的清亮柔和。他使得杨柳觉得自己有一种张开臂膀围住他的快乐想象，尽管那个时候杨柳自己也小巧玲珑，如一枚光亮红润的小花红果。

然而这个时候，煞风景的高考来了。

这节骨眼儿上谈恋爱也实在说不过去，何况苏梁也并没有对她有进一步的表示，杨柳也不想太过主动，那一点儿小心思，在她的心里冬眠了。

杨柳的高考成绩极不理想，因为纯属意料之中，老师没有过分指责她，家长更不当回事。最后好歹进了个大专。

杨柳住校了，更觉日子快乐轻巧得飞了起来，突然地没有了大量的习题，没有了没完没了的大考小考，没有了高考的重压，杨柳觉得自己轻快得如一只粉色的气球，不断地向上向上。在这种快活得不真实的时候，她重遇了苏梁。

那一年也不知怎么了，杨柳他们学校疯魔了似的办周末舞会，不同的系主办，地点无非就是大礼堂和饭堂。礼堂环境好些，可不容易抢到，饭厅够大，只是地面油腻，鞋子蹭上去“咕叽”作响，空气里全是油烟味儿，但一点儿也不妨碍雀跃得不晓得怎么是好的心。六点一到，饭厅就差不多满员了。不只是本校的学生，也有很多外校的甚至是社会上的小青年过来。有一次，杨柳的室友遇上一个自称是 × 大的年轻讲师，结果没过两天女孩子在菜场碰上了他，原来是卖干货的小店主，大家笑了好些日子。

是杨柳先看见人堆里的苏梁的，他正吹着一个巨大的泡泡，几乎把他的脸都遮住了，那个泡泡破掉的时候，他气哼哼地捏掉粘在鼻尖的一点儿白色碎屑，杨柳笑了起来。

他长高了不少，也认出了杨柳，对着她笑了笑。

杨柳忽地就矜持起来，站在原地动也不动，甚至转开了眼，但觉脖子后头一道目光，追着她，并不热辣，但黏黏的、温温的。她促狭地猛一回头，但是他比她还快，马上就收回目光，去看看饭厅顶上拉着的那些乱七八糟的纸花与彩带。

她走出饭厅，知道他在后头跟着，但是她就是不回头。她地形比他熟，转到拐角躲起来，他过来了，小傻子似的东张西望，她突然出现，说你跟着我干什么。他吓了一跳，真是吓了一跳，嘴巴半张着说不出话来。

重逢的喜悦有一种蜜糖一样的味道，他们很有默契地一同往校园深处走。

那正是一年里最热的日子，无月，又闷又潮，也无风。可是走着走着，就走出了清风明月。

初相识初相恋真好啊，怎么就那么好，没头没脑没天没日地好。

后来杨柳知道，苏梁高中毕业后没有考大学，而进了一所职业学校，学机修。

两个人就那么在一起了，天经地义似的。无非是年轻的孩子们恋爱的基本形态，约会，看电影，逛街，K歌，遛公园，沿着长长的道路一路走啊走啊，全无目的地，头顶上是枝繁叶茂的梧桐树，冬天的时候落尽了叶子，一树的枯枝衬着冬天蛋青色的远空，像钢笔勾勒出的一幅画，他们就在画里头走，谁也不嫌累，无所事事，真心真意地快活着。

杨柳刚有了一个小巧的手机的时候，苏梁一天最多给她留过三十多条信息，无聊到只得三个字："吃了吗？"晚上他打来电话，或是她打给他，一说几个小时，话筒都烧得热乎乎的。他们都很年轻，都懒散爱玩，不求上进，心思却还是纯的，也不过拉拉手、抱一抱，接个吻便紧张得手心里浸一层汗。

一晃就是两年。再有一年，两个人都要毕业了。杨柳班上有些人想要专升本，杨柳一开始很想随大流也考一考，可惜这两年她哪里好好地念过书，匆忙之下翻开了书本打算临时狠抱一下佛脚，但是不行，苏梁的留言来了：我在你家楼下，下来，下来。好像更年幼一点儿时的玩伴站在楼下直着嗓子叫，下来玩下来玩。

叫杨柳怎么抗拒得了。苏梁说，干吗要专升本，大专还不够吗？我也只读个大中专，念那么多书做什么？杨柳一想，也是，于是抛开了书本，跟苏梁接着过快活得有天没日的日子。

终于家里察觉了，杨柳妈说："你是不是处朋友了，偷偷摸摸干什么？带回家来我们看看，没指望你嫁高门望族，也别弄回个不三不四的人。"

苏梁头一次见杨柳的父母，多少有些拘谨，杨柳母亲紧凑的眉眼与滴水不漏的表情让他的背后像生了一丛小毛刺似的，戳得他只想扭扭脖子耸耸肩膀，但是又不敢。

杨柳对母亲有点儿生气，人是你叫我带回来的，现在却又是这种不冷不热的样子，就好像我们苏梁是个毛虫似的不值得一提，当然了，杨柳想，在你眼里，除了杨曦，谁都是毛虫。

还好杨柳爸爸的态度很和善，一直笑眯眯，饭桌上也尽拣好菜往苏梁碗里送，让杨柳和苏梁都觉得舒服，他也没有盯着苏梁问起来没完，只略交谈了几句便叫他不要客气，常来玩儿。

吃完饭，苏梁跑到杨柳房间，只觉后背全汗湿了，忽觉无趣起来，啃着自己的指甲突然说，那我回去啰。

杨柳爸挺喜欢苏梁，直说这孩子好，单纯，没有鬼心思，将来不会欺负杨柳。杨柳妈淡淡的，说，你要是觉得好就谈呗。

苏梁妈问起来，这一次见老丈人丈母娘感觉怎么样？苏梁犹豫半晌，终究也想不起来如何表达那种一半冷一半热的感觉，只好说，还好。

但是杨柳还是可爱的，苏梁觉得自己是绝对丢不下杨柳的。杨柳对苏梁的匆匆离去也有一点儿不满，连着三天不肯见苏梁。到了第四天，两个人才约了出去，杨柳是气呼呼地应了苏梁的电话的，但看到他远远地踢踏踢踏拖泥带水地走到近前，就"扑哧"一下笑起来。

她是那么地喜欢他。

他也是。

后来，杨柳的专升本泡了汤，她决定收获她的爱情。她跟苏梁约定，等两个人毕业之后工作有了着落就结婚。

那些年里，找工作还不是非常非常艰巨的一件事，何况杨柳对自己的职业并没有过高的期许，她很快在一家小公司里找了个文秘的工作，工资不高，不过杨柳很满足了。苏梁也进了一家汽修公司，比上不足比下是绰绰有余了。

他们打算结婚。

听到这个消息，杨柳的父母还未及发表意见，弟弟杨曦抢先问了一句："姐姐你真的要跟那小孩儿结婚？"

杨柳嗔道："乱讲什么，你才是真正的小孩儿吧，不要冒充大人，会长不高的。"

杨柳妈就问了一通为什么要这么急着结婚的话来。

父亲说："蛮好蛮好，苏梁有一技傍身，长得好，跟你个头也相配，脾气也好，你们早点儿结婚早点儿要小孩，年纪大了再要，吃不消吃不消。"

杨柳想，最重要的是，我喜欢他啊，喜欢他。

相比于杨家，反而是苏家有一些反对的声音。

苏梁妈妈武小慧说："儿子，你不再挑一挑了？那个杨柳，我看不像个会过日子的人，像个小孩似的，想到哪儿做到哪儿，万事没有个成算。我看她头顶有两个发窝子，这种人特别犟，决定要做什么事，九头牛拉不回来。"

苏梁笑，说妈你是看相的啊。

武小慧带笑不笑地说："儿子，你还真不要不信，虽然我只见过她几回，可是看人看皮，锣鼓听音，我从来都看人看得准。"

苏梁嘟了嘴，完全是孩子相。

武小慧又说："你不听我的，急急忙忙结婚，将来有的后悔。"

苏梁的哥哥苏群听得这话用力地咳了一声，无论如何，当着要结婚的儿子面说这话太不吉利了。

苏梁果然生了气，用力地踢翻了一只小方凳子，"咣当"一声重响。

武小慧倒笑起来，摸摸儿子的胳膊说："儿子啊，妈也没说反对，你要结婚总归是好事，结就结吧。"

杨柳与苏梁的恋爱与结婚虽然说不上一帆风顺，可也没有经历什么大的风浪，两家人对对方都不十分满意，可也并不十分不满意。况且说起来两家也是门当户对，虽都嫌对方简薄，但自己给孩子的也都不算丰厚，也就互不计较了。

杨柳和苏梁很快地，结了婚。

第二章

苏梁和杨柳是二〇〇七年结的婚，他们起先想要买套房子，那一年南京的房价是四千五左右一平方米，离市区近的更贵些，而且多半是大户型，苏杨二人刚刚工作，平时是吃光用光，哪里有什么存款？杨柳父亲跟女儿女婿提建议，说，要不你们买远一点儿的房子，就买一小套，七八十平方米，付个首付，其他的贷款，以后慢慢还贷吧。杨柳妈赶紧表达意见，说，首付嘛，小苏你们家能不能帮帮忙？你晓得，我们这里，你晓得，底子嘛是薄的，将来还要送杨柳她弟杨曦出国上学，他脑子那么好，不出国留学多可惜是不是？连他们老师都这样子讲。可是国外嘛学费生活费多高啊，钱肯定像水一样"哗哗"地流出去，这是不用想的。我们呢，也不会亏待女儿，嫁妆会有。

苏梁是个别人说什么他就听什么的人，倒也不全然是因为好脾气，不过是他天生的一股子散漫劲儿，只要不让他自己费脑子想办法，有人给出主意，他便拿个现成，多么省事，至于这主意如何落实，他也不晓得。

苏梁傻乎乎地把杨柳父亲的意思带回家，传达给自己母亲，武小慧冷笑不已。苏梁被妈妈笑得摸不着头脑，五心烦躁起来，像一只小兽龇牙咧嘴跟在母亲身后转来转去，连声问，你笑什么呀笑什么呀？

武小慧说，你怎么想起来跑到那种地方去住呢？那种都是征了农民的地盖起来的房子，四周没有菜场只有菜地，望出去老远也看不见一个人影，吃完晚饭到外头散个步，说不定脚底就踩着根人骨头，那些地方原来就是坟穴堆儿。

苏梁傻乎乎地说，那，近的地方我们也买不起啊。

武小慧又笑，儿子啊，你怎么这样傻。他叫你买房？这是要彩礼啊。哦哟他也太狮子大开口了。我们家娶媳妇，他们家嫁女儿，新社会一样的呀，真买房他们也得掏一点儿。他能贴你钱吗？贴你个十万八万？哪怕贴你三万五万也好啊，你问他能拿得出来吗？他舍得贴给你吗？人家还有个儿子呢。再说，就算他贴你三万五万的，四五千一平方米啊，八十个平方米就是多少钱？你要欠着银行多少钱？你们都是才工作的人，一个月能拿多少钱？全还给银行，你们不吃不喝不穿不戴？我当妈的自然不会把儿子媳妇饿死，但是儿子啊，你们以后还要不要生孩子养孩子了？我一个退休职工，一个寡妇人家，哪有那么多钱能借给你。

苏家大儿子苏群比苏梁要大不少岁，是早就搬出去另过了。他有家规模不大的公司，苏群的老婆许月娟早早地把话放出来，生意不好做啊，别看挣点儿钱，有一笔亏，就要缓上两年才顺过来。苏梁被妈妈和嫂子的一番宣言似的话弄得晕头转向，便又把意见传达给杨柳。

后来苏梁常想，他若晓得隔了几年，房子的均价涨到那样一个匪夷所思的地步，当时他肯定下决心买他个两套囤着，一转手就挣多少钱，可见人无远虑必有近忧这话是没错的。

苏梁的父亲早些年去世了，家里的房子是二十世纪九十年代初旧平房拆了返迁的，两室一厅只有母亲一个人住，所以，到最后，苏梁与杨柳理所当然地选择了把新房放在苏家老房子里。

杨柳她妈对此的反应是重重地冷哼一声，说，你看吧，住在一起有的淘气！

几年后，杨柳不得不佩服妈妈预言家式的断言。

不能买房，杨柳有点儿失望，她不喜欢跟苏梁妈妈住在一起，实际上苏梁家除了苏梁她都不喜欢。苏家妈妈太精，他哥太阴阳怪气，他嫂子太俗，只有苏梁是可爱的。因为他的这种可爱，杨柳便心甘情愿地选择了跟婆婆住在一起。

结婚之后，苏梁与杨柳过了一年多潇洒快活得没天没日的好日子，两个人都年轻，正是爱得不知道怎么是好的时候，这会儿热辣辣地到了一处，好像一双鱼儿落入了水质丰美的小河里，快活如意得摇头摆尾。时常在家里，杨柳就跳到苏梁的背上，让他背着她满屋子转。一到周末就去看电影，后来又存钱买了最时兴的家庭影院，天天在家看到三更半夜，高兴起来就跑出去下馆子，到处去逛，买些好看而无用的东西堆在家里，并且很快地就把这些东西给忘记了，下一回上街还买。还是月月光，到月底没钱的时候就老着脸皮吃苏家妈妈的。虽是住在一起，可武小慧是坚持分开来吃饭的。看着儿子媳妇胡乱花钱没个算计，武小慧心里自然是不高兴的，可是儿子觍着脸对她说，妈我们钱用完了，跟你吃好不好的时候，她又狠不下心来拒绝，便把一腔气都冲着杨柳去。可他们真是年轻啊，全然不顾及别人的眼色。苏梁是糊里糊涂看不见，杨柳是看见只当看不见。

与苏梁和杨柳比起来，许月娟与苏群的恋爱显得乏善可陈。

他们是相亲认识的，走的是平平实实波澜不起的恋爱之路，磨磨叽叽、不温不火地谈了半年，就领了证。

在此之前，许月娟有过一个大学生的初恋情人。那是个很俊秀的小伙子，没什么好衣服穿，可是长身玉立、英俊周正，走出去自有许多人会回头看，让许月娟很是得意。但是那人委实太穷了，老家在贫困山区，亲朋借助自己打工累个半死才磕磕巴巴读完了大学，毕业之后也并没有找到什么像样的工作，窝在一个半死不活的小公司里，还有大笔的欠款要还，人都跟着灰了成色。

那个时候，苏群已经开始做生意并小小地发了些财，相亲时递给许月娟的名片上写着总经理的名头。

许月娟不是没有犹豫过，但是有一天，她跑去找初恋情人，亲眼看着他在小公司里被人呼来喝去，那样谦卑，一点儿神采也没有，全然就是一个唯唯诺诺的小男人，那一刹那，他的未来如同一眼可望断的风景，许月娟把他与她可能的往后的日子看得通通透透，当天晚上，她就下决心给他写了绝交的信。

许月娟与苏群结婚了。自打他们结婚之后，苏群开始走上了稳健的致富之路，他的公司业务蒸蒸日上，钱像打着滚儿地往口袋里流。

苏家老太太武小慧在大儿子结婚前拿了许月娟的生辰八字偷偷地算过一次命，那算命的说许月娟有着旺夫运，不过为了压制大儿媳的傲气，她从未把这件事告诉任何人。现在看到算命的话果然应验了，她也高兴，却怎么也不会说出来的。

只可惜，许月娟婚后多年没有生育，苏老太太开始怀疑她是不是不能生，起初是暗示后来是明示，要许月娟去医院好好检查一下。许月娟愤而拒绝，从此埋下了婆媳之间不和的种子。

但是日子久了，总有个五六年吧，许月娟从来没有刻意地避过孕，可她就是怀不上。她开始怀疑起苏群来，怕是他起了什么坏心所以做了手脚。外头看起来，苏群这个男人，不苟言笑，说得好听是严肃、酷，七情六欲不上面孔，说得不好听就是无趣，如同一块铁板，他甚至都很少笑，整个人针插不进水泼不进似的，可是这有什么，他有钱，再无趣刻板也会有年轻美貌的小姑娘贴上来。许月娟留心地观察过他，也跟踪过他，只是没好意思找人查他，竟也没有什么破绽。许月娟终于狠狠心偷偷地去医院彻底检查了一下。结果出来，她一点儿毛病没有。

许月娟却也不跟苏群去说，只把检验单轻轻放到婆婆武小慧面前，武小慧看了，心里"咯噔"一下子。

不用许月娟操心，婆婆武小慧自会想方设法说服儿子去做检查。

没过两天，武小慧找了许月娟过去，也把一张检验单轻轻地推到许月娟面前，那张纸被桌上一点水滴黏住了，那一点湿迹子慢慢地在纸上扩大，许月娟看了一眼，不作声。

苏家老大苏群也没有什么问题，许月娟抬头看婆婆，婆婆抬起眼皮来看看她，慢慢站起来，前些日子脸上赔的那一点儿小心随风化开了，渗出一个笑来说："其实呢，也不急。我们苏群也才三十五。"

许月娟的左半边脸轰地红了一块，像凭空挨了一个耳光似的，掉头就离开了婆婆家。

之后没有多久，许月娟发现一件事。

苏群把惯常用的保温杯换成了紫砂的大口杯，许月娟无意间用那个杯子喝了一口里面的剩茶，一股子怪味道。许月娟便问苏群喝的是什么，苏群脸马上白了一白。

苏群后来承认说，那张检验单是他托人弄来糊弄他妈的，免得她啰啰唆唆。苏群说这话的时候，头一回略带小心地看了许月娟一眼。许月娟不知为什么反而轻轻地松了一口气。心里的念头太多太杂，快得她一时抓不住，只是没来由地心里轻了一轻。

不过，苏群说，医生说，情况并不严重，还很乐观，坚持吃他百十来服药就会见效。

后来定下心来，许月娟想，这样也好，至少苏群在外头不会藏着一两个私孩子，她在这个家里的位置总还是站得牢的，何不现在做出一点儿高姿态来。

许月娟就帮着苏群把这事儿瞒了下来，苏群也没说什么，拨了一笔钱到许月娟的名下。

这么吃药吃了又有三两年。

这一年正是苏群与许月娟结婚第八个年头。

这一天，许月娟照例是要到婆婆那里去吃饭的，一进家门，她便看到苏梁的老婆杨柳正在用一个大马克杯喝黑芝麻糊，扑鼻的浓香。许月娟开玩笑说："哟，马上要吃饭了你喝这个，等会儿吃不下东西了啊。"

杨柳笑笑没有回答她。婆婆走过来听到了，闲闲地说，随她吧，这种时候总是这样，想吃什么就非吃到嘴不可，一会儿吃不下就吃不下，回头想吃了再热，东西都是现成的。

许月娟"唰"地明白过来。这一天晚上吃的饭全梗在了心里。她看不得婆婆脸上那种厚此薄彼的样子，吃了饭便回了家。

许月娟倒不是担心什么，他们老苏家有什么家底可以分？苏群的钱苏梁也没有继承权，除非她死了，武小慧也死了才成。她只是看不惯婆婆得意的样子。

杨柳怀孕了。苏梁知道以后愣了大半天。杨柳跟他开玩笑，说你高兴得傻掉了吗？

苏梁小声地说："小孩子。"还"啧"了一声，好像在品味这个词的味道，咂摸来咂摸去全无头绪，苏梁对小孩子这种事物太没有概念了，总觉得会是十分十分遥远的事，他弄不清自己到底是一种什么心情。

杨柳年轻，也没有什么太大的妊娠的不适，照样跟苏梁一块儿到处去玩儿，为了这个也听了婆婆不少的啰唆。

过了没多久，许月娟发现自己竟然也怀孕了。

这个消息好得简直让人承受不住，在她结婚八年之后，她许月娟终于要做高龄产妇了。

杨柳妯娌两个几乎是同时入院待产的，因为许月娟有早产的迹象。

那一天正好是元旦，苏梁坐在妇产医院的走廊上看元旦晚会现场直播。这电视机可能有点儿小毛病，有那么两三分钟没有了声音，这时候产房隐隐有一道婴儿的哭声传了出来。突地，那电视机也出声儿了，"轰"地炸开了满屏的烟火，声色俱全。

一晚上没怎么合眼的苏梁正蒙眬要睡，被这巨大的声音惊得一跳，醒了，发现自己已做了爸爸。

杨柳生了一个儿子，六斤半重，健康。

三个小时之后，许月娟也早产生下一个儿子，十分瘦小，还不到五斤。

助产士开玩笑地说，这小哥俩真会挑时间来，这日子多好啊，他们出生，全国人民全世界人民都跟着一道庆祝。

她们被分别送回产房。

杨柳的母亲送来一大罐金黄的鸡汤，杨柳一气喝了两大碗。

病房里非常热闹，挤得几乎可称得上水泄不通，气味不好，要不是还虚弱无力，杨柳简直想跑出去透一口气。

人多是有特殊原因的。

杨柳同病房的女人，也生了。

那可是个不同寻常的孕妇，因为她怀的是三胞胎。昨天剖宫产生了，两男一女，连新闻记者都惊动了，过来好一阵子采访，那个年轻的老公激动得话都说不完整了，整个走廊都听见那个做婆婆的洪亮的嗓门儿。

半夜，杨柳睡得迷迷糊糊，听见有人在低低地哭，哭声十分压抑哀痛。

杨柳撑起半个身子往旁边的病床看去，是那个剖宫产生了三胞胎的年轻女人，她身上还插着管子，应该是十分虚弱，哭声细微得像一只走投无路绝望的猫。

一直到多年以后，杨柳才明白，她为什么要哭。

第三章

那可真是，一段兵荒马乱的日子。

苏家的两室一厅里突地住进了两个小婴儿。

依杨柳的意思，是想回娘家坐月子的，并且她还很天真地设想过，父母会帮她带小孩，她与苏梁依然可以像从前一样逍遥快活。不知从哪一年起，回娘家坐月子，小娃娃也由孩子妈妈娘家带，外孙子外孙女儿管外公外婆叫爷爷奶奶成了这个城市的一种风俗。

杨柳的母亲是地地道道的南京人，可是却说她不晓得有这种风俗。再说，杨曦要考大学，这种关键时刻，家里来个吃奶娃，那岂不是天下大乱，毁了杨曦的大好前程，谁来赔？再说，苏家的小孩子养在杨家，是要抢掉杨家未来子孙的灵气的。

杨柳不由得笑自己傻头傻脑，出院那天便收拾收拾回了婆家。杨柳的父亲过意不去，带了大包的东西，拉上老婆来苏家进行和平外交访问，坐下来诚恳地跟亲家道辛苦。杨柳妈堆了笑容说，是啊是啊，我们家柳柳说，亲家妈妈是很能干的人。

武小慧也有模有样地坐着，微微笑着说："哪里，亲家妈妈说的客气话，我们苏家的孙子我自然是要带的，哪有什么能干不能干的话，我生两个儿子都是我妈帮着我带，一点儿也没叫我操心，说起来我也是二十来年没有带过这么小的小娃娃了，摸着石头过河呗。我们家现下也没有做学问的人，我们是劳碌命，想不开，一辈子注定要为子孙当牛做马。"

杨柳妈但笑不语，肚子里直佩服自己的好涵养，坐了一会儿告辞回去了。

武小慧提出她一个人又要带奶娃娃又要伺候月子绝对忙不过来，于是找了保姆，是一个模样看上去还算爽利的三十来岁的女人，工资自然是杨柳他们自己掏。

许月娟因为早产，孩子在医院多留了几天，她在医院时听说婆婆已决定给杨柳带孩子了，马上拒绝了自己妈妈要来带孩子侍候月子的请求，出院时也回了婆家，带着刚出生的儿子和一个保姆，加上她的两个姐姐，一行人浩浩荡荡开到了苏家。

邻居们来看小娃娃的人很多，都说苏家好福气，真是双喜临门。

苏家两个媳妇一起坐月子，两个刚落地的小娃娃，哭声此起彼伏，好不热闹，略阴点儿天，屋子里挂的尿布便如同万国旗，锅碗瓢盆满目皆是，加上两个保姆来来往往，乱得就像战后的华沙。

杨柳年轻，奶水好，她除了喂奶什么也不操心，觉头特别足，也不知为什么那么爱睡，没个够，胃口也好，把保姆英姨支使得团团转，这边刚吃过一大碗鸡汤银丝面，一会儿的工夫就又饿了，想吃桂花酒酿丸子。还好杨柳嘴甜，天生一副笑模样，手头也散漫，时常贴补英姨，所以英姨虽然忙，可还是尽可能地满足她的要求。唯一叫杨柳不大满意的，是英姨的手艺不是很好，杨柳总觉得她做的东西不够精致，也不够鲜美，跟婆婆武小慧比起来还是有相当的差距的，再加上英姨实在忙不过来，也会小抱怨几句，说自己是来带小娃娃的，好像不带着连大人也侍候，所以有时杨柳也会跑到婆婆跟前小小地撒一个娇，希望婆婆给做一点儿鲜肉小馄饨或是炖一小锅猪肝菠菜汤。月子里头婆婆倒还算是有求必应，出了月子，就多了一点儿闲言碎语。婆婆倒不会大叫大嚷地表示不满，不过她的话里一向机锋很多，能拧出一把酸汁子来似的，杨柳这几年也听惯了，哪有不明白的，于是便有点儿小委屈起来。杨柳想，自己根本就是一个孩子的载体，孩子落了地，婆婆对她的那点儿疼爱也烟消云散了。

可恨苏梁在家里是一个油瓶子倒了也不会扶的人，杨柳从不敢指望他能弄点儿好吃的给自己，干脆自个儿想吃什么做什么，自力更生，丰衣足食。

有一回，都十点多了，杨柳突然觉得饿，想吃一碗面，这些天孩子哭得多，她白天睡不好，这会儿饿得不行可还是不想起来。又挨了一会儿，挣扎着把自己从床上拔萝卜似的拔起来，跑到厨房去下面。杨柳也不是顶能干的小女人，做饭的手艺也就一般，可她胆子大，敢下料，这会儿她想着，面里加点儿什么好呢？突然起了玩闹的心，把平时下面绝不可能放的作料通通放了一点儿，醋，一点儿料酒，一小撮花椒，一点点十三香，还揪了两片芹菜的嫩叶烫到面碗里，一尝之下，居然鲜美无比。正要吃的时候，苏梁走了出来，问杨柳，你在弄什么这么香？杨柳举着筷子在他的头上敲了一下说，没你的份，你又没劳动，不劳动者不得食，马克思说的。说着又呼啦吸了一大口面。

这些天家里满坑满谷的人，杨柳和保姆带着新生儿住一间，许月娟和保姆儿子占了另一间，婆婆武小慧和苏梁只得在客厅里搭床。到处都是小婴儿的东西，苏梁起先觉得新奇，很快便烦了，他觉得，即使在家里也不能常见到杨柳似的。越是够不着越是想得厉害，杨柳养得很好，并不肥胖，却饱满红润得如同一枚鲜桃，苏梁觉得她真可爱。啊，这“够不着的感觉”真是个好东西，苏梁想，活像是在心尖子上放了只小蚂蚁似的，那么小口小口地咬着你，不痛只痒，一直从心上痒到牙齿缝里，他真想在杨柳白嫩红润的脸上咬上一口。可是，家里都是人，有时他在杨柳身边刚站定，打算抱一下老婆，手还没有伸出去，保姆就过来了，“呱呱呱”地说上一堆话，扬州话又急又脆，高亢飞快，苏梁被吓了个大红脸。还有时，他才跟杨柳调笑两句，妈也进来了，叫他去把奶嘴烫一烫，保姆在给娃娃洗澡，别像没事人儿似的。杨柳每每也知道苏梁的心思，偷着笑他。这一对小夫妻，在一片混乱当中，只得偷空拉一下手，摸摸头发或是脖子，合法夫妻倒生出点儿偷情的意趣来，苏梁觉得顶有意思。

杨柳看着苏梁眼巴巴的样子，不由得拿起一个小碗拨了一点儿面条和一点儿汤汁，叫他坐下一块儿吃。苏梁尝了一口，陶醉得眯起眼睛，说这辈子也没吃过这么好的面，老婆你真能干。

真是好难得有这样安静的一刻，两个人对坐着吃面，杨柳看着苏梁吃得鼻尖上沁出细汗，忽地觉得，他们好像是乱世里战争中一同逃难的情人，相依为命。

此后许多年，他们再也没有吃过那么好的面。

做了爸爸的苏梁依然保持着好玩的性子，晚上他是一定要看电视或是用电脑看碟片的，战争题材的片子是他的最爱，以前他老是拉着杨柳一道看，杨柳也拉着他看爱情片，彼此都看得哈欠连天，可是正是年轻情浓的时候，两个人在冬天的晚上偎在暖暖的被子里看碟片，最无趣的故事也染着最悠闲最明媚的色彩。可是，现在的杨柳，有时间就想躺下来睡觉，再没了陪老公看片的心境了。有一天晚上，杨柳从蒙眬中醒来去卫生间，看见苏梁一个人坐在客厅里，戴着大耳机在看片子，激动处一个人握拳挥舞，客厅只在墙角亮着一盏三瓦的小灯，一点鬼火似的，却把苏梁的身影拉成巨大的灰灰的一块，斜斜松松地挂在墙上，随着他的动作扭曲挣动，好像受着莫大的痛苦似的，看得杨柳又好笑又有点儿心疼。

不过，苏梁的逍遥日子并没有持续很久。

武小慧宣布她病了。

起因还是许月娟还在月子里时的一件事。

那时候，有那么一次，许月娟的母亲来看外孙子，半认真半玩笑地说亲家妈妈的鸡汤怎么这样清淡，跟清水差不多了，虽说坐月子的人吃不得重油，可是老母鸡汤一点儿油花没有算什么鸡汤呢。

武小慧自然是受不得这种话的，免不了夹枪带棒地说了一通。可是许月娟的妈妈不像杨柳妈妈来访时的好涵养，那也是千军万马中杀将出来的一员猛将，嘴头子从不饶人的，两个人当场就戗了起来，弄得不欢而散。

于是，武小慧一气之下就病了，眩晕，一起床就想吐，必须躺在床上静养。她让苏群在客厅里替她拉起一道布帘，为自己在一片混乱中圈了一块休养生息的宝地，从此躲在帘后不出来，也不吃饭。杨柳看不过去，总不能把婆婆饿死，就央求保姆英姨给做了稀饭送给婆婆。英姨是垮着脸进去的，可从帘子后头出来的时候竟然有了笑模样，后来杨柳才知道，婆婆允她额外的钱，叫她顺便服侍自己几天，就做做饭给端过来而已。

处得久了，杨柳发现英姨是利落模样笨肚肠，孩子带得并不十分干净，仅烫奶瓶一件事，杨柳就教了她不下二十次，按杨柳的话说就是依然操作不规范。这会儿英姨过起了一仆二主的日子，更是丢了扫把弄瓢，顾不过来了。

杨柳只好让苏梁有空在家帮帮忙，顺带着看着英姨，自己多分一点儿时间来带儿子。

干了没两天，苏梁便觉得好麻烦。

更糟糕的是，不知为什么，儿子晚上开始拼命地哭，吃饱了也要哭，明明换了干尿布还是哭个不停，变成了一个夜哭郎。

许月娟的孩子倒还好，一到了晚上，他们那间屋的房门便闭得紧紧的，生怕受影响。

也许是早产的孩子气力不足，许月娟的儿子连哭起来也是细声细气的。她用的那个保姆许姨倒是整洁而手脚勤快的，人也厚道，有时还愿意伸手帮杨柳一把。可是许月娟分得很清楚，看到许姨去帮杨柳忙了，便扬声叫她做这个弄那个，全是鸡毛蒜皮的事儿，把许姨支使得陀螺似的。

杨柳的保姆英姨很快表示吃不消了，要走。杨柳关起门来与苏梁商量，说哪里是吃不消，她分明是想不带小孩，专门服侍你妈！你妈又没什么真病，自已也可以大小便，只一天做三顿饭就行了，当然清闲。

杨柳气得原本粉白的脸涨成紫色，苏梁的眉头团在一起能承得住一个鸡蛋，他觉得上了年纪的女人们真是烦，面容又皱又丑，身材又垮又走形不说，花样还来得那个多，真真叫人招架不住，他也没什么好办法，只好说会给英姨加点儿工钱，并且夜里孩子哭闹得紧的时候，他会帮着抱的。

果然到了下半夜，小娃娃又哭起来，声音炸开似的响。

上半夜他哭闹时杨柳一直抱着，这会儿苏梁不忍心再让杨柳起身了。

苏梁痛苦地打滚扑跌从床上挣扎起来，抱着儿子在屋子里走过来走过去，走着走着，就看见窗玻璃上的一角天空一点点变成鸭蛋青。苏梁想到天亮以后还要去上班，简直想抱着儿子从阳台跳下去，苏梁从小到大没吃过这种苦头，困到极处，几乎产生了幻觉。

他看见自己浮起来，像一条笨拙的鱼慢慢地划动着鳍，可是好像不是在水里游，他喘不上来气，四周所有的家具，还有四面墙壁都对着他挤压过来，好像要把他压成肉泥。他猛然一惊，醒了，大口地呼吸着，胸口刺痛。

杨柳与苏梁都筋疲力尽。

苏梁不禁跟杨柳抱怨，说："我们要小孩子干什么呀？"

杨柳开玩笑地说："给我们养老啊，他多好玩啊，像洋娃娃那样，还是活的。"

说着，她把婴儿的小手举起来，映着好太阳，那小手比豆腐还细嫩，比最纯净的玉还可爱，几乎是透明的，那么小，那么小，那么软，那么软，细细的手指还动弹着。苏梁抓过儿子的小手翻来覆去地看，突然笑着说："这小手儿，还是五个叉的。"

说得杨柳放声大笑起来。

苏梁不禁也笑了起来。

这是一个星期天的午后，小婴儿非常非常难得地安静，他躺在摇篮里，冲着俯在他上方的这两张年轻漂亮的面孔，咧开嘴笑起来，实际上他现在还看不清这种距离的事物，但他的眼神却无比专注，饱含深情，亮晶晶的，像里头落了两粒小星子。

苏梁说："他真好玩儿。"

杨柳笑着说："哎，好困，我想睡一下，你把儿子抱出去玩一会儿。让我睡一下好吧？"

苏梁说："哎呀，你要睡多久？我只能玩半个小时，长了我可坚持不住，真的，我会被他搞疯掉的。"

杨柳眼睛都快睁不开了，迷迷糊糊地说："哎呀你好歹玩他一个小时，顶好玩一个半小时。你不是说他好玩吗？"

苏梁骇然："一个半小时？不是我玩他，是他玩我了！会玩死我！"

杨柳根本听不见他的话，躺下来，一歪头，睡着了。

日子一天天地过去，苏梁实在带烦了小婴儿，于是跟杨柳提出来，想请杨柳妈帮帮忙。谁知道，杨柳妈一听就说要照顾儿子杨曦考大学，这是人生顶顶重要的大事，你们自己克服克服好了。

杨柳的爸爸说："要么我们分分工，你照顾儿子高考，我替女儿带娃。"杨柳妈冷哼一声，说："你在哪里带娃？你是打算把个毛娃娃带到咱们家里头来啊？读书要清静的呀，平时我在家里大气都不敢喘，你把毛娃弄来，那我儿子还考不考大学了？还是你打算厚皮老脸地住到亲家家里头去带娃呢？你亲家娘可是个寡妇人家。"一席话说得杨柳爸爸不敢再作声了。

后来，到了八月间，杨柳弟弟杨曦顺利考上清华，要去北京念书，杨柳妈欢喜得不辨东南西北，打算跟老头子一起送儿子上北京。杨柳也挺开心的，特地回去跟父母兄弟一道吃了顿饭，开玩笑地说，杨曦你好好读，将来到美国留学，将来我儿子可以上美国找他舅舅去了。

去了北京之后，杨柳妈说不放心儿子，干脆在那边租了个地下室，打算暂住些日子，也顺便看看天安门和长城，还有皇家花园。

这个时候，婆婆武小慧总算是能起床了，抱着小孙子一边摇晃一边笑着说：

“你看你舅舅多争气，以后要看你的了，都说外甥像舅，看你能不能像到人家一点半点。”

杨柳是直性子，听不得这些闲话，暗地里跟苏梁说，你妈话里的小机锋好像米饭里的沙子，拣又拣不彻底，淘又淘不干净，真让人不舒服。我儿子怎么就像不着杨曦了，说不定还真像呢，比杨曦还牛也是很有可能的。

于是武小慧继续不时地生病躺倒，保姆也继续偷滑摸鱼，小夫妻两个人就只好继续手忙脚乱地自己带孩子。

第四章

苏梁终于累倒了，发起烧来，躺在床上直哼哼。杨柳在家里东找西找找不到药，只好上街去给他买。

苏梁躺在床上睡着了，儿子就窝在他的脚边，也睡着了。保姆英姨进屋去看孩子时，只见那小小子的尿布系歪了，一大泡尿出来，把这爷俩半个身子都泡了。英姨赶紧收拾，把小婴儿抱出来，跟武小慧说，真作孽，奶奶去把小苏叫起来换衣服再睡吧。

武小慧进了儿子的屋子，看着这几日降了温，儿子连床薄被都没盖，缩手缩脚地睡着，一件棉毛衫上全是尿，黏在了后背上，就这样他也没醒，不由得也心疼起来。

杨柳回来以后，武小慧忍不住说了她一通，看着老公不舒服睡觉了，连床被子都不晓得给他盖。杨柳没好气地说，我走的时候他还没睡呢，在家的人也不晓得给他盖点儿被子。我就说用尿不湿的好，您非不让！

一句话噎得武小慧半天喘不上气。

儿子病倒了，孙子红屁股了，武小慧也躺不住了，终于起床看孩子操持家务了。

她对自己说，不是为了媳妇，她是为了她儿子。

她想，这几个月她怎么能对儿子这么狠心的呢？武小慧不由得又怪罪到杨柳的身上去了，都是这个小女人，她怎么就那么让人看不顺眼呢？女人家剪了个男娃娃头，没孩子前成天活蹦乱跳的，一分钟也闲不下来，有了孩子便一下子邋遢起来，做家务没个样儿，横不是竖不是，茶也不周到饭也不周到，不晓得儿子看上她哪一点。

武小慧一肚子的气，可看到儿子睡得蓬头鬼一样，两三天的工夫，脸就瘦塌下去一块，总算把话咽了下去。

武小慧实在是一个能干的人，她一出马，一切就都上了正轨，连孙子都不夜啼了，开始了正常的作息。

咦，苏梁说，我妈真厉害。

杨柳不以为然地说："巧了呗，小儿夜啼又不是病，总归有好的一天，哭个十天半个月的也就好了。我们累死累活地带过了这段最难带的时候，她来捡个现成，还担个能干人的好名声。"

苏梁发出"嗬嗬嗬"的怪声，杨柳说你"嗬嗬嗬"什么，本来就是嘛，我说得一点儿没错，你妈最狡猾了，像我这样善良的人哪里是对手呢？

苏梁在杨柳额头上用力一点，说，我看你也挺厉害的嘛，不要谦虚。

杨柳白了苏梁一眼，说，我虽然读书不大好，可好歹也大专毕业，算是个小知识分子，哪里能对付你妈那样风风雨雨里锤炼出来的人呢？

一番说笑下，小夫妻两个又亲亲热热起来，趁着孩子安生了，晚上又有老人给看着，一同跑出去看了个夜场电影，牵手搂腰地天快亮了才回家，回顾了一下谈恋爱时的感觉。路上，苏梁又感叹："我们要小娃娃干什么呢？"

杨柳叹一口气说："小娃娃挺好玩啊，你想，我们把他从小养到大，会说话，会走路，然后上学念书，我们好好培养他，上好中学，上好大学，将来成名成家，比我们强一万倍，多好。"

苏梁笑说，你想得真远。还上好中学呢，好中学难考着呢，上个普通的中学不就行了。

杨柳说干吗有好的中学不上，你怎么知道我们儿子就考不上好中学？我们儿子说不定是个小天才，你看吧，等他会说话我就给他测智商去，测出来吓你一跳，跟我弟似的，当时就把我妈吓了一跳。要不是我弟聪明，智力超常，我妈这么多年能那么得意？等我儿子智商测出来，我也得意一把。

她的父母回来了，杨柳看到许久不见的父母也挺高兴的，兴头头地把儿子穿戴一新，抱回家去给外公外婆看，苏梁也跟着一块儿去了。

前些天他们给儿子上了户口，小家伙有了名字，叫苏炜诚。

名字是武小慧起的，苏梁的儿子叫苏炜诚，苏群的儿子就叫苏炜烨。她找人算了一下，说这小孩命里缺火，炜烨这名字里头有两个火，正好。可是许月娟坚决不同意儿子叫炜烨，一定要管儿子叫炜奕，说虽然缺火，补多了也是麻烦。不管武小慧和苏群怎么说，许月娟认定了奕这个字，说是一定要用。杨柳与苏梁在去杨家的路上笑谈起这事儿来，杨柳开玩笑地说："她那么喜欢奕这个字，说不定她以前的情人名字里头就有一个奕字。"

小夫妻两个说说笑笑到了杨家，杨柳爸妈把给女儿女婿和外孙子的礼物拿了出来，挺乐和的，杨柳妈妈看到小婴儿干净白胖，也真心实意地夸武小慧把孩子带得很好。苏梁背过身小声地跟杨柳嘀咕，你妈讲话好像领导哦。杨柳在他胸上打一拳说，你乱讲。两个人嘻嘻哈哈的。

杨柳妈妈留女儿和外孙住一晚，苏梁犯别扭，不肯住丈人家，只说一张大床，别挤着杨柳和儿子，干脆还是回家睡，明天一早来。

出了丈人家的门，耳朵里灌满了儿子的哭声。身边没了妻儿，苏梁忽地有一种奇妙的松快，浑身的舒爽从毛孔里透出来。他又可以睡个懒觉了，睡醒了就给杨柳打电话，好像他们还在恋爱似的。恋爱真是一件顶妙的事，可是人为什么要结婚呢？苏梁马上在心里狠狠地批驳了自己的这种思想。人结婚是为了什么呢？是为了可以天天看到想看的人，苏梁想，自己的确是想天天看见杨柳的，既然已经达成了愿望，又为什么要生一个小孩子来呢？苏梁在丈人家里多喝了两杯，这会儿酒气有点儿上涌，他怎么也想不明白为什么他已经当了人家的爹了，这仿佛是一件挺荒唐的事。

人小的时候喜欢做一种游戏，快速地原地打转打转打转，停下来的时候，有片刻的时间脑子里一片真空，好像连自己姓什么都全忘了。苏梁小时候就特别爱做这个游戏，把自己转得像一只陀螺只为了享受那刹那的真空的感觉，身体忽地失了重量，有什么东西从胸口飞了出去，又"唰"地落回到身体里，沉重的一声响。这一会儿，苏梁又感觉到了那一种真空。这一刻他不仅忘了他是苏炜诚的爸爸，也忘了他是杨柳的老公，他连自己都给忘了。苏梁无意识地笑起来，忘我是多么好的一件事。

出窍的魂渐渐飘落回来，苏梁想，人的魂真是个奇妙的东西，永远认得自己躲藏着的那个壳子，这朗朗晴空下，必有无数飘荡的魂魄，都是偷得浮生片刻闲的时候从躯壳里逃出来的，可是哪一具魂也不会认错了自己的那个壳子。

再怎么飞升出去，须臾之间还是老老实实地回到老地方，多么老实厚道。

夜来风凉，竟然有点儿冰冷刺骨的意思，苏梁身上的一点儿热气都被吹散了，这冷也叫他的酒醒了一些，不过，他想，小娃娃还是挺好玩的，只要不总是叫他带着，那小手小脚、小鼻子小眼睛，杨柳说得对，就像一个大号的洋娃娃，活的。他望着天上那一轮银白的圆月，像一块半透明的石头，上头慢慢地浮出儿子苏炜诚白白的小脸儿、亮晶晶的眼睛、小鼻子，鼻翼不断地微微地翕动，嘴咧了开来，无声地送出一个没牙的笑。

的确很好玩。

杨柳已经恢复上班有一段日子了。

她产假满了之后又拖拖拉拉地请了几次假，拖不下去了，便回了单位上班，办公室的人都说她一点儿不像刚生了孩子的，问她怎么恢复得这样好，身材还是这样苗条。

杨柳在办公室转了一圈，讶异地发现，她的办公桌已被人占据了，上面摆放了一些不属于她的物品，书啊文件篮啊，还有相框，里面一张照片，是一个戴眼镜的女孩。办公室人告诉杨柳，那是新招进来的大学生，说是这段时间公司招了不少人进来，还都是些名牌大学的大学生。

杨柳原先做的是文秘性质的工作，他们这个部门一共三个人，工作算得上清闲，而这回她回单位之后，才算是真的清闲下来了。

她在办公室晃了两天，因为没有办公桌，也没有人来分配给她具体的工作任务，她只得拿了办公室多出来的一张椅子，胡乱地坐了下来。实在是无聊得紧，她又出去逛了一圈。

每一个人似乎都挺忙碌，个个伏案劳作，或是脚步急匆匆地来来去去。

杨柳忽地觉着眼前是一条湍急的河流，流水滚滚向前，而她，则是被冲刷到岸边的即将腐烂的树叶。她才离开多长时间？不带这么欺负人的，她决定去人事部理论一下。

没等她去，人事部的消息来了，通知她即日起去后勤部工作，马上报到。

杨柳“哗啦”一下由办公室女郎变成了打杂的，说得好听点儿是公司后勤部的一员，她去了以后接手的第一件工作，就是给全公司各部门分发卫生纸，并将公司厕所的卷纸筒换上新的卷纸。

杨柳想想到底吞不下这口气，回家跟苏梁抱怨。

苏梁正看碟片呢，说，这有什么了不得的，后勤就后勤，后勤也是人做的。你的工资降了点儿，我的工资正好涨了点儿，两下里抵消了。别气了老婆，多大事儿啊。

婆婆武小慧要笑不笑地说，哟，这下子我们家苏梁也不自卑了，要不然一个白领一个蓝领，够多不平衡啊。

杨柳“哼”一声说：“您门槛很精嘛，连白领蓝领都知道，新世纪的老人家就是不一样。”

婆婆不含糊地回一句：“我又没老糊涂，好歹是分得清的。”

杨柳马上回敬：“谁是好谁是歹？我可从来没有嫌弃过苏梁。”

婆婆说：“那是自然，我们苏梁也没什么好被人嫌弃的，一个大中专一个大专，半斤八两，谁嫌弃谁呢？”

杨柳在苏梁那里得的一点儿安慰被婆婆一番话全赶跑了，气了好几天。

过了些日子，杨柳回家跟苏梁说，她报了个夜大，打算读个本科文凭。

杨柳说，我现在挺后悔的，学历不好，你看我们公司，现在招人全要大学本科和研究生，像我这样的，以后日子估计都不好混了。

苏梁说：“我又不嫌你学历低。”

杨柳跟他开玩笑：“真的吗？”

苏梁忽地一笑：“我自己也低啊。我虽然书读得不好，自己几斤几两还是很清楚的。娶老婆看学历那是文化人才会做的事，我只要好好过日子，快活轻松就可以了。你也别生我妈的气了，随她说去，我知道你没嫌弃过我就行了。”

苏梁笑容里久违的羞涩让杨柳心中温情荡漾，他还是她在清风朗月下爱上的少年郎。那时候他们多快活。

杨柳笑笑说：“谁不是这样想。可是，我到底还年轻，离退休还早得很，总不能一直这样混下去。打杂不是不可以，可打一辈子的杂，总归是太长了，太长了。”

苏梁对杨柳上夜大的事并不十分支持，可也不反对，反正她一周也就两个晚上有课。

杨柳自己在夜大学得并不开心，多年不读书，又从来不是爱读书的人，有时她只是拿着教科书看着打发一些时间，一开始她跟自己说，我要坚持一个星期好好看书，一咬牙，居然真的坚持下来了，慢慢地，倒也看出点儿趣味来。

有时，她把书摊在面前，抱着儿子，有一眼无一眼地看，心里一点点沉静起来。她低低地略有些磕巴地读着英文课本上的句子，一转眼，看见怀中儿子圆黑的眼睛紧紧地盯着自己不断翕动的嘴唇，看得那样专心致志，忽地，小娃娃对母亲咧嘴一笑，极响亮地咂了一下嘴，像是对他的妈妈送了一个吻过来。杨柳笑起来。她把儿子抱起来，搂在怀里说："儿子，爸妈是没多少出息了，将来，你替我们好好读书，读硕士，读博士。"

小娃娃咿咿呀呀像是在答应，杨柳更高兴起来。

杨柳在后勤部的工作说闲也闲，可要忙起来，也是忙得打转，特别是有节日到来的时候，买福利礼品，分发到各部门，吃力还不易讨得好，买好买坏，众口难调，杨柳虽只干了短短两个月，却也听了好些抱怨，从前她也是抱怨者一员，现在才明白这工作的不易。

后勤部里颇有几个临时工，主要是从事清洁打扫工作的。这一天杨柳上洗手间，发现有年轻的女孩子正在训斥做打扫的大姐，说大姐把地拖得太湿滑，害得她差点儿摔一跤。小姑娘伶牙俐齿，说起话来十分不客气，杨柳听不下去，上前替大姐说了两句，小姑娘气哼哼地走了。

那被训斥的清洁大姐倒一脸无所谓的样子，谢了杨柳一声接着拖地。这大姐平日里与杨柳也就是点头的情分，经过这次却熟悉起来，碰上了也会聊上几句。杨柳得知，这位沈大姐辗转几家公司做清洁，可谓清洁专业户了。杨柳说，大姐你倒是好脾气，我看你成天乐呵呵的。

沈姐说，可不是。

有一回，杨柳看沈姐买了厚厚一摞物理化学参考书，还有几本大部头的名著，随口问是不是给孩子买的，沈姐的眉眼立刻活泛起来，一边急速地眨巴着眼睛一边说着，杨柳几乎可以听见她睫毛扇动的声音。你不要看我这个歹样子，我的命还不错，有个争气的儿子。我儿子在学校里成绩优异，获过很多奖。

杨柳随口笑道：“那是你教育得好。”

沈姐老实不客气地说：“那是哦！我们夫妻两个小时候都没有好好读书，现在他爸爸开着一爿小饭店，我在各个公司做清洁工。我怀儿子那个时候，有一回上街，有人拉我去听一个讲座，就说的是怎么教小孩子，我听得激动得了不得，我们这辈子算是交待了，往五十上奔的人，学也学不进去了，但是我的儿子我得好好地培养，花多少钱都愿意。我们对儿子的教育是从胎教开始的！”

杨柳听得十分惊奇，想不到清洁大姐有这种见识，一时就听住了（南京方言，意为听得呆了，陷入了思考）。

沈大姐见有了听众，更是说得兴头起来，如何胎教，如何让儿子上早教班，如何在儿子四岁时就送他上外国人教课的英语班，如何让儿子学奥数，如何让儿子学围棋，如何求爷爷拜奶奶给儿子找补习老师，足有一本评书那样长而波澜起伏，声色俱全，好多有关教育的名词扑面而来，听得杨柳一愣一愣的。

没两天，杨柳听说沈姐请了三天假，说是儿子考试，她要全程陪着。三天之后，杨柳见到了沈姐的儿子，白白净净的一个男孩子，高瘦，戴着眼镜，倒真是个读书人的样子。

过不久，杨柳又见沈姐特别的兴奋，一问之下，沈姐说儿子在省里物理竞赛中获了一等奖。

沈姐“嘚嘚嘚”一气说：“我儿子就是我最大的财富。现在竞争这样激烈，我们是不行了，可是我们儿女不能再比别人差。你是不晓得，早两年我跟他爸都找不到正式安定一点儿的工作做，经济条件差，可是我们自己再穷也给孩子上补习课，有什么班我们上什么班，他同学上什么我们就上什么，让他学各种本领，围棋啊什么的，我儿子是省少年围棋选手呢。”

沈姐全忘了这些话她都跟杨柳说过了，她简直是一个幸福版的祥林嫂。

沈姐又说：“我跟你说小杨，这对儿女教育的事，说起来名堂道理多得很。其中一条，你看，像有些爸妈，自己是高知，反而对子女的教育比较看得开，让小孩子自由发展，快乐成长，上小学前什么也不学，一张白纸进学校。为什么呢？人家自己就有成就有本事，人家不要从儿女身上找满足感。可是像我跟我老公这样的就不行了，看不开，小孩儿有一点不如人就急得不得了，为什么？自己不行呗，吃了没有文化没有文凭的苦，所以对儿女的教育看得特别重。我自己是不行了，但是我孩子不能再不如人，不能被人家嫌弃看不起，我做一辈子勤杂工无所谓，可是我儿子不可以。我要他出人头地，做学问，考博士，当教授，有可能去拿诺尔贝奖！”

杨柳笑起来，悄悄拭去沈姐高声阔气当中喷溅在自个儿脸上的唾沫星子。是诺贝尔，她想。

杨柳跟沈姐走得越来越近了，对沈姐的育儿经，杨柳的感觉十分复杂。时而佩服，恨不得有样学样，奋起直追；时而厌烦，觉得这位大嫂真是夸夸其谈，狐狸夸儿香，刺猬夸儿光；时而不服，觉得凭她可以，自己岂不更可以，自己的遗传基因总比一个半文盲要强些。

她回想起怀着儿子的时候，哪顾得上什么胎教，成天就吃了睡睡了吃，要不就看电视看电影，快活是快活的，没头没脑地快活，要按沈姐的理论看来，可是把儿子的胎教给耽误了。现在儿子生下来了，接下来的教育还真得想一想了。

杨柳下班以后逛到邻近的书店，想买两本育儿的书回家看看。

真是不看不知道。

第五章

杨柳面对着铺天盖地的育儿类书籍，晕头转向。

书店里设了育儿的专柜，各类家教早教的书堆了一天一地，好多年轻的妈妈站在那儿捧着书看，也有几位，走过来，从展示台上“唰唰唰”地抽走几本书，看都不看全掏钱买下，那姿态不像买书倒似买大萝卜。杨柳且惊且惧，这么一想来，重视早教的妈妈还真是来得那个多，自己成天都在做什么呢？还当自己是十几二十岁的小姑娘，全无当妈的意识。当妈呀，不是你把儿子由肚子里生出来、抱在手上你就是妈了。当妈是要费心费力的。像沈姐那样，也真可谓呕心沥血了。

杨柳也抱回了一摞早教的书走出书店，刚出门便被一位发传单的年轻姑娘拦住了，递给她一张小小的简陋的广告，说是有一个早教专家，周六会在某礼堂做报告，欢迎家长们去听。

周六，杨柳果真去了。

那是一个区级的小礼堂，一排排活动靠椅早就老旧，讲台也甚为窄小，讲台前方挂下的紫红帷幔也灰扑扑的，仿佛它这样垂坠着全是因了这重重的灰尘。

一切都让杨柳想起早些年那种江湖骗子的报告会，主讲者是位面容清癯的老者，看上去极有学识，有一种腹有诗书的气质与派头，很容易引发人的信任感。

来听讲座的人也极多，杨柳算去得比较早的，也只在很偏的一个角落里找到一个座位，还被柱子挡住了一部分视线。而再迟些来的人，都没有了座位，走道里都被站满了，大多是年轻的父母，拿着做记录用的笔记本与笔，神色严峻，目光炯炯，满含期冀。四周的空气都绷得紧紧的，那是一种杨柳从前曾经历过的氛围，那个时候她是高三的毕业生，每天进教室便会被这种紧绷绷的空气所包围，可是那时的杨柳丝毫不受其影响，而此时此刻，她却真真切切地嗅出了这种紧绷的空气略带铁锈气的味道。

难怪沈姐说现在的竞争激烈，杨柳想，还没等孩子们长大，父母们先较起劲来，仿佛他们先一步替代孩子们相互敌对起来。

讲座的题目也颇为宏大，叫作“早教的革命”。杨柳细听起来，才知所谓早教，之所以被称为一场革命，不仅仅在于早教的一般教育功能，不是教几首诗几个英语单词或是几道数学智力题那样简单，而是开发幼儿的巨大潜能，是一种脑科学。

但凡一件事物，被提到“科学”的高度，往往使人肃然起敬。整个小礼堂鸦雀无声，只闻得笔在本上沙沙滑动的声响。

杨柳没有带笔记本，只得小声地问邻座的人要了一张纸，在包里寻了一支圆珠笔出来，那笔出油不顺，杨柳艰难地写着，把那巴掌大的纸片记了个密密麻麻，仿佛得了宝物似的牢牢地装好回了家。

从这一天起，杨柳像是找到了生活的重心，就是要好好地教育她的儿子。

杨柳跟苏梁说：“你说，我们要怎么样教育儿子呢？我在想啊，咱们得从现在起搞早期教育。什么婴儿音乐啊、童话故事啊、智力训练啊，这些书，明天我就再去买两本，人家老教授介绍的。我要让儿子将来上好幼儿园、好小学、好中学、好大学。将来要读研究生，最好能读到博士，只要他能读，我就供着他。你说呢？”

苏梁失笑：“现在想这些事是不是早了点儿？儿子才刚一岁呢。再说这种事顺其自然，他能读就读，愿意读到什么程度就读到什么程度呗。”

“那是不行的。我得把我儿子培养成最杰出的人物。我要让人人都敬仰他，人人都爱他离不开他，人人都恨不得拥有他，人人都以认识他为荣耀。”这都是她刚从老教授讲座里听来的句子。

苏梁“哧哧”地笑：“你说的不是我们儿子，你说的那是人民币。”

杨柳听了“噗”地也笑起来，可不是嘛。

不过，杨柳的大话说出去了，倒也不是说着玩的，这以后，杨柳对儿子的“早教革命”算是轰轰烈烈地开展起来了。

而许月娟成了杨柳早教革命行动的第一个评论者。

许月娟在过了几个月之后终于把儿子抱到婆婆家了。

坐月子的时候，许月娟跟婆婆的关系趋于恶化，有一回两个人都赌起了真气，足足有一个多月没有说话。两个人都是不饶人的脾气，轻易不对人低头服软的，所以许月娟一气之下带着儿子和保姆回家去了，武小慧见她一阵风似的卷走了，冷笑一声说："阿弥陀佛，我的罪算是受到头了。这回走了，菩萨保佑你一帆风顺大吉大利，再不要求到我门上来吧！"

许月娟一连好几个月也没出现在婆婆家，没让婆婆看一眼孙子。武小慧不免也会想孙子，可又绝不愿把这处心思露出来，家里还有一个小媳妇，要是这个媳妇也学起样来，那她这个婆婆才真算是无能，叫媳妇掐着脖子爬到了头上去。谁知杨柳对大嫂与婆婆之间的争战毫不在意，简直像没有看到似的，一心一意过着她自己的小日子，倒叫武小慧对这个小媳妇有点儿刮目相看。

于是对杨柳的态度竟然有所好转，杨柳一直抱着你好我也好、你厉害我也不怕你的态度对待婆婆，见婆婆和气，她也和气起来。许月娟若是知道自己无意之中当了弟媳与婆婆之间的和平使者，怕是要气破了肚皮的。

这一回许月娟抱着儿子回婆婆这里来，是苏群的意思。起先许月娟不肯，苏群说了两次，见她依然没有行动，来去之间脸色便越来越阴沉。一起过的日子越久，许月娟越有点儿怵这个男人，她小心翼翼藏起这点儿怵，可这点儿怵偏偏像水里头的浮木一样，按下这头就浮起了那头。

许月娟找了个由头总算带着儿子回婆婆这里来了。武小慧看见孙子也是按捺不住地高兴。小婴儿本是一天一个样儿，何况半年多不见。许月娟借着保姆许姨说话："许姨你帮我个忙，来，我们小奕叫奶奶抱抱。"

武小慧便一笑接过孩子，见这孩子已脱了月子里小婴儿面目的一团抽象模糊，出落得眉目清秀，一双明目，挺直的小鼻子，菱形的小嘴，比小丫头还漂亮。看起来有点儿像苏群，可是五官比苏群更端正，又有点儿像许月娟，尤其继承了她的白皮肤，可是又比许月娟细致。这孩子倒会长，武小慧想，挑着父母的长处，比父母强上几倍，这可真是家门兴旺之象。相比之下，武小慧发现苏梁的儿子却五官平平，特别是一对倒八字的眉，也不知像了谁。

许月娟在给儿子准备药水，前些天孩子咳得厉害，这两天差不多好了，可还得一天两顿地吃药，一点儿不敢马虎。这孩子虽然长得一副好模样，可是身子骨却不好，三天两头地生病，恢复起来还特别慢。

武小慧看见孙子要吃药，忙问怎么了，许月娟说是咳嗽，武小慧说这可马虎不得，接了药过去亲自喂，有许姨在一旁帮着。那药水一股甜蜜的水果香，孩子并不抗拒，喝着喝着咂着小嘴儿就笑起来。

许月娟看见这一派和谐的景象心里暗暗好笑，看自己插不上手，就进杨柳屋去看杨柳母子。

走进屋子，杨柳正站在阳台上，阳台的门关着，所以她没有听到动静。

许月娟拉开阳台的门，看见杨柳抱着儿子，嘴里念念有词，细细听去，好像在念诗，再细一看，杨柳手里拿着一本《唐诗三百首》，可不是在念着呢嘛。

许月娟哑然失笑，杨柳听见笑声转过头来，跟她打了个招呼。

许月娟笑道："你做什么？小囡才这么点点大，你就给他念诗，这早教也太早了点儿吧？起码等他开口说话以后再教念诗啊，没学会走呢就要学飞，噢哟，你真是操心得太过了。"

杨柳笑笑没说话，继续叽里咕噜地念。

许月娟有点儿不快，却还是笑道："你要你儿子将来考状元吗？"

杨柳说："哪有，早教嘛，自然是越早越好，不能让孩子输在起跑线上呀。"

杨柳与许月娟这一对妯娌关系与天底下大多数的姻亲关系一样，在某些问题上，她们可以结成一种松散的同盟，特别是与婆婆作对的时候，但大多数时候，她们会彼此鄙视着，暗自较劲儿。

这一回，许月娟见杨柳言语竟是从未有过的诚恳，很有点儿诧异，搭讪着从阳台进了屋，杨柳把沙发上乱堆着的东西全扫到地板上，叫许月娟坐，自己倒果汁喝。

许月娟从地板上捡起样东西，是一个厚纸盒子，里头装着好几十本薄薄的书，还有一片一片的CD碟子，再一细看纸盒上的字，"哧"地又笑起来："用你们南京人的话说，乖乖隆的咚，这些书我们大人也未必读得懂，你买来给你儿子读？太早了吧，这书等他十几岁的时候再读也来得及啊。"

杨柳也坐下来，伸了脖子过来看着书，很认真地对许月娟说："这是上回我听一个幼儿阅读的讲座时买的，人家专家说了，经典颂读就要从婴儿抓起，现在他当然看不懂，但是家长可以读给他听，每天读每天读，这些知识就都储存在他的隐性记忆里，等他稍长大一点儿，自己可以读的时候，这些隐性的记忆就会发生作用，他记得就比别人快比别人多，这些书都是经典，背熟了只有好处绝没有坏处的。”

许月娟伸手挡住嘴，把喉咙里的笑连带一口果汁全堵住了，不然早就一口果汁喷出去老远了，咳了半天才说：“那种讲座我是晓得的，其实就是做广告，跟我妈去参加的那种卖保健品的小集会是一样的。卖保健品的是哄着老头儿老太掏钱，那种讲座是哄着做爸做妈的人掏钱。也亏得你信这一套，我是绝不会上这个当的，这些人要想糊弄我真是不容易。”

“你不信我是信的。你不晓得，听讲座的人有多少！再说，早教是科学，跟什么保健品小集会完全两码事。”杨柳说。

“信这个做什么哟？”许月娟说。

“信了才有希望，你不想儿子将来有前途吗？要不咱俩一起给儿子早教吧，两个小孩一起学也更有趣味，人专家说了，伙伴学习，对小孩子很有益。”

许月娟呵呵笑，说杨柳你呀，就好像我的那几个信教的朋友说起耶稣，你也有信仰了。我是不行的，不想操这个心，以后，让我儿子在他爸的公司里混混就行了，反正饿不着他。

说着张开手对杨柳说：“娃娃给我抱抱。”

杨柳笑着把儿子递给许月娟，偷着对许月娟翻了翻眼睛，所谓道不同不相为谋，苏群有钱有公司，苏梁没有，心里越发坚定了要让儿子自己混出个前途来。

杨柳去收拾地上那一堆的书，许月娟瞥了两眼，见里头有智力开发的、训练右脑的、学英语的、幼儿心理的，又忍不住啧啧有声，一边说：“你何必这样操心，难怪你气色不大好，好像比从前见黑了，皮肤也有点儿干。为什么不用点儿增白和补水的东西保养一下？兰蔻的也不算贵，在外国也就是一般般的东西，倩碧的你这个年纪用正好，SK-Ⅱ的面膜也还是可以的。”

杨柳就“哼”了一声没有接话。

许月娟觉得极其无趣，一念又不快起来，想，噢哟这个人现在学得这样乖，晓得软刀子杀过来啰，心眼蛮多的嘛。

可许月娟却是误会了杨柳，杨柳的心思真不在这上头。她也没有闲心跟许月娟争这点儿口舌之快，她更重要的人生目标，就是好好地教育儿子。

她一边自己读书一边开始抓紧儿子的早教。

她做了个时间表，把每天下班后的时间划分成几块，除了喂儿子之外，还给儿子读诗，给儿子听英语和故事CD，给儿子看开发右脑的图片，她把这些图片放到小娃娃的眼前用她最愉悦最温柔的声音问他，你看到了吗？看，这是山，花，树，小鸭子。她还极小心地搬动小娃娃软软的胳膊、腿，带他做操，伏在地上跟他一起爬行。

她给儿子听莫扎特的音乐，据说莫扎特的音乐可以促进大脑的发育，对小婴儿是顶好的，杨柳听说之后马上就买了一套CD，老大一个盒子，好几十张碟子。苏梁一时兴起拿来放了两张，听不到十分钟就笑说这个有什么意思，杨柳说这对孩子好，坚持每天吃饭时播放。苏梁笑个不住，说杨柳你走火入魔了吧，这么小的小娃娃，听得懂才怪呢。

杨柳说，他听得懂的。随后又热切地问向儿子的小脸："你听得懂的吧？"

苏梁去挤捏儿子的小脸，捏得儿子咦唔作声，"要看咱们儿子够不够聪明了。"

杨柳忽地想起一件事，皱了皱眉头说："真的，不晓得这孩子的智商怎么样，你的遗传怎么样。哎。"杨柳拍拍苏梁，"你说，人的遗传真的是那么强大吗？我还就不信了。"

苏梁说："你们家的遗传不是很好的嘛，你弟那么聪明，不是说外甥像舅吗？我们儿子的智商也低不了。"

杨柳有点儿小得意："那是。"又想起一件事来，"你看儿子的眼睛多么有神，那天我盯着看他，他的眼睛会跟着我的手指转，我给他看的那些智力图，他最喜欢那种复杂的图案，书上说的，人家专家的研究结果是越是爱看复杂图案的宝宝越是智商好哦。"

苏梁躺倒在地板上，把儿子蹾在自己的肚子上，双手枕到脑后，那小娃娃对这种姿势似乎有点儿害怕，摇摇晃晃地，用两只小手紧紧抓着父亲的衣服，整个小身体团成一小团，好像一个鼓鼓囊囊的小包裹，在爸爸的衣服上滴了一摊口水。

苏梁说："不过呢，我的遗传好不到哪里去，我自己就不是很聪明，这我可有自知之明。"

杨柳说："就算遗传不是很好，后天也可以补足，我就不信我儿子成不了才。"

苏梁说："要成什么才啊，读那么多书干吗用，能养得活自己就行了呗，像我们这样不是挺好的。那种绝顶聪明绝顶成功的人毕竟是少数吧。我觉得我这样挺好的。"

杨柳说："我以前也觉得挺好，但是现在想法不一样了。"

苏梁问她怎么不一样了，杨柳说："你看现在那么多父母都搞早教，人家做了咱们不做，以后儿子竞争不过人家怎么办？那么多小孩儿，一个个都要踩到我儿子头上那还得了！"

苏梁笑得在地板上滚了一滚说你真是想太多啦，说得杨柳也笑起来。笑完又严肃地说："这可不是开玩笑的，小孩起跑的时候就比人家慢两步，以后还怎么赶得上人家。"

苏梁枕着自己的胳膊，舒服地跷起脚，"哎"了一声说："你还是这个脾气，你还记得上学那个时候，你们宿舍里哪个小姑娘有了什么时髦的东西，你也要想法子弄另一个，生怕比人家差。"

杨柳晃晃脑袋说哎呀我就是这个脾气，这也不是虚荣，你看那个时候，我花少少的钱，到那种别致的店子里买衣服、买发夹，穿戴起来就是不比人家名牌的差。人嘛，干吗要活得缩头缩脑的。

孩子大些了以后，保姆英姨便搬到客厅里睡去了，苏梁自然是搬回了自己的屋子，儿子睡在他们夫妻俩大床边的小木床上。苏梁发现那种微妙的"够不着"的感觉慢慢地消失了，而且杨柳现在一门心思给儿子早教，兴兴头头，三句话不离育子，有点儿不把他放在眼里的意思，苏梁心里竟然有点儿小小的遗憾。

杨柳但凡从哪里听取了有关婴儿智力的所谓理论，便会在儿子的身上找蛛丝马迹。她喜欢在小娃娃张开无牙的嘴大笑时观察他那红红的小舌头，因为她听说，舌头细长而尖的小娃娃比较聪明。她看着儿子尖尖的小舌头，心里溢满了快乐。那快乐让她的心鼓胀如帆，载着她轻轻地向着前方茫茫的日子前行。

杨柳更加热情地投入了对儿子的早期教育之中，她觉得她有点儿对这件事儿上瘾了。

凡是市面上有什么新的智力开发的产品，只要她得了消息，都会想办法去买来。

原本，她与苏梁小夫妻两个还算走运，总算都还有个固定的工作，杨柳自进了后勤部，工资低了不少，但苏梁涨了些工资，而且他好歹算是有门子手艺，不见得多高明那也是因为他自己不大钻研的缘故，但是修车这种事，日子久了，总会积累些经验，他们可算得上比上不足比下有余。

苏梁是个不管事儿的，也不甚爱吃爱穿，不过买买游戏充值卡和DVD碟片，但也不过分，一个月也用不了几个钱，到每个月十二号发工资的时候，苏梁左手领过钱右手就交给杨柳，杨柳再分配些零用钱给他，他若是不够用时，便去找杨柳要，杨柳也从不刻薄他。以往他们也没有觉得捉襟见肘的，可现在，因为杨柳在儿子的早教上投入日多，月月都有些吃紧起来。

杨柳意识到了这个问题，开天辟地头一回坐下来好好地算了一算家庭收支账，发现原来是这些日子在儿子的教育上投资的确比较大。别看那些书，名义上是为孩子写的，比啥书都贵，动不动来个精装版或是再配上个光碟什么的，都是三位数的价钱。

杨柳奋力地咬着笔杆子，把那支短短的铅笔头儿咬出一排深刻的齿痕之后，做出了一个决定，把纸上写着的化妆品保养品一项用力地划去，想了想，又把零嘴及每季的新衣这几项也用力地划去。

这么一划两划之后，杨柳觉得心头倒是一阵子松快，松快之余还有些自豪。

为了验证自己的计划是极有意义的，杨柳便又跑到书店去买了一套早就想买却一直没下得了狠心的系列早教丛书，连光碟带书，还有一套叫作“早教评价系统”的东西，一共四百多块钱。贵是贵了点儿，可是如果真的有用，儿子的智力得到了合理的开发，将来上好小学、好中学不愁了，成绩特别优异的话，人家中学抢着要还来不及，可以少交多少钱，这么一想，杨柳觉得自己简直赚大发了。

她每天晚上严格地执行着自己制订的那个学习计划，给儿子读英语，读唐诗，进行右脑训练，一样不落，小小子苏炜诚正在长牙，睁着圆眼听着母亲细细密密的读书声，盯着母亲的脸看，口水流了下来，在嘴角亮晶晶地挂着。他现在正热衷于啃咬任何到他嘴边的东西，比如母亲的肩膀、头发、脖子，他甚至把母亲的手抓起来送到自己嘴边。

杨柳把手从儿子的嘴里夺回来，让他坐在小车里，对他说：“苏炜诚同学，我们现在上语文课好不好？”

小小的苏炜诚忽然发现小车的扶手坚硬且有一股子木头香，欢喜地小狗儿似的扑上去咬起来。

杨柳那边叽叽咕咕地念了一通诗，又觉得光给儿子念中国诗还不行，得有点儿国际化的意识，于是在书柜里一通翻找，找到一本纪伯伦的诗集来，开始对着儿子念：美丽与丑陋。

忽地，杨柳发现儿子停止了啃咬，墨黑的眼睛睁得比刚才还大，一副惊讶的神情，嘴巴里发出“啊啊啊”的声音。杨柳惊喜地叫苏梁：“看看看，原来我们儿子喜欢外国文学，他对纪伯伦有反应哎！”

苏梁“哧”了一声说：“拉倒吧，我看他是饿了，这个什么文学家是外国人吗？他不是姓纪吗？外国人也有姓纪的？”

杨柳用力地对着苏梁“呸”了一声。

苏梁抓抓头发说：“我说得不对吗？我反正是不要读什么狗屁诗歌。哎呀！”他用力皱一皱鼻子，“臭！这小子肯定是拉屉屉了。”

杨柳把儿子抱起来一看，果不其然。

过后苏梁足足嘲笑了杨柳好几天，可杨柳并不气馁，在每晚给儿子进行早教的过程中，她继续不断地发现着儿子的所谓天分。有时她觉得儿子的空间概念很不错，有时会觉得他对色彩十分敏感，有时又觉得他记忆力不错，用苏梁的话说就是：“你这么多的觉得有没有根据啊？”

一句话倒提醒了杨柳，她跟苏梁说，打算带儿子去妇幼医院的儿童中心测一测智商。

苏梁一迭声地叫：“喂喂喂，你真有毛病了？老婆，你的心情我能理解，至少要等儿子上了幼儿园或是小学以后吧？这么小抱去测智商，人家医生会笑掉大牙的。”

杨柳又细细地想了想，却也是这么个理，自己也觉出了自己的可笑来，于是不好意思地笑起来。不过她倒是生了心，郑重地把测智商这件事写在了育儿日记里，并画了粗粗的几道杠，提醒自己，一定不能忘了这码事儿。

苏梁却发现了儿子另外一种天分。

那天，他逗儿子玩儿，说，儿子，老爸上街玩去啰，不带你去。

小小子苏炜诚一听便“咿呀”乱叫，他还不能独自行走，于是大大地张开手臂，请求父亲抱抱，得不到回应，小家伙“咚”的一声扑倒在地，迅速地向父亲爬去，那速度快得匪夷所思，一眨眼间便爬到了苏梁的身边，抓住他的裤腿用力地站起来。

苏梁故意把他的手拿开，自己快速地往门口走去，苏炜诚这小家伙又扑倒在地，四肢并用，不一会儿就又抓住了苏梁的裤腿。这一回他也学乖了，一把抱住父亲的腿，整个小身体全挂在了那条腿上，并且极其不满地在上面咬了一口。

刚长出的细小的牙齿咬得人极痛，苏梁却没有在意，他实在是被儿子的速度惊呆了。

好半天苏梁才想起一个形容来：“乖乖，快得跟蟑螂似的。”

杨柳听见了气得用力踢了苏梁一脚，说你会不会形容啊，恶心死了。

苏梁笑起来说：“因为我实在找不到别的更准确的形容了。哎，你说我们儿子这速度，我这是头一回看到有小孩儿爬得这样快的，天分啊！”

杨柳更觉可笑：“这算是什么天分嘛，是本能吧！”她突地意识到一个极重要的问题，“他这么大的娃娃该走了，也该说话了，怎么我们儿子光知道爬呢？”

杨柳有点儿担心起来。

还好不多日子之后，苏炜诚会走路了。

儿子由英姨和杨柳带着，另外还有母亲跟在里面帮忙，苏梁又闲下来，他这一闲，便生了两分逸致出来，礼拜天跑到夫子庙花鸟市场抱回一缸金鱼回来。

苏炜诚颤巍巍地扶着桌角站着，去看放在墙角的那个鱼缸，一看就能看一个钟头，累了就在地板上坐一会儿，回头再站起来看。一张小胖脸儿全贴在鱼缸上，小鼻子都挤得扁扁的，边看边隔着玻璃跟鱼“咿呀咿呀”地说着谁也听不懂的话，小爪子在厚厚的玻璃上抓挠出声。

苏梁笑眯眯地看着儿子，忽地说：“我看他的天分就是玩儿。”

一句话又叫杨柳的心七上八下了，这孩子可别像当年的自己似的，只知道玩儿，玩物丧志。第二天她便把鱼缸搬回了娘家。

儿子找不到他的鱼了，直着嗓子哭了一整天，哭到后来音儿都没了。

杨柳不由得也心疼起来，自我安慰说，书上写的，从小给孩子接触些小动物对他们的心理健康发展有好处，于是又让苏梁去把鱼缸搬回来。谁知快到家门口了，苏梁失手砸了鱼缸，救之不及，眼睁睁地看着那几条水泡眼在浅浅的水洼里一阵扑腾之后不动了。

天热，鱼缸里的水蒸发出极重的腥气来，让苏梁有点儿作呕，苏梁气呼呼地坐了半天才起身回家。

杨柳在家里的这一番作为，惹得婆婆武小慧又好气又好笑，起先她还劝过杨柳几回，杨柳总是说：“妈，你不懂，当今社会，竞争越来越激烈，我们不能让孩子输在起跑线上。”几次被斥为“不懂”之后，武小慧不高兴起来，那言语间也便带上了点儿冷嘲热讽，杨柳只当没听见。苏梁虽并不十分赞成杨柳这么折腾自己折腾孩子，可内心里，也觉得杨柳没什么错，反正当妈的总要带孩子的对不？她愿意怎么带全凭她喜欢好了，她总不至于害自己的亲生儿子。何况，苏梁想，她又没叫我给儿子早教，由得她去好了，也挺好玩的。

杨柳觉得谁说都无所谓，最可气的是许月娟也在里头乱掺和，回回她来，总是给杨柳几句不咸不淡的话听听，起先杨柳不以为意，说的次数多了，杨柳觉得许月娟是别有用心，想要打击自己培养儿子的决心。杨柳原本也不是一个忍气吞声的角色，不免跟许月娟真真假假地对过几次嘴，两个人的关系变得更加地不和睦起来。

说起来，许月娟倒也并不是真的要打击杨柳，她高龄得子，自觉在婆家的地位得到了充分的巩固，在她的认知里，把儿子牢牢地把握在手里，就等于掌握了在婆家与老公面前制胜的法宝，所以她对儿子唯有两个字：珍爱。至于其他的，许月娟想，她可不像杨柳那样二百五，苏群有的是钱，自己儿子还怕没有好中学上？然后呢，送到国外读大学就行了。苏群就这一个儿子，不怕他不把家产给了儿子。

依杨柳自己的心思，恨不得时时与儿子在一处，方可杜绝一切可能的不良影响。可白天她要上班，孩子只得交给保姆与婆婆。

英姨喜欢抱着小炜诚上街看汽车，一去就是一个上午，弄得小炜诚到了钟点就要往外头去，在大人的臂弯里，用力地撅着屁股，伸着小胳膊，直指大门的方向，绝不肯待在家里，不然便大哭大闹。杨柳怪英姨把孩子带野了，而且马路上汽车排气那样严重，孩子极容易吸入含铅的空气，对生长发育是极不利的，杨柳说了两回，英姨便有点儿不高兴，也说了几回要走的话。

苏梁生怕保姆离开，再叫他过从前那种带儿子的日子，他觉得自己简直要折寿的，他好似看见前方的地上有一个黑洞，稍不留神他可能就要掉下去了，便好言好语地安慰英姨，又去说杨柳："你也太烦人了，我小的时候，还不是满大街地玩儿，不是照样长大成人了吗？"

杨柳笑道："你小时候？别充老了，你才多大？离三十还有好些年呢，充老可真的容易老的。"

苏梁拍拍脸颊："我老吗？喊——上一回我们单位新来的女的，在走道里看见我，还以为我是技校来的实习生呢。"

杨柳看着苏梁光洁的脸，他新近剪了头，就是那种最简单的初中生似的短发，头发打削得薄薄的，紧贴着头皮，他是这样年轻，年轻得叫杨柳心下突地起了一线恐慌，她跑到卫生间，好好地照了一会儿镜子。

她发觉自己的脸已不如从前那样细腻得泛着白瓷一样的光了，杨柳觉得近来的确有点儿对不起自己。

但幸好，她还不显老。

她还年轻。

她又仰起头细细地查看自己的脖子，人说女人的老，是从脖子开始的，还好，她的脖子还是润滑的，一丝褶皱也没有。她突然怀念起她与苏梁谈恋爱的那段日子来。

那日子无声地在她的眼前展开，像一出默片。画面里的她留着长发，正好在肩膀下面，面孔细致紧绷，身材轻盈得飞得起来。忽地，那画面浸出赤黄的颜色来，是一杯隔夜的剩茶。

杨柳回头时，看见苏梁靠在卫生间的门边笑眯眯地看着她。

苏梁睇了她一眼，问："你在怀旧啊？"

杨柳"呸"了他一口。

日子过起来是快的。

苏梁一直以为依杨柳的性子，早教这回事，不过是三天打鱼两天晒网，谁知道杨柳竟然真的坚持下来了。

杨柳的儿子苏炜诚在母亲殷殷的教导下长到了两岁半，杨柳自己的夜大也断续地上着，即将拿到文凭。

儿子就要上幼儿园了，苏梁与杨柳在孩子上幼儿园的问题上产生了不小的分歧。

按苏梁的意思，就上自家附近的那家幼儿园就行了，费用不高，离家又近，抬抬腿就到，连自行车也不必骑，接送孩子多么方便。可是杨柳态度极坚决地反对，杨柳说："不是我说你苏梁，你就是有点儿目光短浅，那个幼儿园连个正规老师都没有，不过是街道办的，找了几个家庭妇女充任老师，别说早教了，连普通话都说不标准，我上回去考察了一下，一屋子的南腔北调，真是误人子弟。我跟你说，幼儿园可太重要了，选不好，影响孩子一辈子的前途。"

苏梁不耐烦地抓头发："那依你的意思是要送儿子上哪所幼儿园呢？"

"自然是省实验幼儿园。那可是老牌的实验幼儿园，省级示范幼教。"

苏梁也就答应了，结果两个人出去一打听，这幼儿园好是好，可不是谁想上就能上的，孩子得参加入园考试，可也不是你想考就可以考的，得排队，拿号！

苏梁一听就"嘎"地怪叫一声奓了毛。

第七章

杨柳一到那所省级著名幼儿园的门口就呆住了。

原本，她是想让苏梁趁着周末起早点儿去排队的，苏梁听了便哀叹一声，杨柳想想道，算了算了，看你也不是做这种事的人，不牢靠，还是我去比较妥当。苏梁咧开嘴笑起来。杨柳深觉他这笑没心没肺，然而这笑又这样发自肺腑，杨柳总是拿这样笑着的苏梁没辙。

杨柳七点过一点儿就出门了，想着自己算是赶了个大早，说什么也是可以拿到号的。

可是眼前，幼儿园门口已排了有百十来号人，队伍蜿蜒出去，引得路人侧目。

杨柳赶紧过去排在队尾，看那队尾里多半是与自己年纪不相上下的男女，也有年纪大的，一看就是孩子的外公外婆或是爷爷奶奶。

杨柳问她前面的那一位："请问几点可以开始拿号？"

那人把头脸全藏在一份报纸的后头，说通知是八点半开始拿号的，这不星期天嘛，人家老师园长总要睡一会儿懒觉。声音里头全是睡意与不耐烦。

杨柳足足等了一个多小时也不见幼儿园的铁门打开，而这个时候，她的身后早已又排出去了几十号人。

队伍里开始窃窃私语，焦头烂额的父母与祖父母们开始交流起来。

杨柳后头的人问她，到底什么时候能拿号，杨柳说，说是八点半，我都等了一个多小时了。正说着，有提着保温桶的花白了头发的老太太走过来，人老而耳力强大，听见杨柳的话，接过话头说："一个多小时？我儿子他们早上五点就来排队了，这都站了三个多小时了，早饭都没来得及吃。"

杨柳吃了一惊，心下开始怪苏梁是个甩手掌柜，早上叫他一起过来排队他就是不肯，他那一团孩气，某一个时刻自己只觉着可爱好玩，而另一时刻却又觉悟他真是靠不住的男人，婚姻里这些不满的小情绪真正是草色遥看近却无，但是说不定一个不经意间就会长成一片杂草。

队伍里早有人席地坐了下来，六月的阳光八点钟以后便开始发挥威力，杨柳遮住眼睛，想打个盹儿。

前头的那个男人一口痰吐将出去，骂了一句脏话，说："现在上个破幼儿园比上大学还难。再过五分钟不开门老子不等了，老子把儿子拴在身上上班去。"

杨柳忍不住接过话说："真要是破幼儿园就用不着排队了。"

阳光更加刺目，一群人站在日头底下，好像一堆晾晒着的萝卜条。

杨柳问那男人要了一页报纸，垫在地上也坐了下来，合上眼眯了一小会儿工夫，忽地觉着有人的鼻息轻轻地喷在她的脸上，睁眼一看，苏梁蹲在她面前，两个人的脸离得这样近，苏梁做一个对眼的怪样儿，杨柳在他头顶拍了一下，笑骂道，作怪。

铁门终于打开了，人群一阵躁动。有人开始越众而出向前挤，便有人大声斥着叫着，乱哄哄的。这时出来了几个老师模样的女人，维持秩序，可身薄力小，似乎无法阻止乱成一团的众人，有一个年纪稍长的老师便大声地说："你们要排就好好排，拿了号我们还要考察孩子的，号总是可以拿到的，急什么？"

好容易队伍才恢复了秩序，缓缓地向前蠕动。杨柳与苏梁又等了好一会儿，终于来到幼儿园门房的窗口前，郑重地接过里面的老师递过来的一张圆形硬纸片，上头一个鲜红颜色写出来的数字。

入园考试就定在下一周的周六，杨柳拿到号之后还赖在原地没动地方，苏梁十分不解，一个劲儿地催她快走，杨柳也不理他，急得苏梁反复地问："你到底还要干什么？"

杨柳的沉默与固执叫苏梁肝火上升，索性丢下她跑到附近小店里买了数根雪糕一气乱吃，吃得太急，冰得五脏都缩成一团。苏梁又拿了两根赌气般扔给杨柳，杨柳接住老实不客气地全吃了。

又等了好一会儿，老师出来宣布号发完了，那排在最后的一伙人立刻喧声大作，吵得不可开交。老师只得进去商讨了半天，出来说，号可以再补发一些，但是最后能不能收孩子入园还得看孩子的考试情况。

弄到快中午的时候，人群也渐渐地散了。

苏梁早坐在幼儿园外头的花坛边儿上打起了盹儿。杨柳终于熬到了这个时候，长出一口气，悄悄地向一位老师打听："老师，请问您，孩子的考核主要是哪些方面的内容，我们好回去给孩子准备准备。"

那老师也满面是汗，不大耐烦，没好气地说："准备什么，用不着准备，我们就是要看看孩子最原始的状态。"

杨柳等了几个小时就等来这么句话，懊丧又委屈，再看见苏梁睡得头一点一点如小鸡啄米，一腔怒火沿肺腑直烧到脑袋顶，无处发泄，便上前去把他踢醒，苏梁"哎哟"一声，也动了怒："你干吗！"

杨柳看他吃痛，却也懊悔踢重了，两个人一路别别扭扭地回了家。

接下来整整一周，杨柳都在给儿子备考，诗词歌赋加数学英语的，不可开交，小小子苏炜诚的这一个礼拜哭得比有生两年半所有哭的时候加起来还多些似的。婆婆武小慧也极其不满，说杨柳这不是送儿子上幼儿园，是送儿子进京赶考呢，这一去就是蟾宫折桂也用不着现下这么大声大气的，屋顶都要被掀了去了。

到考试那天，杨柳好好地把儿子打扮了一番，小家伙穿了一身新衣，海蓝色连帽T恤，配了米色七分裤，戴了顶童子军式的布帽子，虽然长得并不十分出色，可小小男儿，穿成这样，总能添五分可爱，小小子无比神气，一路惹得不少人看，杨柳很是得意。

参考的孩子都由老师领进考场，家长是不许进去的，不少小孩子见父母不能同行，都哭了起来，苏家小子倒还算镇定，只回头望了望爸妈就跟着老师进去了。杨柳心下一喜，跟苏梁说："你看，老师说不定是故意不许我们陪的，不是说要看看小孩最原始的反应吗？我们儿子的反应多好，多镇定自若。我看过一则资料，就是有个大公司招人，故意在地上放了一把扫把，一大堆人应聘，就只有一个人把扫把捡起来，最后就是那个捡扫把的应聘上了，这就叫人的原始状态，装是装不来的。"

苏梁"呵呵"怪笑说："这是他们编出来专门骗你们这种无知群众的，你还当真了呢！"

两人说笑之间，苏家小子已被老师牵了出来，面色镇定如常。杨柳忙问："宝宝，老师都问你什么了？”

苏家小子苏炜诚把嘴闭合得如同一个蚌，无论如何也不肯开口，杨柳哄了一路，快到家时他才慢悠悠地说：“不——知——道！”

杨柳气了个仰倒，心下觉得不妙。

坏消息果真到了，苏炜诚没有接到录取通知。

苏梁安慰杨柳说，算了算了，不如还上街道的那个幼儿园吧，你也别小看人家，人家现在也升级了，也有了正规幼儿师范出来的老师了。一个幼儿园嘛，难道还有三流的和哈佛级的区别？

杨柳坐在家里整整想了一天，第二天，杨柳就到单位请了几天假，又把儿子打扮了一番，带着他出了门。

杨柳拉着儿子来到省级示范幼儿园门口，坚决请求要见园长，门房也坚决不让她进去，杨柳也不急，第二天又带着儿子去了，还是被拦在门外，第三天她又去了。门房到底看不下去了，好言劝她说：“算了吧算了吧，你看，不要说你，园长现在看到谁都怕，有多少关系户托人来说情，园长照顾了这个照顾不了那个。她虽然不是总理，可也真的不是哪个想见就见的。”

杨柳笑而不答，门房看着这个年轻的娇小而秀丽的小女人，一时心软到糊涂，说，好好好你进去吧进去吧。

等他从那阵子糊涂里醒过来时，杨柳早消失在幼儿园深处的一片浓荫里了。

杨柳并没有费太大的劲儿便找到了园长办公室，园长是一个很富态的中年女性，皮肤透出一种长年坐办公室人的松软与白净。她问：“您是哪位，有什么事？”

杨柳也不说什么，拉过儿子，按着他的小脑袋给园长鞠了一躬，叫儿子，来，宝宝，给园长老师背一首古诗。

小小子苏炜诚略一迟疑，便开始背起来：

迟日江山丽，
春风花草香。
泥融飞燕子，
沙暖睡鸳鸯。

园长一头雾水地问，请问您是哪一位介绍来的？

杨柳笑笑不答，对儿子说："宝宝，再表演一个背数字，从一数到一百吧。"

小小子扭了一扭，苦着脸开始背起来。

园长一迭声地说："等等等等，你到底是哪位介绍来的？"

杨柳站在办公室中间，从容地说："我们不是谁介绍来的，是我自己介绍我来的。上次考试的时候我儿子可能因为紧张发挥得不好，其实他真的会不少东西，我们家长对他的早教抓得也比较紧。我们是真心实意想上贵幼儿园，请园长无论如何给我们一个机会。"

杨柳忽地觉得自己有点儿二五兮兮的，就像从前他们家附近有一个女疯子，据说是芭蕾舞演员出身，多年前的名角儿，她天天在大街上，对着一街的人说：下一个节目，独舞，《白毛女》选段。说完便跳起来，努力地想要用穿着布鞋的脚尖直立起来。跳完一段又说：下面再来一个折子戏，就跳个吴清华见到红旗那一段吧。她陶醉地捧着那虚拟的红旗，贴在干瘦的脸颊上，深情地摩挲着。

杨柳觉得有点儿不好意思，不过，儿子细小的背诵数字的声音却给了她心灵的熨帖，她在这样的声音里想起这个疯子来，好像那疯子的灵魂附在了她的身上，一派蒙昧糊涂，但却勇往直前。

杨柳不等园长再说什么，又叫儿子说了两个外语单词，小小子开始不耐烦了，有一个词想了好一会儿，不过总算是想起来了，杨柳微微提高了声音表扬了儿子。

园长长长地叹了一口气，又叹了一口气，拿起一张纸写了几个字，递给杨柳："九月带你的儿子来报到吧。"

杨柳接过纸条说了一连串的谢谢谢谢谢谢，带着儿子出幼儿园门时，杨柳从包里拿出一条烟来塞给了门房大叔。

她在幼儿园门前的花坛边儿上坐下来，小小的苏炜诚累了一个早上，趴在她怀里似睡非睡，杨柳想，二百五有二百五的好处，一般人办不到的事二百五却可以办到，因为二百五豁得出去。

儿子终于上了省级示范幼儿园，苏梁也松了口气。

九月开学之后，他开始每天接送儿子。这幼儿园自然是没的说，从这一年引进了一套蒙台梭利式教材，说是开始搞教学实验。

这个古怪的名字叫苏梁头晕，杨柳却头头是道地为他讲解了一番，苏梁听了只觉得是胡扯。好吧，他想，他儿子现在成了这个古怪的名词掩盖下的某种怪方法的实验品了，不过管他呢，总不至于把孩子教笨了就行了。

可是幼儿园实在是离家太远了，交通不算顶方便，他每天一大早就要起来送儿子，下午又要赶着去接，家、单位与儿子的幼儿园正好构成一个三角形，别扭地嵌进了苏梁的生活中，使得他原本圆润如一个圆形的日子走了样儿，他渐渐又有了怨言。

可是，他没想到更叫他暴跳起来的事还在后头。

说起来全是许月娟惹出来的事儿。

那天苏群与许月娟过来，他们有不少日子没来了，苏梁便随口问嫂子，我家小侄子上哪个幼儿园了？

许月娟笑笑，用一种极轻描淡写的调子说，自己儿子上的是双语幼儿园，号称是 CEO 的摇篮，他们说是从小让孩子接受双语教育，每个班都配一名外籍教师，用一套原版的教材。

许月娟淡淡地颇有点儿不以为然地又补充道：“卖瓜的总说自己瓜甜，现在连幼儿园也学会这样吆喝了。他们这样说，我就姑且这样听听，哪个真指望幼儿园让小孩子学到什么了不得的知识，小小的人哪能那么辛苦地学那么多东西？多么作孽。我图的就是那里的条件好，环境没的说，一进去就好像到了外国似的，欧陆小镇风格。每间教室都配空调，还配一台大钢琴，玩具全是进口的，一天下来都要用紫外线消毒一次，卫生是绝对有保障的，配的床啦被褥啦质量都顶好，连床单的花色都雅得不得了。小制服洋气哟，伙食也好，舀出来的汤都稠笃笃，一个班才十二个人，配三个老师，跟高级保姆似的，多好。”

一番话下来听得苏梁目瞪口呆，趁许月娟不注意，他用力地对她翻了个白眼。这个女人就是一个暴发户，他想，她膨胀得像一个打足了气的气球。

杨柳却听住了，待许月娟说完，她问：“你们儿子上的这个幼儿园，叫什么名字？”

“叫小剑桥。”许月娟闲闲地说。

当晚，杨柳便做出了一个叫苏梁气急败坏的决定。

她要给儿子转学，送他去上“小剑桥”，接受双语教育。

苏梁手里正削着苹果，闻言“啪”地把刀拍在杨柳面前，说，你杀了我吧。

第八章

苏梁跟杨柳一起带着儿子站在了“小剑桥”双语幼儿园的大门前。

那大门太华美庄严了，让人怀疑这是一个社会权力机构而绝想不到是一个幼儿园。大门边有一块乌亮的牌子，上面写着“小剑桥”三个烫金字，下面还有若干小字的简介。

苏梁觉得自己好像一只漏气的气球，只想“哧哧哧”地喷发出不满的气体：“这个地方，胆子小的都不敢进来。”他说，“我怎么就鬼迷心窍地答应了你把儿子送这儿来呢？”

杨柳惭惭地笑了。

不过苏梁说自个儿鬼迷心窍，其实不然。他们一家三口能走到这座大门前，虽不是千难万难，却也经历了一大番的折腾纠缠。

当杨柳头一次提出要把儿子转学到这个幼儿园来的时候，苏梁坚决不同意。“好容易出乖露丑地才进了省实验幼儿园，这没两个月就要转学，老师嘴上不说，心里一定要骂苏炜诚的爸妈是十三点，脑子进水了。”苏梁说。

更何况，这个什么“小剑桥”是私立的，收费相当高，苏梁说我们是负担不起的。

可杨柳认为，再难也不过两三年的工夫，再好的幼儿园也不可能待一辈子，咬咬牙就过去了。

苏梁愤怒地把桌子擂得山响：“牙咬碎了也是负担不起，关键问题其实也不在这里，关键问题是，把那么一笔钱投出去就为了上一个幼儿园，我冤不冤哪！你怎么就不明白呢？”

杨柳也急了："不明白的人是你！你怎么就想不通，钱再好能好过儿子的前途？这是智力投资懂不懂？投进去的是钱，回报出来的是儿子的未来！要不还没起跑呢我们儿子就输给人家了。"

苏梁说，跑啥跑，你一天到晚地说跑跑跑，我们儿子才学会走呢，你让他跑什么呀，跑哪里去？你不就看着我哥的儿子上这个破剑桥了吗？杨柳你能不能不要这么虚荣，你跟人家比什么比？人家什么经济条件咱们什么条件？我哥那钱来得快，跟淌水似的，哗哗的，我们的钱跟滴油似的，是滴滴答答存下来的。

杨柳坚决否认苏梁对自己"虚荣"的指控，这种指控让她委屈极了，她想起那些被她放弃的好东西，想起她好长时间没买过新衣服了，想起她连贵一点儿的零嘴都不舍得买，不过这些她都不在乎，她觉得为了儿子，割她的肉都行，别说舍了这点儿小享受。她所有的精力所有的金钱都投在了儿子的身上，可苏梁并不理解，还要骂她虚荣，小夫妻两个坐在桌子的两头面红耳赤，像两只愤怒对视着的年轻的兽。

婆婆武小慧把炒好的菜重重地蹾在桌子上，一张脸挂搭得要落下来似的。

杨柳的火气腾一下全冲着她去了，狠狠地剜了她一眼。

武小慧的脑后仿佛生着眼睛，她一边往厨房走一边说："苏梁我告诉你，人一辈子最要紧的是什么？就是有自知之明。命里只该你有一成你非得争十成，到后来是要头破血流的。"

苏梁说，我怎么没自知之明了？我怎么没有自知之明？

杨柳又转脸笃笃地望了一眼苏梁，这么个连话音也听不明白的小男人，他吃什么长这么大？也只有他，听不懂他妈夹枪带棒的话，武小慧是聪明妈妈生个笨儿子，想着想着又觉出苏梁的单纯来，不由得心软。

武小慧又端了一碗菜出来，仍是重重地蹾在桌上："先吃饭，光吵有什么用？吵吵肚子又不会饱，吃饭吧吃饭吧，吃饱了饭你们继续折腾。"

杨柳回身冲到卧室拿了提包与外套一阵风似的卷了出去，大力地关上大门，"咣"的一声巨响。

苏梁用力一踢椅子，厚实的实木椅子是有年头的老东西，沉重硬实，磕得他脚指头生痛，有一瞬间他想坏了坏了，脚指头断掉了，又不好用手去摸，只好坐下来，用好的那只脚用力去踩那只痛脚，好半天说不出话来。

武小慧慢慢悠悠地吃着饭，小口小口地喝着汤，一边说："不要拿哑巴物件出气，这椅子我可还要用上个十年八年的呢。"

保姆英姨一贯地大声地咂巴着嘴，吃得风生水起的，苏梁好不心烦，胃口全无，脚痛头也痛，还担心着跑出去的杨柳，有心出去找人，又咽不下心中的气，"霍"地站起来回房愤愤地用被蒙住头，把一切都挡在棉被外头去。棉被当头罩下来，为他支撑出一片昏天黑地来，在这个人造的柔软的安静的洞穴里，苏梁的心才慢慢地静下来，不知怎的就想起了从前跟杨柳一块儿出去玩，去的是一处有名的寺院，寺院的后山上，有一溜依着山壁挖凿出的小洞，窄小低矮，常人只能盘腿坐在里面，据说那是僧人打坐修行的地方，说是利于冥想参禅。当时苏梁不明白参禅为什么一定要在洞里，透着那么矫情，这会儿他有点儿明白了，大概是洞里够静，人用那样的一个蜷缩盘坐的姿态，犹如未出生时躲藏在母腹之中，安全，平和，时间缓慢得没有了边际。他想他该起来去找杨柳，可是却怎么也起不来，整个人好像在一片流沙里，直往久远的过去的日子里沉。

也不晓得过了多久，他听见卧室的门响，好像有人走进来，他花了好大的气力才把被子掀开，眼前一片白茫茫，好像有一片水淹了过来，好容易才找到焦距，他看见是杨柳回来了，正坐在沙发上吃面包，"咕嘟咕嘟"地喝水。

苏梁挣扎着起来走过去蹲在她身边，讨好地说："吃面包干什么，吃饭吧，还有菜，汤也有，我给你热去。"

杨柳大口地咬着面包，把左面的脸颊撑出一个大鼓包来，一边说："免了，我从小到大，都不吃别人蹾在桌子上的饭，吃了不好消化，我就吃面包。"

苏梁讪讪的，也不好搭腔。

杨柳没有再提给儿子转学的事，苏梁偷偷地在心里庆幸，想着她可能说说就算了，但愿她彻底打消了这个念头。苏梁连着几天都偷偷地观察着杨柳的脸色，揣摩着她的意思，越看越分析便越觉得杨柳的确是不会再提那个茬儿了，放了心，心里扑棱扑棱地冒着快乐的小泡儿。

又过了两天，早上苏梁催着儿子快点儿吃完早饭，要送他上幼儿园，杨柳闲闲地说了句话，苏梁好像被雷打了一样。

杨柳说："宝宝快一点儿，今天记得跟老师和小朋友们好好告别，妈妈昨天晚上怎么教你的你还记得吗？明天我们就去新的幼儿园啰！"

苏梁目瞪口呆。

好半天他才结结巴巴地问："你你你，你什么时候办的手续？"

杨柳看也不看他一眼，"呼啦呼啦"地往嘴里划拉着泡饭，"嘎吱嘎吱"地嚼着萝卜条，边吃边说："就昨天定下来的，入园费我也交了。"

"你哪儿来的钱？"苏梁倒不是特别在意那钱，他是真好奇，杨柳这个小女人现在越来越多地给他意外。

"我问我一个要好的旧同学借的。你放心，没用我们的定期，利息我也舍不得损失。我同学那里有闲钱，我就借了，我们的存款到期了我就还她。"

苏梁趿着拖鞋在客厅里乱踱着步，把指甲咬得咯嘣响，他心里一烦乱就会如此。

当天晚上，杨柳还毫不犹豫地辞掉了保姆英姨，多送了她一个月的工资。

一家三口终于在第二天来到了新幼儿园门口。

走进去，杨柳发现，许月娟虽然有点儿夸张，但夸张得还不算太厉害，这里的环境果然极好，三座欧式的小楼呈一个品字形，四周的绿化很不错。走进中间的主楼，大厅正中放了一台雪白的三角钢琴，靠右侧一个宽大的旋转楼梯，拾级而上，杨柳发现楼梯的每一级上正面与窄窄的侧面都贴着英文单词，上得楼来，数间教室转成一个大半圆形。每一间教室都是欧式窄条花窗，光线很好，一个班级里一台锃亮的大钢琴。每间教室只寥寥十来个孩子，男孩子是一式的灰色小西装、黑色小领带，女孩子则是灰色海军领上装配同色小格百褶裙。

杨柳儿子的教室门口小牌子上写着"维特根斯坦班"，杨柳把这个拗口的名字好好地读了两遍才读顺，苏梁不满地嘀咕，这是什么鬼名字，杨柳轻轻斥他说，你懂什么，人家每个班级都是用剑桥大学著名校友的名字来命名的。

进了教室，发现里头还有一个相当大的套间，是孩子们午休的地方，一色一样的小床，小被子小枕头，一色的床单，杨柳细看了一下，连那挂在一排小钩子上的毛巾一看都是高档货色，苏梁小小声说："这不是养儿子，是养祖宗！"

最让杨柳满意的是这个幼儿园真的给每个班级都配了一名外籍老师，杨柳儿子班上的居然是一个金发碧眼雪白皮肤的年轻男老师。不得了，杨柳想，书上说，男孩子在成长的过程中，顶好多跟男老师学习，有利于他们的心理发展，这下子，不仅英语学习有保障了，连心理教育也一并有眉目了，可见天下没有白花的钱。

可正是这位异常年轻英俊的男老师，没过多久又给杨柳添了桩心事。

杨柳很快跟儿子班上的老师熟悉起来了，不仅如此，她跟班上小孩的家长也混了个溜熟。杨柳听单位一位年轻妈妈说，一个班上的小孩家长，顶重要的就是要抱团儿，有什么消息好相互知会，有什么问题更可以一同跟学校理论，学校可以糊弄一个家长，可绝不敢糊弄一群家长的，杨柳深以为然。

小炜诚班上的家长们正好特别地抱团儿，私底下还选了一个小头头，那是个一脸精明相的女人，看年岁不小了，可是穿得花红柳绿的，脸上也开着水粉的铺子，所以领着她的孩子也不知是外婆呢还是妈妈。杨柳一开始也没好意思问，后来熟了才知道是外婆，杨柳于是足足地给她灌了点儿米汤，说自己一直以为她是孩子的妈妈呢，坚决地表示不相信，一个人这样年轻怎么可能做外婆，并且亲亲热热地管这个比自己大了二十多岁的女人叫徐姐。

因为这新幼儿园离杨柳的单位近一些，所以现在都是由杨柳下班后来接儿子。

这一天杨柳去幼儿园接儿子，见徐姐身边围着几位家长正在讨论着什么。杨柳过去一问，才听得徐姐用极不满的语气说，原来咱们这个维特根斯坦班的外籍教师是俄罗斯人！徐姐说："俄罗斯人自然说的是俄语，欧琴哈拉哨之类的，他的英语也不知是在哪里学的呢，说得能标准吗？敢情幼儿园是拿一张外国脸来充外国话蒙我们呢！这可关系到我们小孩子的学习，是大问题，我们完全有理由跟幼儿园提意见，要求幼儿园改进的！"

杨柳一听也开始着急起来。对啊，要是儿子从小学一口俄罗斯味儿的英语，叫人多么糟心啊。

这种事，只要有个吹箫的，再来几个摁眼儿的，马上就能唱出一台戏来。那挑头的自然是徐姐，杨柳算是急先锋之一，一伙人真的到了园长那里好一通说，希望园里可以考虑，找一个英语国家的、发音比较正宗的外教来，否则就从根上把孩子给耽误了。

园长态度十分地好，杨柳暗想，到底是私立幼儿园，世上是没有错花的钱的，杨柳很是找着了一点儿上帝的感觉。

过了没半个月，园里果然换了几个外教，杨柳有一天送儿子时，正巧看见原先的那个金发碧眼的男孩子从园长办公室出来。那孩子背着磨损得挺厉害的牛仔布大背包，那样冷的天，穿着一条大短裤，上身倒是一件厚羽绒服，成色也半旧不新，神色略有点儿黯然，脚步匆匆。

杨柳忽地觉得自己怪不厚道的，这孩子看上去家境似乎不是很好，千里辞家，万里求学的，够多么不容易啊，刚找到一个打工的机会，就这么给端掉了饭碗。杨柳几乎不敢再去看那孩子的背影。可转念又想，自己又怎么是容易的呢？付了这样贵的学费，要求给孩子创造尽可能好的学习条件也无可厚非。这世界谁不是一把鼻涕一把泪地活着？这么一想，杨柳便又理直气壮起来。

这园长办事还算是有效率，这一回一下子换掉了五六位非英语国家的外教，杨柳儿子班上新换的外教来自北爱尔兰，二十多岁的男人，浅色的头发，绿眼睛，不知为什么人看上去有点儿脏相。

苏梁问杨柳，北爱尔兰的英语标准吗？杨柳说当然了，北爱尔兰属于英国，是地地道道说英文的地方呀。哦对了，杨柳想起来了，Scarlett 的爸爸就是爱尔兰人。

谁？苏梁诧异。

杨柳笑起来，说苏梁，笨！郝思嘉啊！

苏梁笑笑说，你儿子上了两天双语幼儿园你倒变得满嘴的英文了。

杨柳可是不会忘记郝思嘉的，那是他们头一回一起看的电影。在市立图书馆的小放映厅，图书馆搞的经典影片回顾赏析活动，票子很便宜，正适合苏梁和杨柳他们。不大的一间教室样的屋子里，挤满了年轻的男女，也没有正经座位，就是长条凳子排成好几排。黑灯瞎火的，天很冷，屋里没有暖气，杨柳记得自己把手插在两腿间取暖。后来苏梁的手就伸了过来，摸索着碰到她的手，试探地握住，其实他的手也冷得像块冰。屏幕上郝思嘉与阿希莱突地激情拥吻，苏梁吓了一跳，扔掉了杨柳的手。

现在想来，大约是那个吻里的不伦与背德惊吓了苏梁，那个时候，苏梁是有点儿傻的，但是他的天真里头，很藏着一点儿固执与坚持，他常让杨柳想起那种旧式铜版的相片，老旧的暖黄里头，困着一个年轻新鲜纯净的灵魂。

回忆使得杨柳心里泛起了柔情。她才想起有多久没有好好地跟苏梁说过话了。

第九章

杨柳儿子班上的外籍老师换了没两天，家长们在接孩子时又凑在一块儿交流说，现在流行的是美音，英国音不吃香了，这总让人觉得是个不足。杨柳看徐姐说得手舞足蹈，心里倒觉得这人真是有点儿过了，可徐姐还是说，要不咱们再跟园长去反映一下吧，杨柳不好推辞，便跟着去敲边鼓。杨柳这一回不那么激进，一味地听着徐姐说。处得长了，杨柳多少听说了一点儿徐姐的事，说是她原本家庭条件并不好，后来拖着女儿嫁了一个丧偶的八十多的老头子，那老头子手里头颇有几个钱，所以徐姐才把外孙送进这所幼儿园。杨柳想，怪不得徐姐端着的架子里头透着一点儿软弱，好像一个人外头穿得光鲜，里头的旧衣却长出一截。徐姐身上有藏不住的市井气，叫杨柳想起许月娟。

园长好脾气地听徐姐说了半天，末了笑着说，也不能总是换老师，每一个老师新来到班级总要有一个熟悉的过程，这一位刚刚熟悉，教学也上了轨道，又换，换来换去的，会影响孩子的学习。这时又有家长插嘴说，英国音也不错，一口标准的伦敦腔很贵气，多么有派。杨柳于是又心安了。

回到家，杨柳把这事儿当闲话说给苏梁听，苏梁开玩笑道："伦敦不在北爱尔兰吧，北爱尔兰人说的是伦敦腔吗？"

一句玩笑话说得杨柳又开始担心起来，"嗬嗬嗬"地说，真的，这种口音好不好啊？一晚上说了十来次下来，苏梁不耐烦了，说，呀，你别没完没了啦啊！

杨柳自己晚间躺在床上睡不着，苏梁的手伸过来，在她身上摸来探去，好像一只小动物在爬，杨柳躲着让着，听着苏梁"哧哧"的笑声。

杨柳也笑了，她忽地觉得身上轻了一轻，好像这许多日子以来压在身上的东西飞起来，飘到了房顶上，自己一下子鲜活起来，褪掉了一层硬壳子似的。

杨柳伸手搂住苏梁的肩，像平日里搂儿子。

儿子在小剑桥上了有两个月，眼看着就要放寒假了，有一天，苏梁下班早，去接儿子，上了那个旋转大楼梯，往儿子教室走，一打眼就那么巧地看见了儿子，他不在教室里，在教室外。

这小子站的那个地方正好是两面墙夹着的一个小小的凹处，放置饮水机的地方，他小小的身体就夹在饮水机和墙壁之间，正用手指抠墙皮。

苏梁赶过去问儿子："你怎么站在这儿？"

苏炜诚小朋友老实回答，是老师叫我站在这儿的。

苏梁明白了，是罚站。苏梁想大概是儿子调皮，罚站一会儿也是正常的。

谁知小小子又说："老师叫我永远不要回教室了。"

苏梁一听这话不由得涌了一肚子的气，拉过儿子走进他们的教室，发现其他的小朋友正在吃水果，苏梁压了多日的愤怒幻化成一股子邪火，直冲着老师而去，说你凭什么叫我儿子永远不要回教室？你凭什么不给我儿子水果吃，人家小孩儿家长交学费难道我们没交，还是少交了一毛钱？同样是一个班的你凭什么厚此薄彼？我找你们园长理论理论！

年轻的女老师被苏梁这一顿劈头盖脸的责骂弄得有点儿发愣，及至看到站在他身后的苏炜诚才明白过来，连忙打叠起软语来跟苏梁解释，说，那不过是吓唬孩子的话，是有些不妥，我道歉，但我们绝不会真的不让他进教室的，这不正打算领他进来您就来了嘛。

苏梁"嘁"了一声道，你就这么一说，我要不来接儿子你还不得让我儿子接着站下去？我儿子年纪小，腿嫩，你把他的筋骨站出毛病我是要找你们幼儿园理论的，咱们电视台报社见。

苏梁越说兴致越高涨，多日来胸中盘旋的浊气一股脑儿地喷将出来，好不畅快，吵闹到最后，脸上竟然隐隐地带了笑意。

最后老师把苏炜诚拉过去，给了他两份水果，并且好言安抚了两句，苏梁这才带着儿子飘飘然地回家去了，一路甚觉神清气爽。

回家后，苏梁把事一五一十地说给杨柳听，杨柳却怪他不理智，说你这不是把老师得罪狠了吗？以后还指望人家对我们儿子好吗？

听杨柳这么一说，苏梁也有点儿后悔，可又不肯轻易地示弱服输，梗着脖子说，她不敢的，不是你说的吗，这种私立幼儿园，我们家长要有主人翁意识，我们是上帝。我是上帝我怕谁？她敢对我儿子不好，我找园长去。

杨柳又好气又好笑，忽地想起一个重要的问题，于是问苏梁："老师到底为什么罚我们儿子站？"

苏梁"哟"了一声："这我倒忘记问了。"

杨柳啐了他一口说，你不是去跟老师理论，是找架吵着玩呢。你除了起干哄还能干什么呀？

苏梁"咦"了一声，随即呵呵笑起来，果然杨柳是了解他的。

杨柳不放心，第二天特地到幼儿园找到儿子的老师，想问清楚为什么儿子要被罚站，是不是做了什么坏事了。

老师面色不是很好，但依然挂着笑容，却不大看杨柳，语气淡淡地说："苏炜诚小朋友总体说来还是不错的，吃饭啦睡觉啦这些习惯也还不错。但是他身上也有比较严重的问题，他的注意力不是太集中，无论上什么课他都不大听，自己玩自己的，昨天罚他站其实也是为了这个，大家都好好地上着课，他一个人站起来跑去拿玩具玩了。拉他回来，过一会儿，哎，他又过去了，简直地没有办法。"

老师又笑笑说："我们这里的课程设置不是我说句大话，是全市一流的，你们家长也是花了大价钱送孩子来的，总不能让孩子这么白白地浪费时间也浪费你们家长的金钱对不对？注意力对一个孩子来说太重要了，其实小孩子的智商讲起来都差不多嘛，区别在哪里呢？就在注意力……"

杨柳听着老师滔滔地说着有关注意力的一些原理，那些古怪的拗口的名词配合着老师严肃的表情显得更加有理，带着牢不可破、坚不可摧的气势，一下子便使人矮了三分，杨柳越听心里越毛。

最后老师说，注意力不集中是心理毛病，建议你们带孩子咨询一下心理医生，让专家帮帮忙。

杨柳回家后越回想越心慌，儿子若是小小年纪落下个心理疾病那可怎么办？这注意力不集中似乎还有着基因方面的原因，记得自己从小学习时思想就不容易集中。杨柳着急起来，原本想跟苏梁商量一下，转念又想，跟他商量是五八，不商量是四十，便托人联系了一个儿童心理学博士，约定了时间去咨询。

一见之下，杨柳发现这位女心理医生极其文雅，轻言细语得叫杨柳莫名地自卑。

医生让小小子苏炜诚拿了些玩具去玩儿，一边跟杨柳细细地问了一些有关孩子的情况，又拿了些画册图书叫小炜诚看，末了杨柳问她儿子的情况如何，是不是真的思想不容易集中，严不严重。

女医生不徐不疾地说，这一次两次是不好下断言的，我们不能轻易地 label 孩子，最好能跟踪观察孩子一段时间，有可能的话，我们再约个时间。杨柳并没有明白医生说的那个古怪的外文字眼儿，她的那一口破破的英文平日里如处女的肌肤，要拿重重的衣服遮挡起来，轻易不能落在人眼里的。但若是开口问又不大好意思，想想医生的话也对，一次两次哪里能了解得清楚，便干脆与医生约定了下次的时间。

不约不知道，一约才晓得医生还挺忙的，笔记本电脑里一堆家长的预约，杨柳想，原来现在带孩子看心理医生的家长这样多，有一众人等都与自己同样经历着烦恼人生，心里不由得好受了些。

就这么又咨询了有两三次，女医生终于给出结论说，苏炜诚小朋友的确是思想不容易集中，心理学上称注意力障碍，好在不算太严重，还是可以治疗的。有许多训练注意力的办法，可以带孩子过来训练，同时也配合着家长自己在家的训练，慢慢会好的。

医生又提议说，除了做注意力训练之外，也要给孩子适当地减压。

这一回杨柳回去便跟苏梁商量，要带儿子做一段时间的注意力训练。

苏梁哭笑不得地说那练好了，在哪儿练，多少钱练一次？

杨柳说自然是到医生那里做专门的训练，一次大约是多少多少钱。

苏梁一听便拍案而起，说这不是什么狗屁训练，是抢钱，直接抢银行不是来得更快些？

心理医生我知道啊，苏梁说，他们什么也不做就坐在那儿“嗙嗙嗙”地说一会儿就能挣老多的钱，跟算命打卦的差不多。算命的人家报纸电视有时候还要批判一下，落一个招摇撞骗的坏名声，他们倒好，还号称医生！杨柳被苏梁抢白得也动了气，说苏梁你现在怎么变得这么庸俗了？苏梁听到这两个字脸上有点儿挂不住，好像自己突地变成了一个趿拉着拖鞋穿着大裤衩满世界转悠随地吐痰的猥琐大叔。夫妻两人真真假假地对起嘴来，吵到后来，苏梁发火说从今以后，儿子的教育他再也不管了，杨柳气头上也说，你什么时候管过，就会把儿子当玩具玩，从今后儿子的教育我也不劳你管。

苏梁气得扬长而去，自己一个人跑到电影院把一部新上映的美国大片儿连看两场，半夜三更才回家。

美国大片儿实在是精彩，于有声有影处很好地平复了苏梁的怒气。回到家时，苏梁早就把争吵的事儿忘得差不多了，却发现杨柳还没睡，依然生着气。苏梁耍宝逗了杨柳一会儿，杨柳总算露了个笑脸，苏梁开始给她讲刚才看的电影，如何如何地好看，电脑特技如何如何地炫。杨柳看他一团高兴，也不好再说什么，苏梁就有这本事叫她除了原谅他之外全无办法，骨子里，她依稀地纵容着苏梁，或许不过是希望他可以保留着少年时的那一份没头脑的快活。那种直白的、傻傻的、小孩子似的可爱，是苏梁当初最吸引她的地方。

苏梁看杨柳消了气，劝她说，老婆，不是我说你，你是有点儿过了。真的，小孩子，随他去最好，就算要管，也等他上了小学再管不迟。现在别自找麻烦，能快活一时是一时。我就不信我们儿子将来能差到哪里去，就算将来他只能上个三流大学也无所谓，三流大学也是大学，也要有人上才不会倒闭对不对？那三流的要是倒闭了，一堆讲师校长教授系主任什么的不是要丢了饭碗吗？咱们总不能叫人家没饭吃，大家都是三流角色，能不相互关心吗？天下农友心连心，穷不帮穷谁照应？

杨柳被他一番胡言乱语说得终于“噗”的一声笑出来。一边又想，这苏梁十几二十岁的时候虽然懒散，却还算是个内向的孩子，偶尔露出的羞涩如是草尖的露珠，转瞬即逝可是无比动人。可这么几年在单位里混混，混得嘴皮子又溜又滑，讨人厌可又没法真的讨厌，可见老话说得好，跟好学好，跟着叫花子只有学讨，我儿子可不能这样，得叫他将来在一个文雅的充满了书卷气息的环境里工作成长。

不屑与轻蔑是爱里头的一颗恶毒的种子，不知什么时候种下了，有适合的温度与营养，你止不住它的生长。

不过，杨柳的心情还是好了不少，想想心理医生那边的确是费用太高，难以承受，索性自己买了些训练幼儿注意力的书来先学习学习再说。又觉得医生的话也是很有道理的，要给儿子放松放松，于是减少了儿子晚间的家教项目，用多一半的时间让儿子自个儿去玩，慢慢地，儿子脸上的笑容也多了起来。

这一松，松得她自己整个人也松起来，从前那种悠闲的日子与心境似乎慢吞吞地犹抱琵琶半遮面地回来了。那些早教课程，一旦丢下来，就不大想捡起来了，有时她也会对自己说，明天，明天就给儿子恢复上课，可是到了明天，还是觉着不如等明天吧，时间还是有的，儿子还有个两年才上小学。一天拖一天的，就那么拖下去了。

苏梁却对这种状态极其满意，经常缠着杨柳一块儿出去玩，重拾二人世界。

杨柳果然跟着苏梁出去过了几回二人世界。

人天生是好快活好享乐的动物，没有什么比无所事事更叫人着迷的了，杨柳想。

她是这样依恋着喜欢着苏梁与儿子还有她共建的这个家，好也罢差也罢，一流角色也罢三流也罢，总都是她喜欢的人，也是喜欢她的人，他们得一起往前走，走很久，走到更好的日子里头去。

连他们的性生活都比过去妙了许多，苏梁容光焕发，杨柳也面孔水嫩了许多，两个人走出去，相熟或不大熟的朋友都说简直不敢相信他们是做了爹妈的人，完全是一对年轻小儿女嘛。

这段好日子，简单却幸福，短促又绵长，朴素又华美，让人恨不得经线纬线打上网格一笔一笔细细描下来，压到箱子底下去。

如果不是又一件事刺激到了杨柳，或许他们也可以这样轻松地过下去，至少再过个几年。

第十章

杨柳与苏梁，连同小炜诚的轻松日子被“小剑桥”幼儿园橱窗里的一则喜报给打破了。

“小剑桥”幼儿园由大门到教学楼那条浓荫大道西侧有一溜橱窗，一般会张贴一些本周食谱啦、育子心得啦或是小朋友们照片和绘画作业啦什么的，平日里大多数的家长早上都来去匆匆，鲜有人关注那些橱窗里的内容。那天一大早，杨柳送儿子到幼儿园，却看见一扇橱窗跟前围了一大堆人，边看还边议论着什么。杨柳一时起了好奇的心，便挤过去看。

原来，橱窗里发布了一则喜讯，说本园牛顿班的一位叫金鑫的小朋友在市里举办的幼儿智力大赛中得了特等奖，这个幼儿园大班的孩子，会背圆周率后三百位，英语口语也很棒，甚至比一些大人都说得好，经专家检测，金鑫的智商达到一百四十，俗称神童，他是我们“小剑桥”的骄傲云云。

橱窗里还贴了这孩子的一张照彩色照片，大约是在影楼里照的那种儿童艺术照，穿着博士服戴着博士帽，脸孔板板，神情严峻，目光炯炯，十分老成。

喜报上还介绍了金鑫小朋友的父母是如何给孩子进行早教的。孩子的父母自己就受过很好的教育，他们的早教从金鑫还是个胎儿起就开始了，他们是如何重视孩子的阅读与语言能力培养，现在孩子已认得五千多个汉字，能够通读童话故事，能用英语与人进行简单的对话，并且还拥有极佳的空间概念。

喜报的最后，以孩子的口气写道：“现在我是‘小剑桥’的学生，将来我要读剑桥大学，跟牛顿做校友！现在我以‘小剑桥’为荣，将来要‘小剑桥’以我为荣！”

家长们啧啧称赞，有的说这金家是祖坟冒青烟了，生了这样的孩子，也有那年轻的爸爸妈妈附和说，可不是，生一个这样的孩子可比中五百万更好。这种孩子将来上好中学肯定是没有问题的事儿，得省多少赞助费，上了好中学可以上好高中，上好大学，有个金光闪闪的文凭将来找工作也容易得多。又有的说，这种孩子将来哪里会在中国工作，肯定是到国外去了，就算回中国来人家那也叫“海归”，国家给不少优惠政策呢。

也有人自暴自弃地说，这种孩子能有多少？一万个里头也不见得出一个，还得生在好人家，有一对知识分子的好爸爸好妈妈，要不，生在农村，神童多半也给耽误了。杨柳静静地听着众人的议论，她身边的一位妈妈插嘴道：“这种孩子将来也是站在金字塔顶尖儿的人物，大多数的孩子都是金字塔底。我们是不敢想孩子能站到最高点去。”

徐姐笑道：“这种话我不要听，实在是言不由衷，不想孩子站到最高处去，干吗一个月花这许多钱把小孩送‘小剑桥’来？上个街道幼儿园就行了。现在竞争这样激烈，不让小孩站到最高处去，将来只有被人挤掉的份儿，女孩子吧倒又好说了，长得漂亮些将来找个有钱佬，男娃娃怎么办？好工作高工资全都没有份儿，好老婆也找不到。干不了体面的工作，社会地位低，没有钱，买不起房子车子，哪个姑娘肯嫁你？”

当天晚上，杨柳回家便把儿子的那一堆教材全翻拣了出来，上头竟然落了层薄薄的灰，杨柳把灰拍打干净，心里隐隐地有些愧。

苏梁回家的时候，看见杨柳在给儿子上课呢，于是跟杨柳说，咦，又来了，医生不是说要减压吗？

杨柳正色道：“减压也减够了，再减就没边儿了，别说小孩子，连我的骨头都又散了。”

苏梁不以为然地“喊”了一声，嘟嘟囔囔着说，这才好没两天，又犯瘾症了。这话是背着杨柳说的，没敢叫她听见。

从这一天起，杨柳的晚间家长课又恢复了，并且比从前更加热火朝天。

一个月下来，杨柳觉着异常累，似乎从前没有这样累过，杨柳不禁感叹，人真是天生爱享受图舒服的动物，由勤勉到懒惰是多么容易，而由懒惰到勤勉的过程竟是这样艰苦难熬。

苏梁看她眼睛下面那淡淡的青色，劝她说，也别太辛苦了，我觉得吧，有的人生下来就适合学习，有的人不，反正老天爷总会给人一种活法，天底下哪有真正活不下去的人。

杨柳说可是我得让我的儿子以一种好的方式来活。就算老天爷没给他好活法，我得给他。我就不相信人家孩子行我儿子就不行。

这一天，苏梁不知从哪里听说了则消息，回来告诉杨柳，说，多年前中国科技大少年班的那个著名的神童宁柏原来竟然出家做和尚了，也不知道他当初读了那么多书有什么用。杨柳听了呆了半天，长叹一声道，这个人真是可惜了，怎么这么糊涂的！

苏梁说，这也难说，依我看来，当和尚也不见得就比他当科学家差，五台山那是什么地方？中国佛教圣地，山青水美，空气新鲜，自然环境有益身心健康，每天撞撞钟念念经，挺省心的，除了不能娶老婆我看也没什么不好。杨柳嗤地一笑："你反正就是这样不求上进，依我看，谁都可以出家，宁柏不能，多可惜，那么个聪明人。"

苏梁听杨柳批评自己不求上进心里不大舒服，没好气地说："聪明人才出家呢。你看我明儿也出家做和尚去，万事不操心。"

第二天苏梁便去剪掉了头发，还好没有剃光，只留了一层极短极极短的头发紧贴着头皮，吓了杨柳一跳。

苏梁也似乎为自己的新发型微微地有那么一点儿不好意思，抬头看见杨柳惊诧的眼神，低下头去颇尴尬地笑，杨柳伸手摸了摸他那毛刺刺的头顶，安慰地拍了两下，苏梁笑起来。

杨柳的日子又开始烦恼起来。

儿子的老师把她找去谈话，说苏炜诚的英语学习跟不上，老师每天检测时，他有好多单词都不会读，阅读更是弱项，希望家长好好地辅导一下。

幼儿园用的英语课文是原版的，国内不好买，只有老师有一套书，但孩子们每天能拿到一份复印件，内容还是挺多的，有发音拼读的单词，有要背诵的小诗，还有极短的阅读篇章，最近还新添了元音的发音讲解。杨柳原本英语就没学好，读了两年夜大，多少有点儿提高，可除了带着儿了反复地读之外，她并不知道还有什么别的可以立竿见影的好方法来辅导小孩子学好英语，她只得每晚带着儿子一遍一遍地读。小小子苏炜诚不大肯出声儿，一听到妈妈叫他读英语便扭股糖一般地挣扎，直说："我不读英语我不读英语。"

杨柳气愤地责问儿子为什么不肯读，小家伙憋了半天说："读英语疼。"

杨柳又好气又好笑，头一回听说有人一读英语便会"疼"，抓紧儿子的小手，说儿子你别怕，妈妈跟你一起学。

坚持了有大半个月，儿子的英语学习不见一点儿起色，老师依然说他很多内容不会读，杨柳心里气恨交加，不由得委屈而自怜，没想到自己的命这样不好，付出的功夫比人家多，可收效却比人家差，难不成是因为自己和苏梁的遗传基因不好？难道杨家的好基因都叫杨曦一个人占去了？杨柳对自己说，我不信这个邪，偏不信这个邪。

于是杨柳几乎把晚间的大部分时间都用来给儿子补习英语，可小小子苏炜诚不知为什么，头一天晚上读会了，第二天到幼儿园就记不得了，杨柳束手无策，很想咨询一下其他的家长是如何辅导的，怎么才能让孩子竹筒倒豆子似的说英语呢，可实在又拉不下脸来问，仿佛一问，全班的家长都会很快地知道并传播，苏炜诚小朋友是一个笨蛋。

苏梁劝她说："慢慢来慢慢来，我看我们儿子的英语说得比我好多了，他才几岁？到学校可能也不是记不得了，是他不想说而已，也难为我们儿子，换了我，看到他们老师那张鞋拔子脸我也不爱说话。这说明我们儿子的审美能力强大，是不是儿子？"

小炜诚睁大了眼睛茫茫然地望着父亲，又转过脸看看愤怒的眉头纠结的母亲。

杨柳忽地觉得儿子的眼神中竟有着一点儿惊恐，有点儿心惊，心想别把小孩子逼出个好歹来，人家育子书上不是说了嘛，孩子学习，兴趣最重要，要像保护眼珠子一样保护孩子的学习兴趣。杨柳便把英语复印材料扔到一边，说儿子，我们今晚不读英语，妈妈陪你看动画片好不好？

儿子似乎挺高兴，然而也并没有雀跃，带着点儿小心地看了看杨柳，似乎想探究一下母亲的话到底有几分可信，看到杨柳真的把动画片的碟片放进了电脑，才快活起来，小脸上绽开一个笑，爬到沙发上窝在杨柳身边看起来，边看边歪过头去谨慎地看母亲一眼。

杨柳终于决定要带儿子去查智商了。

她没跟苏梁说，一个人带儿子倒了两次车来到市妇幼医院，据说这里儿童保健中心做的智商测验是最可靠最准确的。

儿子看着来来往往的穿白大褂的人，问杨柳："妈妈你生病了吗？你哪里疼呀妈妈？"

杨柳蹲下去与他平视："妈妈没有生病，哪里都不疼，儿子。"

小炜诚看看妈妈，忽地又问："那是我生病了吗？是因为生病才不会读英语的吗？是不是找医生看一看就能把英语读好了？"

杨柳不知道如何回答儿子的问题，蹲在那里，抓着儿子的小手看了半天。

儿子的手肉乎乎的，指甲微微有点儿坑洼，他紧张的时候，会把手指头放在嘴里咬，跟苏梁一样。冬天，小手有点儿皴，出门的时候自己忘了给他涂点儿护手油了，出来得匆忙，甚至连手套都忘了给他戴上。

杨柳有点儿自责，问，儿子你冷不冷？

苏炜诚有点儿疑惑地看着母亲，试探地用手摸摸母亲冻得冰冷的面颊。他有好久没有看到如此和颜悦色的妈妈了。

天从早上就阴着，这会儿开始飘起细细的雪花来，风也盛了，裹着细雪鞭子一样地抽到脸上。

杨柳站起身，拉着儿子，说，儿子我们不看病了，我们走吧。

之后，杨柳再也没想过给儿子测智商。

杨柳想，有些事，不知道一定比知道了要好。

苏炜诚小朋友还有一年就要上一年级了。

杨柳认为这是孩子成长过程中的一个历史时刻，对于这一点，苏梁倒是相当赞同的，表示应该一家子出去好好地吃一顿以示庆祝。杨柳想想，这些年来，婆婆也帮着带小孩，天天两顿现成饭做好了等着自己一家三口，虽说磕磕绊绊不断，但没有功劳也有苦劳，于是选了周末，热心热意地请婆婆一起上馆子吃饭。馆子是相当不错的馆子，杭帮菜，很合婆婆的口味，一家人吃得其乐融融。

这一次的家庭聚会是相当成功的，成功到婆婆当着苏梁两口子的面，塞了一个大红包给小小子苏炜诚，作为他上学的贺礼。

婆婆说，上小学，我们从前叫上学堂，开蒙最最重要，希望你好好学习，做一个知书达理的人。

回到家杨柳偷空儿打开红包，整整五千块。

家宴之后，杨柳便马不停蹄地继续替儿子选择学校的大工程。

其实这工程早在一年多前就展开了，杨柳早就打探清楚了，现在他们家所在的地点，属于南京的D区，是一个教育相对落后的区，从前杨柳自己上中学的时候就听过，这个D区年年高考是“剃光头”的，直到大学扩招之后情况才好些。有人开玩笑说，孩子要是进了D区的中学，家长别的不用干，赶紧给孩子准备婚房，等着抱孙子外孙子吧。

说起本市的教育，自然是A区与B区最强，这两个区是多少年的冤家对头，谁也不服气谁，小升初、中考、高考中憋着劲儿地要把对方打倒。近些年，B区显而易见地占了绝对的上风，每年，本城最好的金陵实验中学万里挑一的考试，考中者百分之七十来自B区，中考全市的前三名也尽在B区，高考更不用说了。A区完全地失了优势，便高高挂起素质教育的大旗，这些年倒也真做出了些成绩，颇培养了一些被国外高校疯抢的优秀人才，报纸杂志电视台也不断地报道。因为其教育理念顺应大势，所以A区十分志得意满，每每指责B区的教育模式摧残了儿童的想象力和创造力，把孩子的潜力压榨殆尽，更指责金陵实验中学为本市教育肌体上的一颗毒瘤。可大多数家长不吃素质教育这一套，还是千方百计地想把孩子送进B区的小学，以期将来孩子在考中学时更有可能挤进本市一流中学中去。

杨柳便是这样的家长中的一员，她下决心把儿子苏炜诚送到B区最著名的颐和路小学去。

可是颐和路那是什么学校？闪闪发光的金字招牌隔三条街都晃人眼睛的，在本市小教界那是一个如雷贯耳的名字，岂是一般人轻易想进就能进的？据说，其校长牛得很，连市长递的条子都不放在眼里，何况像杨柳这样完全无足轻重的小人物。

许月娟的儿子与苏炜诚是同一年入小学的，可是相比于杨柳的焦头烂额，许月娟却是一派的云淡风轻。杨柳自然是一如既往地不喜欢许月娟，许月娟也并不十分待见杨柳，可是两个人倒也没有真正地撕破脸吵过架，总还维持着一点儿面子上的平和，偶尔为了共同与婆婆别扭还会结成一种松散的同盟。为了儿子上一个好小学而殚精竭虑的杨柳，实在走投无路之下，不由得想了解一下许月娟何以这样轻松快活。于是便趁着苏群两口子回婆婆这儿来的时候，觍着脸问许月娟在替儿子择校这一件事上有什么打算。

大约是杨柳态度的确十分诚恳，抑或是杨柳的狼狈与焦虑很好地满足了许月娟的虚荣好强，这一回许月娟显得少见地实诚，对杨柳和颜悦色地说："说实话吧小杨，我实在也不想择校，择校实际上是把主动权完全地交付给了学校一方，是我们伸着脖子叫伊掐呢。我早就想好了，把儿子送到私立学校，一年的学费是不便宜，可是是寄宿制，我是没有你的能干，只好做个狠心人，让小囡寄宿去，也算是培养他的自理能力。我去考察过了，学校条件还是相当好的，住的吃的都好，我也算放心了。"

此后，许月娟果然做了既不上班也不用带孩子的顶顶轻松快活的全职太太。

杨柳的心里对许月娟添一重浅的艳羡也添一重深的不屑，深觉她不是一个合格的母亲，一个做母亲的怎么可以把孩子丢给别人去管。

杨柳越发坚定了要给儿子择一所好小学的决心。

第十一章

杨柳的首选自然是颐和路小学。学校虽然难进，可鱼有鱼路虾有虾道，小人物自然也有小人物的门道。

从早些年开始，教育局就规定，适龄儿童就近入小学，有些没有门路择校的家庭，因为居住的房子在某一个著名小学的学区内，便走了大运，不用求人找门路，孩子可直接进入著名小学学习。这样的房子便有了一个十分贴切的名称：学区房。慢慢地，有那一干家里没有孩子上小学的家庭，或是急等着钱用的，或是纯粹想从中赚一笔钱拿房子当资本的人家，便转手将学区房卖掉，其价格随着小学的档次而有高有低，像颐和路小学附近的学区房，二十世纪八十年代的旧房也可卖出一个天价来。

杨柳下决心在颐和路小学的学区内，买他一套学区房。

旧不要紧，小点儿也不要紧，要紧的，是学区房就行！

杨柳把自个儿的主意跟苏梁一说，苏梁起先倒也觉得杨柳的主意有一定的可行性，可就是怕自己的妈不高兴，苏梁说："我们真买了房子搬走了，留妈一个人在这里，她不得说我们过河拆桥吗？"

杨柳笑道："你年纪轻轻怎么这样老脑筋？我们总不能跟你妈住一辈子，我肯她也不会肯的。你不要自作多情，你妈不见得就喜欢我们一直跟她住。我们迟早是要买自己的房子的，何不趁这样的一个机会把这件人生大事给办了。再说，就算搬走了，也不是离得十万八千里，坐公共汽车半个小时就过来了，你没听过远香近臭的道理吗？我们走了，说不定关系更融洽了呢。你放心，我不是那种冷心冷肺的人，你妈对我们儿子的好我永远记得，她以后有什么事我还是会过来照顾的。这不是什么过河拆桥的问题。依我说，那桥要是旧了，不适合了，该拆就得拆，拆了我再搭座新桥。”

苏梁翻翻眼睛，也笑着说：“那我不管，你去操心去吧。”

杨柳道：“你自然是不管的，你是小厮的身子少爷的命，你乖一点儿别给我添乱就行了。”

苏梁乐得不管。可是，买房不是买西红柿，杨柳有的时候还真的需要跟他商量一下。

杨柳很快地通过中介找到了一处颐和路小学学区房。

杨柳独自一人跟着中介的业务员去看了那套房子。

房子是旧了点儿，中介说是二十世纪八十年代末的，杨柳看来，可能是二十世纪八十年代初期甚至更早一点儿的，不过看来前房主是很会持家的人，房屋维持得相当不错，主卧里贴着墙纸，花色过时了，不过成色尚好，浅灰配着碎花，靠墙打了一排书柜，另一小间显然是儿童房，木地板有点儿斑驳了，走上去发出轻轻的咯吱声，风从小而窄的窗子吹进来，像这屋子起了一阵呼吸或是叹了一口气。孩子用的小矮柜也还在，每一个抽屉上贴着小小的标签，字迹模糊了，隐约可看见文具、书本、剪报等字样。

住久了人的房子，带了人气，是会说话的，无声地讲述留在这里的记忆，带着旧主人身上的味道。

在那一瞬间，杨柳便下了决心，一定要将这套房子买下来。

中介的业务员是老江湖了，如何看不出杨柳眼中的喜爱，便拿出他最诚恳的态度说，房主诚心想出售，他们年纪大了，儿女们都在国外，老两口都是有身份的人，经济条件也好，在郊外山明水秀的地方买了幢小别墅，早搬过去了，说实话这个地段的房子，这个价钱算是很合理的了，看的人很多，杨小姐要是喜欢，我可以为你留下来，不过你得快做决定。

杨柳又把自己最关心的问题问了一遍，业务员很肯定地向她保证，这房子的确属于颐和路小学的学区。

毕竟是买房子，杨柳想，还是必须要跟苏梁商量一下的，于是杨柳打了个电话给还在上班的苏梁，说你无论如何要来一趟，马上，快，打车来。

苏梁气喘吁吁地赶了过来，杨柳拉他在房子里转了半天，业务员极有耐心地一直陪着杨柳等，这会儿又很贴心地让到一边去，好让这小夫妻俩好好地商量。

苏梁说："房子还可以，就是太旧了点儿。比我们岁数都大似的。我们再看看别的，考虑一下吧。"

杨柳说："真想买新房我何必在这个地段看房子，这里哪有新房子，全是旧的，我图的就是它是学区房，你别嫌它旧，多少人等着呢。"

苏梁抓抓头："我总觉得不靠谱。人家为了小孩上学吧，顶多买个新书包买点儿新文具，再买两套新衣服什么的，你倒好，买套房子。"

杨柳有点儿不高兴，说我辛辛苦苦跑了这么多天，从来也没麻烦过你一块儿跑，好容易找到合适的房子了，你倒给我牢骚怪话一大堆。我要不为儿子上学我干吗买旧房，谁不晓得新房子的好！

苏梁看杨柳动了气，安抚她说："我也没说什么呀，就说这房子旧了点儿，我们再考虑考虑，这不是买大白菜，是买房子。"

杨柳说，等你考虑好，黄花菜都凉了。你知不知道学区房有多难找？一套小房子多少家盯着呢，都为了孩子上学。

苏梁"啧"了一声，昂头看着天花板想了好一会儿，还是说再考虑考虑。

"儿子上小学不还有一年呢嘛，还有时间再找学区房的。"

杨柳用力在苏梁的胳膊上打了一下，大约是打中了苏梁的麻筋，苏梁"哎哟"一声，杨柳又伸手给他揉着捏着，一边软语劝他："你是不晓得行情，人家学校现在也精得很。开学后都要查我们的户口的，凡是搬到这个学区来不足一年的，或是孩子的户口跟四老的，你就是在这儿买了房子人家都不收你孩子入学！要买现在就得买，买房子户口迁过来等明年儿子上学正好一年的时间。"

苏梁说什么叫跟四老？

杨柳解释说就是孩子的户口跟外公外婆或是爷爷奶奶在一起，父母不在同一户口上，叫跟四老。

苏梁"哦"了一声，重复了"跟四老"三个字，好像在咂摸这几个字的味道。

苏梁被杨柳的一番话说得更加一头雾水，他也不晓得杨柳都是从哪里得来的这些消息，说得有鼻子有眼儿的。苏梁于是凑着杨柳的耳朵根子和她开玩笑："你怎么这么清楚，难不成你在外头有个私孩子去年上小学了？"

说着在杨柳的腰上捏了一下。

杨柳却真的被他惹恼了，咬牙切齿地说：“我当然知道，你是不晓得我为了这件事打听了多久的消息，收集了多少资料。你反正是一点儿不操心，简直快活得像单身汉！我总想着，让你少操一点儿心，你还在这种关键时刻给我说风凉话！”

苏梁看杨柳气得眉眼都挪位了，赶紧认错，说那你真要买咱们就买吧。对了，总价多少？

杨柳气消了些，也凑到苏梁的耳朵根子底下轻轻地说了一个数目。

苏梁的嘴巴立刻张大，塞得下两颗鸡蛋，脸都白了，结结巴巴地说：“我的天，这不行不行。我们哪有那么多钱？”

杨柳简短地吐出两个字，贷款！

这两个字如同两枚钉子直直地被一把大锤砸进苏梁的耳朵里。

苏梁许久许久也没说话。

杨柳看苏梁那副样子又觉得他怪可怜的，安慰他道，你不用怕，有我呢！首付也不要你操心，我们这几年还存了点儿钱，不够的，我去想办法，先签了合同再说！咱们俩都还年轻，贷款的年限可以长一点儿，以后每月慢慢还。再说，杨柳细心地观察着苏梁的神色，接着说出一句鼓舞人心的话：“再说了，我们也不一定一辈子住在这里，等儿子小学毕业了，咱们再把这房子转手卖出去。你放心，别看这房子旧，可是道道地地的学区房呢，还不是一般的学区房，是颐和路小学的学区房，有的是人抢着买，你看着吧，过他几年房子只会涨不会跌的。”

杨柳的这番话完全是一种灵机一动，纯粹是用来说服苏梁的，事先她并没有这个念头，她只一味地过着日子，从未对社会民生问题做过深入的研究，却意外地说中了一件事，这个城市的房子在未来的若干年里打着滚儿翻着跟斗地往上涨，此时的杨柳，不过凭她一点儿小聪明，还有一点儿小动物一般的本能，便做出了预言家似的判断，有着一切预言所共有的宿命感与隐约的悲凉。

杨柳跟苏梁说了大半天，苏梁依然下不了狠心买这套二手房。其实这也怪不得苏梁，刚工作那会儿，他的钱都由母亲掌管，武小慧每月分配些零用钱给他，当然，武小慧说了，也并不真要用他的钱，是替他存起来结婚时好用。果然在苏梁与杨柳结婚时，武小慧颇掏了一笔钱出来，其中一半是苏梁的工资，一半是她的私房。结了婚，苏梁的工资马上又上缴给了杨柳，由杨柳分配零用钱给他。苏梁这二十来年，手中掌握的款子最多不超过二百块，对他而言，花一大笔钱买个房子是一件做梦都没想过的事。

杨柳也想明白了，指望苏梁拍板买房是不可能的，只有靠自己拿大主意了。苏梁，他不过是一个顶着男人面孔的小孩，杨柳想起自己妈常说的一句话，苏梁就是一个小冻猫子，只等着现成的热灶窝叫他钻。

那房产中介不断地给杨柳打电话，回回只说另有人急着看房，杨柳更坚定了要买房的心。

杨柳把牙一咬，心一横，给中介回了个电话，房子我定下来要了！

杨柳跟苏梁说，那房子我做主买了啊！

苏梁张口结舌，半天才晓得啊了一声。

接下来是一系列重要而琐碎的手续，要交首付，要办各种证明文件，要贷款，要办过户，一桩桩一件件，全都耗时耗力，苏梁从开始就被各种手续各种名词绕昏了头，办每一项手续都要排队，他数次排错了队伍，轮到他时才发现，于是又重新排过，苏梁觉得他把这辈子的队都排掉了。

苏梁不由得五心烦躁，觉得好好的日子变得灰暗沉重，不晓得什么时候是个头，加上他妈武小慧因为他们买这套二手房，背地里骂了他许久，说他是一个被女人牵着鼻子走的角色，苏梁的心情更是差到谷底。

苏梁也奇怪，老话把搬新家叫乔迁之喜，苏梁真的不明白自己喜从何来。

还好，杨柳看穿了苏梁的没用，很快把所有的事都大包大揽了过去。苏梁也乐得当甩手掌柜，只求不要有那么多的事烦着他，武小慧却是恨透了儿子的不争气，干脆不理他了。苏梁几次在自己妈那儿碰了一鼻子的灰，也犯了脾气，索性也不理武小慧了，母子两人如今跟陌生人似的，把彼此看成一团空气，武小慧做好了饭也不叫苏梁，苏梁闻着香味儿，从卧室出来自己盛了饭坐下就开吃，武小慧便把碗蹾在饭桌上进屋去找胃药，故意地拿到苏梁面前和着水吞下去。

这么别扭了好些天，终于到了办房产证那天，杨柳嘱咐苏梁，今天无论如何得去一趟房产交易所了，两个人约好了下午各自请假在交易所大门口碰面。

杨柳单位远，先出门上班了。

苏梁磨蹭了一会儿，正要走的时候，多日不理他的武小慧忽地没头没脑地说："办房产证的时候睁大眼看看清爽，上头写的是不是你的名字！你别怪我多嘴，我要不替你想着，就凭你那脑子，早晚叫人诳了去，将来万一有什么变故，你就只能流落街头，到那时你妈早闭眼了，骨头都能打鼓了，想照拂你也不行了。”

苏梁从母亲的话语里听出两分凄苦来，心里充满了负罪感，觉得跟自家妈妈赌这场气有点儿不识好歹，腻过来说：“唉，知道了，妈你会长命百岁的。”

按杨柳的意思，这是他们头一回买房，既是为了他们有一个自己的小家，更是为了儿子的前途，她简直把办房产证看成生命里极重要的一个仪式。杨柳跟苏梁说，我想好了，咱们就办那种一拖二的房产证。苏梁被这又一个新名字弄得奋力地眨巴眼睛，仿佛这个词是一点儿芥末。杨柳边笑他，边跟他解释，所谓一拖二房产证是由一大两小三个红皮证件组成，大本上写户主的名字，小本上写家庭成员的名字，表示三人共同拥有这套房子的产权。

苏梁说，这不跟户口本差不多嘛。

办事员被他逗笑了，说，也可以这么说。你们想好了吗？真的要办一拖二？真的？要想好哦！

苏梁说：“有什么可想。”

办事员难得好脾气地又解释说：“这种房产证呢，有好有不好。好处呢就是，万一将来要征遗产税，你儿子可以不用交税直接继承这房子。不好呢，就是你们三人谁都不可以随便发卖房子，必须要三人签字才能卖房。”

苏梁依然没转过弯来：“这算什么不好，三人签就三人签呗，我们一家子又不会分开。”

办事员呵呵一笑，好好地看了苏梁一眼。

杨柳温柔地说：“我们自然是不会分开的。”

办事员又是呵呵一笑，不再看他们，只管忙手里的事。

手续办好之后，有一天武小慧装作全不在意的样子，叫儿子把房产证拿给她看看。

苏梁买好房子，烦恼消散，福至而心灵，居然懂得藏起那两本小的，单单给母亲看了那本大的，上头清清爽爽、白纸黑字写着苏梁的名字，血也似的红章，抵得过一万个口头的承诺，武小慧这才把悬着的心放回肚子里。

苏梁与杨柳买这房子，也算是伤筋动骨了，翻翻存折，剩下的数字叫苏梁欲哭无泪。

他们自然是没有钱再做精致的装修，只粉了墙壁，便搬了过去。半旧不新的家具四下里一摆，虽不华丽，可屋子一下子便鲜活起来，加上儿子在各屋里穿来跑去，大呼小叫，整套房子立刻充满了人气，像冬天里忽地出了好太阳，冷里头一分分地渗进了暖，叫人忍不住想伸手抓住那股子暖意。

家里人自然是要来参观新房子的，杨柳的父母过来了，武小慧和许月娟也过来了。武小慧意外地对这套房子颇有好评，认为地点实在是好，闹中取静，光看小区外临街两边那高大的华盖一般的梧桐树，便可知这里的风水是好的，地气是足的。

杨柳听得精明难缠的婆婆也夸自己的房子好，得意使得她顿觉与婆婆亲近了起来，她挽着婆婆的手臂，卖弄自己前不久从中介那里听来的知识：“妈，这里的梧桐可不是一般的法国梧桐，它可是古代人说的‘碧梧’，就是能招来凤凰的那种！”

许月娟也笑着附和：“哟，那真不错。可是，你们真的就这样搬进来了吗？要是重新装修一下更好点儿吧，那卫生间我看是太老旧了，一套房子，就只厨卫最要紧，也对啊，吃喝拉撒，也算是人生大事。你看我那套房，光是厨卫的装修，就累掉我半条命，钱更是流水一样地花出去，说起来，还是小杨你这样，省事省心，多少好。”

杨柳的好心情叫她轻易地就原谅了许月娟的挑衅。

在他们在新房里住下后不久，杨柳也终于拿到了她夜大的文凭。

买了合意的房子，儿子尚有段时间才上小学，杨柳与苏梁享受了一段相当舒心的日子。虽说每天要自己买菜开伙，洗衣浆衫，收拾屋子，可身边没有了婆婆的身影，做任何事都无须忌讳，不用看任何人的脸色，周日就算是睡到十二点也听不着闲话，杨柳还是相当满足的。忙肯定是比过去忙碌得多，可她却白胖了一些，本身骨架细巧，这一胖，竟然有点儿圆滚滚的意思。有一晚苏梁见她半躺在沙发上，给儿子念故事，“哈”的一声笑出来说：“不得了，老婆，你成肥妈了。”

苏梁也过得挺舒心的，先前那一点儿因为在银行贷了大笔款子而起的焦虑很快便消失了，他突然由一个夹心人变成了一个最逍遥不过的人，全身的毛孔都张开了，快活地呼吸着这自由的空气，他也胖了些，裤带扣往后挪了一个孔。以至于他们俩某一个周末回武小慧那里时，让武小慧愣了好一会儿。

武小慧原以为会看见灰头土脸怨声载道的儿子与手忙脚乱邋遢憔悴的媳妇，却不料看见一对喜气洋洋白白净净的小夫妻，连小炜诚的眉眼都俊气了好些。

他们离了她竟是这样快活这样得意，丝毫没有给她扮演怒其不争却又心怀慈悲的角色的机会。这一念叫武小慧的心里起了浓重的悲凉的雾。

又过了一段时间，杨柳打算悄无声息地实行自己的另一个计划。

她开始跑人才市场，参加大大小小的招聘会，她想换一个工作。而到此时，她才发现，她苦熬了几年费劲巴力才拿到的夜大文凭简直形同一张废纸，完全地拿不出手去。

这两年，大量的大学毕业生、研究生蜂拥上市，像汹涌的洪水一般，席卷了城市，用人单位所能提供的职位很快被这股洪流淹没，得到职位的人欣喜若狂，他们宛若几股水流流入预定的水槽中，而更多的更为壮大的水流却彼此裹挟着，四处奔涌，湍急而仓皇，不知流向哪里，整个城市仿佛是一个泽国。

杨柳本质上是一个很容易认清现实的人，她明白自己在学历、年龄上没有丝毫的优势，只有一点点可怜的工作经验可倚仗，她果断地降低了择职的条件，于是她的眼前豁然开朗起来。很快她就找到一家公司，有相当的规模，要招几个最基层的后勤人员，后勤跟后勤也是不一样的，到底是大公司，后勤的工资待遇比她现在拿的要高些，虽然也没有什么太好的前途可言，但是工资涨一点儿是一点儿，还贷的时候多少可以不那么吃紧，而且在大公司工作，以后儿子老师问起来终归也好听一些。所以杨柳干干脆脆地递上了简历，并顺利地应聘成功。后来她才知道，原来她已婚、已生子的状况为她赢得了不少的优势，公司招人就是为了赶着派用场的，有些工作，女性的细致做来更为合适些，只是招女性便意味着她很快要结婚，要怀孕，要休产假，招杨柳这样的则不再有这种顾虑，何况杨柳也算是有些工作经验的。

杨柳决然地离开了她工作了好些年的地方。她想，她跟儿子都将有一个全新的开始。

杨柳与苏梁的舒心日子，并没能维持很久。

就在小炜诚即将上小学的时候，有一个可怕的消息传来，如同旱地拔起的一声响雷，劈在了杨柳的头顶心。

第十二章

过了若干年后，杨柳回想起这件事来，也忍不住深深地痛恨那个没有信誉的房产中介，而在当时，杨柳得到消息，便旋风一样地冲出门去。

那天正下着初夏的第一场大雨，杨柳打不到车，便一路飞奔着跑到那家中介公司。

她一路跑着，漫天漫地的雨和她心里头的愤恨与绝望，叫她几乎要看不清楚道路。当她撞开中介公司的门时，她甚至有点儿恍惚，刹那间想不起自己为什么要到这里来。

五秒钟之后她想起来了。

中介公司的人大约是看着这个年轻的女人面色奇怪，神情大大地不善，有那机灵的赶紧递了把椅子过来，请她坐下。

杨柳做了一件她长到这么大从来没有做过的事情。

她一脚把椅子踹得飞了出去，砸在屋子角落里的一个饮水机上，发出好大的一声响。

有人尖叫起来："你干什么干什么？"

杨柳握拳用力一击办公桌："叫你们经理出来！叫他出来！"

又有人赶紧来劝："有话好好说，好好说。"

杨柳说，你们搞欺诈，我要去三一五协会告你们！

她一转身冲着屋子里几个看资料的客户，说，你们不要在这里看房，这家是黑心中介，他们只会叫你上当，他们会害死你们的。

这当口，有一白净的胖胖的男人走出来，看样子是个管事的，那样厚厚实实的一个人，竟然有一把绵软的声音，有气无力地说：“这位小姐，你怎么了？有话请坐下来说嘛！不要这样子。”

杨柳这个时候才觉得浑身上下都在痒。那是水珠滑过身体引发的小痒，痒得人心散成一片片，拾都拾不起来。

杨柳的声音里突然便带上了哭音：“你们搞欺诈，你们跟我保证过的，你们说这房子是属于颐和路小学学区，要不我怎么会买？怎么会买？那么贵的房子……”

杨柳终于哭起来：“那么贵的房子……”

那胖男人又有气无力地说：“是这么回事。这个房子原本的的确确是属于颐和路学区没有错的，我们不是欺诈，这个房子先前的人家就是看中它是学区房才买的，小孩子毕了业又转手卖的。哪晓得颐小今年会重新划分学区呢对不对？我们是中介，我们不是教育局，这种事情呢，说句不好听的，属于天灾，这里头没有我们搞欺诈的问题。”

他那绵软的声音像水波，一波，一波，直灌进杨柳的耳朵里，杨柳只觉得那水升上来升上来，淹过她的腿，淹过她的腰，慢慢地淹过了她的脖子。

杨柳是被中介的人送进卫生所的，她还穿着那套湿漉漉的衣服，她拒绝打吊针，在走道里枯坐了一会儿，站起身来准备回家。

这时候她才发现她左脚上的凉鞋从中间折断了，她拖着这只断掉的鞋回了家。

这一年，南京市著名的颐和路小学重新划了学区，正巧划到了杨柳与苏梁所买的那幢房子前面一幢。

杨柳与苏梁花大价钱买下的房子，并不在颐小的学区内，也就意味着，他们若要将儿子苏炜诚送进颐小，还得再交一万五的赞助费，并且，更重要的是，还得托人找关系。

杨柳原本是想瞒着婆婆武小慧的，可是苏梁自己焦头烂额之下，不留神在母亲跟前抱怨时说漏了嘴。

武小慧冷笑不已，笑得苏梁浊气更加涌上心头，说，妈你这是什么意思这么怪里怪气地笑！

武小慧说，我与你这种叫老婆牵着鼻子走的人没有什么话好讲！但凡你听我一句话，也不至于到今天。

苏梁说，又来了又来了！

武小慧说，你不必在你妈跟前粗声大气充英雄，既然你们都分了家出去过，那有事情你们还是自己去解决，你叫我们当老的，无权无势又无钱，能有什么办法？

苏梁呼呼地喘着粗气说："我求你了吗？你老人家迫不及待地说你没有办法？"

武小慧说，你省省口水吧，要吵也要找对人吵！

苏梁回到家，果然冲着杨柳大叫大嚷。

苏梁也奇怪，那样伶牙俐齿的杨柳，如今只一味地沉默不语。

这两天里，她便迅速地消瘦下去，好像一只正在漏气的气球。

她咬着牙，这使她秀气的脸颊上隆起了一道棱子，苏梁又觉得她可怜，自己也可怜，他住了声，在沙发上坐下来，小炜诚怯生生地过来，小心地趴在他膝盖上。

但是儿子终归还是要上学的，杨柳在床上躺了两天之后，爬起来，走到外屋去喝水。

她闻见自己身上的汗馊味，她足有两天没洗澡。

她站在客厅里看着她的这个家，这个房子。

这个家叫作新家，但是看起来新意真的不足，仿佛他们在这里住了好些年头，午后的大太阳直照起来，把半壁墙涂成金黄色，光线里飞起细尘，杨柳觉得那不是光，那好像是肉眼看得见的时间，在缓缓地流转。沙发上堆着儿子的书、小计算器，杨柳忽地觉得她好像在这里把半辈子都过掉了似的。

这到底是她的家。

也许也没什么可怕的，杨柳在苏梁回家后对他说，我们还算是有了个自己的家，有了自己的房子。这房子它踏踏实实地在那儿，跑不掉的。你看它，旧是旧了点儿，可是多么结实，地段又好，交通便利，为我们遮风挡雨，给我们自由跟快活。将来的事，谁说得准，说不定过两年，颐小再重划学区，又把它划进去了呢？

苏梁没好气地说，又划进去又怎么样？我们儿子总不能推迟两年再上学。

杨柳坚定地说："我想过了，儿子，还是得让他上颐小！"

杨柳一旦下了决心，便开始着手实施让儿子上颐和路小学这个计划。

杨柳把她所认识的人都梳理了一遍，最后确定，她真的没有办法找到一个人，可以帮她打通关节。在这个令人糟心的过程中，她却得到了各种各样的有关择校的知识。比如，若要找关系，找普通老师是不行的，校长不买账，那关系至少得是学校的中层，或者，你托的人是学校的骨干教师，学科带头人啊，优秀教育工作者啊之类，若是颐小的特级老师就更好了，这些老师在校长面前会比较有话语权，毕竟一个学校要想办得好，硬件固然重要，可更重要的是软件，软件是什么，好老师呗，有名望的名师，特级啥的，还有那种特别牛的，班上考入好中学人数特别多的，所带的学生成绩名列前茅的。没有好老师，教育设备再先进也是白搭。可问题是，杨柳实在找不到任何一重关系，可以让她认识一位这样的颐小老师。

杨柳想，哪怕能找到一个八竿子也打不到的人呢，只要有这么个人，八竿子打不到，第九竿说不定就打到了呢？

杨柳忙活了许久，全无头绪，真有些山穷水尽之感，她又回想起当年她是如何带着儿子在幼儿园园长面前一番表演，终于为儿子争取到了入园资格的事。可杨柳也明白，像颐小这种重点小学却又与幼儿园不可同日而语了。

门路，是非找不可的。

只是，到哪里去找？

正在走投无路之际，事情有了戏剧性的转机。

那天是周末，苏梁的一个要好的同事约苏梁出去玩，各自带着自家的小孩，说是去新开的嘉年华游乐园。杨柳正好有点儿不舒服，苏梁就一个人带着儿子去了。

游乐园很远，父子二人早上十点钟出门，杨柳预想他们要玩到五六点钟的，正打算好好地睡个午觉，谁知才下午两点钟就有人“砰砰砰”砸他们家门。

杨柳开门看时，却是苏梁那个要好的同事的老婆，带着苏炜诚，小炜诚见了妈妈就放声大哭，说爸爸头破了。

原来，苏梁和同事带着孩子排队要玩摩天轮，后边儿一个女人想插队，苏梁的同事也不是个省事儿的，两下里就大吵了起来，对方也不是单单一家子来的，也是伙了几个朋友，吵到后来，动了手，对方的男人，个个人高马大，苏梁好心劝架，护在自己朋友的前面，被对方一砖头敲了个头破血流。

等杨柳赶到医院时，苏梁头上的伤已缝了七针，他的一件浅灰T恤的前襟染了大片的血。

苏梁的头脸肿得像猪头，在家足足休息了两个礼拜。

苏梁的同事却只是擦破了一层油皮，说起来，苏梁算是替他挡掉了一场血光之灾，他十分感激，也十分过意不去，有意要报答一下苏梁。两家人客气来去，热闹闲聊，竟然发现，同事有一个远房亲戚是颐和路小学的特级教师！

这个天外飞来的好消息让杨柳当场激动得说话都不在调儿上了，于是厚着脸皮求人家帮忙。

一周之后，苏梁的同事给杨柳带来了极好的消息，颐小同意收苏炜诚小朋友为择校生。

第九竿没有打到的关系，竟然被第十竿给打到了。

夜深人静时，杨柳夫妻俩从白日里巨大的兴奋中缓过神来，苏梁摸着后脑上的那个长长的疤说："头上开个瓢，给儿子换了个好学校上，值了。"

杨柳怜爱地伸手搭在苏梁摸脑袋的手指上，一块儿去摸那个疤，好像摸着命里头打着的一个如意结。

但问题是，颐小接收苏炜诚，但苏炜诚父母必须要为儿子交一万五千元择校费。

买了房子过后，杨柳与苏梁的家庭财政可以说大伤了元气，一万五不算顶多，可一时还真不凑手。

杨柳倒是有几样首饰，只是这些东西一时又不能折现，苏梁看到她把那些明晃晃的东西拿在手上翻来覆去地看，心下忽地觉着有些凄凉。在他的经验里，女人只有在走投无路的时候，才会想到要典卖首饰换钱，那些都是他从电影电视里看来的情节，或是从母亲唠叨中得知的久远的往事，而他的杨柳，从来只是乐呵呵、青菜市价多少钱一斤都糊里糊涂的人。

到第三天头上，杨柳想，实在不行的话，只得厚着脸皮回娘家借了，不能跟妈说，私底下跟爸借借看。

到了晚上的时候，苏梁竟然递给杨柳一个纸包，杨柳打开一看，里头齐齐整整一摞钱。

苏梁说："这是跟我哥借的。反正也不算什么巨款，他也不等着用，慢慢还呗，我就不相信我能给债压倒。"

杨柳看着那钱，听着苏梁难得的豪言壮语，且惊且喜，又想到，苏梁以他的天真无用，对付苏群的精明吝啬，怕也吃了一些委屈，也不晓得许月娟知不知道，她虽不在乎那点儿钱，不过也不会有什么中听的话对苏梁说，杨柳一时替苏梁心酸得说不出话来。

苏梁却打趣说，老婆你不表扬我一下吗？铁公鸡身上都拔得下毛来。

杨柳"扑哧"笑了，笑完了又觉得，这世上，苏梁，她，还有儿子，怎么样都是一家子。只有彼此，也只为了彼此。

杨柳叹口气说："我们还有银行的那些贷款要还呢，又加上这个，以后可能要过得紧一点儿了。真对不住啊老公。"

苏梁却又说不出什么来了。

这是他们自上次大吵过之后难得的温馨一刻。

半夜，苏梁突地跟杨柳说："老婆，咱们以后别吵了，也别折腾了行吗？"

儿子苏炜诚终于成了本市最好的颐和路小学的一年级学生了。

这一番经历下来，杨柳觉得可用磨难二字定义。可是当她站到颐和路小学的校园里时，却又觉出一个"值"字来。

学校迎门便是一幢教学楼，据说是二十世纪七十年代建成的，外观陈旧，走进楼内才发现，教室是重装修过的，各种设施十分齐全，完全是一个现代化小学的模样，每间教室的窗格外地高大，屋顶也比一般的教室高，显得比它真实的面积要空阔许多。

下得楼来，从教学楼穿过去，再走过一道九曲回廊，竟然又是一番景象。

四四方方的一个大院，正面是一座民国风格的建筑，两层楼，砖木结构，三角屋顶，窄窗，半圆形的小小阳台，老虎窗，灰色的砖墙上爬了密密的青藤，两侧还各有一座平房，红砖青瓦，看上去颇有年头了。这里便是老师们的办公区了。

校园并不十分大，一楼一屋、一草一木都显出一点儿厚重来，那种由年岁与文化堆积出的派头气韵，令人肃然起敬。

这学校如同一个贵族的后裔，屹立在这个城市的东南一角，布衣荆钗不掩其天姿国色典雅风范，比得那些新兴的小学暴发户一般地伧俗。

苏炜诚小朋友被分配到一年级一班，班主任是一位年轻的女老师，小孩子们在教室里坐了下来，可还闹哄哄的，并没有正式开始上课。

家长们依依地站在窗前望着自家儿女，脸上都是说不出的千言万语，希望，担忧，欣慰，畏惧，快活，不舍，却又不由得小声地议论起来，说是这一回新班级有五个，原本是四个的，择校生实在太多所以扩成了五个班。有人极内行地补充道，这叫五轨制，每个班都五十来个学生，可听说这学校最多的一个班有六十个学生，最前一排几乎要抵着黑板，最后一排只得挨着垃圾桶。

也有的说，这一年级一班的班主任才工作两年，算是个新人，听说四班的班主任是个学科带头人，准特级，一班的这个老师是她的徒弟。有人嬉笑着说，现在什么年代了，连工厂都快要没有师傅徒弟之说了，没想到学校里还搞这一套。又有人笑道，天底下什么都是新的好，年轻的好，就只这老师，还是老的好。也有人反对说，年轻有年轻的好，教育思想不致僵化。

忽地有家长说，据可靠消息，这一届的一年级，四班才是最好的班，里头全是市委省委和军区的孩子，师资的配备自然是顶好的，你不服也是没有办法的，人家学校是按家长的身份来分班，所谓皮鞋班与布鞋班，说不定还有草鞋班，要怪只怪自己没本事，不过，在好学校上差一点儿的班也总比在差校上最好的班要强，学风顶重要，一个学校学风正，教育质量自然好。颐小的草鞋班也比一般学校的皮鞋班要好吧。有人又笑道，一般小学是不可能有皮鞋班的，皮鞋全到颐小这样的学校来了。

终于有老师过来劝说家长们离开，说是马上要开始上课了，孩子本来小，容易思想不集中，希望家长不要干扰他们，赶快离开学校，以后也不可以送到教室，送到校门口就行了。

杨柳随着家长们往外走，她长长地吐出一口气。

啊，杨柳想，我儿子的求学生涯从此开始了。

儿子上了一年级，杨柳觉得压力更大了，颐小果然名不虚传，生源极好，班上的孩子们个个都有特长，小小年纪，都去上各种补习班，学英语、钢琴、小提琴、书法、围棋、朗诵、小模特等，杨柳也打算让儿子去上一些课外的辅导班，千挑万选之下，选了一个外籍老师的英语辅导班，又是一大笔开支，杨柳开始了省吃俭用的生活，并要求苏梁也要节俭，好玩好乐的苏梁甚至连进口大片都不能看了。

第十三章

苏炜诚小朋友上了半学期的一年级，学校召开了第一次家长会。

这是杨柳头一次开家长会，头一天晚上，杨柳跟苏梁开玩笑，说，儿子第一次的家长会啊，你去还是我去？

苏梁“哧”地一笑，说，儿子不是一直你在管吗？这事儿我就不亲自参加了，你办事我是很放心的小杨同志。

杨柳平躺下来，不再理会苏梁。她的一颗心紧张得怦怦直跳，牵动她的太阳穴也突突地跳着，她像幼时怕考试似的怕第二天家长会的到来。儿子到了一个新的环境，一切都从头开始了，从孩子幼儿园阶段的表现来看，算不上出色，这个，杨柳心里是有数的，现在，孩子上了小学，也就是说，他被放置到一种全新的更复杂的评价系统中去了。孩子在班级能不能排在前几位，或是前十几位，孩子能不能赢得老师们的喜欢，能不能被同学们接受。杨柳思绪纷乱，睡不着了，披衣下床，到儿子的卧室去。

儿子早睡了，紧紧地裹着一床毯子，睡得很沉，竟然微微地打着鼾。他的卧室很狭小，但是向南，杨柳微微俯下身，看着儿子，夜色浓重，从四面八方包围过来，像一片无边无际的深水。

家长会安排在下午三点半，杨柳早就请好了假，两点便从单位出发了，到学校时三点还不到，可是她已看到有家长陆续也到了。三点半的时候，家长鱼贯进入一班教室，每张小桌上，放着孩子的作业本和两张试卷，一方面是让家长了解一下孩子的学习状况，同时也方便家长们找到孩子的座位坐好。

杨柳备了一本厚厚的笔记本，打算做笔记。这是她跟单位里一位同事学的，这位同事，从小就给孩子记育儿日记，到如今拿出来，不是一本，而是一摞，她的老公则负责给孩子拍照和录像，杨柳看过这位同事带来的光碟，按时间，一个月一张。她孩子与苏炜诚同年，虚七岁，近七个年头，八十张光碟。做家长做到这份儿上，杨柳自愧不如。

校长首先通过无线广播做了一番发言，无非是介绍了学校的历史与办学理念等，接着是班主任老师与数学老师分别上场，就孩子的学习状态，特别针对发下的作业本与试卷进行了一番细致的讲解与分析。

杨柳一边看着试卷，一边“唰唰唰”地在笔记本上做着记录。坐在她身边的那位妈妈伸过头来看了看她的笔记，从包里掏摸出笔与极小的一本即时贴簿，也开始记录起来。

苏炜诚的两张试卷上的成绩相当好看，数学考了一百分，语文是九十九。杨柳将试卷摊放在桌子角上，同桌的那位妈妈伸手拿过去细看看，笑着说，考得蛮好呀。态度很是友好。杨柳并未在桌上看见她孩子的试卷，便也笑着小声问，你孩子考得怎么样？那位妈妈淡淡地说：“没有你孩子好。”一句话之间立马疏离了一些。

杨柳心里有一种奇妙的感觉，她环顾四周，都是极年轻的父母们，多半是妈妈，爸爸来得少，也有一些是父母都到场的，用小板凳弄了加座，一看就是一家子，两个人一边听老师发言，一边把头凑在一起小声地嘀咕。杨柳想，这四周，这许多爸爸妈妈们，他们的孩子，有多少是将来苏炜诚的对手，有多少孩子要排到苏炜诚的前头去，有多少排在他的后面？有多少将来要与苏炜诚争夺一个上好中学的机会，又有多少将来要与苏炜诚争夺一个上好大学的机会和一个好工作的机会？杨柳越想越心寒，甩甩头不愿再想下去，可是却隐隐地觉出了弥漫在教室里的暗藏在平静之下的敌意来。

班主任老师告诉家长们，一年级二年级得一百分九十五分不稀奇，考不到九十分就算比较差了。一时间，家长们纷纷抖开孩子的试卷重新审视上头的分数，教室里一片翻动纸张的“哗啦”声。

家长会一直开到五点半才散，散会后还有不少的家长留在教室里跟老师交流，杨柳也是其中之一，不过她没有问，在一旁听着。家长们问得最多的问题是：我孩子上课表现怎么样？我孩子在班上处于一个什么样的位置，在哪一个档次上?

年轻的女老师很能说，直说了两个小时依然声音清脆，到底是年轻人，记性好，这才两个月工夫，已是记熟了每个孩子的名字与基本特点，这会儿连说带比画，气势很足。

杨柳最终也没有直接与老师对话，骨子里，她每一分钟都想逃离家长会会场。

杨柳走出学校时天已经黑了，她奋力地吸了几口气，更觉出刚才教室气氛的重压。

回到家，苏梁已做好了饭，随口问杨柳家长会上都说了什么，杨柳说，要求多得很，也细得不得了，回头你自己看吧，我做了笔记了，不少家都是夫妻两个人都去参加家长会了呢。

苏梁笑，噢哟，不就是一年级的小人儿开个家长会吗？至于那么兴师动众的？要是到了毕业班不得一家三代出马?

杨柳没搭理他，自此之后，更不放松儿子的学习了。每周带儿子去奶奶家时，也绝不会忘记带上课本，插空让儿子背上两篇课文，或是默几个词，做三排口算，要不就来上两段英语对话。

许月娟若是也过来，会在一旁看着这母子两个，眼睛鼻子上全是不以为然。

相比之下，许月娟却对儿子的学习得过且过。她的儿子苏炜奕一直住校，生活与学习都由老师负责，许月娟甚至连儿子上的是几班都不甚清楚。

因为近来她实在是有更重要的事要忙。

她所有的时间与精力，都放在捉老公苏群的奸上了。

许月娟大约是在一年前觉得苏群不对劲儿的。

苏群的生意越做越大，人自然是越来越忙，在家待的时间也越来越少。但这一切，都不是许月娟心生怀疑的理由。

是一些细如牛毛的生活小节，给了许月娟许多的警示，这些牛毛飘浮在许月娟的生活里，呛进她的气管，使得她莫名地难受。

苏群不时地走神，当她跟他说话时，他常会极细微地皱一下眉头。在家待着的时候，会下意识地看手机，他那个最新款手机，简直可以说是随身携带，上厕所、洗澡时也不离身，睡觉时便压在枕头下面，苏群睡觉是很警醒的，许月娟不敢做夜里偷看的尝试，倒不是怕他，是怕打草惊蛇。

终于，有了千载难逢的那么一次，苏群把手机落在沙发上，自个儿进了卫生间。

许月娟像闪电一样地行动了。

她抓起手机，快速地翻动查找。

没有，没有，没有可疑的电话号码，没有任何暧昧短信。

许月娟发现，苏群把收到短信的铃声设置为静音。

手机是干净的。

太干净了。

许月娟只来得及把手机放回沙发，稍调整了一下摆放的角度，苏群便从卫生间里出来了。

他穿了件深蓝色浴袍，带子都来不及系上，敞着衣襟，露着精瘦的胸膛。

许月娟正在厨房，从容地给一碗极新鲜的刚剥好的虾仁挂上薄浆。

姜末葱花被倒进了底锅里，温油慢火，香味一点点透出来，虾仁倒进去，很快变得粉红，快速地蜷缩，怕痛似的。

许月娟快手快脚地盛好菜，跟苏群两人面对面坐着吃。

许月娟含着笑，吃得很多，并热情洋溢地为苏群布菜，劝他多吃，说他在外头吃不到这种家常的味道，外头的菜也不知用了什么油，也不知道加了多少味精，香是香得来，谁知道害不害人。家里的菜，倒是实实在在又健康。

她能感觉出苏群从眼皮下对她的审视，他已是多日没有这般关注她了。

他依然穿着浴袍，在外头加了一件长的格子睡袍，湿淋淋的头发，他还是不喜欢用吹风机。习惯改不了，然而人已经不是那个人了。

许月娟觉得手心里渗出汗来，一重又一重，筷子都在手里打着滑。她夹了菜放到白饭上，大口地划拉进肚，她能感觉那些食物顺着食道落入胃中，使得胃很快地饱胀起来，心里却还是空落落的，有着食物填不满的空。

一个星期之后，许月娟在雇用的私家侦探的帮助下，将苏群与他的情人堵在五星级酒店的房间里。

苏群还算从容地穿好衣服，皱了眉头问许月娟，你来干什么？

许月娟笑而不答，转身走了。

苏群一拳欲出，目标却消失了。

第二天，是周末，苏群开了车去私立寄宿学校接儿子，生活老师告诉他，昨天晚上，苏炜奕小朋友的妈妈特地过来，把孩子接走了，说是老家有点儿急事，要提前接孩子赶晚班的火车。

苏群用力咬合牙齿，使得腮骨拱起两道棱，他想，许月娟是不会回浦东的，她没那么傻。

苏群还是打了个电话给岳父母家，一丝口风也没露便弄清楚了许月娟不在那里。

他打许月娟的手机，可是关机了。

一连打了三天，都是关机。

周一的时候，苏群想，无论如何，许月娟得送儿子回去上学吧，谁知她竟没有。

许月娟是有些朋友的，可她的那些朋友，都是些有钱有闲的全职太太，许月娟绝不可能去投奔她们的，她那个人，不好亲近，交不到关键时刻可以投奔的朋友。

苏群这才发现，自己对许月娟是既了解又这样陌生。

一个星期过去，许月娟母子音讯皆无。

苏群只好跟母亲说了事情的经过。

武小慧沉默不语，嘴唇抖得像嘴里含了一泡热油。

她那个人，绝得很，你就不能托托人，赶快找到她，否则，日子越久找起来越难，你没了老婆是小，苏炜奕是我们苏家的孙子，难道就这样流落在外头了？

苏群烦躁地在母亲窄小的客厅里踱步，托人是可以，但是从哪里找起？许月娟家的亲戚都在上海浦东，她不会回去。

武小慧想在报上登寻人启事，苏群不肯，这种事，不是可以放声大气地与人说的。

中国这样大，两个人出走了，如水滴入海，她要不想让你找到，你便找不到，到底不是演电视剧，拐个弯都会撞上熟人。

苏群每天拨打许月娟的手机。

到了第二十天，居然打通了。

苏群暴怒起来，你去哪儿了，儿子不上学了吗？

自觉蠢极了。

许月娟在电话那头轻轻地笑："我带儿子去外地旅行了，上不上学要什么紧，我们儿子将来还怕没有饭吃？我们玩儿得起，是不是儿子？"

手机里传来苏炜奕有点儿迷糊的咦唔声。

许月娟终于带着儿子回来是在一个月之后。

她闭口不谈带儿子去了哪里，苏群私底下问儿子，苏炜奕小朋友年纪小，一时说不清楚妈妈带他去的到底是什么地方，二则多少有点儿知觉，爸爸妈妈之间好像是有了点儿什么问题，本来这小人儿的身体就娇弱，连吓带闷气与奔波，一连几天有点儿低烧，更是说不明白。苏群知道问儿子是问不出来什么的，问许月娟更是问不出什么来，何况，去哪里并不重要，许月娟手头有点儿私房，带着儿子躲个三五年不成问题，中国这么大，她想躲哪儿就躲哪儿，真心找的人斗不过成心躲的人。

经此一役，苏群的气焰被打消了不少，他明白自己的身体缺陷，兴许，苏炜奕就是他此生唯一能拥有的孩子了，这是他的命根子。

尽管武小慧竭力地想隐瞒这件事，然而这种事，瞒得了外人瞒不了家里人，杨柳还是通过苏梁的嘴知道了事情的全过程。她不喜欢苏群，一直觉得他阴沉沉的，可她对许月娟的所作所为也十分不屑，嘴上不发表评论，心里觉得许月娟这个妈妈做得不称职，何必拿小孩子当筹码？有事说事，大家把事情摊开来说，该怎么办就怎么办，直来直去，杨柳这二十多年都是这样直通通地走过来，不懂拐弯抹角，也没这许多的心眼子。

杨柳想，为了这种事情，耽误儿子一个月的学习，这倒还次之，这可给孩子的心理造成多大的伤害！

杨柳的心里从此对许月娟更加不以为然，还混着一些鄙夷。

自这件事之后，武小慧开始警惕起来。

武小慧曾听小儿媳妇杨柳闲聊时提起过，颐和路小学有一个不成文的规定，凡是能为学校提供一定数量赞助的人，可安排一位直系子女入学。

所以，许月娟出走事件过后没多久，武小慧就给苏群出了一个主意。

为了不再让大儿媳能那样方便地带走她最疼的小孙子，武小慧要苏群多少也放点儿血，掏了笔钱，为颐和路小学的一间新建的电脑教室添置了全部的最新款电脑和部分其他设备，终于把苏炜奕转学到了这所学校，正和苏炜诚在一个班。

一切都是瞒着许月娟办的，办妥之后，一个周末，武小慧把儿子媳妇们都叫到家里来吃饭，饭桌上闲闲地宣布了这个消息。许月娟面色如常，慢悠悠地尖了手指剥糖醋罗氏虾，苏群阴着脸不说话，苏梁全不理会，自顾地吃着，倒是杨柳，微微有点儿吃惊，眨巴着大眼睛，从婆婆、大伯和嫂子的脸上依次扫过去。

许月娟把一只虾完整地剥出来，仔细地蘸上汁，递到儿子碗里。

武小慧说："颐和路是全市顶好的学校了，叫他们小弟兄俩在一起，我照应起来也方便。听说那寄宿的学校，也就是驴子拉屎外面光，你看得见的地方他做得好，看不见的时候，那些生活老师，不定怎么刻薄我们孩子呢，还是转过来好。"

许月娟又剥一只虾，笑着说："妈考虑得自然比我们周到。"

武小慧也笑，道："你也别怪我多管闲事，孩子还是放在眼皮子底下好些，你要是照应不过来，横竖我也没有老到不得动，替你接一接孩子也是可以的，我也不是没有接过诚诚。一只羊是赶，两只羊也是轰。"

许月娟笑得越发明媚起来："好的呀，那我们就指望奶奶常照应了。"

许月娟的态度，反倒叫武小慧疑疑惑惑起来。

杨柳看着饭桌上许月娟剥出来的虾子壳，剥得那样整，虾的形状还在，一个微微透明的粉红色的壳，有点儿小小的不动声色的惊悚。

一桌子人眼风来去，刀光剑影，脸皮子上头是笑下头是横着的肉，只有苏梁一无所知似的，只顾埋头一声不响地吃饭，一边斜着眼去看客厅的电视，里头正演一出武侠剧。

杨柳再一次确认，她不喜欢这个家除了苏梁之外的任何一个人。

苏梁在这个筛子一样满是心眼的家里，是一个异类。

武小慧不知道的是，许月娟在这顿饭之后，跟苏群又私下里签了一个协议。

第一，苏群必须与那个女人彻底一刀两断；第二，必须白纸黑字地写明，苏炜奕是财产的唯一继承人。

苏群在这纸协议上签上了自己的名字，许月娟隔天便在银行租了个保险柜，将协议放了进去。

这以后，苏炜奕果然与苏炜诚成了同班同学，武小慧果然常来接孙子，自然，一接就是两个，还回家去等着他们的妈妈再来接。

杨柳跟武小慧说，自己的单位离颐和路小学并不远，离武小慧家却挺远，若是她下班后再转到婆家去接儿子，反而绕了路，白浪费好多时间，不如苏炜诚还是由她自己接吧。

杨柳想，她才不要沾婆家这点儿光，自己的儿子，离这阴皮寒骨的一家子越远越好。

因此，武小慧只接了苏炜奕一个人回家。

苏炜奕个头小巧，看上去体质极弱，好模样却越来越显山露水，雪白皮肤，乌黑头发，不常笑的一个小孩子，总低眉顺眼，偶尔抬起眼来看人，波光潋滟的一双眼睛，真的是非常招人疼。

第十四章

武小慧天天接苏炜奕放学，许月娟时常干脆将儿子留在武小慧那里过夜，闭口不提给生活费，自己乐得继续做她闲散的全职太太。

怕什么，许月娟想，苏家已经知道了自己不是好欺负的，自己的目的也达到了。何况，她要真再次把孩子带走，凭武小慧这个小老太太，怕还不是自己的对手。

日子眨眼就过，杨柳的儿子已上完了一年级，暑假来了。

期末考试，苏炜诚带回来相当不错的成绩，数学九十九，语文九十八。比较起来，苏炜奕的成绩就逊色了，两门都只考了九十二分，因为考试时他拉肚子，身体状态不好。

许月娟与武小慧对此全不在意。

面对长长的近六十天的暑假，杨柳犯了难。

她与苏梁两个都要上班，儿子怎么办？丢给婆婆不是不可以，得欠武小慧一个天大的人情。长时间丢给自己的父母也是不可能的，老妈老早就放下话了，她身体不好，杨爸爸更是身体欠佳，三高，尚且要她来照顾，杨曦在美国，也快毕业了，毕业了嘛就要成家立业，万一要个孩子，她立马就要飞美国照顾照顾。“离家千里万里的人不容易哦。”杨柳听自家妈妈这样说，不免冷笑一声，在老妈的眼里，儿子条件再好也是不容易，女儿嘛，怎么都能将就。

杨柳开始打听有没有托管孩子的地方，这个时候，她了解到一个信息，有一个民办学校，暑期也开班，一期十五天。

杨柳决定给儿子报这个班，要是贵得不太离谱，可以连报个两期，这就混过了一个月，还有一个月，让儿子在奶奶家待上几天，再老着脸到外婆家打几天游击，周末休息时自己带回家，一个月混起来，也快。

去报名的时候，杨柳吓了一跳。

那场景叫她回忆起当年上省实验幼儿园排队拿号的那天，有过之无不及。

报名处热闹如菜市场，一共设了五个席位，同时接受报名，每一席也就是放了一张普通的长条形课桌，坐了两个人，一个人负责收钱，开发票，一个人负责登记，发听课证。每一个席位前都排着长长的队伍。

杨柳随着人流慢慢地往前移，一边与身边的家长闲聊了两句。

这一聊不要紧，让杨柳有醍醐灌顶、幡然醒悟之感。

她原以为，这只不过是一个托管性质的班，无非带着孩子讲讲故事，看看课外书，做做暑期作业，偶尔游戏一下，谁知道竟不是。

这其实是一个民办的补习学校，这几年做得风生水起，听说每年都有不少学生考入本市最好的中学，还有两年的中考状元也都是在他们这里补习的。杨柳去时，正好看到有喜报张贴出来。红纸上浓墨重彩写着，本校学生 ×× 与 ××× 分别取得本市今年中考的榜眼和探花，另有若干学生升入重点中学，引了一堆家长在细看。

这个办学机构全名叫“书香学院”，完全不是带孩子游戏或做暑期作业，更不是替你看孩子的，人家只负责上课，半天，用正规的奥林匹克语数教材进行授课，若是两门同时上，一个下午是三个小时的课，语数各一个小时二十分钟，另有二十分钟课间休息，原则上不许单报一门课。

杨柳越听越自责，这样出名的办学机构，她竟然一无所知，她总以为现下儿子的成绩还不算差，而且，只要学好课内的知识就行了。

旁边的一位家长听了杨柳的话，极老到地咳了一声，说，你想得太简单了。你以为本市那有数的几所好中学是谁想上就能上的吗？

杨柳连忙说，我也知道不容易，就像上好小学一样不容易。

那家长是个大块头，一件半新不旧的 T 恤全汗湿了贴在身上，脸上犹自热汗滚滚，面孔赤红。他挥挥蒲扇般的大手，说，不一样不一样，完全是两码子事，太不一样了。

“这么跟你说吧，”那大块头转过脸来冲着杨柳，这个年轻的、样子娟秀可爱的女人满怀求知欲望，圆睁着一双黑眼睛热诚地看过来，这使得大块头心情舒爽，很有表达欲，“上小学，无非就是托人、找关系、求爷爷拜奶奶，这一套，我们小民最会来了，属于熟练业务，无非赔上点儿自尊，让小孩儿能有个好小学上。往后六年里头自然还有的是烦恼，可是没有择校的烦恼了，到底可以消停个六年对不对？自尊算什么东西？值几个钱？对了，还要赔上一笔钱，一万五，不算小数目，但还算拿得出来，再说，小学择校还是有个谱的，有谱有行，咱们按谱子唱歌，教育局有规定，择校统一价，一万五，凭你再好的小学，颐和路那种级别的……哦，你小孩就在颐和？蛮好蛮好，看来你们家路子蛮野。就像是颐和路小学，他也不能想收多少择校费就收多少择校费对吧？一样是一万五，按谱子唱歌嘛，所以，小学，关系加一万五，你就可以择校，也就是说，你跟那个庙里头的和尚认得，你就提着贡去上，他总归帮你烧炷香点个长明灯对吧？可是中学，中学，就不是一万五能解决的事了，那个就没谱了，各个学校自有各的谱，五万也说不定，十万也有可能，去年，我一个朋友的朋友的朋友，他女儿，成绩是马尾串豆腐，提不上筷子，可是你猜怎么样？”

杨柳排着的这一队，那负责收钱的是一个小姑娘，手脚明显地比另一个收费的要慢很多，所以这条队伍如同一条肥胖的动作迟缓的大虫，在阳光里缓缓地向前移动。排队的爸爸妈妈们，无聊之下，听得大块头说得声色俱全，都转过头来看着他说。

一个年轻男人催促大块头：“你就不要卖关子了，说说你那个朋友的朋友的朋友的女儿后来上的什么学校吧！猜什么猜，难不成她成绩马尾串豆腐还上得了金陵实验中学？”

大块头响亮地“哈”了一声：“还真叫你说中了，还真就上的金陵实验中学！诳你们是小狗！人家有路子，而且不是一般的路子。可就算你有这种野得不得了的路子，你还要同时有钱，给得起赞助费！”

众人哄笑起来。

大块头红光满面接着说：“真的，像我们这样的，怎么办？那只有指望小孩成绩硬邦邦！你得个什么奥数竞赛一等奖、华罗庚杯一等奖、走进美妙的数学花园竞赛一等奖（杨柳想，竟然有数学竞赛叫这个名字）或是拿个省级电脑编程比赛一等奖，不等你上门去拜佛，人家和尚亲自下山来求你！提前把你小孩签走了……"

杨柳问："什么叫'签'走了？"

大块头和气地低了一个声调儿说："就是提早跟你签约，你的小孩我要了，不要你交赞助费，尽管来上学！"

杨柳长长地"哦"了一声。

"那如果是别的比赛得奖了，签不签？"

大块头很权威地又挥挥手："那不管用，好中学只承认数学和电脑比赛，要么你小孩儿比赛成绩推板一点儿，二等奖，但是，是市级三好生或是什么名小孩，上过电视啊，上过报纸啊，反正一句话，有名气，能给人家中学争脸！要么是有体育特长，弄个体育比赛全国级别的冠军亚军季军，人家中学需要你替他们挣体育分，成绩就是拆烂污，也有可能被提早签走，签走之后他可不管你学得怎么样，能替他们一年拿几个体育奖就行。"

四周一片叹声。

"所以，我们这种没有关系也没有钱的人，子女又没什么体育天赋，只好送小孩子来上补习学校！这家补习学校也会举办数学比赛，拿了一等奖，人家好中学是承认的！你别看他是私人办学的，可是他办得早、资格老、水平牛，人家中学才承认的，越是承认，他越是要好好办对吧？这就是良性循环！"

众人嬉笑起来，有人说，你好像给这个补习学校做广告的哦，有人说，你怎么了解得这样清楚，难不成你小舅子在这里上班？嬉笑声响成一片。

站在杨柳身后的一个年轻妈妈突然插嘴道："听说这个补习学校，你小孩要是成绩不好，他会劝退的，你要交补习费人家都不收你！牛吧！补习学校办成这个样子才叫真牛！"

刚才还明晃晃的日头忽然暗下来，云遮住了太阳，杨柳低着头若有所思地向前挪动，心口突来的闷气叫她的心肝五脏都变得沉甸甸起来。

杨柳终于给儿子报上了名。每天下午一点半到五点，一共十五天的课。

杨柳又转出门去，在补习学校隔壁的一家书店里替儿子买了规定的教材，两大本，付款时又排了好一会儿队，人实在是多，都是来买教材与辅导书练习书的，多半手里都拿着字条，对着上头写的书名，拿了一本又一本，跟不要钱似的。

杨柳从书店里出来的时候，口袋里就剩得十块钱了。

杨柳回去之后跟苏梁商量，怎么接送儿子苏炜诚上课。

杨柳说，我得去上班，这可是个大麻烦事儿。

苏梁原本听杨柳说了补习费是多少多少就一肚子没好气，一听说麻烦更加没好气，说，我也要上班啊，这个时段是我最忙的时候，我顶多周末替你接送下，其他时间肯定不行，我请不下来假。

杨柳扑打他一下："替我送！儿子又不是我一个人的！咱们想办法轮流溜出来接送。现在咱俩一块儿吃苦，将来儿子有前途咱俩也是一块儿享福。"

苏梁"切"了一声："未必儿子上了这个补习学校就有前途，不上就没前途。"

杨柳便把今天听大块头讲的那一番话细细地又给苏梁重复了一遍。

可是苏梁并没有给她期望中的紧张或是觉醒的反馈，反倒是一边听一边"嘁嘁嘁"个不停。

"上不了好中学就上普通中学，有什么了不得的。好中学是中学，普通中学就不是中学了？"苏梁没好气，找了把小剪子笨拙地剪手上的倒刺，一边索索地呼痛。

杨柳接过剪子替他剪，问："怎么说，到底你能不能溜出来接送？我想过了，一点半之前，赶在午休时间结束前提早些把儿子送过去，再赶回去上班，五点我们就下班了，提早一点儿溜出来接。你看怎么样？"

苏梁想了想："真的不行。你五点下班，我六点才下班，你晓得我们单位现在抓得多紧，别说天天请假，就算偶尔请一回，我们领导的脸也拉得跟长白山似的。而且上课的地方离我们单位十万八千里，我差不多要横穿半个城，那起码提前一个小时就要出来。不行的。"

杨柳叹了一口气："那只有靠我了。可是我也不好天天请假。补习学校离我们单位也不近，天天打车我也吃不消。"

"天天打车？老婆，一个星期打一回我们也吃不消啊，来回三十块钱，一个月就又多花一百二十块。我们每个月还要还贷的。"

苏梁原本是个对钱没什么概念的人，可自从贷款买了房子，生活水准似乎一下子受了影响，让他不得不关注起家里的经济状况来。

杨柳周末和苏梁一起带儿子去奶奶家吃饭，吃过之后，杨柳试探着说了儿子马上要去上补习班的事，还未来得及说到接送的问题，武小慧便笑着说："哟，那你们两个要吃点儿苦头了，一点半，正是太阳最热毒的时候。大日头底下，跑来跑去，你们年轻人都吃不消，要是换了我们年纪大的，跑个两趟就要躺下来了，老年人最怕受暑热，头一晕，一下子栽倒，一跤跌得人过去了也是可能的。”

杨柳目瞪口呆，简直不晓得再说什么。这老太太滴水不漏，断了她一切可能冒出来的想头。

杨柳在回去的路上忍不住跟苏梁说，你妈真是精到毛孔里。

苏梁眨巴眨巴眼睛，明白了杨柳的意思，讪笑道，你不要在意，要是赶不及的话，把儿子往她那里一丢，我看她也不会不送。

杨柳说：“那可不敢，万一她中了暑热一跤跌过去了，那我的罪过可就大了。”

苏梁说，喂喂喂，不要咒我妈啊！

杨柳答，不是我咒她，是她自己说的，老年人中了暑热是会一跤跌过去的！

苏梁看杨柳面色不善，一张小小瓜子脸绷得紧皮紧骨的，也就不再说了。过了一小会儿说：“我本来就不赞成让儿子上什么补习学校！补什么补！要是不上补习学校，我把他往我妈那里一丢，交点儿生活费，我妈还会不替我看着儿子？她不是替我哥看着儿子呢嘛！不都是孙子嘛！就是你，非要让儿子上什么补习学校！花着钱还费着事！”

苏梁越说越上了气来，冲冲地朝前走，把杨柳跟儿子甩在身后。

杨柳也动了气，两个人为此一个晚上都相互不搭理。

苏炜诚小朋友眼珠转来转去，一会儿看看妈妈的脸色，一会儿看看爸爸的脸色，似乎希望他俩能给他个结果：到底他要不要去上补习学校。

他还不是很明白补习学校到底是个什么东西。

苏梁告诉他，儿子啊，补习学校不是个东西。

第十五章

隔一天，杨柳的爸爸打电话叫她过去，杨家出了件大好事。

杨柳的弟弟在美国经过几年的努力，终于拿到了博士学位，还顺利地找到了工作，即将回国探亲，杨柳的爸爸叫她带上儿子与苏梁，说是一家人上饭店吃个饭，也算是为杨曦接风。

饭店里，杨柳看着坐在对面的爸妈。

他们真是上了点儿年纪了，父亲更明显一点儿，脸颊上有两道深刻的法令纹，使他的面容在从前的慢吞温和里头，添了点儿严肃，他端正地坐着，新衬衫的领子硬邦邦地顶着他的脖子，从前他是从来没穿过这种硬领子的衬衫的，说是绑着脖子不得畅快呼气。而杨柳的妈则是喜得眉眼都在脸上飞，除了儿子什么也看不见。

闲聊中，杨柳试探着说起苏炜诚暑期上补习学校的事儿，她妈终于朝她看了一眼，说："其实，小孩子嘛，暑假就让他多休息，看看书、看看电视也不是不可以。我们家杨曦小时候，一到暑假我就让他游泳，可他偏喜欢到图书馆看书，一个人去一个人回，多争气。"

杨柳没好气："杨曦上小学那是什么年代，现在是什么年代，情况不一样，竞争更激烈，现在大家都上补习学校，我们能不让孩子上吗？"

杨柳妈说："人家是人家，各人情况不同，你不要拔苗助长。"

杨柳不高兴地说，这也是你的外孙子，为什么对他这么冷淡，为什么不望他个好？

杨柳妈也挂下了脸，说，他姓苏，跟我们杨家有什么关系。

杨柳爸赶紧说都是亲骨肉啊亲骨肉。

杨柳妈又说："你不要以为我不懂，我懂得很。说实话，那些上补习学校的小孩子里头，有一大部分都是给人家垫底去的，小孩嘛，要是天生智商不行，再上多少补习学校也没用。”

一个声音在杨柳肚子里头说：“她这话是无心的，是无心的。”又一个声音却冲出她的嗓子眼儿：“知道你儿子好，别太高兴过了头！”

这一次的接风饭自然是不欢而散，还好杨曦打圆场，算是吃完了。

回去的路上，苏梁对杨柳说：“你妈说得也没错，每个人天生情况不一样……”

杨柳没等他说完：“什么叫每个人情况不一样，怎么见得就她的儿子智商高，我的儿子就一定智商低呢？”

苏梁说：“哎哎哎，什么她的儿子你的儿子，她是你妈呀。”

杨柳用力咬着牙，咬得面颊鼓起一个棱：“反正我就是要培养好我的儿子，让她看一看！不要井底之蛙，以为世界上就只杨曦一个聪明人。”

苏梁也没好气起来：“你看吧，你还没领会你妈的意思，她是绝对不会替你送儿子上课的，我妈也是坚决不肯帮忙的，苦的是你自己！”

杨柳一股闷气在胸口横冲直撞，撞得一腔子“砰砰砰”的声音：“行了行了，别说了。”

苏梁尚有好多想说的，可好像被杨柳一巴掌把那些话全拍回了嘴里，于是更气起来：“我一向就是太沉默了，什么都是你说了算！就说那个房子，买得那个窝囊！”

说到房子杨柳立刻气短起来：“房子是我的错，但是好歹离孩子学校近，而且，我不是说了，说不定几年以后又划成学区房了，那时候咱们再把房子卖掉。已经这样了能怎么办？你就算杀我，房子买也买了，窝囊也窝囊了。”

“买房子卖房子，搬到这里搬到那里，想想都烦死了。”苏梁是真苦恼，他一辈子的最高理想是待在一个地方终老，吃点儿喝点儿玩点儿，闲闲散散，不急不忙。怎么样不是一辈子，就算像杨曦那样出国留学当博士，不也是一辈子，难道可以活成两辈子不成。

杨柳看苏梁的面色，于是劝慰道：“你放心，买房子也好卖房子也好，全不用你操心，我相信总有法子的，就当是个投资。儿子上补习学校也不用你送，我自己来。”

苏梁也有些不忍，“嘿”了一声，笑道：“行了行了，你要儿子补习就补习吧，周末我会接送的。哎，你说他们收了这么多钱，他能保证我儿子成绩一定好，将来一定有好前途吧？能保证的吧？”

杨柳说，这样说可就是抬杠了。

七八九三个月，是这个城市最燠热的日子，好在它的浓荫与它的热一样有名。

头一天正巧是周日，杨柳和苏梁一起送儿子上课。

到了补习学校，还有二十分钟才上课。学校门口已是人头涌动，学校的大门窄小，像一个小口圆肚的瓶子，上课的小孩加上送他们来的家长，简直是人贴着人后背往里头进，这情景叫苏梁吓了一跳，原来竟有这么多人自讨苦吃，天天把孩子送到这里来上课。

学校里面是一个不算大的院子，三座三层楼房呈品字形，都是二十世纪八十年代的房子了，走道狭长，主体是灰砖。靠左边的一幢楼的一楼是没有教室的，所有的房间全租给了小摊小贩，开着一家小杂货店，卖着小孩子的零嘴、小玩具小文具什么的，还开了一家小饭店和一家奶茶店。院子里还另摆了三两小摊位，在卖铁板鱿鱼和炸臭豆腐，油烟裹着香气雾似的笼罩了整个院子，明晃晃的阳光下，油锅上方的空气微微地颤抖着，越发显出燠热来。幸而小摊是摆在角落里，不然这够多危险，杨柳想。

再往里，还有一道铁门，走进去是另一个稍大的院子，一座L形的六层楼房，前面是一个篮球场。

此刻几乎每一个角落都密密麻麻站着人，因为是上课的头一天，好多小孩子找不着教室，拉着爸妈在人堆里挤来挤去，大呼小叫。有工作人员拿着小喇叭在人群里来回地宣讲，哪个年级在哪座楼哪一层，教室号在听课证右上角有标明，等等等等，并一个劲儿地催促，家长把孩子送到相应的教室后请尽快离开，不要在球场和院子里逗留，请赶快离开，请赶快离开，孩子能自理，家长请留步。小朋友请不要乱跑，尽快进教室，从明天起家长请不要进入篮球场，再强调一遍，从明天起家长不要进篮球场，更不许进教学楼，请家长不要进教学楼，每层楼我们有老师引导，请家长赶快离开。

声音此起彼伏，加上拥挤的人群发出的巨大的嗡嗡声，来来往往纷乱的步履声，竟然有点儿兵荒马乱的景象。

苏梁跟杨柳好容易给儿子找到教室，挤出人群。

因为苏炜诚小朋友是准二年级，所以他的教室在前院，品字形靠中间的一座二层楼里。苏梁拉着杨柳挤到大门口，有更多的人拥进来，因为上课的时间就要到了，更显得慌张匆忙。

苏梁回头看看那狭小的前院，忽地说："好家伙，这种地方，万一要有个火灾啥的，人都往外挤，烧不死也得被踩死。"

杨柳连着呸了几声说你个乌鸦嘴。

苏梁讪笑道，真的，收了那么多钱，怎么也不把大门改造一下，跟个酱油瓶嘴子似的。

说得杨柳也笑起来。

在大门口，杨柳听得有几位家长在议论，也都说起接送的难处，有人建议说，不如几家人凑钱，共同包一辆依维柯，每天接送孩子，当然，家最好是一条路线上的。杨柳心里一动，想想这也不失为一个方法。

可这念头才起不到半个钟头，便被杨柳打消了。因为她买了一份报纸来看，恰巧看到一则社会新闻，说有一私人面包车，就是家长们租来接送孩子上补习学校的，昨日下午在某地翻车，造成车上小孩两死五伤，事故原因是超载，原本只能坐十二人的小车竟坐了三十二个人，严重超载，会追究司机责任，可司机目前也重伤入院，生死不明。

杨柳立马把租车的念头给摁熄了。

苏梁说，这一等就要等三个多钟头，他宁可回家去，回头再来。

杨柳叫他回去，嘱咐他等会儿就别来了，苏梁有点儿不好意思起来，说那我回去睡一下，起来就给你们做饭。

杨柳在学校周围绕了一圈。

这里临近商业区，四周全是小饭店，也有菜场与超市，热闹得很。

杨柳很快发现一个好去处，这附近有好几家银行，里头打着足足的冷气，又干净又惬意，杨柳找了一家走进去，见三四排铁椅已差不多坐满了，细一看，差不多都是等孩子下课的家长。女人多，男的极少，有些女人带了毛线或是十字绣在做活，杨柳只管把那一张报纸翻来覆去地看，一直到连广告和征婚启事都看完的时候，总算等到儿子下课了。

儿子头一天的反应让杨柳甚感安慰，他跟着一队孩子从小二楼里走出来时，面上笑盈盈的，把装书和文具的袋子晃来晃去，一摇一摆走着。

杨柳迎上去问他感觉怎么样，还听得懂吗?

苏炜诚小朋友有点儿不耐烦地说，懂了懂了。马上冲着小店跑过去，大声叫着要吃冰。

杨柳掏钱给儿子买冰，一边还絮絮地问他，坐在第几排，看不看得清黑板，老师年纪轻还是年纪大，有没有留作业。苏炜诚小朋友含含糊糊地应着。

杨柳一边领着儿子往外挤，一边跟他说："儿子，你看，妈妈给你报的班，好玩吧？又能学到知识还能认识不同学校的人，每天还可以吃冰对吧？你喜欢上补习班吗？"

儿子满嘴里含着冰，说，喜欢。

明天还来吗?

明天还来。

杨柳挺高兴，儿子看来情绪不错，这是个很好的开始，人家不是说了嘛，良好的开端是成功的一半。

第二天是周一，杨柳跟同事打了个招呼，若有人找帮着说一下，有点儿事一会儿回，偷偷从单位溜出来，回家接了儿子往补习学校赶。看儿子进了教室再跑回单位上班。幸好这一天并不十分繁忙，而且杨柳还在学校打听到，如果家长一时不能来接，学校会暂时替你照管一下孩子，但不超过一小时，杨柳兴奋异常，想这一小时足够自己下班后赶公交车过来了。

然而这一天，杨柳再问苏炜诚喜不喜欢上补习课时，苏炜诚不回答了。

杨柳以为他上课累着了，也没在意。

到了第三天，杨柳接了儿子出来，照例买了冰给他，苏炜诚用力"咯嗒咯嗒"啃着冻得梆硬的冰糕，突然说："妈妈，明天我们不来上课了吧。"

杨柳大吃一惊，说，你怎么了？为什么这么说?

儿子却不答了。

杨柳说，你是累了吧，你看，那么多小朋友都来上课啊，大家都累的，妈妈接你送你，也累啊……

话没说完便被苏炜诚打断，他脆生生地说："如果你再让我上这个奥数课，我就自杀。"

第十六章

杨柳心里“咯噔”一下子，也没敢开口骂儿子，只和颜悦色道：“儿子，你是不是今天有题目没听懂？不要紧的，没听懂咱们明天请教一下老师，没关系的，你不好意思问，明天妈妈帮你问。”

又带着儿子逛了会儿街，买了一两样新鲜的小玩意儿给他。

第二天，儿子开始耍赖不肯上课了，他抱着门框不肯动。

杨柳好说歹说，又是哄又是许诺下课后买好吃的，才把他拉出门，到底还是迟了五分钟。

这一天，杨柳下午接儿子放学时，照例逛了一下小店，然后去坐车。

苏炜诚小朋友安安静静地跟着妈妈。

车子还没来。

杨柳跟儿子闲聊，可无论她说什么，苏炜诚都不搭腔。

突地，他说：“明天我不上奥数课了。你要再叫我来，我就自杀。”

说着，他猛地抱住道旁一棵细瘦的小树，“咚”的一声，一头撞了上去。

杨柳眼疾手快，一把抓住儿子，苏炜诚用力地想要挣脱她的拉扯，到底还小，没有挣出去。杨柳飞快地扫了四周两眼，车站人不多。

杨柳安抚不断扑腾的苏炜诚说：“哎，要不，咱们去游戏厅玩一会儿吧。我来的路上看到的，前面就有一个很大的游戏厅。”

苏炜诚停止了挣扎，疑惑地看着杨柳。

杨柳做出兴高采烈的样子说：“走吧走吧，去玩一会儿。”

母子俩来到那家游戏厅，刚一进门，杨柳便被扑面而来的噪音猛地搡了一把。游戏厅里黑洞洞的，无数游戏机的方形屏幕闪烁着刺目的光，把暗黑的大厅砸出一个个窟窿，机器们发出嘈杂的声音，所有的声音混杂在一起，在屋里半空纠缠成一团乱麻。

杨柳几乎要夺门而逃，转眼看见苏炜诚，脸上全无刚才的一团怨气，双目闪闪，瘦小的身体绷得紧紧的。

杨柳摸到柜台换了一把游戏币，儿子捧着飞也似的跑出去，却又转回头，讨好地对杨柳说，妈妈我玩给你看哦。

杨柳惊讶地发现，儿子居然很熟悉机器的操作，尽管玩得不是很好，很快就game over。他一连换了几个游戏机，最终选了个拳击的游戏。他在座位上不停地拧动他的小身体，细长的脖子努力地往前使着劲儿，“啪啪啪”地击打着操作盘上的圆形按键，喉咙里发出“嗬嗬”之声。

杨柳惊得目瞪口呆，这游戏机何等威力，把她的小儿子一下子变成了另一个人，那种痴迷的劲头简直吓死人，难怪人家说游戏猛于虎。

杨柳有点儿后悔。

苏炜诚结束了这一局游戏之后，眼巴巴地看向杨柳，他的游戏币用完了。

杨柳本想拉他走，可是在苏炜诚无声的哀求之下，又给他换了几个游戏币。

这一回，苏炜诚捏着几枚游戏币，很是挑选了一番，结果选中一款赛车的游戏，可惜那座位上已经盘踞了一个小胖子，正玩得热汗滚滚。

苏炜诚很虔诚地站在一边等，杨柳趁机问他：“我也没给你玩过游戏啊，你怎么就会操作呢？”

苏炜诚答：“看看就会了。”

杨柳不晓得这算不算得上一种聪明。

小胖子依然在玩赛车，把自己的胖身体忽而扭向左忽而扭向右，杨柳站在他身边便可以感受到他身上蒸腾的热气。苏炜诚非常耐心地等着，杨柳试着向他提议：“要不，你先玩儿一下投篮球吧，我看那边人不多。”杨柳想，投篮好歹是种运动，总比一直玩电玩好些。

可是苏炜诚坚决地摇摇头，薄嘴唇抿成了一条线。

杨柳趁着小胖子玩完一局的空当拍拍他的肩请求道：“给我们小弟弟玩一会儿好不？”

小胖子似乎是个好脾气的小家伙，二话不说答应了，从座位上挪下来，让苏炜诚坐了上去，还从旁指点着。

杨柳说："你玩吧，我到门口透透气。"

苏炜诚却腾出一只手来一把抓住她："不要。你别走呀妈妈。"

他看向妈妈，又扭过头去看屏幕，他的小脑袋摆过来，又摆过去。

杨柳忽地觉得那一片嘈杂声把她跟儿子浮了起来。

苏炜诚在游戏厅里足足玩了两个小时，杨柳捏着一种轻快的调子说："儿子，只要你好好地上课，我每天都可以奖励你玩一会儿。不过，不能像今天这么长时间哦。"

回到家，苏梁知道母子俩居然去玩电玩了，笑说，早知道我也去了，我也好久好久没有上游戏厅玩过电玩了。苏炜诚问他，爸爸你玩得好吗？

苏梁斜着眼睛说："哪天玩给你看，你就晓得老爸我的厉害了。"

杨柳说："那么明天你就去接他，顺便带他玩一会儿。"

第二天，杨柳刚一到公司，后勤处的同事便告诉她一个不好的消息，昨天正好处长查岗，知道她翘了班，说要扣掉她的奖金。

这一天，是苏梁去接儿子下课的，果然带了苏炜诚去了游戏厅，谁知竟然玩足四个小时才回家。杨柳正因为被扣奖金的事一肚子没好气，看那父子二人摇摇晃晃地进家门，便劈头盖脸地投过去一串子责怪。

苏梁没好气地说，你这么大呼小叫做什么？我们不过玩的时间稍微长了那么一点儿。

杨柳把锅铲扔进铁锅里，"咣嚓"一声，"你还说！他上这个补课班，天天有作业的，弄到这么晚回来，这作业要写到几点？"

苏炜诚似乎突然忆起今天还要像前两天一样写作业的，马上拉长了声音哀叹了一声："啊——还要写作业！明天写吧，明天早上写吧！"

杨柳说："不行，明天早上你要写学校布置的暑假作业，今天晚上写！"

苏炜诚意识到连明天早上也是有作业任务的，又叹一声，这一回声音拉得更长："啊——啊——学校本来就有作业了，为什么还让我上什么补习班，比人家多写作业啊——"

苏梁"哧"地一笑："问你妈呀，她恨不得你明天就考到一个状元。"

话音刚落，苏梁就晓得自己失言了，天地良心，他想，他真随便说说的。

苏炜诚开始在地板上打起滚来，一边拉长了声音叫着，尖细的孩子的声音，钢刀划过玻璃似的，一声，一声，又一声。

苏梁发现杨柳一言不发地盛好菜，一言不发地打开饭锅的盖子，在腾起的一团白色热雾中，她用力用饭勺刮松刚煮好的米饭，又把那木勺在锅沿敲出很大的声音来。

苏梁喝住儿子，把他从地上拉起来，扯到厨房帮他洗手，顺利在他脑壳上拍了一巴掌："快快吃饭，吃完了写作业去，今晚必须写完！"一边偷看杨柳。

杨柳低落着眼睫，自顾自盛了一碗饭吃起来，又从菜碗里拣了一块干切牛肉，用力地咬，咬得额角暴起一条青筋。

苏梁替自己和儿子盛好了饭，讨好地夸奖菜的好吃，一边呵斥儿子快点儿吃完去写作业。

苏炜诚大概也饿了，吃得安静而飞快。

第二天，苏梁说，要不，今天还是我去接儿子下课吧。

杨柳面无表情地说："不劳动你了，还是我去。反正也过去三分之一的时间了。我咬咬牙再熬上十天。"

苏梁不出声。

下午，杨柳索性去处长那里告了事假，她知道这个月的奖金是保不住了，想，就当是给儿子交的学费。

这一天苏炜诚下课后显得格外地没精打采，像被晒蔫了的一只小紫茄子。一路走到车站时，他不住地瞟着妈妈严肃的脸。

忽然，他用极细小的声音说："我明天不上补习班了。"

苏炜诚发现妈妈依然全无表情，猜想她没有听见自己的话，走到车站停下来，他扬起声音说："明天我不上补习班了。"不等妈妈有任何反应，他急急地加上一句，"你要再让我上，我就自杀！我真的自杀。"

他突然地就泪流满面起来，眼泪"哗哗"地毫无预兆地爬了他一脸，额角热出来的汗也一道往下淌，他的一张小脸水淋淋的，T 恤也全湿透了，像一尾刚从水里打捞上来的小鱼。

他接着叫道："当老师了不起啊，可以随便骂人啊——"他把头往站牌上撞去。

周围的人全看了过来，杨柳用胳膊挡住儿子，不让他撞脑袋，一边压低了声音哄他："乖，怎么啦？咱们前天不是说好了吗？以后妈妈还会奖励你玩电玩呀。别闹了，人家在看……"

苏炜诚"唰"地扭过头去，对一旁看热闹的人嘶声大叫："看什么看！没看过人家自杀啊！"

一堆人更是议论起来，有人说，乖乖，这个小孩儿，这才多点大，邪头——

杨柳用了老大的劲儿才抑制住自己冲着那大声大气说话的男人叫"闭嘴"的冲动。

"这种脾气，都是惯出来的，家里头太宠了，怎么教育的哦。"

杨柳的手跑在了脑子的前面，当她回过神来的时候，才发现刚才她把手里捏着的买给儿子吃的一挂香蕉冲着那个男人扔了过去。

香蕉被那男人踢得飞出去老远，男人直着嗓门："干么事干么事，自己没本事教小孩儿，冲旁人发邪火，你这种女人——不看你是女的我甩你两个耳刮子。"

太蠢了，杨柳想，太蠢了，这实在是太蠢了。

她左手扯着儿子的胳膊，右手支棱着，在一团空气里摸索着，像是还想抓过点儿什么来扔出去，扔出去，扔到那个男人的脸上，顶好打中他的鼻梁，还要打得砰然作声，"咔吧"。

杨柳好像听到了那种清脆的断裂的声音。

那男人忽地不言语了，这个小个子的看上去挺单薄的女人，她整个人似乎马上要如同一枚炸弹似的投射过来，他几乎听得见她磨牙的声音。

苏炜诚也傻了，停止了哭泣。

有个人走了过来，拍拍杨柳的肩，把他们母子俩拉到一边去了。

这里正好是一道墙的一方很小的拐角处，却很好地遮蔽了众人的视线。

杨柳慢慢地看清眼前的人，是一个比自己大上几岁的女人，看上去是个文化人。

那女人对杨柳小声地说："这位妈妈，你要是放心，就请暂时站在一边，你等我跟孩子私底下说两句，不瞒你说，我自己就是小学老师，处理小孩子的问题我自信还是有点儿办法的。"

那就是杨柳认识姜丹华的过程。

当时她并不知道，这个女人很快会成为儿子的新任班主任。

姜丹华三言两语之间便收服了苏炜诚，把那小孩子说得低下脑袋不作声。

后来杨柳想，当老师的人，走到哪里身上似乎都带着一点儿气味，而小孩子，就是那最灵敏的小动物，他们能轻易地闻出这种气味，一种“学校”的气味，如果不是特别另类的小孩，无不臣服于这种气味之下。

也是那一天，杨柳知道了姜丹华居然是儿子学校的老师，她的儿子也在这个补习学校上课，连当老师的都把自个儿的孩子送过来补习，让杨柳对这个补习学校更添了两分信心。

杨柳平静下来，觉得这位老师人挺不错的，是她把自己从那种尴尬失常的状态里拉了回来。

杨柳对姜丹华说，真不好意思，耽误您时间了，您孩子也不大吧，您赶快接了他回家，实在对不起了。

姜丹华笑笑说没事，我儿子给他外公接回家了，不要紧的。我是来替儿子报名参加数学竞赛的，刚交了钱出来。

杨柳望着此刻低眉顺眼的儿子，小声对姜丹华说：“要是他实在不想上，也就算了。”

姜丹华说：“其实上不上这一期的补习课不是最重要的，可你要是给他养成这习惯，以后他就会以为，当他不想学习的时候，用自杀来威胁家长就会成功，那问题才真正严重了。你要弄清楚他为什么不肯上的原因，然后对症下药。”

杨柳听着，大为感激，心里竟对这个萍水相逢的人产生了极亲近的感觉。

杨柳执意要打车先送姜老师回家，姜丹华推辞不过，上了车。

结果，下车时她还是趁杨柳不备，飞快地往司机手里塞了二十块钱，拉开车门快步走了。

第十七章

姜丹华回的其实是自个儿父母的家。儿子方正已经被老父亲接了回来，正趴在地板上看杂志。姜丹华问儿子要不要回自己家，儿子立马一骨碌从地板上跃起来，连声说要要要。

刚八岁的男孩子，已是长手长脚，端端正正的模样，就是瘦得吓人。

姜丹华笑笑说："明天还有课，住外公外婆家不好吗？离学校近。"

儿子已经快手快脚地收拾好了书包，拎在手里头就往门口冲去，一边说："我想回家跟爸爸玩一会儿。"

姜丹华想想也就依了他。

姜丹华自己家离市区挺远，当初结婚买房的时候，近一点儿的房子全贵得离谱，他们夫妻俩虽都有稳定收入，但是双方家境都一般，两人也不想揩家里的油，最终在位置比较偏的地方买了个中套。后来，交通方便了许多，可姜丹华上班依然要倒两次车。起先她一个人跑来跑去不觉得有什么，后来儿子上了小学，天天也这么跑来跑去，六点半出门，晚上到家快七点，遇上堵车更不得了，累得小孩子细伶伶的，常常坐在车上就睡着了。姜丹华夫妻俩家务上都不能干，工作又都繁重，回到家都懒得烧饭，动不动就买点儿熟菜烧个汤对付一顿，大人倒还好，小孩子吃不消了，到了一年级下半学期，身体更糟糕了，有一回好好的就流鼻血，血哗哗地往下淌，很快孩子脸上一点儿血色也没了，送到医院时，连嘴唇都没了颜色。医生一查，说孩子营养不良、睡眠不足，姜丹华急得没法，回去跟老公一商量，干脆每月贴自家爸妈一些生活费，带着儿子住在了外公外婆家。外公外婆家离姜丹华的学校很近，走路十分钟就到，加上姜丹华母亲细心的调理，孩子身体很快就好了，虽然还是瘦，倒是没再动不动就生病。而且，原先那些花在路上的时间都可以用在辅导孩子学习上了，眼见着孩子的成绩突飞猛进，姜丹华由衷地高兴，于是安心地在自己父母家住了下来。

这种日子一眨眼就过了一年。

起初的时候，姜丹华的先生方耀平觉得这种周末夫妻式的生活挺不错，结婚生子，十来年，已经全然被忘掉了的单身生活突然再度降临，让他有点儿晕乎乎的。想做饭就随便做点儿，不想做就在外面随意吃点儿。从此可以不用起早了，从此下班也不必赶火车似的往家赶了，从此晚上也不用围着儿子转了，晚上可以看书，可以看电视，可以休息，可以发呆，生活突然地就松弛下来，突然地就轻快起来，突然地就多了无数的可能。这是一种多么可爱的倒退，一种多么让人惬意的逆生活。

方耀平白胖了一些，脸上的皮肤全撑开了，显出两分年轻来，这年轻又与真正年轻时有着微妙的不同，年轻时是天然的饱满，现在是后天的焕发。每晚躺在床上时，都可以听到血管里澎湃的声音，血液沿着重新丰盈起来的血管奔突，把力量带到四肢，带到每一个骨节中。白天里充满了精神气儿，精神气儿里还透着那么点儿懒散劲儿，日子慢悠悠，时间像水一样冲着人漫过来，却又不淹了人，只暖洋洋地泡着你。

姜丹华也觉突然地松快了些。每天下午，领着儿子慢慢走，只十多分钟便到了家。现成饭吃着，老妈是个少话的勤快人，有时姜丹华吃完饭连碗都不用收拾。儿子是那么懂事，自己伏案静悄悄地写作业，姜丹华则窝在沙发里，一本一本地看书，以前买的没时间看的书都被她从自家搬到了娘家。等儿子把课内的作业写完了，姜丹华会再布置些课外的内容让他练习，督促他自学一下英语，做做奥数题。

方正实在是个省心的孩子，人虽不绝顶聪明，也不笨，布置多少任务便完成多少任务，偶尔累了，只捏着笔发发呆，只消姜丹华咳嗽一声，他就惊得好像犯了大错，惭愧地低下头去接着写。

等儿子睡下后，姜丹华洗漱一下，回到少女时住的巴掌大的卧室，小窗窄床，旧桌矮几，人就那么回去了。闭着灯，用笔记本电脑看电影，看到十二点才睡。反正明天七点钟起也来得及。

有那么一个恍惚间，都忘了自己已结了婚，是拖家带口的人。

就只是，姜丹华自己的爸爸对她总带着儿子方正到处去上补习班颇不以为然，常常板着脸皮冷言两句，姜丹华只说“您不懂”，这话却最叫老爷子恼火，有时父女两人不免叮叮当当一番。

渐渐地，方耀平觉得有点儿不对劲了。特别是有一次，他跟单位新来的女同事俏皮地聊了半天之后，他忽地发觉出了心里萌芽的那么点儿不对劲儿。

那么一会儿工夫里，他也忘掉了自己是有家有口的人。

方耀平骨子里是老实的人，有那么点儿模糊的怕，有那么点儿模糊的担心。他去跟姜丹华说，要不你们还是回来住，这么老是待在娘家算什么意思。

不过姜丹华却只觉着这日子的好，唯一让她耿耿的，就是儿子方正虽成绩平稳优良，但谈不上出色，数度在奥数班的考试中成绩平平，只拿过二等奖，竟似与一等奖无缘。

方耀平发现，他没办法把自己的担心和怕跟姜丹华说明白。姜丹华也没办法让方耀平明白她心里插着的那一根小小的遗憾的尖刺。

这种日子过得久了，渐渐地，方耀平连不对劲儿也习惯了。

儿子说想回家找爸爸玩一会儿，姜丹华也就依了他。带着儿子倒了三趟车，终于在八点时回到了自己家附近。

这是他们一年前新买的房子，比从前的房子更远了一重，在市郊，环境是没的说，地方大出来许多，装修得也好，一家三口住着舒服是舒服极了，唯一的缺点就是离市区太远，得先坐两趟公车再倒一趟郊区的小巴。当初买房时，开发商信誓旦旦地说很快要通地铁，可到现在地铁还没建好，就只见地铁站的那一角巨大的飞翘起的屋顶。每个周末回自家，姜丹华都要看看那巨大飞翘的屋顶，笑话它的一丝不变，心里也无所谓它变化的极度缓慢。倒是儿子方正，每回看了，都要小声地说一句，好像比上次盖得多了一些，可能很快地铁要通了。

母子二人下车后还得走上一刻钟才到小区，回到家的时候已经快八点半了。

姜丹华开始洗菜做饭，一边不忘叮嘱儿子把今天奥数班老师布置的题做完。

等吃完饭收拾一番，一看钟，都快十点了。儿子也正好把题目全做完。他自个儿去冲了个澡出来，长手长脚的小孩子开始在妈妈身边晃来晃去，晃到厨房里，打开冰箱拿了两罐可乐，递一罐给妈妈，小孩人瘦，可有一头茂盛的头发，这会儿全湿漉漉地趴在头上，越发显得黑黢黢的。他亲热讨好地凑到母亲耳边，小声试探着问：“妈妈，我可不可以跟爸爸玩一会儿 PSP ？”

姜丹华说：“我就知道你回来准是为了这个。这都几点了还玩？明天还要早起去上潘老师的课。”

“你就让孩子玩一会儿，就当放松大脑。”乍一看去，姜丹华的先生方耀平完全就是那长手长脚的小少年的扩大版，只是要胖一点儿、壮实一点儿，戴副细边眼镜，规规整整地穿一件翻领旧 T 恤、一条家常的灰棉布睡裤。

姜丹华说：“放松大脑可以用其他的方法嘛，听听音乐，看看杂志，哪怕躺在床上发发呆。玩游戏只会把脑子玩昏，一闭上眼还不全是游戏。我可告诉你方正，比赛就在七月三十号，没几天了。”

方耀平微微皱了皱眉：“你也别把儿子逼得太紧了。不就是一个数学比赛嘛，一等奖拿不到，凭儿子的水平，二等奖是没有问题的。”

姜丹华说：“这显而易见是外行话。人家好中学只认一等奖。一等奖的最后一名跟二等奖的第一名差多少分？我可以告诉你，只有区区一分，如果差这一分只有你一个，兴许人家一流中学心一软就让你进去了。可是差这一分的也许是八十个学生也许是一百八十个学生两百八十个学生，一流中学怎么办？只有一刀切在一等奖的最后一名，前者就可以上一流中学，后者弄不好很可能落入二三流中学，孩子的整个人生就被改写了。”

“一分之差能说明什么？什么一流二流，将来哪个孩子有出息还说不准呢。这道理都不明白你还搞教育？”

姜丹华“哧”地笑起来：“这种道理我比谁不懂？不瞒你说老方，这种话我哪星期不跟各色家长们讲个十次八次的。可是说服了别人说服不了自己，这话放到国外也许行，可是中国是什么现状？一年里整个南京有多少孩子一起入学？整个江苏省呢？全国呢？竞争有多激烈？像我们这样没有门路的，除了硬拼成绩还能怎么样？”

方耀平打鼻子里“哼”了一声道：“我说你也是，在教育界这么多年，连找点儿关系，疏通一下关节给儿子找个好中学的能力都没有？你不是市级先进教育个人吗？还什么骨干教师。你看你的那些同学，差不多的都当了校长、副校长、教研员什么的，最差也是教导主任，只有你，这么多年了还在一线，白丁一个。”

姜丹华撇了撇嘴："我没那个本事，我只晓得在一线好好教书。我儿子也要跟我一样凭本事吃饭。"

"你这话说的，怎么见得人家就不是凭本事吃饭？能当上领导就是本事，领导一群手下更得凭本事。"

"不一样的本事，人家的路子不适合我。"

儿子方正略有些粗嘎的声音插了进来："你们两个不要吵了，我不玩就是了。"

姜丹华故意用一种很夸张的调子说："真是好孩子，懂得分轻重，你是最棒的！妈妈答应你，等你比赛完让你痛快地玩两次 PSP。"

儿子睡下了，头发很快把枕头打湿了一片，姜丹华拿来毛巾替他擦，他翻了个身，趴在床上方便母亲给他擦头发。姜丹华想到他明天上午有一节两小时的课，下午还要上三个小时的课，刚才让他玩一会儿也没什么，心里直悔上来。

到底是小孩子，很快睡熟了，姜丹华从他房间走出来对方耀平说："下周是关键时刻，儿子要备考，我打算带他住到我爸妈那里去，城中交通方便，去哪儿都快，路上能节约不少时间，孩子也可以少吃点儿辛苦。"

方耀平说，随便你，便走开了，细长的身影，投下一块灰灰的影子在客厅的墙上。

孩子睡了，其实这小孩子从来都很安静，可由他制造的那一点点小动静却可以填满整个屋子，他一睡，屋子就空下来。

第十八章

同一天晚上，杨柳正在家里跟苏梁重复姜丹华的话，说回头一定要好好地问一下儿子，彻底把事情弄清楚，到底为什么那么抗拒上补习课。

苏梁说，那还有什么好问的，这个为什么问得完全没有必要，我就能告诉你，不想上课想玩呗，还有比这种想法更正常的吗？是我我也不想上，好好的暑假，凭什么人家都歇着我跑去上课。

杨柳说，儿子不懂事你也不懂事？你怎么知道人家在家歇着，你晓得有多少小孩报名上补习学校？

与苏梁未达成一致，杨柳便单独去问儿子。

苏炜诚把嘴闭得如同一个蚌，再多问两句，他便扭着小身体说："行了吧行了吧，我明天去上课行了吧。"

越是这样，杨柳心里头便越是起了疑，越发拉着儿子问个不住。

苏梁在一旁听着不耐烦，说："行了吧你，儿子不是保证去上课了吗？你别纠缠个没完没了了。"

杨柳没理他，径自看着儿子写完当天的练习题，又替他洗了澡催他上床。

苏炜诚躺下没一会儿便睡眼蒙眬起来，杨柳替他关了小屋的灯刚要走开，他迷迷糊糊的声音传了过来："妈妈，你说当了老师是不是就可以随便骂人了？那我以后也当老师吧。"

杨柳听得这话，马上跳上床，搂着儿子说："你为什么这样说，是不是补习学校的老师骂你了？你好好跟妈妈说。"

"那你得保证不骂我。"

“我保证，我不仅保证不骂你，而且，要是真的是老师随便骂你，我明天还会帮你去投诉。”儿子便慢慢地用被睡意浸湿了的声音把事情说了一遍。

第二天，儿子醒得挺早，趿了小拖鞋“嗒嗒嗒”地走到卫生间去，然后摸到杨柳与苏梁的卧室里，在他们俩人的脚头找了一方位置，蜷着睡下来，顺便伸手挠了一下父亲苏梁的脚底。苏梁缩了缩腿，没醒。

苏炜诚突然说：“妈妈，今天我不去上补习学校了。”

杨柳说：“咱们昨晚不是说得好好的，今天妈妈陪你到补习学校去投诉的吗？”

苏炜诚沉默半天，问：“你真的帮我投诉吗？”

杨柳说：“当然真的。我不帮你帮谁呢？你是我的宝宝嘛。”

苏炜诚又问：“爸爸去不去？”

轮到杨柳沉默不语。

苏炜诚又问：“爸爸去不去呢？”

杨柳说，他不去。

苏炜诚沉默一会儿说：“我觉得还是叫爸爸去吧，万一你投诉的时候人家打你，爸爸可以保护你一下。”

杨柳笑起来：“人家不会打我的，他们是开学校的人，会讲道理的。”

苏梁扯着微微的鼾声，他还是睡相不好，把一床薄毯揉得稀烂，全蒙在脑袋与上半身，两条腿却全露在外头。

杨柳又说：“不叫你爸爸去了。”

这一天正逢周六，杨柳不用上班，提前两个小时便带儿子出门。

儿子苏炜诚小脸木木地走在妈妈身边。

杨柳把他手里装书本的小拎袋接了过来，看看时间实在还早，便买了两个蛋筒冰激凌，跟儿子坐在路边的花坛上吃。

这一带树木茂盛，树丫相连，柏油路上洒落一块一块的光斑，偶有风来，树影摇动，那光斑就活了起来。

杨柳把胳膊支在膝盖上，侧头看见儿子也是同样的姿势，吃得专心致志。

吃完了，母子二人又站起来往前走。

到学校时还早，母子二人站在小院里，这里没树，大太阳没遮没拦，兴头头地在院子里洒开。

有校工挺客气，说教室的门已经开了，你叫孩子进去吧，教室里冷气今天开了，这都过了三十七度了，叫孩子进去坐着凉快下。

按规定，家长是不可以进教室的。

杨柳便站在楼外，目送儿子穿过一道长长的走廊到教室去。

儿子把拎包背在肩上，背带短而阔，包身被他夹在胳膊底下，他像一短而细的火柴似的直走到教学楼这个大盒子的深处去了。

然后，杨柳真的找到了补习学校的教务处。窄小的办公室，依然还有不少的家长在询问下学期的排课时间，也有的在交费。杨柳偷空瞧去，家长们全都是几百几百地掏将出去，仿佛大家都很有钱，完全不在乎。

接待杨柳的是个年轻的男人，他一边与杨柳说着话，一边不断地应对着一些琐事。忽地有人询问排课时间，忽地又有人询问师资的情况，忽地他又接个电话。

杨柳发现自己的话被他的左牵右扯切割得破烂零碎，生了气，拔高了声音说："老师，我要投诉！我要求给孩子换班！你们民办补习机构也要讲师德吧！"

就好像凭空有人按下一个无形的暂停键，一屋子的动静都停止了。

那个年轻的男人立刻把正脸转向杨柳："这位家长，你有什么问题，我们到这儿来慢慢说。"

他把杨柳领出办公室，站在走廊里，挺和气地问杨柳有什么问题。

杨柳说："我儿子在你们这里上补习课，就在204室。我想反映一下有关他们数学老师的事。是，我儿子当时是走神了，老师罚他站也是应该的，我谢谢老师的严格要求。可是，惩罚也要适可而止吧，走神也用不着把孩子拎到教室外罚站吧，我们到这里来也是交了学费的，十来天的费用顶得上正规学校一学期的花费了，我们心甘情愿掏这个钱是为了让孩子来学知识的，不是送他来罚站的。再说，孩子再不好，你也不能言语污辱他呀！"

那年轻的男人挑了挑眉。

"她说我儿子是世界上最讨厌的孩子。"杨柳的脸热得要爆炸一般。

"哟，要是老师真的这么说，那……的确是她不对。"年轻的男人说道。

"她的确说了，当着全班同学的面说的，弄得我儿子都怕来上课了。"杨柳听见自己吞咽唾液发出的巨大的声音，"你们收再多的学生，也禁不住她这样骂走一个又一个。"

年轻的男人扯了嘴角笑了笑："这位家长，您不要太过生气，我们了解清楚情况之后一定会做出相应的处理的。"

"可是我的孩子等不了，现在他这样，也没法安心地上课，我要求给孩子调班。"

"哟，"年轻男人微微皱眉，"一般来说，我们这里是不可能随便给孩子调班级的，否则有一点儿问题，你也要调班我也要调班，那我们就很难管理了，请家长理解。"

"也请你们理解我们做家长的。要是你的孩子被老师这样骂，你会怎么样？无论如何，我要求调班。"

年轻男人不住地发出"啧啧"之声表示为难，杨柳翻来覆去就只一句话，要求调班。两人如同拉锯似的对话，吸引了不少来报名的家长。

男人看看周围的人，小声说："要不这样，我去请示一下，回头给您消息好吧。"

杨柳说好，那我就在这里等着好了。

男人为难地说："办公室里人来人往的，地方又小……"

杨柳笑起来："老师你误会了，我不在你们办公室占地方，我就在屋外头等。"

杨柳果真在办公小楼外面的台阶上坐了下来。台阶一半儿隐在小楼的阴影里，一半儿裸在太阳地里。

那太阳光会爬的，渐渐地爬上杨柳的脚背，再爬上杨柳的膝盖。

年轻的男人再一次走出办公室的时候，看见的就是杨柳坐在一片盛夏的日头里，这种强烈的光最是叫女人显出老相来，脸上的一点儿细褶子细斑点全浮凸出来，她微微噘着的嘴却添她两分稚气，这一老一少的神气，把她的脸切割成两个年代，一半青春年少，一半饱经风霜。

杨柳的坚持使得她终于达成了愿望。苏炜诚听到明天可以换一个班上课时，终于露出了多日不见的笑容。

苏梁知道后不禁叹说："从前人家说的钉子精神，现在我可算是在你身上体会到了！"

这边杨柳刚松下一口气，第二天，就又有难题摆到了杨柳的面前。

一大早，杨柳的处长便召开了一个会议，特地重申了工作纪律，说最近迟到早退的现象太严重了，即日起，凡迟到早退达三次者，一律请你另谋高就。

杨柳一整天都心神不宁，打了电话给苏梁，他也说单位里忙得要死，一个人恨不得分成两个人用，实在是走不开。

等到打了下班铃，杨柳手上居然还有些事没有忙完，也不知为什么处长今天有这样多的琐事交给她去做。

等到杨柳终于气喘吁吁地挤上下班高峰的公交车时，离苏炜诚下课的时间已超过了半个多小时。

车子挤得异乎寻常，人们带着一天的疲惫，躯体又膨大了一倍似的。而那膨大的身体里装的都是易燃易爆气体，彼此都痛恨对方占据了过大的地方。

最后，杨柳是被公交车吐出来的，她踉踉跄跄地朝补习学校跑。学校门前早就清冷得水泼过一般了。

杨柳找到值班的老师问，老师说，人早就走光了，上晚课的学生也还没有到，教室全是空的，他们已查过一遍了。

杨柳只觉浑身慢慢地萌出一层细毛汗，结巴着说："你们不是说，家长没来接的孩子可以待在教室里等吗？您让我自己进去找一找吧。"

正说着，另有一个女老师过来问找谁，杨柳忙报上儿子的名字与教室号，女老师哦了一声："苏炜诚啊，他好像自己跑出去了，说是到大门口等家长，一转眼的工夫就没见到了。"

杨柳的腿已经软得面条一样了，跌撞着跑到大门口。老师们也慌了神，跟了出来。

杨柳抓救命稻草似的抓着门口正在收拾摊子的小贩问有没有看见一个等人的小男孩："穿蓝色横条子的T恤，灰短裤子的，瘦瘦的，男孩，你看到了吗？个子不高的……"

小贩未及答言，手里的一个巴掌大的球滚了出去，他抬腿跑上前去捡。

杨柳满眼里只看见那鲜黄色的小球滚啊滚啊，一直朝前头滚，滚到两个人的脚下。

一个小男孩，一个大人。

小的是苏炜诚，大人是杨柳她爸。

他们两个都坐着，坐在一个小超市门前的台阶上，超市的厚塑胶门帘被冷气口的风掀起来，打在他们的背上，“噗——噗——噗——”

苏炜诚在吃着一个汉堡，又“咕嘟咕嘟”地喝汽水。

杨柳走过去，苏炜诚大声叫，妈妈，妈妈。

因为老爸的帮忙，杨柳着实松快了两天。

有的时候，公交车顺利，她可以比老爸和儿子早一点儿回家。

她烧饭，从开着的窗子望下去，看见老爹爹牵着儿子远远地走过来，一个是矮扑扑胖胖的，一个是矮扑扑瘦小的，天低低的树高高的，杨柳觉得满心里全是希望，缓慢地升上来。

还有三天补习班就要结束了，杨柳想着给儿子和老爸烧顿好的，第二天儿子补习班要考试了。

可左等两人不到家，右等也不到家，杨柳急起来，正准备跟苏梁一块儿出去找，手机响了。

儿子打来的。

小家伙在电话那头哭兮兮的，杨柳越急越听不明白他在说什么。

有人拿过电话去，说是老城南的一个派出所，这儿有一老一小迷路了让人送到这儿，你们家人赶快来接他们。

杨柳和苏梁打了个车急急忙忙穿了半个城，终于到了那个派出所。

苏炜诚在吃冰，杨柳她爸看见女儿一下子就羞惭起来，说是也不知怎的，坐错了车，迷瞪瞪的怎么也找不着路了。

苏炜诚插嘴说：“我叫公公不要坐六十六路的，可是公公说是六十六路没错。”

杨柳爸呵呵笑，转头又问苏梁，吃了没。

一家子回到家时，杨柳那桌好菜都凉透了。

苏梁不放心，饭后送杨柳她爸回家。

回来后苏梁跟杨柳说：“我看，还是不要麻烦你爸接送小孩了，我听说有些老人容易一阵一阵地犯糊涂。我看报纸上说，这种情况有可能是阿尔茨海默病的前兆。这老的老小的小，哪个出了问题都不得了，要是两个同时出问题，我们怎么过？”

杨柳迭声说不会不会，可是，再也不敢叫老爸接送儿子了。

杨柳爸以为杨柳为上次的事生气了，像犯错的小孩子，好多天不敢给杨柳打电话。

儿子暑期补习班的最后一天，天降大雨。

南京的夏天酷热多雨，但杨柳活了这样大，从未见过这样的豪雨。

之前已连着下了一个星期，可一天里头总还有几个小时能看到一点儿薄日头，有时只是浓云里透出的一片病弱无力的光。

但是这一天，一大早，便开始下大雨，一直下到傍晚，竟然一刻也没有停过。整个城市被雨泡得浮了起来。

这两天接连大雨，气温骤降，这个著名的被称作“火炉”的城市大夏天里冷得得穿上长衣长裤。杨柳公司也因此没有开中央空调。一整天，杨柳听得雨声就没停过，心里慌慌的。过了中午，豪雨如注，竟有轰鸣之声，窗玻璃被雨糊住了，完全看不见外面。

刚过四点，老总就大发慈悲说，这么大雨，恐怕交通堵塞，宣布早点儿下班。

杨柳一走到公司大门前就被吓傻了。

门前已经没了路，而是一条河，水流还甚是湍急，打着旋，裹了树叶枯枝急速地转着。有性急的人脱了鞋，高卷起裤腿，踩下水去，水一下子淹过大腿，像杨柳这样的小个子，一下去就得淹至齐胸，别说走，站都站不稳。前方的大楼与树木，全都浸在水中，因着水汽，全都微微地晃荡起来。

整个城市落到水里去了。

杨柳打了电话与苏梁联系，中午是他送儿子上补习班的，那会儿雨还小些。

苏梁说，他们那里都快被车埋起来了，而且几条街都被车给填满了。

“这么大雨，鸟都飞不过来。”苏梁说。

儿子，杨柳想，这可怎么办？想着，杨柳又深恨起补习学校来。

连日大雨，有不少家长提出暂停上课，等雨停了再补。可是校方不同意，一旦这一期补习往后延，那后面的几期都要后延，而且每一期的班次太多，实在不好安排。有家长又提出，要么这一期少上几天，干脆退学费好了，校方又否决了。所以，尽管几天大雨，孩子们依然冒雨从城市的各个角落赶过来上课。

可谁也没有料到会有这样的一场豪雨。

杨柳卷起裤腿，把小坤包斜背上肩，转过来转过去，拣了一处水看上去稍浅一点儿的地方踩下去。

又脏又冷的水立刻把她包围了，不知踩着了什么，杨柳一头就冲着水栽了下去，还好她抓住一棵泡在水里的矮冬青又站了起来。

杨柳连头发根都湿了。她连忙去包里掏，手机壳里滴下水来，也没了信号。

雨直下到七点才渐渐地停了，而这个时候，杨柳已经在路上走了三个多小时了。她成了一只真正的落汤鸡，她一路踩着水，湿的衣服紧贴身体，很是不雅，不过也没人注意，因为所有人全都是这个样。

各种车辆果真把每一条大街与每一道小巷都给填了，连自行车都走不动，唯有人还灵活些，只要豁得出往水里去。

虽然很缓慢，水的确在退。

公交车可以开动了，很慢，但是不再堵了，杨柳的手机奇怪地又有了信号，她收到学校的短信，补习学校把被雨困住的学生全都留在教室里，老师们也都没有走，请家长们到校后各自到孩子的班上去领人，今晚哪怕通宵学校也会确保把所有的孩子都交到家长的手里。

杨柳松一口气，苏梁又打来电话，说他快急死了："你们在哪儿？"

等杨柳接到儿子，再挤上公交，终于到家时，已经十点多了。

杨柳下车的时候，苏梁在车站等着他们，苏梁立刻就把累得摇摇晃晃的儿子背了起来。

两个人踩着一洼一洼的水，往家里走。

杨柳回到家，脱鞋的时候，苏梁发现她的脚与小腿被水泡得全起了皱，猜到她是蹚着水走的，苏梁讨好地说，我去做饭，你歇着。杨柳说你就做点儿稀饭，有豆沙包。

豆沙包很好吃，面皮不顶白，但是很暄软，豆沙不细，也不水，一点儿不见红豆皮，真是香，又甜又糯，父子两个吃得发出"唔咩"声，像两只幸福的猪。

苏炜诚的书包全湿了，里面装的补习班试卷与成绩单上的字迹与分数都淋得糊成一团。

苏炜诚小朋友小心地把湿淋淋的卷子掏出来展开在桌子上晾，神情间有点儿惭愧又有点儿兴奋。

好像那糊成一团的数字可以掩盖成绩一败涂地的真相似的。

这一夜杨柳一直睡不着，隐隐约约地老听见轰鸣的落雨声。起身走到窗边向外头看，果然还在下着，但并不大，但感觉非常潮湿，天幕成了一幅湿重的丝绒，沉沉地拖着，拖得一天一地全是水，可谁也没本事把它拧干。

杨柳望着窗外一天的雨雾，想着，还好，儿子的补习班终于结束了。

杨柳回床睡下，蒙眬中觉得苏梁握住了她的手，听得他说："老婆，你真不易。"

第二天起来，杨柳觉得眼皮沉重，脸紧绷得像一面鼓，脑袋沉，她发起热来。

苏梁请了假在家侍候她，儿子很安静地在玩，等杨柳足足地睡了两觉，醒来的时候，天还在下雨，漏了似的，是软而湿的网，把家还有家里的人跟外头隔了开来，让人觉着安全舒适。

杨柳看到儿子居然还在玩着，把玩具铺了满地，苏梁就躺在那一堆零乱的玩具中，看着报纸，架着腿，一只脚脚尖上挑着只拖鞋。

杨柳声音哑哑地问苏炜诚，你写作业了吗？复习了吗？

儿子略有点儿惭愧的样子，支支吾吾地说马上就写，起身跑到书桌前坐下，摊开书本，苦着小脸，写起作业来。

苏梁一骨碌爬起来："着什么急，这不暑假嘛，让他玩儿一天又不会怎么样。"

杨柳一瞪眼："就你纵着他，玩疯了收不了心，看开学了怎么上课！"

苏梁嘟囔："何苦呢，不是我说你，心气那么高做什么？弄得儿子辛苦你自己也辛苦。"

"你知道什么，老师说了，好习惯养成不易，坏习惯两天就生根。"杨柳说。

苏梁笑起来："你快成教育家了。"说着傻笑不已。

第十九章

杨柳晕头晕脑地进了考场，一进去就吓了好一跳。

场子好大，大得无边无际，零落的几个考生坐成一竖排，像浮在广阔湖面上的一条浮泡。杨柳刚坐定，头顶上方便飞过一张试卷，落在她桌上，上头密密麻麻全是考题，她稀里糊涂地做起来，也不晓得能对几题，只觉得有人在一旁不停地催促，快写快写。

忽地觉得有人在后面戳她肩膀，回头一看，竟是苏梁，也就十六七岁的样子，急忙急乎地窃语："喂，选择题答案是什么，抄给我抄给我。"

杨柳下意识"哦"了一声，苏梁便咧嘴笑。

这个新鲜出炉的笑真招人啊，杨柳脑子一热说："我的卷子跟你换好了。"

然后又听到有人哭，所有人满场子找哭的人。

却原来是角落里孤零零坐着的一个小人儿。哭声渐成号啕，杨柳蹲着挪过去问他，你怎么啦?

小孩花着一张脸，说，我不会做不会做呀。杨柳说你哪题不会做，小孩说，全都不会做呀。杨柳细细看那孩子，细眉眼窄条脸，好熟悉，啊，竟然是苏炜诚。

一急，杨柳就醒了。

迎面看到苏梁的脸，笑眯眯地说："醒了啊？真是的，不是说是小手术吗?看起来阵仗也不小嘛，还真把我急着了，你瞧，上火了。"

他指着上嘴唇上一颗紫泡，圆圆的，说着。

杨柳慢慢地把事情一点点地想起来了。

九月的时候，杨柳单位组织体检，查出杨柳子宫里长了个肌瘤，超过了一点五厘米，医生建议做手术。

杨柳在入院前跟苏梁说，不要他来侍候她的病，只要他能把儿子看好，每天督促他做作业复习功课就很好了。

苏梁只说，你何苦。

杨柳收拾了些东西，自己一个人去了医院，办好入院手续，接受各种术前的检查。

苏梁一来，便被她赶回去，儿子已经开学，他一个人在家，肯定是不会好好写作业的。

老婆婆和许月娟术前来看过她一次，带了不少吃的来，彼此都客客气气的，都说是小手术，很多女人都做过的，拿掉就好了。

手术那天，苏梁还是来了，杨柳躺在推车上，看一盏一盏的灯从她眼前晃过，灯光连成了一道白线，向后头滑去。

这会儿苏梁又问："你昏着还做梦哪？听你叫什么不会做不会做。"

杨柳伸手摸摸苏梁嘴上的大泡，说："我最近梦多。"又问，儿子呢？我不是叫你别来，在家好好看着儿子学习。

手术后的第三天，已经开学了的苏炜诚跟着爸爸来医院看妈妈，苦着脸说，今天有一项作业不会做呀。声音凄凄切切，跟梦里的简直一模一样。

原来是办一张小报，有关教师节的。

杨柳叫苏梁找来报纸和杂志，撑在病床上替儿子又剪又贴又画又写，编了一期小报。后来获了个区级二等奖，得一张只比巴掌大一些的小奖状和一块橡皮，虽然这个奖没什么大分量，但这可是苏炜诚小朋友上小学之后头一次拿到的有点儿名头的奖状，杨柳嘱咐苏梁要郑重地替他收好。

杨柳爸送来了乌鱼汤，鱼汤雪白如奶，里面放了老姜与平菇。

老爸问："不腥吧？"

杨柳摇摇头。

老爸笑起来："我同你讲，烧鱼汤时放点儿醋，放点儿老姜，就不腥了。"

杨柳很快喝完一碗，递过碗去要求盛第二碗。

老爸边舀汤边说："我同你讲，烧鱼汤时放点儿醋，放点儿老姜，就不腥了。"

杨柳吃惊地看着他。

到底不放心，叫苏梁送他回家。

夫妻两人嘀咕了好一会儿，都觉得老爷子真的有点儿不对劲儿了。

“刚才他管我叫杨曦。”苏梁说。

杨柳急得伤口隐隐作痛，苏梁说：“你爸人不错，你们家除了你我只喜欢他一个。你妈太傲，除了杨曦，什么人也不在她眼里，比慈禧太后还骄傲。”

杨柳又气得了：“你妈才慈禧太后。”

两人说说笑笑的，谁知没过两天两人就大吵了一通。

出院之后不久，杨柳便接到了儿子的新任班主任姜丹华的电话，说苏炜诚好多天没有好好写作业了，上课也不听讲，姜丹华请杨柳到学校去一趟。

杨柳去了，姜丹华拿了几本苏炜诚的作业摊到杨柳眼前，许多的红叉几乎要把苏炜诚细小的略微倾斜的字给淹没了。

姜丹华指着写得稍像样的两篇作业说：“这还是后来他在学校补上的，这些天他几乎天天都缺作业，屡次提醒也不改。问起来，他说妈妈生病住院了。本来你刚动完手术，身体还没完全恢复，我们也不该让你着急。可是现在孩子有这个问题，也比较严重，要是不告诉家长，也是我们没有尽到责任，毕竟，老师不可能每晚到孩子家去督促他写作业，这事吧，还得靠家长。”

杨柳装了一肚子的焦急、委屈和失望回到家，苏梁刚下班，在客厅里一边剥毛豆一边看电视。

杨柳问儿子在哪儿，苏梁对着苏炜诚的卧室努努嘴：“写作业呢，表现不错。”

杨柳断喝：“不错个鬼！”

苏梁吓了一跳：“你又怎么啦？我接儿子回来，还做饭，儿子老老实实去写作业，我们表现都不错吧，你又哪里不满意？”

杨柳说：“我手术前千叮咛万嘱咐，叫你天天督促儿子写作业，督促他复习，我都不要你侍候我，再三说看好儿子看好儿子，你都怎么看小孩的？”

苏梁把剥好的毛豆砸进塑料筐：“我怎么没侍候你，我不是给你送过饭，隔三岔五地去看你。”

杨柳把声音拔得尖尖细细的：“你不要转移话题，我问你为什么不督促孩子复习？你晓不晓得你儿子天天少写作业？你晓不晓得他这两次语文数学单元测验得多少分？才八十分！”

苏梁嘟囔："八十分也不算差。"

"这才二年级！人家老师说了，一二年级考九十九一百分都不稀奇！他才得八十，这要到了四年级就得得七十，到毕业时还得了，挂一串子大红灯笼哪家中学敢要你？"

"老师老师，老师讲话全都夸张得要死，做老师的全有点儿变态，看不得小孩有一点儿错。"

苏炜诚听得外头的吵嚷声，开了卧室的门，伸出一个头尖儿来看了一小会儿，又倏地把门关上。

"你不要胡言乱语，污蔑人家老师，人家老师很负责的，不负责的是你这个做爸爸的，我看着儿子的作业和卷子，觉得脸皮都被剥光了。你就不能按我的话天天查查他的作业，考试前帮他复习复习吗？"

苏梁也委屈："我每天都问他作业做了没有，他都说做了做了。他哪天考试也没跟我讲，我晓得个屁。"

杨柳觉得简直跟这个人说不通，住院前就告诉他了，光问问是不行的，要督促儿子天天把作业抄齐，再对照着老师一线通发来的短信，查看一下小孩儿有没有漏抄的作业，再一项一项盯着他做完，还得检查一下。一般来说，上完一个单元总要考一次试的，老师也会提醒，头一天晚上一定要带着孩子复习复习。

杨柳说："我哪一样没叮嘱到？你听我的话了吗？你照做了吗？自己就是个糊涂虫，那个小坏蛋不钻你的空子钻谁的空子？"

她拔了声音叫苏炜诚，你出来。

只听得里屋一阵窸窸窣窣的脚步，似乎是小孩从门边逃开了。

杨柳三步并两步冲过去就要拉门。苏梁看她去势汹汹，一把把她拉住，扯得她一个踉跄。杨柳一肚子的火直冲着苏梁烧过去。

"你放手！"杨柳横声叫，"你放手，我去替这个小东西紧紧骨头。"

苏梁眉头团得死紧："你这是何苦哟。"

杨柳甩不脱苏梁的手，扭着扯着，说："一个教训一个护着，到老了小孩儿也不上路。你自己糊里糊涂，混个技校，你还想让我儿子也上技校，上梁不正下梁歪，你不做个榜样出来还敢拦着我教训儿子！"

苏梁从来没有从杨柳的嘴里听到混个技校这样的话，有一瞬间他有点儿发蒙。

杨柳趁机甩了他的手，这颇有劲道的一下子叫他倒退了两步，一脚踩到装毛豆的塑料小筐里，把一筐剥好的嫩毛豆踩得稀碎，沾了一鞋底的绿迹子，在地板上一踩一个绿鞋印。

这一晚，苏炜诚到底没有逃得过妈妈的一顿打。

苏梁恨恨地说了句："神经病！"倒头自己先睡了，床边也踩了一溜零零落落的绿脚印。

这一天起，杨柳再也不叫苏梁督促儿子学习，自己全权包揽了儿子学习上的事儿。

苏炜诚吃了一顿好打，却并没有如杨柳所希望的那样长了记性，过了两个礼拜，他带回家来一张六十八分的语文卷子。

考试完紧接着就是家长会。

在儿子的教室里，杨柳尽可能地把自己缩得更微小一点儿，她多么想幻化成一抹幽灵，以无形之形参加这次家长会。

苏炜诚的班主任姜丹华站在讲台前侃侃而谈，她的面皮绷得紧紧的，使得教室里的空气显得分外凝重，家长们连呼吸都是小心翼翼的，只有坐在后排与角落里的两个男人，一个低着头玩手机，另一个微闭着眼打盹儿，杨柳能感觉到，姜丹华两道目光射向这两个走神的男人，但似乎都没有点醒这两位。

姜丹华分析说，现在这个班学生两极分化现象提前了，已有一些学生出现了比较严重的学习习惯问题，说到此，她停顿了一下，杨柳紧张地盯着她的嘴，生怕从那里蹦出苏炜诚三个字来。

姜丹华到底没有把已出现严重学习习惯问题的孩子名字点出来。

杨柳敏锐地捕捉到她身边有几位家长长长的吐气声。

等到家长会散，杨柳偷偷地留了下来，又等了近一个小时，才等到所有留下来与老师单独交流的家长都离开。

姜丹华看到从楼梯拐角处闪出来的杨柳时，实在有些惊讶。

姜丹华把杨柳带回到自己办公室。

虽然已过了下班时间，但因为今天是二年级统一开家长会，所以几个班的老师都在，显然都是刚刚结束了家长会。

杨柳问起苏炜诚在学习上的主要问题在哪里，姜丹华说：“他主要的问题是不集中思想，上课效率不高。”

杨柳听得姜丹华的嗓子是一种讲多了话造成的喑哑，便说：“姜老师，您先喝口水，实在不好意思，耽误您时间了。”

姜丹华摆摆手示意不要紧，倒了杯水急促地一气灌下。

姜丹华清清嗓子，继续跟杨柳说起苏炜诚的上课状态问题。

“他也不是吵闹，也不跟人说话，他显得很安静，但是你可以发现，他的精神头是散的，就是我们当老师的通常说的，他的魂不在课堂上。他手里头永远要捏着个小东西，橡皮啦，铅笔啦，有的时候一张小得像豆腐干一样的纸片他也能玩上半天。有回我索性把他桌上所有的东西都收到我讲台上来，炜诚妈妈你猜怎么着？他就开始玩他的手指头！”

杨柳心里燥热，手心里又开始一层层地出汗：“我每天都在提醒他，上课认真听讲，上课认真听讲，姜老师，我不怕您笑，我一天恨不得把这句话讲八百遍，牙齿都讲出血了，天天早晨送他进校门我还要讲上几遍，天天晚上我也陪着他写作业、复习什么的，可是我管得了他在家，管不了他在课堂上走神。姜老师，您说，我到底怎么做才能让他上课认真听讲？”

这个年轻女人的脸上有一种东西极打动姜丹华，那种东西是羞惭，姜丹华很熟悉，这一念熟悉变成了一念亲近，姜丹华的口气不由得就软了。

“苏炜诚妈妈你也别着急，小孩子的教育，急也急不来，只有慢慢地教，慢慢地引导他，可别轻易就灰心放弃。我想吧，工夫花到了，量变到质变，终归有一天能看到成效的。”

姜丹华伸手在杨柳放在办公桌上的手上拍了一拍：“都一样，做家长的都一样，你这种心情我也很了解。别急，急也没有用。”

杨柳啱啱，埋下头半天没说话，再抬起头来的时候，神色里竟然有点儿悲壮：“姜老师，我冒昧地问一句，请您跟我说实话，我们家苏炜诚，智力到底是怎么个水平？”

姜丹华也沉默了一会儿：“谢谢你信任我，我不妨老老实实地告诉你，苏炜诚，”姜丹华看见那年轻女人小鹿一样的眼睛，含着希望也含着恐慌，她猛地意识到，其实这位妈妈已经知道答案了，不过想要她的一个确认，她又斟酌了一下用词，才说，“目前看来，苏炜诚的智力没显出来有什么特别之处，既不是特别好，也不见得特别差，而且他还小呢，有很大的发展空间。再说，小孩子学习，除了智力因素，还有非智力因素，习惯很重要，有好习惯就有好成绩。”

“那，姜老师您见过的小孩子多，像苏炜诚这类的，以后会不会好？”

“会好的。”姜丹华说。

她的语气十分和缓，杨柳跟受了委屈的小孩得了安抚似的，反而愈加心酸起来。

杨柳掩饰着站起身来告辞，说：“耽误您下班时间了，这是您儿子吧？不好意思，耽误小孩吃饭了。”

姜丹华办公桌旁摆着一张旧旧的小课桌，一个身材瘦长的男生一直趴在上面写字，头都没有抬起过，非常安静。杨柳知道这一定是姜丹华的儿子，不由得感慨：“他真安静啊，学习习惯一定很好，成绩也一定好。”

姜丹华还未答话，一旁坐着的一个女老师笑着说：“可不是，方正小朋友学习习惯从小就很好，上课认真听讲，从来不走神，成绩也好，今年暑假参加奥数比赛，又得一个二等奖。不容易哦——”

杨柳看到姜丹华的脸色“唰”地变了一变，她完全没有理会这位同事的赞美，只对杨柳点点头，道了回见。

杨柳偷眼看了看刚才说话的那位女老师，小脑袋，瘦条脸儿，偏生有副宽阔的肩膀。

姜丹华催促儿子收拾好书包，回家。

这是周末，该回自己家的日子，车坐得顺，比平常到家早了一些，姜丹华快手快脚地做了饭，饭菜很简单，一个熟食，一个炒青菜，热了前一天剩下的汤。

姜丹华老公方耀平今晚有个饭局，饭桌上只有母子俩，格外的静。

儿子方正塞了一嘴的饭菜，慢吞吞地嚼着，偶尔飞快地抬起眼偷看一眼母亲，小小的脸上带着点儿羞惭与慌乱，吃完后，立刻进卧室安静地继续写功课。

姜丹华在厨房洗碗，洗着洗着突地走进儿子卧室，装作检视他的作业的样子，然后支棱着两只沾满了油腻的手，用胳膊夹住儿子瘦瘦的身体，用力紧了一紧，说：“儿子加油，你是最棒的！”

方正这小孩儿似乎呼出一口长气，神情轻快起来，“哼”了一声，带着一点儿八九岁小男生在母亲面前极克制的撒娇。

儿子写完了学校老师布置的作业，姜丹华又带着他做了不少课外的练习，然后又督促他洗漱。儿子临上床时问："爸爸怎么还不回来？我还想跟他玩一会儿再睡呢。"

方耀平是在儿子睡熟了之后才回家的，笼了一身的酒气，端正的脸上浮着泡沫似的一点儿平时不多见的轻浮的笑。

这一点儿笑在方耀平躺到床上之后，慢慢地燃成了一团火，使他燥热不已。

姜丹华洗了澡刚在床上躺下，方耀平的长腿就蹭了过来，一边哼唧着说，凉快。

姜丹华踢开他的腿，叫他："喂，今天那位又跟我挑衅了。"

方耀平又哼唧一声，姜丹华不满地又在他的腿肚子上踢了一脚："你知道我跟你说的是什么吗？"

方耀平的大头拱了过来，毛刺刺地贴着姜丹华薄薄的睡衣，姜丹华接着说："就是那个徐银娣！当着我学生家长的面，揭我的儿子只得了二等奖！"

"让她揭去呗，二等奖挺好。"方耀平的手像蛇一样地游到姜丹华身上，姜丹华重重地叹了口气，热乎乎的一口气，扑到方耀平滚烫的脸上。

"世上的事情，有的时候真没有公平二字。"黑暗剥除了姜丹华身上职业的那层壳子的掩护，"徐银娣是什么角色？我们学校有名的混日子的主。当年我破格提前评了高级职称，第二年，该她评了，她懒得写教案，就抄人家的。好死不死，抄的是另一所学校同年评职称的一个老师的，连标点符号都懒得改，结果，头一轮就被查出来，罚她延迟三年评高级，丢人丢得全区都知道。平时工作也是拆烂污，课嘛随便上，校长都批过她，说她一本书一支粉笔闹革命，作业都叫学生帮着批，弄得家长投诉。江山易改本性难移，上大学那会儿就是这样，平时逃课看电影，到处玩儿，跟我们系男生、旁的系男生纠缠不休，到考试就抓瞎，死皮赖脸到处借笔记抄，考场上就想各种法子打小抄，有一回被抓了个现行，得了个零分，哭得一把鼻涕一把眼泪地求教授给机会补考，全系的笑柄……"

"你管她干什么？"方耀平摸摸索索地，想做点儿什么，手像鼠儿似的，到处钻。

姜丹华太愤愤了，居然没有在意那小鼠儿，却将它拨开，说："我管她干吗？

是她针对我好不好？老天不长眼，这么个人，偏偏给了她一个争气的好儿子。学习那个主动啊，脑子也好，人是老成得不得了，在班上样样要逞能拿尖儿，连人家同学举手比他快都受不了。这次奥数比赛，又是一等奖，将来是很有可能学校推荐给金陵实验中学优录的。我只可怜我的儿子，工夫也没少花，可是……是个老实孩子啊，没有人家那么活泛，凡事不争不求，跟我一样，你在听吗？”

那只鼠儿疲了似的，动一动又歇一歇，方耀平含含糊糊地答：“你这个人，就是太好强！你也是江山易改本性难移，徒然让自己活得累！”

姜丹华因为上一周在娘家刚跟老父亲冲突一场，又受了方耀平这几句话，鼻腔里涌进一股酸楚：“没有人了解我的心思，我爸，还有你，都不了解我。只有我一个人，永远是孤军奋战。”

方耀平奋力地翻了个身，鼠儿也彻底歇着了：“什么孤军奋战？我看你在娘家过得挺享受的，就只带一带儿子，我们儿子又不叫你操心。”

“我跟你说吧，哪个孩子不叫人操心，各有各的操心罢了，我的操心你怎么会明白？”姜丹华说。

我明白得很，方耀平说，你不就是觉得儿子还不够给你争脸吗？也别太走火入魔了。

姜丹华最听不得这样的话，也奋力地翻了个身，并用力往床边挪挪蹭蹭。

方耀平想，没有人比姜丹华更懂得扫人的兴了。她也真是不容易，一门心思扑在儿子的教育上。但是，她好像有一双被诅咒了的手，触到哪里，哪里就失了颜色。

一念怨一念怜的，在方耀平的心里搅成一锅烂糨糊。

天冷了，天又暖了，又梅雨了，湿漉漉绿汪汪的。

又是酷暑了。

杨柳的儿子苏炜诚磕磕绊绊地上了三年级。

新学期，苏炜诚交给老师一纸申请，是杨柳交给他的，请老师将他成绩册上与学校花名册上的名字改了。

现在，他有了个新名字。

叫苏望。

第二十章

苏炜诚在暑期里改了名。

暑期里有一天，杨柳照例在银行里坐着吹免费的空调，等着上补习班的儿子下课。她听得另两个同道的家长闲聊，说是小孩子的学习好不好，跟叫什么名字大有关系。如果名字笔画不好，是会影响孩子成绩的。

“这事吧，信则有不信也没办法。我有个亲戚的小孩，挺聪明的孩子，上个学磨死人。后来找人一算，说是他的名字里头，有个小鬼压着。家里人回家一想，孩子名字里头有一个巍字，可不是有一个小鬼吗？立马就找人算了个新名字，结果，孩子跟换了个人似的，成绩好得很，奥数也学得顶呱呱，人安静的呀，什么时候都捧本书在看。”

杨柳厚了脸皮凑上前去，一番寒暄交流之后，她拿到了一个地址，专门替人排周易算名字的一个老头儿的地址，第二天傍晚，她就领着儿子摸上门去了。

苏炜诚从此成了苏望。

从前的苏炜诚奶奶、现在的苏望奶奶武小慧，把一盘清蒸鱼放在饭桌上，鱼雪白葱碧绿，黄的是老姜，粉的是火腿。

苏梁伸筷子就夹了块鱼肚子肉，放在自己碗里，又夹了块给儿子，一块给了杨柳，鱼立刻支离了。

武小慧望他一眼，突然发问：“刚才我听你们叫‘苏望’‘苏望’的，觉着耳生得很，哪个是‘苏望’？我们家没有叫‘苏望’的人。”

正是中秋节，苏梁哥俩都带着老婆儿子回家吃团圆饭。

苏梁不肯搭母亲的腔，把鱼头掰下来吸鱼脑，“嗞嗞”有声。

杨柳说："就是我们家苏炜诚，我给他改了个名字，现在他叫'苏望'。"

武小慧脸皮底下浸出一个笑来说："我们苏家这一辈的小孩是炜字辈。"

"现在哪有人还讲究这些，什么名字有意义就叫什么。"杨柳说。

"我们班有人的名字是四个字，好像日本人的名字，他叫陈杨秋胤。"苏望含了一嘴的饭菜说。

"我管不了人家叫硬还是叫软，我连自己家人都没权利管。从来没有听说过名字可以随便改来改去。"武小慧更不高兴了。

"妈，"苏梁皱了眉头，"改都改了，就别说了。"

武小慧冷哼一声："自然是改了就改了，我能说什么？我不过白说说，你叫苏梁你儿子叫苏望，听起来是父子呢还是兄弟呢？你们自己不在乎，我一个当老的白操什么心。今天你改明天他改，我们老的给起的名你们想怎么改都可以，等我死了以后你也可改个名，也别费事，就用你儿子原来的名字就行，反正这个家没规没矩也不是一天两天了。"

许月娟一直一言不发，听得武小慧说到"你们"二字，竟然也从脸皮底下浸一个笑出来。这两年她越发练得不动声色，只款款地给儿子布菜。那雪白皮肤精巧眉眼的小孩子苏炜奕挑食得厉害，一桌子菜挨个儿用筷子蜻蜓点水点了一遭，什么也不肯吃。

苏梁的大哥苏群永远是绷得紧紧的一张脸皮，十分不耐烦，接了个电话后说声有事，抬起脚来就走了。

杨柳看看这僵掉的场面，看看武小慧面前只动了一点点的一碗米饭，有点儿过意不去，拣了菜放进武小慧的碗里，说："妈，您别生气了，不管叫什么名字反正都是您孙子，这个错不了就行了。吃饭吧。"

武小慧一言不发，站起来连饭带菜全折到垃圾桶里去了。

足足过了两个礼拜，武小慧才肯搭理苏梁。那天苏梁买了些她爱吃的送过去，外加一条羊绒围巾。

武小慧说："你跟我说实话，杨柳给你儿子改名字，花了多少钱？"

苏梁支吾着说不清楚。

武小慧冷笑道："你就是个糊涂虫，要不就是装呆就骗你妈一个。我问了人了，说那个老师替人批周易很有名的，一次少于五百块钱你去了根本连门都进

做做，让我瞧瞧你有多虚心。”

“啊——”苏望拖着凄惨的长调，“今天的作业就很多啦！”

“看情况，能做多少是多少。”苏梁插嘴。

“不行！要完成一张完整的试卷，做得断断续续的看不出真实问题来。”

苏望开始哭腔哭调了：“我们数学老师好小气的，什么试卷都宝贝得要命，才不会好心给你，一定是你问她要的。你非要来给我做，非要来。你一定说，麻烦老师再给我几张试卷，请求老师，谢谢老师。”

苏望用力地想了一想，突然说：“奴颜婢膝。”

苏梁待要捂住儿子的嘴巴已经不可能了，那四个字豆子一样“喀哆喀哆”利落地从儿子嘴里吐出来，一颗一颗地落在杨柳的心上。

杨柳的手就冲着儿子的嘴巴去了。

苏梁把蒙得忘了哭的儿子拉过来藏到身后，在父亲身体制作出来的一道围墙后面，苏望尖声哭叫起来。

“你神经病啊！”苏梁叫。

杨柳不理会他的叫喊，叫苏望：“你过来。”

苏望往父亲身体拖出来的一方阴影里又藏了藏。

“过来妈妈有话跟你说。”

“说什么说，有什么好说的。小孩儿考了九十一分你还要怎么样啊，贪心不足，贪吃蛇啊你！”

苏望在阴影里带着哭音“噗”地笑了一声。

“叫你看开一点儿，别穷折腾，一会儿补习，一会儿改名，改了名字又怎么样，除了白送给人家六百块什么用也没有。那个算命先生肯定在家里头数着钞票笑你们这种大傻子！”

苏梁看见杨柳的脸色，识相地住了口。

这个晚上，苏望到底还是没有完成那几张杨柳向老师要来的试卷。

不过，这试卷也并没有白白要来，接下来的几天里，杨柳还是叫苏望做掉了，她对照着答案给改了。

杨柳这个时候对自己承认，儿子在理解题意上的确是有问题的。

寒假的到来缓和了家里的气氛。

春节快到了。

武小慧突然对儿子媳妇们宣布，这个春节她不在南京过，回老家走亲戚，顺便“也吃两天现成饭”，叫儿子媳妇孙子们年三十晚上都不必过去了，各家自由活动，想干吗干吗，也不要到老人家里去受罪立规矩了。

许月娟笑说，谢谢妈体谅我们，漂亮地甩出一笔过年费给武小慧，他们一家三口去泰国过春节去了。

苏梁和杨柳商量，咱们没钱出国游，在国内游游还是可以的，不如去北京过春节，三十晚上要熬夜，初一睡个懒觉，初二就出发，玩他一个礼拜，反正今年过年早，过了初五开学还有一个多星期呢。杨柳一时还拿不定主意，苏梁却热火朝天地准备起来。

三十晚上前一天，晚饭的时候，杨柳在饭桌上笑眯眯地说：“苏望，我有个好消息告诉你。妈妈托人找到一个退休的数学老师。”

苏望一听到“老师”二字，小尖耳朵一下子警惕地竖了起来。

“这个老师原来也是一所重点小学的，人家可是有经验的名师，人家现在退休了，在家开小班授课，专门替小孩补数学。就针对你这种类型的，应用题薄弱的小孩，人家只肯收五个人，我转弯抹角托人，好说歹说，人家才肯多收一个，初五就开始上课，每天只上两小时，保证有效果。你就看着吧苏望，好老师一点拨你的成绩一定突飞猛进，妈妈以后到学校也扬眉吐气，再也不需要翻啊翻啊翻好多张才看到你的试卷。”

苏梁苏望父子俩愣愣地看着滔滔不绝的杨柳。

苏望突地问：“妈妈那还去不去北京啦？”

杨柳摸摸儿子的头顶：“以后再去呗，有的是机会。你看，人家在玩的时候，你在学习，有这种毅力的孩子一定能成功。”

“你有病，走火入魔了。”苏梁铿铿地插进来。杨柳坚决地取消了本来商议好的一家三口的旅行，苏梁却背起行李，一个人走了。

临行之际苏梁对杨柳说：“我再问你一遍，跟不跟我一块儿去？”

杨柳说不去，你一个人去吧。

苏梁看了她半天，咬牙说：“真是不想跟你过了。”

他一个人去了北京。

第二十一章

等苏梁一个人旅行回来的时候，他儿子苏望已经快开学了。

苏梁看见杨柳，觍着脸笑，也不说话。

苏望因为爸爸竟然弃自己而不顾一直在生着气，看见苏梁回来竟然忍着没有扑上去，只白一眼爸爸，扫一眼他鼓鼓的行李包。

杨柳飞快地收拾着碗筷。

苏梁伸头看看锅里还剩着一些蛋炒饭，拿了个碗盛出来，大口地往嘴里划拉，一边讪讪地笑着，隔着碗沿拿眼勾看杨柳，却见杨柳面色不善，严丝合缝，一点儿笑也没露出来，心里有点儿无趣。

吃完了，苏梁捧出蜜饯和玩具来堆到儿子面前。苏望看着这样一大堆吃的，立刻原谅了爸爸。

苏梁又把一件新大衣直捧到杨柳面前，讨好地说："老婆，专门给你买的，老婆消消气消消气。"

杨柳看看苏梁，长叹一口气。

苏梁被这一声长气弄得心神不宁的，一连几天，杨柳虽没有再跟他吵嚷，却也没什么笑模样。

苏梁忽地记起自己临走时的那一句狠话，有点儿惴惴地等着杨柳跟他算账，可是竟然没有。苏梁有心解释一下，又怕越抹越黑，一天拖一天，苏梁也有点儿丧气了。

日子还往下过，说不上好，也说不上不好。

新学期开始后的第一个周六，杨柳又去替儿子报了课外补习班，学奥数、作文和英语，上课时间是每周六下午，一点到五点。

报名的时候，又碰到了儿子的班主任老师姜丹华。姜丹华只替儿子报了奥数班，杨柳羡慕地说："你们当老师多好，至少，姜老师，你不用让儿子上语文班了。"

姜丹华笑起来："不瞒你说，别说语文，英语我也可以自己在家辅导儿子，我儿子这两门课学得都不错，他在学校，数学学得也很不错，但是奥数这个东西，不是专业人员还真的没法辅导，所以让他到这儿来上课。"

杨柳说："有这么好的儿子，姜老师你真有福气。"

姜丹华笑笑，说苏望也挺好。

杨柳叹口气说："小孩子不懂事，成绩老是上不去，也不大肯学，叫他上什么课都一肚子不高兴。有时候我想，要是真的生了一个笨蛋，也就算了，让他能学个生存的技能也满足了，可是……"

姜丹华说："别这样说自己孩子。苏望不笨，他只是，没有全身心投入学习，等再长大点儿，懂事了，就好了。话又说回来，天生又聪明又爱学习的孩子有没有？有，可惜不是人人都有福气生到这样的孩子，后天教育弥补吧。会好的，会越来越好的。小孩子也有感情的，慢慢能体会家长的苦心。"说到后来，也不知是说给杨柳听，还是说给自己听了。

杨柳却觉得这一番话是从她的心上熨过去似的，那点儿暖一直流到手指尖。这些天老觉得自己像是一个人漂到了孤岛，前头是水，后头是水，人影子不见一个。忽地发现原来岛上不是自己一个人，立刻就生出相依相伴的心肠来。

姜丹华回家后把上课时间表给儿子看，儿子方正显得异常沉默。

姜丹华观察着儿子的脸色，一边说："儿子，现在是四年级了，也是最最关键的时候，到了六年级上学期，有一些好的中学就开始优先录取了。你，咱们，还差一点儿，就差那么一点儿，再努努力，拿个奥数的一等奖，咱们的奖状什么的分量就更拿得出手了。儿子，我对你有信心。"

方正勾着头，细长的脖子上有一条青筋绷得紧紧的，说："可是我对自己没有信心。"

姜丹华微微有些吃惊："儿子，你是最棒的，怎么会没有信心？"

方正突然地就哭了起来，也没有呜咽，也没有抽泣，就只大颗的眼泪"噗噗"地从眼眶里掉出来。"没用的，"他说，"怎么学也没用的，我没有学奥数的天分。我为什么要上奥数啊，为什么呢？"

姜丹华抱住儿子瘦瘦的肩，用有点儿夸张造作的轻快调子说："你看，你这种行为用一个成语形容就叫杞人忧天，谁说你没有天分？二等奖也不是人人可以得的。再说，你还有我呢，我会全力帮你，我已经托人替你找一对一辅导的老师了。"

方正那个小孩耸起肩，在肩膀上把眼泪蹭掉，他说："妈妈，你是不是宁可要左文思做你的儿子？"

左文思就是姜丹华的大学同学，也是她现在的同事徐银娣的儿子。

姜丹华压住心里的惊讶，马上说："谁说的，我只要方正做我的儿子。你是我唯一想要的儿子，除了你我谁都不要！"

方正微微笑起来，他不笑的时候看起来很成熟，一笑就又成了小孩子，很小似的，这种自己还是小小的感觉让这个男孩子又满足又有点儿不好意思，他扭了扭身子，像是要摆脱母亲抚在他肩上的手，又像是更近地往妈妈身边凑了凑。

"不过，左文思真的很优秀，"方正又说，"妈你也很优秀，可是左文思他妈妈不怎么样，连我们班的同学都知道她教得差，有一回上课还念白字，人家给她指出来她还不高兴，她比你差远了，可是左文思，他很出色，全体老师都喜欢他。妈妈，我觉得我们四个人，就好像做连线题一样，位置排错了，要是用线重新连一连，把我连给他妈妈，把他连给你，"他伸出手指，在空中划两道交叉的线，"就纠正过来了。"

"乱讲。"姜丹华也伸出手来在空中划线，"不管你的位置在哪里，我的位置在哪里，我一定是把咱俩用线连在一起的。"她划了一道短线，"这样连在一起，"又夸张地从头顶到脚踝那儿虚着划了一道长线，"这样也是连在一起的。"

母子两人一起笑起来。

方正好像变成了一个更小的小孩子，笑得呵呵呵呵的。

姜丹华说，你先做作业，妈妈去洗澡了，拿了换洗衣裳进到卫生间，在花洒喷出的水流里"哗哗"地流起眼泪来。

第二天补习班就开了学，杨柳照例送儿子去。车坐得不顺，苏望还一个劲儿地说想大便，杨柳没好气地说："你真是懒驴上磨屎尿多。忍着，到学校再大。"

下车时发现已经快上课了，车站离补习学校还有一小段距离。

杨柳拉着儿子一路飞跑。

苏望叫，妈妈我不能跑，一跑就更想大便了，妈妈，妈妈。

苏望尖细的声音毛刺刺地在杨柳耳根里刮着挠着，她一边继续拉着孩子跑一边安慰他，就到了，就到了，到学校你先大便再进教室上课。

好容易跑到学校，杨柳看看表，还来得及让苏望上趟厕所，可回头一看苏望的表情，就晓得坏事了。

苏望含着一泡眼泪，对杨柳说："都怪你，非叫我跑啊跑的。"他一手轻轻地扶着他的屁股，好像这样就可以将已经发生的事儿给揣回去。

杨柳想，还好自己每回都记得在包里带好卷纸。厕所在一楼，紧挨着教室，可杨柳拽着儿子往楼道里走的时候，被一个年轻的男老师拦住了："家长不能进来。"

杨柳红头赤脸地跟老师解释，那个年轻的男老师终于放行。

杨柳把苏望带到女厕，还好里面一时无人，她锁好门，拿出卷纸来替苏望收拾。

内裤是没法穿了，杨柳干脆替儿子脱下来，扔了。擦洗了半天，又帮他穿好外裤，让他反复地洗了手，这才让儿子去教室。

大约是生硬的牛仔裤紧贴着皮肉，让苏望很不舒服，他不由得微微叉开腿，迈着古古怪怪的步子往教室蹭，临进去时还回头冲杨柳笑笑。

杨柳发了半天的愣，直到那个年轻的男老师又过来催她赶快离开楼道。

楼道门口两扇玻璃门在杨柳离开后轻轻地掩上了，门里头，是一间又一间的教室，里头坐着一个又一个的小孩。

杨柳跑到超市新买了条内裤，在儿子下课时让他换上，又想到新内衣不洗就穿上也不卫生，可又没别的办法，一回到家就拉着苏望好好地洗了个澡。

苏望站在花洒下惬意地转着瘦小的身体，手里捏了一个小时候买的橡皮黄鸭子，一捏一响。杨柳笑说："你多大了洗澡还玩这个。"

苏望说，就玩儿就玩儿。

杨柳问你要玩到什么时候。

苏望说，玩一辈子。

杨柳说，儿子啊，你最大的理想就是玩吗？

苏望说，是啊是啊，用力一捏橡皮鸭，捏出一声怪叫来。

姜丹华的老公方耀平又出差了，姜丹华索性带着儿子又住回了自己爸妈家。

她爸妈家住的楼房是二十世纪九十年代拆迁又回迁之后分配的，中套，格局不好，有一个完全无用的窄长过道。不过，房子倒是南北向，楼层也好，最重要的是，地段好，交通无比方便。这一回，姜丹华为儿子找了一个一对一辅导的奥数老师，那老师在城西相当偏的一个地方长包了一间小旅馆的房间，拆掉床铺，弄成个简易教室。姜丹华每回领儿子去上课都得倒上两趟车，所以十点的课，她八点就要带着儿子出门。

住到爸妈家来之后，姜丹华惊喜地发现，这边竟然有直达的车，正巧车站就在那家小旅馆门前。

上午，姜丹华带儿子先去上一对一辅导课，上到十二点，母子俩在外头找地方吃点儿东西，一点半又赶去补习学校接着上奥数课。

方正的胃口并不好，姜丹华不敢在小吃店里吃，尽可能挑好一点儿的馆子，一个月下来，花费也真是不少。

方正吃饭时显得特别安静，好吃不好吃都默不作声。但是他特别喜欢吃小甜点，姜丹华每回都替他点一道，有时是南瓜饼有时是榴梿饼有时是酒酿小元宵，只要有这些甜滋滋的点心，方正就很满足，吃着，还会咬勺子笑，瘦高的小孩，老成的表情里头这时候就会透出三分孩子气来，像阴天里怯生生破出云层的一线阳光一样可爱。

饶是有直达的车可以坐，等姜丹华带着下课了的儿子回到自己爸妈家也过了晚上六点了，这一天更是遇上堵车，到家后都快七点了。

是姜丹华的父亲替他们开的门，老头看也不看他们母子一眼，脸色灰板板的，极其难看。

老爷子其实看上去并不老，头发还乌黑着，其实也快七十了。坐上饭桌后，他终于开口了，说："以后请你动作快些，下了课别耽搁，早点儿回来吃饭！我们老两口等你们一个多小时！你是晓得的，我们家从来吃饭都有钟点，你们一来，弄得我们作息都乱了。我们年纪也大了，吃不消这种折腾。"

"一刻也没敢耽搁，下了课就往家赶，可是遇上堵车了。"姜丹华说。

父亲哼一声："我还不晓得你，下课了总要在门口书店里转一转，从来都没有时间概念，弄得小孩也跟你一样没有作息观念！三更半夜地睡，礼拜天早上嘛又睡到十点钟，也不知吃的是早饭还是中饭！弄得我午睡都错过了，你是晓得的，我一错过了觉头就再也睡不着。我们年纪大了，长时间这样真是吃不消！"

"跟您说过多少次了，别等我们吃饭，你们先吃好了，给我们留点儿饭菜就行……”

一句话未说完，父亲暴怒起来：“就会说这种话，从来听不进别人的意见。一共四个人，还要开两桌，我们也没这个精力。”

姜丹华也不理会母亲递过来的眼神，把父亲的一顿话和在碗里吞掉了。

说是说抱怨是抱怨，母亲还是回回都弄得好菜好饭的，这回又是一大碗清鸡汤放在方正面前，只要儿子能吃得好，什么也无所谓了。

她也知道父亲其实并不是真的因为作息被打乱了才抱怨。

不全是。

他一向不喜欢姜丹华让方正上补习课，姜丹华多次想跟他解释，这年头上中学不是二十年前的行情了，可他也不大听得进，后来姜丹华也就不再解释了。

方正都四年级了，这种不咸不淡的话也听了这些年了，姜丹华觉得把心横一横，也没什么听不下去的。

到底还是觉得委屈，所以晚上方耀平的电话打到她手机上时，她还是吞吐着多少抱怨了两句。

方耀平在那一头说：“你要我怎么办？从儿子幼儿园起不就一直是这种状况吗？要不你以后再也不要住回家去，我看你爸是嫌我们给的生活费少。你带儿子回家住吧。也省得天天留我一个人在家，跟单身汉有什么区别。”

姜丹华说：“咱们家太远了，到哪里都不方便，上个学上个补习班，一大半时间都浪费在路上，儿子的精力也不够这么奔波的，在车上就要睡着了。还是住这边方便。”

方耀平语气有点儿不耐烦：“既然这样还有什么好说的。这个问题我们讨论过好多次了，都这么多年了，也没有商量出个好的解决办法。也只有这样了，你在那边住着，我一个人在家里单着，没个头。”

姜丹华“咔嗒”把电话挂了。

随后姜丹华就给老爸老妈涨了生活费。

不过是这么回事，姜丹华想，其实父亲也不是待自己跟方正不好，没少吃没少喝，自己偶尔有事，还不是老爸帮着接送方正？父慈子孝，深情款款，那是电视里头的日子。就像自己，站在讲台上，是老师，头头是道地跟家长们谈教育，谈减轻孩子负担，谈端正心态。走下讲台，也不过是个焦心焦肠的当妈的，比谁更高明呢？

第二十二章

杨柳看着手里的那张补习学校的期中成绩评定表，还有面前拧头拧脑的儿子苏望，一时千头万绪，倒变得格外地沉默。

妈妈意外的沉默让苏望心里慌得像有一万只蝴蝶，飞出一片稀里糊涂的颜色和哄哄的乱声。

他强撑着在小小的面孔上挤出一个满不在乎的表情来，一边借着抠鼻头上的那点儿痒痒，偷眼去看妈妈面上细微的变化。

杨柳总算把那薄而脆的一张纸上所有的字都看懂了。那数字说明儿子这次考试又是一败涂地，那一行字说的是：

苏望家长您好，有关孩子下学期报名的事现通知如下：

鉴于您的孩子成绩一直无法进步，不适合学习奥数，建议上完这学期后不必再报名参加本校奥数补习班，让孩子去学习他真正感兴趣的科目。谢谢您一直以来的配合。

书香学院培训中心

杨柳回身把儿子抱起来，让他坐在自己的膝上。苏望谨慎地将半个屁股虚虚地搭在妈妈膝上，没敢坐实，回头飞快地看了一眼妈妈。杨柳将他按着坐稳，和言细语地问他："儿子，你看，你的奥数成绩一直不理想，总是有个原因吧？咱们找到原因才好前进啊，对不对？你老实告诉妈，是不感兴趣呢，还是没有认真学呢，还是听不懂呢？"

苏望“咕咚”咽下一大口口水，决定讲真话：“都是。”

“什么？”杨柳没完全明白。

“那个，三个原因都有。”

说完，苏望便开始等着母亲可能的雷霆之怒，然而竟然没有等到。

他小心地抬头看妈妈，发现妈妈呆呆的，好像很累的样子，一只手还在无意识地轻轻地在自己的背上拍着。

苏望把脊背挺到笔直，希望妈妈拍得更顺手一些。他觉得这点儿“拍”可真是好，多温和多安宁啊，好像从前一样。

刚刚九岁的苏望也有从前了。

苏望突然抬头对杨柳说：“妈妈，我其实是喜欢奥数的，我以后会好好听讲，基本上是可以听得懂的，只有很少的时候听不懂，我仔细听就可以听懂。”

可苏望不知道的是，人家不想再给他机会去喜欢，去认真听，去弄懂了。

补习学校的规矩，每回期中考试过后就要预订下学期的课程，孩子的家长凭成绩评定表去会计室交下学期的上课费用。

杨柳去交费，可是被拒绝了。

会计室的人说，成绩评定册上建议孩子不必学了，也就是说，做劝退处理，一方面是别勉强孩子，一方面，也是为了保证补习学校的质量与口碑。

会计室设了好几个方方的收费窗口，窗口高而窄，只望得见坐在里面人的半张面孔，然而那半张面孔上好像长出了手，劈面甩了杨柳一记耳光似的，杨柳的头脸都红赤了，背上的毛汗急雨似的滑下来。

后头排着队的人在催：“喂，你好了没有，交不交？不交让我们先交好不好？排了一个多小时了。”

杨柳走到一边，但觉得身上全是眼睛，一双又一双的。

还好，有那同病相怜的家长，偷偷地传授了杨柳一个法子。说是给孩子奥数班的任课老师塞个红包，求让老师从中说情，写个条子，就可以再过来交费了，有好些人已经办成了的。

杨柳认出这人的小孩跟苏望在一间教室里学奥数，虽不知道她的名字，可是平时一同在银行里坐着等孩子下课，彼此都把对方看成了熟人。

杨柳觉得她怪面善，笑笑对她说谢谢。

下一周儿子上课之前，杨柳便在他的作业本里夹了个信封。

可是下课时，儿子却将那个信封交还给杨柳，说是老师叫他一定要好好地交到家长手里的。

杨柳看那连封口都没有撕开的信封，不知怎么是好。

转眼间却看到上次给她出主意的那个“熟人”进了会计室去。

杨柳在外面足足等了四十分钟，这才把这“熟人”等出来。

杨柳知道自己是病急了乱投医，但她也不知还有什么办法。

这个“熟人”倒还真是个热心人，宽阔的脸庞上铺着真诚的同情。她把杨柳拉到一边，问杨柳怎么了。

杨柳吞吐着说了，她一拍巴掌，压了嗓子说：“我一看你就是老实人，我说句实在话你不要生气，你太不懂行情了。哪里能直接给老师钞票，人家怎么肯收！不是太赤裸裸了吗？”

从来也没有人教杨柳这些事情，她睁圆了眼问，那怎么办呢？

那“熟人”说：“你真老实，你可真老实。应该送些超市或是高档商场的购物券啊，又好看又实惠又不显山露水赤裸裸。”

杨柳觉得她那个“赤裸裸”的用词有点儿说不得的幽默，就好像看见一个胖大丰肥的裸女躺在众人眼前，才觉得自己果然是不懂行。

又是一周，杨柳又将一个信封封得好好的，想想又一折为二，夹在苏望作业本里。

果然那个信封没有再退回来。

杨柳拿到一张任课老师写的条子，很潦草的字迹，写着“请给予该生报名”的字样。

终于将下学期的费用交了，回执也拿到了，打印的，上面还有下学期开学的时间和上课的教室号。

苏望看见这张打印的单子，心里头很失望，可是说不出口，到卧室里铺开一地的旧玩具，玩去了，妈妈允许他每回上完补习可以自由活动一小时的。

杨柳这时又想到一个问题。

姜丹华老师教了儿子这两年，人家待苏望是很好的，苏望表现再不好，人家也从来没有恶声恶气地骂过小孩，还时常免费帮孩子补补作文，考试前还私下里给苏望一些额外的练习卷做做。补习学校的老师跟姜丹华比起来要冷漠得多了，有给他的，就应该也给姜丹华，多少表达一些谢意。

于是杨柳如法炮制，也弄了个信封，装好超市购物卡，夹在儿子的作业本里。

第二天，她就接到姜丹华的电话，叫她去学校一趟。去了之后，姜丹华就把她带到一个僻静的拐角，将那个信封塞回到她手里。

杨柳待要推让，看姜丹华脸色都变了，说着："苏望妈妈咱们千万不要推来推去，给人家看见了误会。"

姜丹华松了一口气，脸色缓和了，说："以后千万不要这样做，我们不用搞这一套。不瞒你说，我当老师这么久，有没有收到学生、家长的礼？老实讲我收过，但都是小孩子手工做的小东西，画的画，过生日时带块蛋糕来请我吃也是有的。偶尔家长在教师节订一束花送来，其他的，钱、物、券，我从来没有收过。这样我心安理得，嘴不短手不软，做老师我做得坦坦荡荡。"

杨柳嗫嚅着说绝没有贿赂老师的意思，是真心想谢谢老师。

这以后，杨柳却与姜丹华真正做起朋友来。彼此都觉得对方与自己挺投缘。偶尔在补习学校碰上了，一定会坐在银行里聊上好一会儿。

杨柳满心满意都是对姜丹华的佩服和羡慕。说，姜老师你真有福气，儿子学习好，又懂事，而且，当老师多好啊，孩子的学习自己就可以辅导，而且孩子将来选中学，多少都会有点儿优势……"

"这话怎么说？"姜丹华问。

杨柳觉得自己有点儿嘴快了，略显尴尬。姜丹华倒反过来在她的手背上拍了一拍表示不介意："其实，不光是你，可能好多人都有这种想法。都是教育系统的，择校的时候多少有点儿优势，这话本来也没大错。可是，也看各人。像我……我一向不大跟人结交，做人死板板，一辈子不求人，只晓得靠自己的努力……"姜丹华没再说下去。

做老师的，跟家长之间，哪些话该说，哪些不该，姜丹华也是明白人。

便是当老师的，做人也跟一般人没什么不一样，都不容易。杨柳心里觉得跟姜丹华越发近了些。

过了没多久，有天苏梁突然问杨柳："我们的账户上怎么少了不少钱？"

他们俩一直共用一张银行卡，卡上写的是杨柳的名字，苏梁也有密码，平时有多余的钱都往里存，要用多少都从里面拿。

所以杨柳随口就说："哦，前段时间我取了点儿现钱。"

苏梁哼哼一声："我说呢，我前段时间牙缝里省出钱来存，怎么就没有了，原来是你拿了。"

杨柳说："你说话好夸张，我们家现在虽然不富裕，也谈不上要你牙缝里省钱。这个月我再省省，把奖金存起来算还你。咦——你牙缝里省钱想干什么？"

苏梁说："想买辆助力车。"

"干吗买那个？"杨柳说，"咱们家这里交通方便，不是有直达你们单位的公交车吗？骑那玩意儿干吗，冬天冷死夏天晒死，又不安全。"

"干吗？不干吗。我就是想骑，唉——我看来是开不上自己的私家车了，一辈子替人家修车的命。没有小汽车，买个助力车过过干瘾。"

"你不就是为了出去玩方便嘛。"杨柳没好气地说，"我还不知道你，你现在每周末都跟你们单位那些小年轻玩儿在一起，一会儿去这儿吃水煮鱼，一会儿上那儿吃老鸭煲，要不就是钓鱼、烧烤、划竹筏、骑马，你当自己是快乐的单身汉了吧？"

苏梁的小窄条儿脸挂搭了下来："我出去玩的次数一个手数得过来。多半我不是待在家里的吗？"

"待在家里你也是上网玩游戏。你不需要我老提醒你，你是当爸爸的人吧，小孩子学习你多少关心关心。"

苏梁说我怎么不关心了，再说，现在家家都是女的在管孩子的学习，人家能管得毫无怨言，你怎么成天怨声载道的？要是你不给儿子上那些乱七八糟的补习班也不至于这么累，你不自找的吗？

杨柳最听不得这话，"啪"地把手上的洗碗布砸进盆里，溅起一团油腻的水花，直问到苏梁的脸上去，你说自找的是什么意思？

苏梁下意识地就往后退了退，自找的就是自找的，你不现在拿到本科文凭了吗，这个词都不懂。

杨柳气哼哼地说："我告诉你苏梁，以后你别在我面前提自找这两个字，我不爱听，最讨厌人家这样说我。"

苏梁不再大声，嘴里只发出“嘁嘁”的怪音，忽地，他想起什么来，问：“对了，你拿那些钱，干吗用了？”

杨柳在脑子里迅速地打了个结，又迅速地把结给拆散了：“我买了购物卡送给苏望的老师了。”

“啊？不是说现在不许老师收家长的礼，上回苏望还回来说，他们校长讲的，过教师节只能送老师贺卡，千万不要送礼。”

杨柳想了想，干脆全告诉他：“不是送学校的老师，是补习班的老师。”

苏梁“嘎”地叫了一声就跳起来了。

这一通，是杨柳与苏梁两人结婚以来最激烈的吵闹。

彼此都脸红脖子粗，太阳穴那儿的青筋都暴了出来。

苏梁说杨柳是神经病，脑子进了水，不掂量自己几斤几两，就想把儿子培养成大博士，真以为自己懂教育吗，虚荣！儿子将来就是当了美国总统，你也不是第一夫人！这么多年，忍够你了。

杨柳说苏梁不负责任，不配当父亲。小孩长到这样大，你是给他讲过一个故事还是教他说过一句英文还是辅导他做过一道奥数题？你给他开过家长会吗？你晓得他老师是男是女，脸是长是圆吗？你晓得他现在上几年级在几班吗？你晓得儿子学的什么教材学到第几单元了吗？你晓得儿子多少时间考一次试每次考试名次如何？你晓得该给他买什么练习册补充习题册？你晓得补习班补什么吗？你没知识也要有责任心吧，否则你给人家做什么爹。

苏梁说是我要做爹的吗，哪晓得你是不能碰的女人，碰一下子就要大肚子。

杨柳从水池中抓起湿淋淋油乎乎的洗碗布就冲苏梁劈头砸过去。

苏梁顶了一头油花一脸的水渍呆站在那里。

苏望早溜回了卧室，从门缝里张望着爸妈之间的刀枪剑戟。

第二十三章

许月娟还是知道了杨柳与苏梁之间的吵架。

苏梁跟杨柳都是把什么事都写在脸上的人。两个人几次回苏家吃饭都挂搭着脸，互不理睬，各来各的，也各走各的，许月娟和武小慧都看出点儿苗头来了。

武小慧很不高兴，说你们两口子要别扭回家去别扭，难得来一次，我一早上烟熏火燎地做饭给你们吃，还得看你们的脸子，我可没得罪你们哪个。要么好好吃饭，要么就走。

说得杨柳抬起腿来就要走，让许月娟给拦住了。

许月娟把杨柳拉到阳台上站着说话，用她顶顶诚意的声调儿劝杨柳道："这是做什么呀，看你近来脸色也不好，哦哟，多少憔悴，看上去倒比苏梁大了好几岁了。你看苏梁，人家还是年轻轻的小伙子样子呢，穿两件好衣服走出去人家以为还未婚呢。你要是不懂得保养，成天操心生气，小心苏梁起了花花肠子。"

杨柳白她一眼，还木着脸，没搭腔。

许月娟也不恼，眼睛里面孔上浮着一层浅笑一层藐视。

许月娟又闲闲地问："你们俩又为了儿子的学习在闹吧？没有必要自寻烦恼，你学学我，我是不会费事送儿子上这个补习班那个补习班的，了不起将来送儿子到国外去读高中，听说在国内学不好的孩子，到了外国全成优等生了。"

说罢，拉杨柳进屋去，连说："椰汁薏米露好了吧，加了燕窝的，我买的，盛一碗来吃，很清甜，养颜的。"说着，摇摇摆摆地去了，耳朵上寸把长的翠玉耳坠晃搭晃搭打着她的脖子。

自从苏群给儿子转了学，武小慧时常替她接送孩子，许月娟着实给武小慧贴补了不少家用，所以现在她在这里是很拿得住的。

杨柳的脸孔上也浮起一层浅笑一层不屑。

苏梁跟杨柳两人足足僵了半个来月才好。

好了没两天，又出事了。

那天是周末，杨柳照例送儿子去上补习班，正要出门时，苏望叫起来："我的奥数书和练习本子不见了！"

杨柳一边责怪儿子不仔细，一边忙忙地帮他找起来，可是怎么也找不到，母子俩都急出了一身汗。

苏望听着妈妈的责骂，赤头涨脸的，突然想起来："是丢在奶奶家了。昨天去奶奶家吃饭的，就是你，"他冲着妈妈，"就是你叫我抓紧时间写奥数题。结果我就忘记带回来啦！"

杨柳也回想起来了，书本有了下落，杨柳倒放下心来，看看要赶不及上课了，便对苏梁说："这样，我带儿子去上课，你赶紧回你妈家一趟，替儿子把书和作业本拿来，送到学校去，我在那儿等你。"

苏梁这两天着了凉，有点儿发烧，两天只喝了点儿稀饭，正想着等杨柳和儿子走了好好地睡上一觉，一听这话就炸了："从咱家到我妈家再到学校，整个儿一个大三角，你真忍心，我一个病人，你就这么指派我跑来跑去！就一次没带书又怎么样？老师会杀人头啊？"

苏望一听便哭开了，说书还不要紧，可是练习本要是不交，老师会罚的，少交一次罚多做十道题。

苏梁把一床薄被紧紧地卷在身上，卷得像个蚕蛹，气哼哼地对儿子说："罚你一次叫你长点儿记性！"

苏望哭得"哇哇"的。

没有什么比罚做题更让他悲痛欲绝的了。

杨柳气得拉儿子出门，先把儿子送到学校，又打车回苏家，拿了书本，火急火燎地又打车回学校，把书本送进儿子的教室。

一路上就觉得，怎么就那么孤单呢，什么都是一个人在操心。

躺在自家床上睡觉的苏梁一场极短的觉醒来，鼻塞口干，也觉出了同样的孤单。

怎么就那么孤单呢，病了也是一个人。

有什么挂着的东西“啪嗒”落了地，苏梁想，大概是阳台上挂着晾的丝瓜瓤终于干透了，落了下来吧。

他也懒得拾。

杨柳每个周末都送儿子上补习班，苏梁每个周末都睡懒觉，渐渐地就成了习惯，天经地义似的。

天经地义这种事，是不能细想的，糊糊涂涂的时候，是天经地义，一细想，就怨气冲天。

所以杨柳干脆不想。

后来，苏梁到底还是买了辆助力车，骑着大街小巷地去，周末有时连人影子都看不到了。杨柳安慰自己说，好在他还没有夜不归宿，玩到晚上五六点钟总晓得回家吃饭，天热的时候脸总是晒得红红的，一头的汗，弄得头发湿答答。进门就洗澡，洗好了坐在饭桌边就开吃，笑得赖皮皮的。

儿子也一直在上着补习班。每一回补习班考试前，杨柳都要帮他复习好几天。可是奥数这个东西，杨柳想，平常家长哪里弄得明白。

她每回都先把儿子的书拿过来反复地看那些例题，似乎啥都明白，可一拿到题目，一切都不对了，走一遍是死胡同，走一遍还是死胡同，往哪里走都碰壁，条条是绝人之路。

苏望眼瞅着妈妈越来越灰的脸，小小的心里觉得自己像是漂到了大海上。不是电影电视里看到的、书本上写的，蔚蓝色的大海，而是白茫茫的一大片水，全是水，全是，哪儿哪儿都是一片水，看不到头看不到尾，巨大的陌生的恐慌全堆在他喉咙口，咽不下吐不出。他只好哼哼唧唧地哭，不做了吧，不做了吧！

可是妈妈不肯把他带离那片水，妈妈还呵斥他叫他闭嘴，说他不肯动脑子，怕困难。

苏梁走出卧室说：“干吗呀，天天晚上鬼哭狼嚎的！”杨柳正是焦头烂额，听得这话，一腔气愤正好有了个出口，便骂苏梁不负责，儿子的学习一点儿不操心，成天就知道打游戏。苏梁被劈头盖脸一顿大骂，冲了个跟头，愣了半天才回过神来跟杨柳吵。

恶吵过几次之后，杨柳也没劲头再吵了。

等到苏望再哭唧唧时，苏梁从卧室出来在客厅母子俩身边绕了一圈，却再不发一词。杨柳也没劲儿挑起争端。

再一回，苏梁只从卧室里伸出个头尖来看，杨柳眼梢里看见了，一句话也没说。

苏望磕磕绊绊地考完了。

考完之后的那个周末，杨柳让儿子痛快地玩了一天。

苏望一趟一趟地把妈妈藏在壁橱里的玩具全搬了出来，趴在自家的地板上，屁股撅得高高的，忘我地玩着。

苏梁打游戏打得眼珠子要掉下来了，出来透口气。苏望跳起来问他，爸爸你能不能陪我玩一会儿？

客厅是个明厅，午间的灿阳扑进苏梁肿痛的眼睛里，苏梁闭了闭眼才看清儿子。

他长高了些，还是瘦，小脸只得一巴掌宽，上面两个门牙换过了，微微有点儿向外凸。

杨柳在做饭。厨房里暗，苏梁看不清杨柳的脸。

杨柳在眼梢里却看清了苏梁。

他坐得太久，脸白，白得不干净，人好似缩了一圈。

杨柳烧好饭，喊父子俩来吃，儿子很安静，边吃边偷眼看妈妈，生怕她嘴里冒出不要再玩了几个字，直至吃完饭都没有听见，苏望揣着一腔欣喜，小心地飞快地又跑回去玩了。

苏梁期艾着想帮杨柳洗碗，杨柳自己先动手洗了。

水开得老大，“哗哗”的。

补习班考试的成绩在一周后发布，杨柳按老师给的网址查了分。

不要说一等奖，就是离三等奖还有两三个大跳步的距离，但也没有差到底。

杨柳对儿子说，下面接着努力吧，没事儿，还有期末考呢。

苏望咬住铅笔尾巴，没吭声儿。

他很爱咬笔，每一支笔都被他咬得坑坑洼洼，有一回杨柳发现，他的铅笔盒里有两杆原木色的铅笔，再细一看，原来上头的颜色竟被他用牙齿给啃掉了。

说也说了，骂也骂了，没用，苏望还是改不了，常常将笔放在齿间细细地啃，像一只小老鼠。

顶着个“希望”的名字，小孩子眼里却时不时地有点儿“生亦何欢”的悲凉。

日子好像一罐子胶水注下去，黏答答的。

陪儿子上奥数的过程中，杨柳终于学会了打毛衣。

杨柳记得，上大专的时候，也不知怎么回事，有个阶段，女同学们一窝蜂地学这个，织得最多的是围巾，还有手套，还有针脚稀松的大毛衣，不是穿上身，倒像是披挂上身的那种，多半是给男朋友织的，那时杨柳也想不到要学那个，觉得有点儿太小女人气。

那个时候，杨柳有空就跟苏梁出去疯玩，她口袋里也不短零用，她爸疼她，常塞些私房钱给她。她喜欢给苏梁买细格子衬衣，红的，天蓝的，墨绿的，里面配上雪白的圆领T恤，苏梁穿上就成了漫画里走下来的少年郎。

杨柳很喜欢。

杨柳坐在银行里一针一针地绕着，看见过去时光里的少年打银行玻璃门外一晃而过，还转头看过来，杨柳下意识地抬手用半截毛衣挡一挡自己。

但是那个少年人径直地就走过去了，哪里会回过头来看她。

银行里坐着不少同样等孩子补习班下课的妈妈，都互不相识，不过因为同坐银行，竟坐成了熟人，几个人在杨柳的后排聊天，杨柳是不大跟她们搭茬的，她对这些人隐隐有种微妙的敌意，她只把耳朵竖得高高地在听。

“你儿子不错呀，不是说得了市数学竞赛二等奖吗？”

“二等奖有什么用？好中学不认的。”

“报纸都登了还不认？”

“人家只认一等奖。”

“这样啊。”

“不过呢，好歹也是正规教育部门组织的竞赛，有总比没有强点儿。现在的学生比赛多如牛毛，这就要看那个比赛的档次级别了，民间组织的肯定不行，骗钱的，哪个好中学都不认。十张民间组织的竞赛奖状也顶不上公办的一张。”

几个人纷纷感叹，杨柳心惊，原来这里头还有这许多的讲究。

一人叹气道：“你们孩子好歹还有个奖，我们家的，比赛倒是参加了不少，可是一次像样的奖也没拿过。”

立刻有人安慰："这也没办法，能得奖的毕竟是少数，能得一等奖的更是凤毛麟角。就像这个补习学校，每学期期中考都排一二三等奖，大多数孩子都是金字塔的底座，陪练的。"

杨柳想自家的孩子就是那个金字塔底座的。那底座必定庞大得无边，爬到顶尖，得是多长的日子多少的气力、天分、努力，还有运气。缺一样，都会摔在半腰上。

小小的苏望，就这样在爬，爬是一个多凄凉的字眼，四脚着地，脊背朝天，没天没日，只见眼皮底下巴掌大的一块。

"要在这个补习班里拿了数学一等奖，到六年级时，会有好中学到学校里去跟你签约，这叫'优录'。"

杨柳不由得把耳朵竖得更尖。

"不过呢，三四年级的一等奖也不管用，五六年级的才算数。"

"就等于说，三四年级小孩考得再好也不管用，我们的钱都打了水漂。"

"话也不是这样说的，三四年级把基础打好，五六年级才有机会得奖。"

杨柳这才发现毛线塌了一针，少掉一针的地方，是一个小小的洞。

她把针抹掉，一行一行地拆，拆下来的线曲曲弯弯地搭在她的腿上。

一个人一辈子里头，若是也这样塌掉一针，却没有拆掉重来的机会，可见人不如一件毛衣。

"说起来现在生个孩子真作孽，我的一个同事，小孩学习不好，老考不及格，当妈的动不动就被叫到学校去，给老师训得像孙子。"

"我们家亲戚还不是。小孩子成绩差，家长文化水平又不行，为了求老师给儿子补课，厚着脸皮找到老师家，替老师做饭，当不要钱的钟点工，人家才给孩子补补课。这年头，生个聪明学习好的小孩比中五百万强，还不当孙子。"

"也怪不得老师，现在教育局不是说了，在职老师哪个私自给学生补课立刻下岗。"

"算了吧，这也就是说说，你看这补习学校，开了一个班又一个班，哪里来的师资？还不是在职老师周末出来捞外快？"

"也行啊，只要把我儿子教好，让他得个一等奖，我情愿花这个钱。"

杨柳把竹针重新穿上，竹针在虎口处磨出灰灰的一块。杨柳记得像是谁的虎口这里也有这种痕迹，沈姐吧，原来是竹针子磨的。

有人一拍掌："说个新闻你们听听。我儿子他们班有个小女孩儿，从小学跳舞。今年春节前，也不晓得哪里得来的消息，说是有个机构，可以帮有艺术特长的小孩上春晚，只要交一定的费用。家长一想，咦，对哦，小孩上了春晚露了脸，对升学可能有帮助啊，所以挤破头交钱，一家伙去了有三十号人，全是漂漂亮亮的小丫头。一家子三口，爸爸妈妈和奶奶全陪着上北京，结果，跳了一回，电视播出来，只露了三秒钟的脸，而且还不是央视春晚，不过是北京地方台的一台晚会。再去找那个机构，人影子都没了，办公室也搬得空空的，跟聊斋里头狐仙的家似的，只留下个坟头。"

一伙人呵呵笑起来，颇有些幸灾乐祸的劲头。

"我们孩子没有艺术特长，只求他拿出点儿硬成绩来。我从他幼儿园起就给他存了好多小奖状，不管什么比赛，得的奖全收集起来，为以后上中学增加点儿筹码。"

众人纷纷附和，的确应该如此，听说有人拿着两个装着奖状的文件夹到金陵实验中学想报名，文件夹里的奖状装得满满的，没想到另有人也拿了奖状去报名，人家拿什么装奖状？你们猜猜。

蛇皮袋！

大家都笑起来，连银行值班的大堂经理和保安都呵呵乐。

后来杨柳常常会想，如果这一天她没有这么坐在银行里听这几人闲聊，兴许后来的事情就不一样了。

人生就是老天爷编好的一出戏，他怎么编，你就只好怎么唱，总不能上了台临时编词儿。

第二十四章

在后来的几年里，杨柳总是想，要是那个时候不找那张小奖状会怎么样呢？或者，要是当时找到了那张奖状又会怎么样呢？

找奖状这事儿发生在杨柳有一次送儿子上补习班，坐在银行等他下课，听了几个同样送孩子来补习的家长一番闲聊之后。

那天，她回家之后就开始着手翻找儿子上学几年来所获的奖状。

收获只能用可怜一词来形容。

摊在床上的，只寥寥四张 A4 大小的奖状，名头也令人窘迫极了。

校级个人卫生好

校级学习进步奖

校级写字比赛三等奖

校级朗诵比赛三等奖

儿子苏望拿了其中的一张细细地看上面的花纹与字迹，神情淡淡的。

杨柳忽地想起一件事，问道："苏望，你以前得的那个区级小报比赛二等奖的奖状放到哪里了？"

苏望眨眨眼说，不晓得呀。

杨柳想起来，唯一的那张区级奖状是在自己做妇科手术那阵子得的，那时自己住在医院，是叫苏梁拿回家存着的。

苏梁这会儿坐在电脑边打游戏，杨柳过去扯下他的大耳机问，那张奖状你给放哪儿了？

苏梁的眼睛因为长时间盯着电脑屏幕而迷瞪瞪的，他急速眨巴着眼，一时没反应过来。

杨柳又问："就是儿子得的那张奖状啊，我当时叫你收起来的，上头有区教育局公章的那张。不大。"

苏梁说："你这没头没脑的，什么奖状，我记不清了。"

杨柳有点儿急了："那可是唯一有点儿分量的奖状了，你再好好想想。"

苏梁说我实在想不起来了，我连这码事儿都不大记得了，什么奖状啊，好端端的大礼拜天，你怎么突然找奖状？

杨柳声音毛躁躁的："就是以前我生病住院的时候叫你收起来的那张小奖状啊。"

苏梁"哦"了一声："你自己都说是小奖状了，隔那么久我哪还记得，有空找找吧，可能在书柜子里。"

杨柳没好气地说，就知道指望不上你，回身就去翻书柜。

书柜里头多半是儿子的学习用书，一会儿就翻了个遍，小奖状的影子都不见。

杨柳可真急了，火冒三丈地说苏梁记性这样坏，像筛子，一定要他好好回想。苏梁说，要么我随手塞到家里的重要证件那个抽屉里了。

于是杨柳又去翻抽屉。

苏望自己在一堆零乱的书本杂志当中寻到小时候的一套幼儿画报，缩到一旁翻去了，不时地从画报上方偷偷地看妈妈。

抽屉里也没有。

苏梁说："算了，干吗急着找那个，有些东西吧，你存心找是找不到的，等你不找了，说不定哪天它自己就跑出来了。得了，别小题大做，快做饭吧，饿了。"

杨柳大怒，将手中的房产证重重扔在桌上："就知道吃！你除了吃喝玩乐还知道什么？你还有没有责任心！"那红通通一本房产证把苏梁的委屈勾了起来："我没有责任心，当年你买这个倒霉房子，我们都快倾家荡产了，我没责任心，这么多年是谁在还贷！我这么辛辛苦苦，连正常的娱乐都不能有了？什么叫吃喝玩乐？我吃什么山珍海味了？我抽烟吗？我喝酒吗？我赌钱吗？我在外头养人了吗？我的爱好够正常够可怜的了！”

“你做了甩手掌柜，对儿子的学习不闻不问还不知足，统共我就交代你做过这一件跟儿子有关的事，你还弄砸了，你知不知道现在升中学是什么行情？就凭你儿子得的这几张破奖状，哪个好中学要他，你不操心也就算了，我就让你帮着收一张奖状你都做不好。”

“没有好中学上就上一般的中学，有什么了不起，上一般中学的那都不是人啦？我们家所有的亲戚不都上的一般中学，一个个不是活得好好的，钱也没少挣，也没听说饿死哪个。”

“拿你们家做标准，那也叫标准？你们家人也就上一般中学的档次水平。”

“你好，你们家档次高，也没见你读个硕士博士出来，不就读个大专，本科还是成人高考混出来的。你们家人的智商倒高，高智商全遗传给你弟了，到你这儿就遗传变异了吧？”

杨柳忽地就哭了，眼泪不受控制地往下掉，浑身簌簌地抖。

吵过一次就有二次，何况他们这两年吵了不止一二次了。可是吵到后来，是哪一回苏梁提出“离婚”二字的呢？杨柳不记得了。

苏梁自己也不记得了。

甜言蜜语都是相似的，彼此伤害的话却千奇百怪。一句一句全带着倒刺儿，听一句就死一回。但听得久了，心就横着长了，上头全结了厚茧子，一颗心千锤百炼的，枪都打不透，哪还有什么记性在。

就这么吵着闹着，急了就提离婚，苏梁提，杨柳也提，说着就成了真。两个人对这个事真的上了心，提了第一次，就有第二次第三次，许多次。

后来，弄得苏家也全都知道了，武小慧先是急得了不得，总觉得杨柳害了自己的儿子，把那三四百年前的旧话都提了起来，说自己当初就不赞成儿子跟杨柳谈恋爱，这个女的一看就主意大，脾气还犟，是一定会压苏梁一头的。

武小慧又提起，杨柳头顶有两个发窝子，这种人犟，决定做什么事，九头牛拉不回。

“话又说回来，这种老婆，你拉回来干吗呢？以后只能一回又一回给你苦头吃。”自此，每回杨柳过去，武小慧总没个好脸子，杨柳也挂搭着脸对武小慧。后来彼此都看够了对方的脸，杨柳就很少再去苏家。

但是，他们分开前最后的一个年三十到了。

是苏梁挑起话头，问杨柳："哎，你说今年年三十，我们是买东西回家，还是干脆给钱？"

杨柳沉默一会儿说："给钱吧。要不，给超市购物卡也行。"

苏梁又问给多少。

杨柳说随你。停一歇杨柳有点儿吞吐地说："今年，要不，你把钱带回家，我跟儿子去我爸那儿吃年饭吧。"

苏梁想一想说，随你吧。

年三十，苏家的年饭吃得比往年早。压轴的什锦杂烩锅刚端上桌的时候，杨柳带着儿子过来了。

苏梁急慌慌地跳起来，给杨柳和儿子搬椅子拿碗筷，回头看见老妈的脸色，有点儿讪讪地放慢了手脚。

杨柳叫一声妈，问候了在座的每一个。许月娟笑说，来了？哎，可惜对虾吃完了。

苏望一听便惨痛地叫了一声。武小慧说："大过年的，叫得这样惨，多不吉利。"

其实菜也没有残到哪里去，还有好些碗堆尖的，没动两筷，但杨柳却没有什么胃口。

吃完了年饭，杨柳看那一桌子的碗盘，上前帮着收，送到厨房放在水池里，挽了衣袖要洗，武小慧踏着软而无声的皮拖鞋飘进来，脸皮底下浸出一个笑来说，不敢劳驾，这种事还是我们这种天生劳碌命来做的好。

杨柳把涌到嘴边的话又往下咽一咽，继续洗碗。武小慧上来，用肩把她挤开，抢过她手里的碗，带泡沫的油花腻水溅了杨柳一脸，杨柳也不客气地把那个碗又夺回去，也溅了武小慧一脸水。

大年三十，彼此给了对方霉头触，武小慧忍不住说，我不欠你的，苏家也没欠你的，你也用不着勉勉强强跑来吃这顿饭。

杨柳扔下手里的洗碗布，踏踏到客厅，拉起儿子，给他套上羽绒服，胡乱地裹好围巾，穿鞋时苏梁过来说，你怎么这么不省事？

杨柳没有理他，拉上儿子冲出门去。

路过肯德基店，儿子说没吃饱想吃鸡翅。

肯德基比平日冷清许多，但温暖如旧，母子二人一进去就装进了一鼻子的油炸食物的香气。

苏梁打来电话，杨柳没有接，然后回到家里，呆坐着看春晚。

一屋子夸张的喜庆声响，弄得人心里长了毛似的。

儿子最终熬不得夜，睡了。

苏梁没有回来，也没有再打电话过来。

苏梁也没在自己妈家，走了老远的路才找着一家依然营业的酒吧，喝了两杯小酒。酒不好，酒吧里的气味也不好，结账时被那价格连惊带气，愤而走出来。路过一所高校，深夜无人，透过铁栏杆望进去，只觉里面林木森森，生起一团团白色的寒气。苏梁呆看了一会儿，冷得受不得，迷糊中以为是回了自己家，其实是回了老妈家。一长觉睡到初一下午三点，起床热东西吃，吃着杂烩汤淘饭时，突然想起，昨晚路过的，不是当年跟杨柳一块儿去跳舞的那所高校吗？

杨柳与苏梁的离婚被正式地提到了桌面上。

两个人拖拖拉拉了那么多日子，终于决定了离婚，后又结束了十年的婚姻。

两人签完了离婚证书走出来时，苏梁忽地叫住杨柳说，哎，你低下头给我看看。杨柳不明所以，但还是低下了头。

苏梁看时，她果然有两个发窝，圆圆的。

起先苏家是坚持要孩子的，后来，苏梁却又把孩子还给了杨柳。

刚离婚的那段日子，杨柳彻底迷上了织毛线。

她钻小巷找到一间门面极小的毛线店，柜面上的灰都能写字，但是毛线品种、颜色又多又全，满满地塞在一格一格的柜子里和玻璃柜台下，一进去人就活回去好些年头。

她细细地挑各种线，一口气打了五六件毛衣，还有手套、围巾、拖鞋，甚至还有口罩，全是儿子的。

她也给她爸打了一条毛裤和一双极厚实的拖鞋。

杨柳东西送回娘家去。老爸把毛线拖鞋当稀罕物，拿在手里翻来覆去地看，一边说，这新鲜，毛线还可以打成鞋子，他郑重地将鞋子端放在椅子上看。杨柳笑说，爸你落伍了，这种鞋子都流行好久了。

吃饭的时候，他坐下来，“哟”了一声，说什么东西呀，硌得我。

伸手从屁股下扯出那双毛线拖鞋，问：“咦，这种鞋子新鲜嘛，哪儿来的？”

杨柳一碗汤全泼在自个儿的腿上，裤料子薄软，沾了滚烫油腻的汤，粘在大腿上，拎都拎不起来，得用力撕才与皮肉分开。

杨柳她爸又寻了蓝油烃来，非要杨柳去涂药。

杨柳躲进自家卫生间，涂药，药像是有点儿过期，杨柳还是涂了不少。

卫生间里有股子湿味儿，还泡了一盆不能机洗的衣服，衣服上的人气经了洗衣液一泡，有点儿酸气，像是微微馊掉的菜。

上大专的小青年杨柳，打开老爸兴头头塞给她的饭盒，里头装着她最爱吃的炒牛肚。老爸一看到她回家就巴巴结结从冰箱里拿出来直送到她眼皮底下叫她看，连说，这个在学校是吃不到的吧。老爸又说，特地留给她的。杨柳热热全吃了，不大新鲜了，有点儿微微的馊气。

杨柳出来的时候，老爸迎上来问烫得怎么样，要不要上医院。杨柳说不用。老爸说，这种药膏很管用的，你拿回家涂，一天涂几遍，就好了。

说着，拉住杨柳，跷起一只脚给她看，一边说：“我给你看个新鲜东西，你看，毛线打的鞋子，你没看见过吧？”

杨柳说，哎，没看见过。

以往杨柳要走的时候，她爸会坐在客厅等，说是要替她关门。那意思就是送送她，不过他总是说替她关门。

这一回他却盹着了。

杨柳站在他面前，听他的呼噜声，老年人的含混不清，微微的一点儿不洁的气息。

杨柳依然在周末陪儿子上补习班，顺便又去那家小店买毛线。

有天，她在店里看见一种深灰的毛线，颜色很正，就买了回来，起了个头儿，打了寸把宽的边，再往上打时，才想起，干吗打这个呢。

于是收了头儿，洗洗收进橱子里，是一个莫名其妙的环形。什么也不像，什么地方也用不上。

然后她又突然地厌倦了打毛衣，这种重复的动作使她要呕吐。

于是在等儿子下课的那几个小时里，她不在银行里坐着了，而是去逛街，漫无目的地走。

儿子上课的地方穿过一条巷就是繁华的商业步行街，吃的用的玩的应有尽有。

杨柳有回看见一个下半身全没有了的残疾乞丐，大热天穿着厚外套，半截身上披披挂挂着几件行李，在地上爬着要钱。

杨柳想，人活着真是，就连个乞丐都有些舍不得的家当要这么一天天地背着，跟乌龟有什么两样？

杨柳掏十块钱。

那个人的衣服脏成了盔甲，不停地打着抖，大概是因为病或是故意要做出可怜的样子来，不得而知。

杨柳蹲下去，在他的饭盆里放下钱。

忽地觉得自己附身在那个人的身上了，看到的都是一双双的脚，脚上头撑着一个一个的人，撑着各自还没有过完的一辈子。

第三幕

苏望在黑暗里说：妈妈，你放心，我不会真跳楼的，我没有那个勇气。我想活着。

第一章

儿子苏望又回到了自己身边。

孩子即将上五年级了，离小学毕业、中学择校也就两年时间，七百多天，听起来多，也就一眨眼的工夫，杨柳不得不心焦。

更使她心焦的是苏望的成绩每况愈下，排在班级三十来名。

这小孩总是懒懒的，也不见他对什么事物有特别的激情，一张窄小、白皙的面孔上，连表情都是淡的，一把热手巾就可以抹去似的。

怪的是，这个孩子很喜欢做家务活儿。每回杨柳做饭时，他就像一只小鼠一样钻进来，剥两头蒜，打几个鸡蛋，择几束韭菜，一边给妈妈打下手，一边聚精会神地看妈妈做菜的过程。杨柳每每回头，便看见他的小脸上安宁幸福的笑。他也爱帮妈妈晾衣服被子，喜欢帮妈妈绕毛线团，又安静又耐心，跑前跑后，殷勤又快活，行动轻快得像一阵风，在家里飘过来飘过去。

杨柳心里会“咯噔”一下子，忙忙地把他赶进房间去写功课。一个眼错不见，他又钻了出来，跟在母亲身后想看看有什么可做的，像一道小块的灰灰的影子。

杨柳执拗地送他上奥语奥数班、英语班，他不欢喜，也不见得有多少抗拒，杨柳每每拉着他的手一起走，只觉得那手的单薄细小，畏缩而僵僵地缩在她的手心里。

杨柳想，这是她在这世上的骨血，没有比这点儿骨血与自己更亲近的了，再不聪明，再不争气，总是自己的小孩。

苏梁，杨柳曾经以为苏梁也是她的骨血。

她的初恋，少年夫妻，居然就只维持了十年。

她只有苏望了。可不就是只有苏望了吗?

儿子苏望的成绩一直不好，还好他的班主任老师姜丹华对苏望一直挺关照，杨柳巴望着姜丹华可以一直把儿子教到毕业。

没想到，突然地，儿子班上就有一部分家长联合起来，要求学校换掉班主任。

起因就是四年级下学期的一次家长会。

那次家长会，姜丹华是最后一个发言的。她说：“我一向都没在家长会上点过哪个孩子的名字，不过这一回我要破个例，因为近来班上的学风有些不正，问题较以往要严重，有些孩子，无心学习，只在班主任面前装作守纪律，其他的科目，没有一节课好好上的。”

接着，她当着众人的面，宣读了一些平日里在课堂上比较爱捣乱以及经常不交作业、成绩不理想的孩子的名字，有十来个的样子。

杨柳一直心慌慌地听着，觉得十有八九苏望是要被提到的，竟然没有，她不由得大大松了口气。

忽地有一个高大男子站起来说：“我发表点儿意见，老师你不要介意。我认为，你当众点小孩的名有点儿不妥，好歹要照顾我们家长的面子吧。”

姜丹华说：“我是对事不对人……”

一语未了，那男子抢了话头说：“小孩子们，哪有天生爱学习的，上课调皮，不写作业，都属正常现象，我认为无论什么情况下，老师都要用赏识的眼光来看待小孩。”

姜丹华冷哼一声：“这位家长，您的意思是小孩子问题再多，我也只能表扬不能批评?”

那男人道：“我建议老师你可以读一读近来热门的教育书籍，吸取一些新思想，比如那本《好母亲是孩子的好学校》……”

姜丹华笑起来，冲口而出：“好母亲是孩子的好学校，好爸爸也是孩子的好学校，将来还可以出一本书叫好奶奶是孩子的好学校，好爷爷是孩子的好学校，好姨妈是孩子的好学校，好舅舅是孩子的好学校。那就好了，我们现有的学校可以解体了，老师这个职业也可以消亡了，开个家庭学校好了。妈妈教语文，爸爸教数学，姨妈教英语，舅舅教科学，爷爷可以客串一下体育，又锻炼了身体又培养了子女。”

那家长的脸登时就放了下来。

几乎是话语出口的一瞬间，姜丹华就后悔了。

教书这许多年，这是她头一回当面与家长冲突。也许那男人的话语，跟她从徐银娣口中听到的太相似了，徐银娣这些日子来上班没事就捧了热门的家教书在看，偏偏还拿到她的眼皮下来，说是分享一下观点。徐银娣说：“像阿丹你这么会教子，把儿子培养得那么好，成绩又好又老实听话的，将来也蛮可以写一本这样的书，保准畅销。我头一个要买来学着教孙子，我们儿子没好好教，以后退休了，有大把时间，倒是可以好好地教教孙子。”

这些话这些天“嗡嗡”地老在姜丹华的耳朵边响，耳鸣似的，半夜里醒来都听得见。

刚才那会儿，听到那家长提到那本书，姜丹华的脑子就被怒火燃着了。

教室里，一池水，一阵风，无数的皱。

姜丹华万分后悔说不出口，硬撑着挨了两天，看看没什么动静，才把悬着的心放下，暗暗告诫自己以后说话要多注意，情绪别带到工作中去，无论如何都是聪明的。

没想到，两个星期之后，校长找姜丹华，请她去办公室私谈一下。

校长未开口，先将一封信放在姜丹华面前让她自己先看。

信并不长，姜丹华从头看了一遍。个个字都是认识的，只是那些字彼此却是不相干的，她没有看明白，就从头又看一遍，这一遍，看懂了。却又看了一遍。

信是由六七位家长联名写的，说是自己的孩子在姜丹华老师的班上从未受过一次表扬，从二年级起就吃批评，孩子的心灵已经受到了相当的伤害，而且，这次的家长会上，姜丹华老师又有如此不当言论，对家长也造成了一定的伤害。姜丹华老师目前的状态，不适合担任四年级一班的班主任，希望学校慎重考虑，是否可以换一位班主任老师。

姜丹华都记不起来是怎么回的家，大约是被自己的脚带回去的。脸皮是火热的，手却是冰凉的，死拉着儿子的手，那是唯一的支撑点。

没有不透风的墙，学校里很快地有了风言风语。

姜丹华不是没想过请两天病假，人都躺在床上，盖了被子，想想还是起来穿上衣服上班去了。觉得身上穿了盔甲似的，硬邦邦，一步一铿锵。在学校，倒显得比平时话多些，也活泼些似的，对儿子也和颜悦色，特别地温情。

方正却相当紧张，不时地关切而忧心地看看妈妈，把头埋得更深，写着作业，或是看书，话更少，坐在办公室里，就像不存在似的。

事情拖了两天，那几位家长不依不饶地又找到校长当面谈话。

原本这几位的孩子的确是吃的批评比较多，但也并不是只吃姜丹华一个人的批评。事实上，姜丹华也许是叫他们吃批评最少的人。其中有个小男生，惯常上课讲话，能从上课铃打响的头一秒钟一直讲至下课铃响，也不晓得被科任老师赶出教室多少次。家长也曾来闹过，这一次，也是借题想闹得大一些。

校长有了决定，说是要开一个小型的四（1）班家长会。杨柳知道了，头一个主动报名参加。又私底下联络了一些家长，开会的时候，她随身带了个小本子。

小型家长会是在校长室隔壁的小会议室召开的，四（1）班来了大约二十位家长。

杨柳沉住气，等那几位反对派家长一个个全激动地发了言之后，掏出小本子，款款开口。

杨柳一条一条地读着小本上记的，跟姜丹华老师每一次交流时的笔记。

杨柳说，几乎每一次，姜老师都会对我说我孩子的一些缺点，学习没有热情，上课容易走神，作业有缺漏有时比较马虎，不求甚解，等等等等，要说吃批评，我们家苏望吃的批评并不比其他孩子少。但是要看你怎么看这个问题，你说是吃批评，但是我并不认为这是吃批评，姜老师也没夸大其词，说的每一点都切中要害。我觉得我们做家长的，也要学会体谅老师。我们是一家带一个小孩，老师一个人要带五十个小孩，每一个都不比我们做家长的少费心。我不晓得大家有没有注意过，姜老师刚带班，一个星期之内，所有小孩的名字都记熟了，各个的特点说起来头头是道。下雨下雪天，背小孩上厕所，借伞给他们。出去春游，小孩把装点心的包弄丢了，是姜老师掏钱给买饭吃，一有流感，也是姜老师自己贴钱买消毒液拖地。这些事不是我编出来的，都是事实，回去问问孩子，他们人小，但不是不知事。更不要说姜老师的教学态度了，作业本上每个钩都一样长短，范字写得像字帖，一本一本的作文本，批语从来没有少过五行，期中期末，哪次不把复习材料准备得好好的？人都有心情低落的时候，一两句不恰当的话，老师说过，我们也说过，彼此原谅。家长轰这样的一个老师下台，是拆自己的台，我不相信会对孩子有什么好处，大家心平气和想一想，我这话对不对。

二十来个人，有一大半都开始点头，连那六七个写联名信的家长也有多半附和起来。

姜丹华怎么也想不到，杨柳在这种时刻会挺身而出，心里不知如何谢她。

再一次送孩子上暑假补习班的时候，两个人一同坐在银行里，也不晓得说什么，竟然比以前生分了很多似的。

停了一歇，姜丹华突然说："你说过，家长和老师要相互体谅，这话我不是头一次听，但是没有哪次有现在的感同身受。我自己又何尝不是一位家长，想想看，孩子再不好，是自己的心头肉，自己可以说一万句小孩不好，却容不得别人说半个字，半个字都足以在心里梗上半天。"姜丹华悠悠叹口气，"我呀，我这个人，活到这么大，做人是没有半点儿坏心眼，但是确实是有问题的，我自己知道。清高，独来独往，说话冲，心里知道表达方式不对，一说出口还是改不了。还好强，除了金钱、地位，万事不愿比人差。"她直直地望进杨柳心里去，"明明知道，但是改不了。"

姜丹华长杨柳几岁，从小到大，杨柳从未跟这类的同性有过深切的交往。只有姜丹华，让她生一种愿意结交的心。只是，彼此之间，是老师与家长的关系，太远不好，太近也不是。

只有在这一刻，那一重师与亲之间的关系才淡了，成了两个同病相怜的亲近的朋友。

杨柳也叹了一口气，两个人慢慢地聊起来，孩子的事聊一些，单位的事聊一些，聊着聊着，就说到了家里。

杨柳终于把自己已经离婚的事跟姜丹华说了。

原本，她是一直紧紧地瞒着的，本来想嘱咐儿子不要在学校里说，想想，依苏望的性格，不大可能跟小朋友或是老师说这个。

果然苏望半个字也没透露，这小孩子口竟然紧成这样，杨柳心里五味杂陈。

姜丹华也并没有表示出太大的惊诧，只跟杨柳说，平时要多注意孩子的心理，有适当的机会，跟孩子好好谈谈。

两个人这么聊着，时间比平时快了许多似的。

这一天下课后，杨柳不想做饭，就带着儿子在外面吃了晚饭。回到家时，天已经黑了。

这个时期，杨柳一直带着儿子住在租的房子里，原先买的那套房归了苏梁，苏梁把房租了出去，用那笔钱来贴补苏望的生活费和补课费。

杨柳快走到家门口时，见楼道门前，一个蒙蒙的人影，很是眼熟。

走近了看，果然是苏梁。

第二章

姜丹华走在这条以美食与中低档商品闻名的步行街上。这个周六，是儿子参加数学竞赛的日子。如果能拿到市一等奖，便可进入省级复赛，能够拿到省级一等奖的话，到时候去金陵实验中学递上的材料才会有分量。

如果能够提前被金陵实验中学择优录取了，签了约，该多好啊！

那样的话，姜丹华想，一定要先将儿子下一期的补习课停掉，通通停掉，一个也不留，一个也不！

姜丹华在办公室里，轻描淡写地说出，反正已经签约了，下半学期我什么补习班也不给儿子报，让他好好享受一下最后的童年时光。读读书，发发呆，调理一下身体，多长个十斤肉。姜丹华还跟儿子的班主任、自己的同事说，林老师，你有事尽管叫方正做，让他锻炼锻炼，下半学期呢，他的负担也不重，只要把毕业考考好就行了。林老师客气地说，是啦是啦，一定的，改不完的默写我叫方正帮我改，他心细。毕业考嘛，语数外三门课考个九十就行了，反正成绩手册上只写等第，九十九和九十都一样是优，何必费大劲。姜丹华淡笑着说，小孩子，放松得太过就收不回来了，呵呵。

姜丹华自觉轻飘飘，在学校走廊上飘，飘进教室，课上得异乎寻常地精彩，妙语连珠。再飘回办公室，改作业，每一个孩子的本子都那样可爱。有个别不交作业的，请了他来，让他站在自己桌边，轻言细语地劝他，半开玩笑地说，你这样下去怎么得了呢儿子？像学校里某些中年老师那样，管学生叫儿子，用方言，以一种三姑六婆才用的语气口吻，嘎的、市井的、俗气的，一声一声叫学生“儿子”，一股子恨铁不成钢的亲热劲儿。谁说学生人小，都鬼灵着呢，用这种态度这种口气，被批评的小孩觉着老师当他自己人似的。

其实哪儿哪，隔层肚皮隔层山，姜丹华想，爱生胜子是容易的，爱生如子却难，很难，近乎不可能。

因为没有切肤刻骨之痛。

学生成绩不好老师自然要急的，但是回到家就忘了。操心着急自有孩子的亲爸亲妈，老师还有亲儿亲女要操心。

只有自己孩子成绩不好，才真正急到心里急到肺尖急到肠子里。

人就是活得这样自私，没办法，高尚都留给了自己的儿女，为了他们将来能在社会上抢得生存的空间，抢得一席比自己拥有的好得多的风水之地。

呵——姜丹华觉得自己浮了起来，姜丹华从来不曾在单位表现出任何一点儿的轻浮，现下才觉得这轻浮的滋味，竟是那样妙到毫尖。我的儿子，姜丹华想，我终于跟我的儿子一起推开了他人生的第一道幸运之门，那第二道就容易些了，还有第三道第四道。我的儿子方正，本分刻苦、沉默老成的好儿子啊。

姜丹华觉得自己又浮了起来，浮在阳光里。

还是那条商业步行街，一切的好事都消失了。

姜丹华的鼻子里闻到一阵甜香，是极有名气的糖葫芦专卖店，方正最喜欢吃夹了黑糯米的那一种。买给他，他就很高兴，不买，他也不会提要求。

姜丹华一下子买了五个，等儿子考完了先给他吃一串，剩下的可以放冰箱里慢慢吃。

姜丹华拍拍装着糖葫芦的布包，眼眶湿漉漉，步子苍凉，如许多年前看过的电影里的一位妇女，拖着儿子，千里逃难，相依为命。

路过的人偶有回过头来看这个面目端正的中年女人，文气十足，却怎么神情过时，满眼含泪。

姜丹华又走了五分钟，就遇上了杨柳。这个千头万绪的时候，她很愿意遇上这位家长，刹那间有种同病相怜之感。

但很快，那副名叫“姜丹华老师”的盔甲凌空而降，兜头严丝合缝地罩在妈妈姜丹华身上，把她武装到了牙齿。

姜丹华老师跟杨柳谈起苏望最近的情况，说孩子最近还算不错。

“但是他还是有一点儿不在状态，有时候吧，你观察这孩子，觉得他的眼光落不到一个实处。苏望妈妈，你不要怪我多嘴，我是为了孩子好。你要关注一下孩子的心理，有合适的机会，不妨跟孩子开诚布公地谈谈。我见过许多孩子，家庭有一些变故的时候，他们表面上看不出太大变化，甚至有的更活跃一些，更兴奋一些，那不过是孩子用来逃避现实的方法。内心，他们，多多少少会被家里的变化影响。有机会的话，你不妨跟苏望聊聊吧。我平时也会多关注他，你有什么需要，尽管对我说。”

杨柳打心底里感谢姜丹华，只是不知如何去寻找她口中的“合适的机会”。

这个机会在一个星期之后到来了。

这个周末，补习学校的教室全部借出去，作为公务员考试的考场，补习课暂停一次。

苏望乐得一个人“哧哧哧”笑了好久，又搬出玩具来，堆了一地，埋头玩。边玩边笑，想想还笑。他跟着一辆电动的火车爬着，突地大叫，快点儿关门就好了！真的关门就好了！

杨柳一开始没明白过来他在说什么，想一想，明白了。

电视开着，正在播一部连续剧，有小男孩嘶声大哭：“爸爸，妈妈，你们别离婚吧，别离婚吧，别分开吧，你们别不要我呀。爸爸——爸爸，妈妈——妈妈。”

杨柳警觉地看看儿子，发现他从玩具上抬眼看着屏幕，又低下头去玩，又抬头看一眼屏幕。

杨柳想要关上电视，又怕太露痕迹，想起姜丹华说的那个“合适的机会”，咬咬牙，决定跟儿子谈谈。

她装作不经意的样子，用她最平静无波的声音说：“苏望，妈妈一直想跟你说一件事。现在，爸爸妈妈……不在一起了……但这并不说明我们不爱你或是不想要你……只是因为……”

苏望突兀地打断她的话：“妈妈你不要相信电视上演的，好肉麻好傻的。”

苏望说，我一点儿也不难过，你们不在一起也好，你们就不用吵架，我就不用听吵架。我还是可以看见爸爸的，常看见。

离婚后，苏望的确像他说的，常有机会见到他的爸爸苏梁。

因为苏梁反而会常去接他放学，再打个电话给杨柳，带着儿了吃饭店，然后再送他回杨柳那儿。

这让杨柳有点儿意外。

这一个周末，苏梁又打电话给杨柳，说来接儿子上补习班，回头带他吃肯德基，然后送他回去。

晚上七点多，杨柳接到苏梁的电话，说一会儿就到。杨柳下楼去迎他们，谁知两下里走岔了。杨柳再回家找他们。

苏望身上没钥匙，苏梁就带着他坐在楼梯口。杨柳走过去的时候，听见苏梁正帮儿子背刚学的古诗。

苏梁说，儿子你再背一遍，苏望就又背了一遍。

苏梁说，今天下午刚学的你就会背了，牛！

杨柳想，真怪，往常让儿子背诗，只要多让他背一遍，他就要哭闹一场。

苏梁看着杨柳母子俩上楼，一楼有电灯，二楼的电灯坏了。苏梁目送着他们走到一团黑里去。刚把儿子送还给杨柳的那段时间，苏梁在单位请了一星期的假，囤了点儿速冻食品和方便食品，买了一箱矿泉水，拉上窗帘，在自造的永夜里，疯打了整整一个星期的游戏，累了就睡，醒了再打。

当他终于把电脑关机了站起来时，被迎面而来的一大片黑暗轰地打倒在地。

醒过来后，他爬起来，到床上去，一气睡了十六个钟头。

起床后刮刮胡子，出门把头发剪成个板寸，饱吃一顿，上班去了。

从此他站到电脑前就想吐。

杨柳母子已经上了楼，苏梁还在楼下站着。看见他们住的那套房窗户里亮了灯，又灭了，然后又亮了。

再灭，再亮。

苏梁笑了，这是苏望从小的毛病，一回家总要抢着开灯，但一定要开了关，关了再开，再关再开。为他这个毛病，杨柳骂也骂了，打也打了，照着什么心理书上的法子也试过了，没用。苏望挨打的时候眼泪汪汪地看着妈妈，过后一切照旧，一天也没改正过。

后来杨柳也就随他去了。

要是她在每件事上都“随他去”有多好？苏梁想，杨柳居然就变得这样了，这世上的事真叫人想不通。如果还像从前一样，两个人什么也不操心，什么也不担忧，什么也不去想，一门心思过日子多好。小孩子将来总会有个大学上的，现在考大学又不难，人人都是状元也就没有状元了。

苏梁叹一口气。

杨柳在楼上，其实看见站在楼下不动的苏梁了，等她换好衣服，准备做饭，走过窗口，看见他还站在那儿。杨柳有心叫他上来坐一坐，稍一犹豫，只见他打个寒战，转身走了。

有一回，苏梁下午去学校接儿子放学，遇上许月娟了，她也是来接儿子的。

许月娟说："哟，又来接苏望呀，我听我们儿子说，现在常在学校看见小叔叔呢。苏梁，你倒是蛮想得开的，本来嘛，当不成亲人也不必当仇人，对伐？"

苏梁在家就很少跟许月娟说话，他觉得她说出的话总是像一整套的瓷器，大碗里头套着小的，一层又一层的，听起来费劲。听得她这番话，苏梁没好气地说："大嫂，今天是什么日子？您百忙当中亲自来接儿子啊？"

许月娟轻轻一笑说，我们家保姆回老家办点儿事，要下礼拜才回来，忙得我，乡务人真是事多！没事也要找点儿事出来。

正说着，杨柳过来了，对苏梁说谢谢，也跟许月娟寒暄了两句，说自己单位临时有事，才麻烦苏梁来接一下儿子的。

许月娟的眼光在他们两人的身上飞快地打一个转，含笑问杨柳："你还是每个礼拜六都送苏望上补习班呀？偶尔也给孩子放松一下嘛，我们家苏炜奕有时周六到奶奶家，就盼着哥哥来陪他玩一会儿，老也等不到。我是不像你心强，什么补习班补课班的，我可没那个精力，我就指望着学校老师替我好好看着儿子，学学课本内的知识就行了够了，成绩也不用太好，六七十分，我们不需要费九牛二虎之力，我们小人儿身体底子也没有苏望好。"

还没等杨柳说什么，苏梁拉了她一把，说我们走吧，转而又对苏望说，我告诉你啊，认真读书，我们可没有千万家产留给你，自己努力。

杨柳诧异地随着他走。

走出百米，苏梁"唰"地想起，原来他们已经不是一家人了。

被许月娟那些不咸不淡的话激出来的，与杨柳同仇敌忾的那股子劲头，使得他忘掉了这个事实。

许月娟丁是在一次周末的家宴上似无意中对武小慧提及，苏梁真是厚道人，儿女心嘛老重的，常去接苏望呢，怎么不常带回来给奶奶看看呢？

苏梁把汤喝得呼呼响，不接她的话。

武小慧笑笑说，那又有什么办法？毕竟是他的儿子。

背了人，武小慧问苏梁，你到底是什么意思？想跟她再过到一起啊？

苏梁不能再借喝汤声来回避这个问题，于是啃起拇指上的一块老皮来。

第三章

苏梁坐在杨家客厅新换的大圆饭桌上的时候，又开始咬他拇指上的老皮。

苏望说："爸爸，你也爱吃指甲嘛。"

苏梁没理儿子，却把手放在了桌面上。

杨柳的爸爸坐在桌子的主位，拿出苏梁刚带来的葡萄酒细看上面的标牌，"啧啧"地说真是好酒，叫你花钱了苏梁。

苏梁下意识地就要啃手指，又放下说："哪有，应该的，爸。"

苏望问："公公，你认得外语吗？"

杨柳她爸眉眼花花地说，不认得。过一会儿又拿起酒瓶来说，啧，好酒，好酒。

杨柳她爸过七十大寿。

老爷子一直将儿女们的电话仔细地记在一个旧工作簿子上，他打电话给苏梁，叫他"一家子"过来吃饭。

他一共打了八个电话给苏梁，头一天打过了，第二天，他就把已经打过电话的事给忘了，于是再打一通，每次重复同样的话，喜气洋洋中气十足的声音，震得苏梁的耳朵嗡嗡响。

苏梁问杨柳的意思，杨柳说，他叫你去你就去吧。他总是这样兴头头的，他也是真心想着你，对你好。

苏梁本想买瓶长城干红，临时改变主意，去买了一瓶进口的葡萄酒，到了约好碰面的地点时，杨柳已经带着儿子站在那儿等了。

进家门时，苏梁朗声叫了声爸、妈，杨柳爸妈都迎了出来。

惯性很好地遮掩了尴尬，这里头，只有杨柳她爸是糊涂的，因而分外开心。

苏梁拿过酒瓶先给杨柳爸倒酒，又给各人倒好酒，连苏望的果汁里也滴进了两滴。

杨柳爸问苏梁，你有四十了吧？

苏梁说，没有，还有好几年呢。

杨柳爸却又问："你跟我们家柳柳打算什么时候结婚？"

一时一桌子就只听见苏望"嗞嗞"吸着果汁的声音。

杨柳爸又对着苏望说："不要喝太多果汁杨曦，儿子，等会儿有好汤，把肚子喝饱了，你就喝不下好汤了。"苏望细长的眼睛盯着外公，杨柳觉得这小人的眼睛里充满了悲悯，一刹那里好像他十岁的身体里跑进了一个沧桑的灵魂。他用勺子舀了一勺蚕豆，泼泼洒洒地送进外公的碗里，说外公你快吃快吃。

杨柳爸又叫杨柳吃菜，又指着苏梁，向自己老婆介绍说："这是我们家柳柳的对象。"转脸对苏梁说，这个是我妹妹，你叫姑姑。

几个人各吃各的饭，只有杨柳爸真心真意高兴着，高兴终于感染了被叫得乱了辈分与关系的一桌子人。

吃完饭杨柳帮着洗碗的时候，她妈问她："你心里头是什么打算？又死活要离了，又是这样常来常往的算什么呢？"

杨柳只把一个盛汤的青色大海碗翻来覆去地洗，碗底粗枝大叶地绘了两条鱼，单看，形不是形，样不成样，一盛上水，却活了似的。

杨柳妈看杨柳不作声，叹口气，说，依我看，说你们两个，现在这样，是最好的。

离开娘家之后，杨柳谢苏梁，苏梁说我心里头还是拿他当爸爸的。

再一次给苏梁打电话，是在一个月后。

经过杨柳的努力，儿子的学习有了一些进步，姜丹华特地打电话来告诉杨柳，苏望这次考试进步明显，杨柳高兴极了，头一热，就给苏梁打了个电话，把这消息告诉了他。

苏梁在电话里一个劲儿地说："都是你的功劳，都是你的功劳。"

杨柳也不客气，说自然是我的功劳。苏梁就在那一头笑。

苏梁挂了电话之后好一阵恍惚。

武小慧在一旁早冷眼看他眉飞色舞地说了半天电话，从第一秒起，她就知道是谁打来的。

小孙子苏炜奕叫着奶奶，奶奶，让武小慧帮着给他养的两只小仓鼠换沙子。

武小慧将小仓鼠分别放入两只纸盒，小鼠索索抓着纸盒，攀住盒边儿，彼此热情地张望对方。武小慧边整理笼子边说："不在一起的时候要好，在一起的时候又互咬，你们真是鼠脑子。"

苏梁肚子里刚刚成形的一句话，像一只打进碗里的鸡蛋似的被搅散了。

不过这并不妨碍他礼拜天拎了水果去看儿子。他跟杨柳约好，星期天下午带儿子出去玩玩儿，不过，他上午就到了。

才进门，苏梁就听到儿子在卧室里尖厉的叫声。

为什么——为什么要做这么多卷子！老师也没布置做这种卷子！我做不了做不了做不了，这个卷子有问题啊啊啊！

杨柳走过去"砰"地关上门，由得苏望在门里一声紧似一声地叫。

苏梁想劝两句，刚开口就被杨柳一个坚定的手势给镇住了。

苏望在里屋却已听到了父亲的声音，扑到门上，叫着爸爸爸爸，声音孤清凄绝，受难者似的。

杨柳对门里说："苏望，你是知道我的脾气的，任何人讲情我都是不要听的。你尽管闹腾，我由得你闹腾，发泄一下嘛，人都需要发泄，什么时候发泄完了，什么时候妈妈进来陪你做复习卷。"

苏望在里面继续尖叫，拍门，跳脚。

苏梁在外头转来转去的，坐不是站不是，若是从前，他一定躲进自己卧室，或是抬脚就走出门去，找一方清净之地。

现在，想走，又走不得。

闹了约莫有一刻钟，里面终于安静了。

杨柳叫苏梁坐一会儿，打开卧室的门，进去和苏望一起做卷子。

苏望不时地伸脖子朝外看，希望看到父亲苏梁，却一次次被杨柳把脑袋扳向卷子。

做了没一会儿，苏望又大叫起来："这题做不起来做不起来，是错的，错的！"

杨柳拿过卷子细看半天，也吃不准是不是题错了，于是叫苏望："这题你放着，做下面的。”

苏望跳将起来，把卷子“哗哗”地抖：“我不要做了，什么烂卷子！你在网上随便找点儿卷子就叫我做啊！跟我们老师出的卷子一点儿也不一样！”

杨柳说怎么不一样，都是苏教版，你是借题发挥。

苏望大叫：“没有答案，我不要做！”

“你要答案做什么，要独立思考！”

“没答案你不会改，你又不懂！”

“我不懂，你从一年级上学到现在，哪次不是我带着你复习。”

“那是以前，题目简单嘛。现在题目这么难，你不懂你不懂，上次我叫你帮我想一个应用题，你想错了，害我被老师罚！”

杨柳愤然将试卷卷巴卷巴朝苏望头上掷过去：“行！从今天起，我不帮你复习了。你就安安心心做一个差生吧！”

说着关门出来。

苏望便又开始在屋里跳脚，尖叫，拍门。

一切重演一番。

苏梁小声劝杨柳：“他要实在不想做就不要做那么多，上了一个星期的课了，昨天礼拜六又上课，还不够吗？”

杨柳说你不懂，很快就要考试了，补习班那边也要考，不提早一点儿复习，到时候顾得这头顾不了那头。

苏梁待要再说两句，杨柳压着他的话头说：“你不懂。你从来没陪他系统地复习过，你晓得他学的什么教材吗？你晓得现在小学的考试有多难吗？你晓得颐和路小学抓质量抓得有多严吗？”

苏梁肚子里气愤的小泡泡已经“咕嘟”响了，心想这母子俩说“你不懂”倒是一个腔调。

杨柳却再没说什么，洗了苏梁带来的水果，放在一个人造水晶盘里，又递一个给苏梁。

苏梁小心地接过来，跟杨柳两个对坐着啃红富士。

说不拢，吵不得，不如啃苹果，“咔嚓咔嚓”，声音异常地响。

卧室的门打开了，苏望灰溜溜地出来了，手里拿着那张皱巴巴的卷子，蹭过来拉着杨柳的衣角说："做吧，做吧，我没说不做呀！"

杨柳用力转身，将衣服从苏望的手里扯出来。

苏望又转过去抓她的胳膊："做吧，我只是发泄一下嘛，你不是说可以发泄嘛。做吧，做吧，要不怎么办呢？"

苏梁被他一句"要不怎么办呢"逗得"噗"地笑出来。

苏望活跃起来，说，不过我想先吃水果。

苏梁望着吃完水果趴在桌上做卷子的儿子，和在一旁看着的杨柳，这一会儿倒是很静了，静得跟一张画儿似的。

苏梁觉得自己像是这张拼图多出来的一块。放到人物身上，总不成让一个人长出两个鼻子或是三只手来，放到背景里，背景是白的，他就是一块突兀的黑，小小的一块黑，当不成黑夜也凑不成大地。

苏梁提醒自己，下次星期天，要带儿子出去玩儿，也别来这么早。

杨柳又一次坐在儿子的教室里开家长会。

儿子上学五年以来，杨柳是头一次抬头展眉坐在紧窄的座位上，近乎深情地凝望着所有站在讲台上讲话的老师。

在此次的家长会上，班主任姜丹华和数学老师不约而同地表扬了苏望同学，说他近来有不小的进步，连着两次单元考，成绩都不错。

姜丹华还特地点名表扬了杨柳，说她是一个负责任的家长，同时姜丹华也批评了另一位学生的家长，也就是苏梁的侄子苏炜奕的爸妈、杨柳的前任大伯与大嫂，说他们是典型的"望天收"的家长。

"望天收"的家长许月娟却并没有在座，杨柳认出，坐在苏炜奕座位上的，是他们家的保姆，正面无表情，茫茫然地看着老师，听到老师点到苏炜奕的名字，下意识地将手里捏着的十字绣藏入课桌抽屉。

许月娟一向对儿子的教育不大上心，但现下她对苏炜奕的学习不闻不问，却也并不完全是为了过舒服日子，而是有原因的。

许月娟发现老公苏群在外面养了一房外室。

那是一个午夜，许月娟醒来，发现苏群刚进家门，这也是家常便饭了。

蒙眬的睡眼里，许月娟几乎认不得苏群了。

苏群一向是黄皮寡瘦的一张脸，紧皮紧骨的，快五十的人，也不见肚腩。

在这一夜，许月娟却发现，苏群不动声色地白胖了。

不是虚胖，胖得恰到好处，人胖些，脸上的皱皮也被撑开，脸饱满了，颧骨处放着光，连肩背也宽阔起来。

许月娟的瞌睡一下子就醒了。

坏了，她想。

她躺在被冷汗浸湿的被窝里，细细地掐指算起这段时日苏群有多少次是晚归的，有多少次出差，又有多少次连声招呼也没有打就一走好些天。

许月娟闭着眼，眼皮子突突地跳，用了好大的劲儿才压住自己想跳将起来的腿脚。

早晨，许月娟坐在梳妆台前，小心地用梳子梳了半小时越见稀薄的头发。

梳头的时间，一般是她用来思考的时间。

头顶布满了筋脉，需每日按摩疏通，否则人就会变得蠢笨，对眼前鲜明至极的事居然视而不见。许月娟想，胜利，的确是容易冲昏人的头脑的，几年前的离家出走所赢得的暂时性战果，果然已经失去了。

所以人是应该多多梳头的，买最好的梳子，一次半小时，慢慢地把头发理顺，将头皮按摩到温热，然后所有的智慧都能回来。

许月娟放下梳子出门去。

她找了可靠的人，用了半个月的时间，查到了苏群的外室，包括姓名和住址。

许月娟将一个大大的牛皮纸袋打开，从里面拿出一张纸。

她看着小字条上圆珠笔写的那个地址，那是一个低调而奢华的小区，据说物业费是全市最贵的，离市区的距离也恰到好处，既不偏远寂静得需在家里装备大号冰柜以储备食物，也并没有近得推窗就是车水马龙。

精装修，拎包入住，苏群买的二百多平方米的一套公寓房。

许月娟又拿出一张照片。

是一个年轻的女孩子，戴大墨镜，从一家医院出来。

妇产医院。

许月娟将用了几年的一柄牛角梳失手掉在地上，磕掉了两根齿。

第四章

许月娟在客厅的真皮沙发上实打实地坐下去。

她立刻闻到了这个比自己现在住的地方还要空阔豪华的地方有一种香气，混合着人肉体上那一点儿浊味道，暖烘烘的。

那正是苏群的身上近来有的香气。

一个人只要不是糊涂到家，仅凭鼻子，就可以像狗一样闻出配偶身上出轨的味道。

许月娟看着面前年轻的女人。她有着窄小的脸、尖削的下巴、乌沉沉的眼睛，瞳孔大得异常，一点儿光也没有。

她有着一段长腰，走起来摇曳得像一株水草，拖着一双男人的皮拖，大，所以走一步便掀起一声响。

她还没有显怀，许月娟想，不晓得苏群知不知道。

许月娟说："你晓得我是谁吧？可是我还不晓得侬是哪块料子，自我介绍一下好伐？"

女人"哧"地一笑，说你已经是正房大婆了没有人不承认你还装什么腔作什么调。

许月娟觉得整个腔子都在抖，还好，她将这种抖动封闭在身体里面了，她稳着手，从精致小坤包里掏出一张支票，两个指头夹着伸到年轻女人眼皮下面，很技巧地让她看清了上面的数字后又把手缩了回来："我不管你为了什么给苏群做小，只要你打掉肚里的货，这个就归你。"

年轻女人对她扬扬锥子似的下巴，说，去年的款。

一刹那间许月娟没有明白她的意思，那女人露一个哂笑。

年轻女人说："我打掉了苏群问起来我怎么说呢？"

她那么对苏群直呼其名，如一点星火霎时把许月娟心头干草一样的怒气燃起了冲天大火，像要从她的眼眶子里烧到外头来似的。

编个把借口骗骗男人，扯一个圆圆的谎，是你的强项呀。苏群在你眼里还不跟狗似的，好哄好骗。女人稍微有点儿姿色，就拿男人当狗使唤了。

男人一好色，不用别人拿他当狗，他自己情愿做狗。年轻女人的嘴皮子滑溜得很。

许月娟倒笑起来："你们之间狗屁倒灶的事情我也不想问了，我就一个条件，打掉肚子里的货。你想跟他就跟他，他想包你就包你，我跟你们互不干扰，我还可以给你这笔钱。"

许月娟走出那套房子的时候，才回过味儿来，那个女人说的"去年的款"，说的是自己手里拎的这个包包。

半个月以后，趁着苏群去了外地，许月娟坐在市妇幼保健医院手术室门外，监督着老公苏群的外室打胎。

年轻女人要许月娟在这里包一个最好的单人病房让她养到苏群回来，并且要有保姆做汤水。

苏群回来的前两天，许月娟才把支票送到女人手里。

她并没有养得多么白胖，天生的蜜黄色皮肤，依然尖窄的脸与长长的水草一样摇曳的腰。

两个人到银行兑现了支票，年轻女人把钱打进自己的账户。

年轻的女人突然笑了起来，这是一个不能笑的女人，一笑便打破了脸上五官的平衡，原先的好看一下子全散了。她一定知道这个，所以飞快地收起了笑，说："谢了。以后也不大能见到了，我就说一句真话给你听，你听了也不必生气，世界上可气的事多得很，你气不过来。"

"你要说什么？"许月娟问。

女人说，我实实在在告诉你，就算你不给我这笔钱我也从来没有打算要孩子。

"孩子，"她说，"世界上还有什么比养孩子更麻烦更赔本更没有意义的事？"

许月娟简直被她的言论惊呆了，已经顾不得生气了，下死劲地盯着她看。

她觉得这个外室的眼睛真黑啊，太黑了，黑得一点儿光也没有，像塑料洋娃娃的眼睛，好看到丑。

许月娟想自己精明到四十几岁，竟然在一个婊子身上吃了大亏。

不过，这又算得了什么呢？吃点儿亏又算得了什么呢？只要保证自己的儿子是苏群的唯一财产继承人。

这个是她能给儿子的最大的财富。

各个做妈的有各个护犊子的法子。

像杨柳，她是想给儿子多一点儿知识，挣得好前程。

像自己，多给儿子争取一些钱。

一样的，殊途同归。

像杨柳，多受累，又吃苦，但是她没有别的路子，她许月娟可以走一条不太受累的路子，为什么不呢？

一个人有一个人做妈的风格。

许月娟看着躺在沙发上看漫画的儿子，看的时间长了，他蒙眬要睡。他那清秀白皙的小脸半窝在毛衣的高领子里，头发上落了午后的一缕太阳，像给他戴了一顶俏皮的金色的维吾尔族人戴的“朵巴”。多好，她想，老师说她是不负责任的家长。

老师懂个屁。

许月娟跟儿子一块儿午后歇盹儿的时候，杨柳正拉着儿子苏望飞奔在通往补习学校的窄窄人行道上。

这一天他们出门晚了，公交车又久等不来，杨柳决定带儿子打车。

一摸口袋才发现，钱包没有带，口袋里只有早上买菜找的十五块零钱。

杨柳不动声色拦住一辆出租，对司机说记不得地名但还记得那条路。

“我叫你停你就停好了，麻烦了师傅。”

一路上她眼睛盯着计价器，跳到十四块时，杨柳说，哦，是这里了，师傅停停，谢谢了。

一下出租，杨柳拉起儿子，开始飞跑。

还好，只迟到了五分钟。

苏望摇晃着走向教室，杨柳便又去银行坐着，吹吹免费空调，等儿子下课。最后剩下的一块钱买了报纸，看着看着睡着了。

她不晓得她这样睡着的时候是这个样子的：

头仰在银行金属的椅背上，半张着嘴，腿伸出去老远，报纸零乱地披了一身，印了大幅房产广告的那一页正遮住她的胸，上头一排大字：

钟山脚下，最后的民国范，成就你的梦想。

这一天，杨柳并没有碰上姜丹华。

姜丹华没有在银行等儿子下课。

她花了五十块钱，在补习班附近的一家快捷旅馆里，开了一个钟点房，她的头太痛了，实在受不住，得睡一会儿。

姜丹华的头痛病缘自她的颈椎病。这是十来年的教师生涯留给她的财产，脖子痛还可忍，连带着的头痛让人吃不消，有时候发作起来，觉得一颗头颅简直多余。

这是中低档快捷旅馆一楼的一间房，刚才登记的时候，他们说钟点休息房就只剩一楼这对着大门的一间了，姜丹华头痛得实在无力再走上一段路找另一个旅馆，就订了这间。

服务生用一种了然的眼光看着眼前面貌端正的中年女人。在她二十岁年轻的眼睛里，女人若是近了四十，再好的容貌也毁了大半，这一辈子也差不多该完了。但是藏在这样的容貌底下的那副身子却还没全毁，那身体与容貌较上了劲，这个年纪的女人，劲头是最足的，她在这里干了三年，见得多了，所以她故意地将敞对着大门的这间给了这个中年“欧巴桑”，大约不消一刻钟，便会有人再进到那个房间里去的。

可是竟然没有。

一直没有。

姜丹华明知睡眠是逃避头痛的最好办法，腿脚也累得像是脱离了身体，可就是睡不着。

千头万绪，归于一脉。儿子在这次奥数比赛中又只拿了二等奖。

这也意味着儿子小学阶段争取一等奖的机会，永远地失去了。

这窄小的旅馆一楼潮湿的房间里，有一张大床，铺着极俗丽的艳粉色床罩，完全不似普通的旅馆是白色床单，枕头竟是心形的，软塌塌，好像烤坏了又隔了夜的两块蛋糕。

除了床就是一张桌子，桌子上方有一面镜，镜子正对着床。

姜丹华实在睡不着，走到桌前坐下来，望向那镜子。

镜子里出现比赛那天的情形。姜丹华陪儿子走到那一道铁门前，再往前，家长就进不去了。姜丹华在镜子中看见自己把装了书与习题册、试卷的黑色帆布拎包交到儿子手上，拎包里还有一满瓶的水，所以很重。儿子把包挎在肩上，带子短，本来不是背着用的，这使得方正这个瘦长的孩子肋下忽地如同长出一个大包来，扯得他的肩微微斜着。他就这样一步一步往里头走。

姜丹华看见自己的背影，在周围惶惶的一堆人当中也显得那么孤单。转到前头来，姜丹华可以看见自己满眶的泪。每一回，当她把儿子送进考场的深门里，她都会这样两泡泪，喉咙口抽抽地痛。

镜子如水面一般晃了一晃，却已换了景象。

那是儿子方正拿到比赛成绩时的样子，他在镜中直直地看着镜外的姜丹华，小小年纪，怆然泪下，年轻的尖瘦的小脸一下子老了十岁。

镜外的姜丹华劝慰镜里的方正："不要紧的儿子，没关系，二等奖也很好，二等奖也不容易得的。"

但是方正说，没有用的，没有用，人家好中学只认一等奖，没人要我了妈妈，没人要。

同事徐银娣满是雀斑见骨见皮的脸突然伸进镜中："方正真是好孩子，方正也得奖了，方正是二等奖专业户。就差一分呀，下学期一定可以得一等奖，方正是很优秀的。"

哪里还等得，过了年就要往各个好的中学送简历，到三五月份，好中学已进到各小学，特别是像颐和路这样的名小学去择优录取学生了，至六月中旬一切已尘埃落定，再往后，就算你拿个一等奖特等奖，也错过时候了。

姜丹华对着镜中徐银娣的瘦脸淡淡地说："谢谢徐老师的鼓励。哦，对了，恭喜你家儿子这次又得一个一等奖，你们家这个才是真的优秀呢。"

自两人的儿子一同上了小学，这六年里，姜丹华这是头一回当着徐银娣的面夸她的儿子。

以往，但凡有别的同事说起徐银娣的儿子多么优秀，姜丹华总是故意地做些别的事情，打个电话，跟恰巧到办公室来问作业的学生提高了嗓子讲解，或是拉了人叫看看背后落的是什么呀，这样刺痒。这是头一回她这样夸徐银娣的儿子，她认输了。这个从前总是抄她的作业、永远是落在她身后的人物，可是徐银娣的儿子把她的儿子给赢了。

镜子中又只剩下一个姜丹华，伏在桌上，眼泪汹汹，但一点儿声息也没有。

有的人哪，她想，永远差一点儿，就那么一点点。

泪流出去，睡意竟然上来了，姜丹华重新躺到床上去，仰面看那房顶，却被吓了一跳。怎么天花板上还有个人？再细一看，那上头竟然又是一面镜子，圆镜子，恰满满地把一张床上的情形全照了进去。艳粉床罩心形枕头与一个女人的身体。只不过是辗转反侧不得睡眠而弄乱的床，映到这样的镜子里却有点儿淫靡。

圆镜子里的床上，床单变成了雪白的，枕头也是白的、长的，女人身边忽然多出一个男人来。

那么年轻的男人，那个是蜜月时节的姜丹华和方耀平，方耀平面貌只是一般，偏有一副漂亮的身架子，宽肩窄腰，紧胯长腿，那长腿细却结实，伸过来蹭蹭姜丹华的，方耀平一本正经却声音含笑地问，喂，你好不好？

啊呀，都十四年了。

一直到退房时间到，姜丹华只眯了一小会儿，她的头痛依旧剧烈。服务台的年轻服务生一直等到最后，也没见对着大门的104房有男人进去。

这中年“欧巴桑”真的是来休息的啊，不会吧？难不成这房子里有个地道，男人是从地道里钻进去的？

小服务生笑起来，扯鬼淡呢。

这一天，姜丹华带了下了补习班课的儿子，没有回自己父母那里吃晚饭。她跟儿子一起去菜场买了不少菜。晚市时菜都便宜了，也许不像早市时那么新鲜，可是摊主用瓶口扎了细眼的汽水瓶往菜上喷了水，市场大棚顶上灿黄的灯光里显得水灵美丽。

姜丹华想起自己许久没有在自家开伙了，打算今晚好好地给儿子和方耀平做几个菜，一家三口好长时间没坐在一块儿吃饭了。儿子虽错失了得一等奖的机会，可是还是有希望的，下学期金陵实验中学有公开的考试，儿子还可以去应考，他们母子还有机会的，还有的，还有半年的时间呢。

姜丹华的坏心情被这新起的希望，还有小旅馆圆镜子里的景象赶跑了。

到家的时候，方耀平正弯腿系鞋带，系好了站起来，那直直的结实的长腿，他立在那里，他说："哟，你们回来了，对不住，我公司今晚有饭局，我回来换件衣服，马上得走。"

第五章

还有不到两年，苏望就要小升初了。一想到这个，杨柳便觉得自己天灵盖都麻酥酥的。

苏望的成绩虽有些进步但依然处于班级中等偏下的状态，有的时候，杨柳不明白，儿子为何在前进的路上举步维艰，要想提高一分两分简直要使出吃奶的劲儿来了，姜老师说，小孩子在学习中总会有一段时间是“瓶颈期”，可是，苏望似乎从一开始就走进了瓶中最窄小最逼仄的那一段，而且怎么也走不出来。

杨柳对自己说，一定是儿子没有好好用功之故。

这孩子，总是心不在焉，一双眼睛始终看向一处虚空，那样子，使得这小小的孩子像极了一个盲人。有时候，杨柳留心观察这孩子，发现他就算在玩玩具的过程中，也会突然地降入这种空蒙的状态，这不是孩子式的走神，也不是僧人式的入定，就是空白，一片空白，什么也没有，特别是杨柳坚决地禁止他进厨房禁止他插手家务事以后。杨柳尝试着使用这种空空的眼神，三十秒钟她都受不住，如百爪挠心。可那天，当她拉着儿子，经过一路狂奔之后，终于把儿子送进补习学校，她累极了，感觉自己沉重的双腿往地底下扎下根去，她一动也动不了。她定定地看着儿子走进补习班的深门里去，看着看着，世界忽然从她眼前消失了，眼前除了一线光感之外一无所有。没有家，没有前夫，没有儿子，没有什么补习班，没有成绩，没有即将到来的小升初，最后连她自己也没有了。

足足有那么五分钟的时间，杨柳被一片“没有”淹没了。

她这才明白，原来这种“没有”竟然这么好。

五分钟之后，所有的“有”又汹涌而来，惊涛拍岸，发出巨大的轰鸣，把人从“没有”里冲刷出来，拍击到现下这块岸上，在岸上向四周望，来来往往全是行色匆匆、气急败坏、落到岸上半张着嘴艰难呼吸的鱼类。

鱼类的孩子们还得继续补习，杨柳觉得这是必需的，特别是在上次的家长会上，听说有一些优等生已开始着手准备与第一等的好中学签约的事了。

那次家长会上，姜丹华在所有的任课老师都与家长交流完了之后说：“下面，我想跟大家谈谈有关小升初择优的事情。请那些有择优意向的家长再留十分钟，其他的家长，嗯，就是说，没有择优意愿、只想就近入学的家长可以提前散会。谢谢。”

姜丹华把这句话重复了两遍。头一回，她用词文雅，十分书面，结果，全班五十一个家长，没有一个离开，于是她又换了一种通俗的说法：“就是说，你要想一年后给孩子选个好学校，就留下来听一听，我简要介绍一下怎么择优，如果你对孩子也没什么特别的要求，就想给孩子安安稳稳选个离家近的中学，不费劲巴力地折腾，就可以提前走了，时候也不早了，各位可能回家还要烧饭，我也不耽误你们的周末时间了。”

这时候教室里站起来一个人，衣着光鲜，脖颈间耳朵根子底下一点点灿光，沐着所有人的目光“咔嗒咔嗒”地走出去了，杨柳一看，是熟人，她的前任妯娌许月娟，会开了约莫有十分钟才来。

杨柳听得身边的人小声议论：“她家有的是钱，人家不需要费死劲。真潇洒。”

另一人点评道：“有的是钱，对孩子没要求，这两个条件缺一条都潇洒不起来。”

全班其余五十位家长如同五十枚钉子，在拥挤狭窄的课桌间牢牢地铿锵地钉了下去。

姜丹华笑了，难得笑得这么自嘲，带着一种同病相怜的不好意思。

那天，姜丹华其实也并没有讲出什么具体的择优的操作方法，只说什么“正确地评价孩子”啊，什么“恰当地选择学校”啊，又是什么“现在就开始收集整理孩子所得的各类证书不要等到用时才措手不及”啊，什么“从现在开始要让孩子保持在各种校内考试中取得优秀成绩”啊，都是放之四海皆准的话，是一层又一层滑溜光鲜的皮，可以一层一层地往任何一个孩子身上罩。连一向对姜丹华甚有好感的杨柳都觉得有点儿不以为然，杨柳听见坐在自己身边的儿子同桌他爸飞快地“哼”了一声，开始“咔嗒咔嗒”地把圆珠笔的弹簧按下去再按上来。

在家长的心中，有关小升初，学校的老师们是很该知道些内幕的，偏偏姜丹华真的不知道内幕，或者说知之甚少。她一向埋头教书，疏于与人交往，学校里有个什么八卦新闻她都是最后一个知道的。她只知道让儿子样样出色拔尖，硬碰硬地去争取好中学，可惜，她没有想到，儿子竟然会有那么多那么多的强有力的竞争对手，这个听话懂事安静的好孩子，永远只得二等奖的命的好孩子。儿子从小作文写得很好，文思敏捷，文笔通畅沉稳，逻辑清晰，倒是得过不少的一等奖，但是，语文成绩再好，人家好中学不承认，人家只认奥数一等奖、信息技术一等奖、科技一等奖、英语一等奖。而奥数这块敲门砖已与儿子方正永远地失之交臂了。还好，可以再努把力，到时候参加好中学的择优考试。走不通提前签约这条路，幸好还有考试这条路，对一个平常人家的小孩子，这大约是最靠谱最可行的一条路了。要培养孩子的兴趣，要让他们发挥他们的特长与天性，姜丹华太明白这些理论了，她就是这个理论的宣扬者和执行者，她就靠这套理论吃饭呢，但是，她没法把这套理论执行到自己儿子的身上。

姜丹华在家长会上边讲着那些滑溜溜的话，边在心里自己对自己不以为然。

她想了一个补救的办法，让班上一个成绩优异的孩子家长替她宣讲一下如何制作孩子的择优简历。

这一招，吸引了全体家长的注意。

那个优秀生瘦得如同一根干柴的爸爸走上讲台，神情里有点儿不情不愿的劲儿。他在电脑上打开一个文档，开始展示替儿子做好的简历。

孩子的照片为封面，简要的自我介绍，分门别类的奖状奖杯，按从高到低的顺序列出的孩子得过的所有荣誉，儿子写给中学校长的一封短信，儿子在其他方面的才艺展现……几十页的文档，一页一页翻将过去，翻一页教室里便是一片叹声，那叹声越多越重，那干柴似的爸爸脸上的表情便慢慢地扫除了那股子不情不愿，这些叹声给予他极大的满足。这一声又一声的叹，还告诉他，儿子是安全的，至少在这个班儿子是安全的，因为儿子不会有对手。安全是多么幸运而幸福的一件事啊。越是优秀的孩子越是安全，所有的家长都用叹息声来附和着这一个无声的没有人说出口的道理，而当你的孩子处于安全系数的最底端时，反而物极必反，又变得安全了。全班最差的排名最后的几个孩子，也是安全的，因为他们的对手太多，索性抱着玩玩的态度去试着择校罢了。大约是择不上的，不，一定是择不上的，但是，万一呢？万一孩子超水平发挥呢？万一明年小升初的政策有变呢？甚至，万一，那好中学的校长脑壳子里哪根神经搭错了，而竟然把自家小孩接收了呢？

谁能说得清，运气这回事，还有命这回事，谁能说得清呢。

所以，最不安全的小孩子家长也成了一颗一颗钉在教室里的铁钉子。

只有那些不上不下、实在上不来又不甘心坠下去的孩子，才是最不安全的，他们的家长也是最焦虑的，是那热锅上一群蚂蚁中最靠近锅底的那一窝。

家长会的最后，班主任姜丹华说，反正我是会在这最后的时间里多多鼓励孩子们的，家长们也要鼓励孩子们抓住最后的机会多多拿一些奖，多积累一些择优的资本。另外，姜丹华用一种淡到几乎没有的语气又说了一句："反正，为了小孩，相信各位都会各显神通，无须我多嘴的。"

一场家长会，开得每一个人都筋疲力尽，各自怀着一堆问题来了，又装了一肚子的鬼胎，回家去了。

杨柳觉得自己唯一可以做的，就是让儿子能够在各类比赛中拿点儿有分量的奖项，哪怕是个三等奖呢，一个市级的三等奖，也好过学校的一等奖啊。

所以，杨柳想，唯有带着孩子继续补课补课补课。

一百个馒头，吃了有九十八个了，万一呢，万一这最后的两个馒头见效了，治了一个人的饿症呢？

秋末冬初，连日中雨，天地尽湿，人都能拧出一把水来似的。

公交车上很挤，杨柳跟儿子半天没有挤上去，司机隔着三重人粗声大气地对还没挤上来的人喊："先刷卡，从后门上。"

杨柳前面的几个人纷纷将手从人缝里伸进去，刷了公交卡，再冲到后门那里往上挤。其中有一个人手被人缝夹住缩不回来，居然连刷三次，气得高声咒骂，可还是急慌慌冲到后门去了。轮到杨柳时，她实在没办法把手从那道厚实的人墙里伸进去，只好抓了儿子先去挤后门。

公交车后门处的确要比前门松快些，杨柳和苏望都挤了上去，可怜苏望个头瘦小，一张脸全贴在前面人的后背上，连声叫，妈妈妈妈，我没法呼吸啦！

杨柳用力拉儿子可拉不动，一急就大叫，这儿有孩子，麻烦让让，他喘不来气啦。

那堵厚实的背突然出声："哪儿没孩子，这车上一大半都是孩子。"

到底他还是朝里拱了拱，苏望终于呼出一口长气来。

前后左右到处是人，彼此胳膊压着胳膊，背抵着背，胸贴着背，身体亲如二十年未见的家人，心里彼此讨厌彼此觉得对方是世界上最最多余的存在。

苏望仗着人小灵活，居然挤到靠窗处，可以抓住门口的那根把手了。

靠窗坐着个小姑娘，看上去跟苏望差不多大。在这样拥挤颠簸的公交车上，她竟然捧了一本练习册急慌慌地在做题，不写完下午上课时肯定老师要批的吧。

这秋末冬初天气，突降雨水，杨柳怕晚上回家冷，早早地将棉衣穿上。这会儿却出一身大汗，内衣全汗得黏在身上脊背上，脸上也热汗滚滚，一车子的人，身上都蒸腾着淡淡的被棉衣厚服裹又没裹严实的汗气，有人啧啧作声，伸手拉开窗，成片的雨立刻飘了进来，因了车的速度从人脸上扫过去，像是冷雨轻轻地打了人一耳刮子，立刻有坐在窗边的人叫骂，哎哟，都湿了。却有几个孩子的声音叫起来，好凉快啊！孩子们刚才都隐藏在大人的厚背里、腋窝下，这会儿都被这阵子冷给惊醒了，从厚背里腋窝下，从各个小角落里冒出颗小脑袋来，活像雨后黝黑的树根处冒出的蘑菇。蘑菇们嬉笑着有的叫冷有的叫凉快。

杨柳看着眼前的后车门，上头的玻璃被雨雾糊住了，遮住了视线。突然有水滴划开那片雾，划出一线亮来，一线，又一线，把雨雾划得细碎碎的，望出去，世界零碎片断。

终于到地方了，杨柳拉着儿子下车。

苏望突然叫："妈妈，我们还没刷卡呢。"他扯着妈妈，又挤到公交车前门处，这会儿这里松快些，他伸手刷了自己的卡，又替杨柳刷了卡。

有人赞道这小孩儿真老实，杨柳从未听过有人对儿子如此甜蜜的赞美。

她的好儿子。

把儿子送进补习班之后，杨柳照例坐到银行里去。

她打开手里的塑料袋，里头是刚才带儿子在饭店里吃饭时打包的剩菜，一股油乎乎的香。杨柳开始吃剩菜。其实刚才吃过了，并不饿，也许是一点儿嘴馋，也许是看到吃的嘴里就觉得空了，非得吃几口。也许只是一种安慰，胃里饱满，灵魂就妥帖点儿。

第六章

天色灰蒙蒙的，姜丹华一路走着，觉得走着走着，那灰色就染到自己身上来了。路过一家商店，巨大的橱窗玻璃里映出一个女人。姜丹华站定了细看，那女人瘦高，勉强还算得上是苗条的，但却经不起细看，倒是凹凸的，可是有些凹凸却凹凸得不是地方。人过了四十，就是这样，人挡不住岁月的洪流，它全裹着你冲刷着你，直至面目全非惨不忍睹。玻璃橱窗里映出的那个女人，衣着整洁但是绝说不上美观更说不上精致。姜丹华也不是没有两三件衣服的，但是每回出门，只会抓一件半旧的穿起来才舒服。她想起来自己已经多时无所谓新衣旧衣，无所谓配色无所谓修饰了，要说是因为孩子而无心于此也不对。孩子也并不是对自己放弃的借口，那到底是为了什么而放弃了呢？兴许什么也不为，就是想不起来了。

想不起来了。

姜丹华看着橱窗里映出的这个女人，并不怎样触目惊心，但是她可以理解方耀平对这样的女人的失望。身边走过的年轻女人，脸皮紧绷绷，胸挺腰细，神采飞扬，如果自己是男的，也会想把这种美丽抓在手里把玩一下。

姜丹华沿着街道飞快地走着，把有些事情一脚一脚地踩到地底下。

但是那些事还是很顽固地挣扎出来，恶意地重新回到她的脑子里。

姜丹华自己也记不清是哪一天起发觉不对劲儿的，可能当她意识到不对劲儿的时候，那点儿不对劲儿已经根深蒂固了。

最近一段时间，老公方耀平的电话与短信特别多，周末竟也常常往外跑，问起来他便说是加班，有几次到半夜三更才回来。姜丹华常常与他一个周末说不上三句话。以往每周六晚上方耀平照例要陪儿子玩上一会儿，顺带着也跟儿子说说话，现在，连这个时间也无法保证了。几年来，姜丹华头一次主动向方耀平提出，干脆还是带着孩子住回来吧。方耀平说："那，每天跑那么远的路上学上班，一个礼拜两个礼拜无所谓，长期下去，我看难。再说，你回到家都几点了？再做饭又要到几点？第二天至少要早起一小时，儿子的睡眠时间本来就不够。"

这话原本是姜丹华常挂在嘴边的。这一回姜丹华待要再说几句，方耀平皱了眉头，叹一声说："算了，就这么下去吧。"

后来有一天，姜丹华上午临时有事想找方耀平，可手机却忘带了，于是在校园里拨了个磁卡电话。

那边方耀平接起来说："怎么？今天用什么电话给我打？手机又忘了？你这个小糊涂虫，你现在在哪儿？"

姜丹华好像窥破了一件大秘密，急慌慌地挂上电话，"咣"的一声重响，像砸了话筒似的。

回办公室坐下来，全部的内脏都在打着抖，一边抖一边发出声响，一声一声，都在说，坏了，坏了，坏了。

姜丹华想起老公方耀平，想起他近来跟自己说话时总是下意识地团起来的眉头。想起方耀平年轻的时候，是很爱笑的，几乎是不笑不说话，也容易被人逗笑，一个极无聊的笑话也能让他笑上半天。嘿嘿嘿，嘿嘿嘿，姜丹华被掏空了似的腔子里一声声地回荡着二十年前方耀平的笑声，还有他的长腿"咵咵咵"地迈着走过来，走向她，那脚步的回声。

到周六早上，难得这一天早晨方正没有课，补习班的教室借出去作为公务员考试的考场了。可是方耀平说他要出门。

姜丹华问你去哪儿。

方耀平说单位有点儿事。

姜丹华说，怎么你们单位现在这么多事？以前你闲得很，下了班就什么事也没有，周末也没事，到底是什么事要你火急火燎地去处理？

方耀平说，你干吗？

儿子方正不知什么时候站到门边，突然开口道："爸爸，你不要出去吧。爸爸，今天你不出去好不好？"

方正越发高瘦了，背后看去像个小青年，似乎会有个十来岁，必是一脸青春痘，上唇有茸茸两撇淡胡子。但转过来，脸却还完全是小孩子的模样，这使得他带着一种尴尬而惹人爱怜的气质。他光着脚，站在那里说爸爸你不要出去吧。

方耀平看着儿子，说，哦，好，不出去。

方正满意地去写作业了，不时地从他自己的房间里跑出来看，看见爸爸在家，妈妈也在家。方正说，妈妈我们包大馄饨吃呀好不好?

姜丹华说好的呀。

于是包大馄饨，这是姜丹华拿手的。菜与肉都现成，还有昨天买下的馄饨皮，不一会儿，一个一个白胖饱满像一顶顶微型护士帽似的馄饨就齐整地码放在桌上了。

水烧开了，腾起水雾。

姜丹华看到方耀平走进卫生间，右手手心里紧紧握着他的手机，他一定以为姜丹华没有看到那个手机，他忘记了姜丹华的视力一直很好。如果他的睡衣有口袋，他就不必如此鬼祟了，姜丹华这样想。

姜丹华听到卫生间门轻轻磕上的声音。锅里的水汽扑到她的额头上，湿漉漉的，好像她出了一头的汗。儿子方正伸头进来，甜蜜地问妈妈好了没有，大馄饨好了没有啊?

姜丹华温和地对儿子说，这就好了。

挨晚那会儿方耀平还是出去了。

姜丹华看着他在房门口弯腰系鞋带，她说："那我先带儿子睡了，不给你等门了。"

方耀平说好。

第二天，方耀平给正在上班的姜丹华来了个电话，说是要出差一个星期。姜丹华腔子里全是话，一声一声地在奔突出去，她用了好大的劲儿才把它们压制回去，换上轻松的嗓音嘱咐他带足衣服，路上多小心，别乱吃东西，那轻快的女孩子般的嗓音，透着娇憨，仿佛新婚时候的亲热劲儿。待她挂了电话，办公室的老师笑说，姜老师对老公好温柔，感情真好。

这以后，姜丹华不时要在办公室拨一个电话给方耀平，说的都是家里琐事，那个轻快的女孩子的假腔调一次一次在她的喉咙里送出来，而姜丹华的真声音躲在她肠子里冷笑着说，你什么时候学会的自欺欺人，那声音粗嗄厚实，震得她腔子都麻痛麻痛的。

这个周末，苏梁又把儿子接过去玩。

儿子回来的时候，带回不少好吃的，苏梁送他到楼下，没上来坐。

儿子一进门，苏梁的电话就来了，可是只响了一声，杨柳没来得及接听他就挂掉了，杨柳被儿子“呱唧呱唧”的说话声一打岔也就没有打过去。

苏望说起在奶奶家吃的好东西，说起他的堂弟弟苏炜奕又有了什么高级玩具，说起堂弟有多么悠闲，“他什么补习课也不上的，他周末都出去玩，他还去过高尔夫球场。大伯说等他长到一米五就买副球杆教他打。他还天天玩电脑游戏，天天玩，他们家有最新型号的电脑，速度像飞一样。”

杨柳笑着对儿子说，你就羡慕这些，会打高尔夫球有什么用？会玩电脑游戏有什么用？

苏望不满意地瞟了妈妈一眼，忽地，小孩子脸上就现出一种奇怪的表情来，扯扯杨柳的衣角说：“妈妈，我有个秘密告诉你。”

杨柳不在意地说什么秘密，你还不如快点儿去读读英语书呢，今天一天你玩疯了吧。

爸爸好像有女朋友了，苏望说。

杨柳小时候住的旧式院落，有个井，井口是一道道深深的磨痕，其实那时水已经浅了，也没人用了，但井边不知为什么还放着个旧的打水桶，长长的绳子拴在桶把上。有一天，杨柳淘气，用那桶打井水，却失了手，绳子从她指缝间滑开，桶直落到井里去，砸开水面，大约碰着了井底的石头，“嗵嗵嗵”，“嗵嗵嗵”，声音从幽远的井底传来，“嗵嗵嗵”。后来井就被封了，怕小孩失脚掉下去。

杨柳一想起那口井，耳朵根子底下就有声响，“嗵嗵嗵”，“嗵嗵嗵”。

苏望上了五年级后，杨柳下决心给儿子找一个数学家教，给儿子做一对一的奥数辅导。促使她做出这个决定的，其实是她前任妯娌许月娟。

这几回，杨柳接儿子的时候常常能碰到许月娟，做了那么久亲戚，两个人碰了面，总还要招呼一声。那一回杨柳随口问许月娟，怎么现在是你常来接孩子了，保姆不做了吗？

许月娟叹口气说，没办法，我们家苏炜奕身体太弱了，最近总生病，都是那个保姆，每回来接小孩都在路上给他买些不干不净的零嘴吃，我们孩子肠胃本来就弱，这下就更弱了，索性我自己接，保姆都靠不住的。说着，她伸手摸摸苏望的脑袋，又说，不像苏望，看上去瘦伶伶体质倒蛮好呀。

苏望一偏脑袋，让开她的手，还对她翻了个白眼，许月娟并不介意，反而笑了笑。

路上，杨柳怪儿子怎么对伯母这么没礼貌，别让人家觉得我的儿子没教养。苏望气哼哼地说，她老是打击我，我讨厌她。

她打击你？杨柳有点儿摸不着头脑，她什么时候打击你，怎么打击你的？

她老是趁你还没来的时候打击我，老是问我考多少分，我比苏炜奕成绩低她就说苏炜奕比我好，轻轻松松就可以比我好，我比苏炜奕考得高她也说我把吃奶的劲都拿出来了所以才会比他好，她还说我上奥数是赶鸭子上架。她讨厌死了，一边笑一边打击我，假死了。

杨柳气得浑身发抖，第二天正好苏望他们班做了次默写小测验，杨柳去接的时候，正巧看到许月娟在问苏望考多少分。杨柳“噔噔噔”走过去，冲头冲脑地说：“你以后要问我儿子成绩就问我别问他，他也大了，也晓得自尊了，不好意思说，我好意思，我告诉你，反正我赶我儿子鸭子上架子也不是一天两天了。”

许月娟面皮阵红阵白，却低头向苏望笑一下说，我随口问问你的，你小人儿不要在大人面前盘舌哟。

杨柳拉起儿子僵直着脖子走了，从此看到许月娟不再打招呼，许月娟自然也不会招呼她。两个人见面时便腰紧背直，板板地擦肩而过。

但杨柳不得不承认，苏望在补习班上学奥数，的确学得非常吃力，每次的练习他通常只能做出最前面的几道，其他的一律不会。一二年级的时候，杨柳曾下决心跟他一块儿学，也确实还能辅导他，从三年级起，杨柳基本上连那些奥数题的题意也弄不明白了，每次儿子带回练习来，她只得帮他在网络上查找答案，找到了就让他抄。苏望于是糊里糊涂地抄了，糊里糊涂地交给老师，倒还是有不少正确的。到了考试时，杨柳便让儿子把这些练习题的解题步骤都背下来，背得苏望眼泪汪汪，脑子里一团糨糊，考试成绩可想而知。杨柳一直弄不明白，为什么有的孩子就回回能考好呢？不一样是上补习班吗？大约，苏望的智商的确是不大高。这个念头刚一冒头，杨柳就狠劲把它从脑子里拔除。直到前些天，杨柳才知道这其中的奥妙。

那是她坐在银行里等儿子下课时，听旁边的家长们闲聊得知的。

那家长说："要想奥数得奖，只有两条路。"她伸出两指，指缝间是因择菜而嵌进的黑泥，指腹间还粘着剥下来的韭菜皮，那边，银行的大堂经理已对她堆在地上的那堆菜叶菜皮飞过来好几个白眼了。

"一条路，要么你自己数学好，懂奥数题。光懂还不行，还要讲得清。就像我们邻居家的男人，自己就是数学系毕业的，讲个把奥数题还不是小菜一碟，人家从儿子三年级起，就把六年级的数学提前学掉了！奥数嘛，就是一年级学三年级的东西，三年级学六年级的东西，到了六年级，非得把初一初二的东西学会才行。像我们，这么多年，学的那点儿数学早还给老师了，买菜时能算清账就很满意了，更别提奥数！"

一众人都笑了，催问第二条路是什么，总不成大家一起在一条路上堵到死。

那女人说："第二条路嘛，那就是给小孩找一对一辅导了，要不就找那种三五个人的小补习班。找个会教奥数的家教，请到家里头来，把补习班学的奥数再讲一遍，讲透，讲深，或者送到小补习班去再开开小灶。"又压低了嗓子说，"我听说有的老师，一个暑假，光是家教，教人家小孩奥数，就挣了五十万！还有些县城里的老师，一到周末，包了车子开到南京城里来，专门做家教，两天就挣出在学校里头两个月的工资来！现在嘛，就是两种老师最赚钱，一个是教奥数的，一个是教外语的，这种人手里头都有独家题目和试卷，哦哟，钱挣得木佬佬，听说有老师干脆辞职在家教奥数。我认得一个，她原来是小学教数学的，她男人是教计算机的，两个人包了间旅馆的套房，里间补数学外间补计算机，两个人全辞了职。"

有人插嘴："这个就叫自由职业，人家也是一份职业呢。"

一众人啧啧作声，连大堂经理和保安都听住了。

于是又有人问到哪里去找个一对一的老师或是一个小补习班呢。

杨柳也尖起了耳朵。

那女人说，现在有很多培训中心，专门做这个事。你随便走进哪个商用大楼里看看，哪个楼里没有一两家打着教育牌子的培训中心？

两天后，杨柳就站在了这样的一个商用大楼的第一层里。

她仰头去看大楼楼层指示，一眼就看到了那个叫"启明星"的教育培训中心，十五楼。

第七章

高速镜头下，一朵异养型粪草腐生菌缓慢地一寸一厘地从地底下拱出来，它撞破泥土挣拔向上的声音被无限放大，近乎轰鸣。接着又是一朵，一朵，又一朵，它们从地下钻出来，渐渐连成了一片，密匝匝地挤在黝黑湿润的大树根部，像是大树根被某个巨型有毒昆虫咬了之后起的一个又一个包，重叠拥挤，密集得恐怖。突地一朵淡粉色的冒了出来，在钻出地面的一刹那间，它一下子膨大了三倍，淡粉的底色上冒出些鲜红的斑点，像一朵将腐的花。一朵，一朵，又一朵。挤挤攘攘，铺满大树根部，铺满整个屏幕。

杨柳站在这个宽敞明亮的大房间里，迎面的一台超大液晶电视屏幕上，被一片蘑菇给埋满了，杨柳的后脖颈立刻起了一层细细的鸡皮疙瘩。

一个穿藏青套装、圆脸、模样周正的年轻女人向她迎了过来，声音清晰，控制在一个极有礼貌与教养的声调上，问：“这位家长，您是来咨询的吗？”

杨柳赶紧说是，想给儿子找个老师补奥数。

那年轻的女人并不急于发话，比一个手势，叫来另一位与她同样着装、更丰满一些的短发女人：“陈老师，请你来给这位家长说明一下情况。”转脸向杨柳，“我请陈老师给您介绍一下情况，她是专门负责这块工作的。”

那丰满的短发女人态度亲切，脸上是极有分寸略带矜持的笑容，一手放在小腹处，一手比一个请的姿势。

杨柳跟着她走进用大块玻璃隔出来的小屋中。这是一间小小的办公室，在这个面积极大的办公空间里，东西两边各有一排这样用玻璃隔出的小间，当中则是一个漆成柠檬黄与浅橙色的接待台。

杨柳在巴掌大的小办公室里坐下，那短发的陈老师坐在她的对面，她们中间隔了一个窄窄的样式极简明的办公桌，桌上放着一台电脑，桌与墙之间有一个简易的书架，上面放着数本厚厚的文件夹。

陈老师说："家长您好，请允许我把我们教育中心的一些情况给您简要介绍一下。"她随手拿过一张A4纸，从办公桌上一只黑色金属笔筒里抽出一支铅笔，笔头秃了，从上面流出几个宽扁的英文字母，铺在雪白的A4纸中央。她一边写一边问："您的孩子叫什么？上几年级了？"

杨柳说，孩子叫苏望，上五年级了。

陈老师说："啊，是苏望妈妈对吧。哦，五年级了，那是相当关键的时期了，不过还好，还来得及，这才五年级上半学期，离小升初还有近两年的时间，孩子还是可能有很大的上升空间的。"

她用那秃笔尖指点着纸上那几个宽扁的英文字母：AIS。

"这是我们中心的办学理念。A代表关注，就是说，我们关注每一个孩子的每一步成长、每一点进步，我们不像普通的学校，一个班四五十人，老师在课堂上可能很难顾及每一个孩子的表现。可是我们都是一对一辅导，老师的精力、注意力全部在一个孩子身上，您想想，您孩子在学校的课堂上得到的只是五十分之一，可是在我们这里，他得到的就是百分之一百甚至百分之两百的关注对吗？I代表个性化，学校里，老师只能根据教材教案的规定，根据普遍层面的孩子制订教学计划和教案，就像有人生病了，而医生却不管你的身体素质如何，不管你病情的轻重与特点，开一个普通的方子，成把的药丸吃下去，可是成效很低甚至根本不见成效对吗？我们这里不一样，您孩子到我们中心来之后，我们会有专门的评估老师给他做一个测评，您放心，不是考试，只是测评，这种测评也不是测智商，这位家长放心，我们是专业的教育培训中心，有十五年的历史了，从来没有过打击孩子的现象，也没有过简单粗暴评价孩子的案例发生。我们只是对孩子的注意力、兴趣爱好、学习的优势与不足做一个初步的评估，以便我们为他量身定制一套辅导的方法，也为他量身选择、打造学习的资料。这就是我们提倡的个性化。"

杨柳不由得听入了迷，脖颈间那一层细鸡皮平复了下去。室内打着空调，但温度调得十分舒适。谈话间，又有人走进来，小声地问陈老师要一位学生的档案资料，陈老师从桌角简易书架上抽出一本递过去。

“您看，”她长长的食指从那一排齐齐整整厚厚实实的文件夹上轻轻地滑过，“这些都是我们不同学生的个性档案。您在这儿上多久的课，我们的个性档案就有多厚，是根据您孩子的具体情况不断地增加并且不断修正的。要不怎么叫个性化呢？这是我们中心办学理念中最关键的一项。”

她用秃铅笔在那三个英文字母下方利落而有力地画出一道线，并在最后的S上重重一击，S下方立刻出现一个黑点。

“S，就代表着成功了。这三个字母是循序渐进又是相互关联的，是因与果的关系，也是平行的关系。这是我们老总亲创的，可以说，在南京市乃至整个江苏省都是很有名气的，《中国教育报》都曾经报道过，要不我们怎么能维持十五年呢。前不久在我们十五年的纪念大会上，老总还说了，十五年间把我们的理念推及江苏省，再十五年，我们还要把这个理念推及全国。哎呀。”

是杨柳不小心碰翻了面前陈老师特地给她倒的一杯水，水打翻了A4纸，杨柳连连道歉，陈老师连连说不要紧，将那纸用两根手指捏起来，那几个宽扁的英文字母在一片水湿中变得透明。

陈老师一面用纸擦着桌面，一面问：“那么，苏望妈妈，咱们苏望的主要需求是什么呢？”

杨柳说：“我就想给他找一个一对一的奥数老师，我孩子吧，在补习班上大课，学奥数也几年了，可是成绩一直不理想，他越大，学的题目越难，我没法辅导他，就想给他找个老师，专门辅导奥数。我想请问下，你们这儿有比较有耐心的有经验的奥数老师吗？最好是女老师，是怎么收费的呢？”

陈老师微微一笑，却并不回答杨柳的问题，而是又拿出一张A4纸来：“那我想问一下苏望妈妈，您对苏望小升初的期望是什么呢？就是说，您想他上一个什么级别什么层次的中学呢？”

杨柳有一瞬间的迷糊。从她坐着的角度斜望出去，可以看见大厅的窗子，阳光打进来，在大厅里扯出一道笔直的光线，像一幅细薄的绸子。

细薄的绸子铺满木地板，这还是在苏梁他妈家住着的时候呢，客厅是个明厅，到下午就阳光普照，苏望刚学会爬，在地板上，爬得飞也似的快。杨柳叉着腰半弯着腰挓挲着手护在他后面。苏梁跪在客厅另一头，也挓挲着手，等着苏望爬过去。

“他简直是个爬爬天才，爬得叫一个快，跟一只蟑螂似的。”

“你就不能想一个好点儿的比喻，这是什么烂比喻，对得起我们的聪明儿子吗？”杨柳说。

“儿子，你聪明吗？”苏梁歪了头，问那地板上爬着的小人儿。

“当然聪明，你看他的眼睛，多有智慧的眼睛啊，咱儿子，将来得让他上金陵实验中学。”

后来苏望就上幼儿园了，在那个双语幼儿园的走廊拐角处罚站，因为他注意力不集中。

后来苏望就上小学了，拿回来一张又一张试卷，上面有一个又一个不理想的分数。

苏望上补习班，他说他不想上，要自杀，站在车站，以头撞树。

苏望奥数成绩不好，补习班不肯接收他，妈妈把放了超市购物卡的信封夹在他的本子里送老师，嘱咐他别弄丢了，千万千万。他坐在车上，走在路上，不时地拉开拎包去看那些夹在书里的小纸片。

苏望上课要迟到了，妈妈拉着他沿着人行道飞快地奔跑。

越是跑，离金陵实验中学越是远了。

如今，杨柳实在不好意思对这位陈老师说，想让儿子上金陵实验中学。

她心里头有着穷家痴汉肖想千金小姐的惭愧与惶恐。

那位陈老师轻轻一笑，她实在看惯了这种表情，不过她是绝不会讥笑他们不自量力的。为什么要笑人家呢？这种人，是他们培训中心的衣食父母，这种人的焦虑、希望、绝望、不自量力与孜孜以求，就是他们培训中心赖以生存的重要基础。陈老师是不会讥笑这样的人的，她感谢他们，感谢他们的焦虑、希望与绝望，感谢他们的不自量力与孜孜以求，这焦虑希望绝望不自量力与孜孜以求构成了一片沃土，在这片沃土上生长出多少补习班多少培训机构多少教育中心！这沃土滋养了一种新生的职业，并且使这种新生的职业不断地发展壮大起来。这沃土使无数的小陈小李小王小马一下子变身为陈老师李老师王老师与马老师，这沃土使得中国人当中涌现出无数无数的教育专家，产生了无数无数的教育新理论，这些理论幻化为无数条鞭子，鞭打着父母们孩子们，如负重的老牛与小牛一样，把这片沃土犁得更肥沃、更丰美，肥得冒油，抓一把泥土就能攥出一堆黄金，抓一把泥土就能垒出个庙堂，专以收藏更多的希望。父母们把希望这尊大神供奉起来，日夜膜拜，奉牺牲叩长头，求它把好运把机会把前程把功名带给自己的孩子，带给他们的家庭。

陈老师不由得把背挺得更直，她简直觉得自己是在做功德，她把希望给了像苏望妈这样的人，哪怕将来希望破灭呢，推倒的圣像依然是神。

陈老师把声音放得更轻缓，把语气变得更诚恳："苏望妈妈，咱们就定下金陵实验中学，毕竟还有近两年的时间呢，只要努力，奇迹都可能出现。您看，"她又抽一本文件夹摊开，"这个孩子，当初刚到我们中心来学习的时候，全班排名三十一，可是他一心想上汇文实验中学，那也是所好学校是吧？他妈妈带着他过来，斩钉截铁地说就要上汇文，其他学校不考虑。我们就根据孩子的情况给他制订了一套学习规划，现在，他的排名都上升到全班第九位了。"杨柳听得入了神，想要细看那文件夹，陈老师却巧妙地收了起来。杨柳只隐约看见头一页的一角，有一张两寸黑白小照，上面一个面目模糊的男生，硕大的脑袋。

"其实我最想的是给儿子请一个一对一辅导的奥数老师。"杨柳嗫嚅。

"苏望妈妈，其实奥数并不是上好中学唯一的方法，其实人家好中学现在也很注重孩子的全面发展，最好是语数外成绩都不错，而且有特长、有特点的孩子，全面发展的孩子人家好中学最欢迎了。所以，我们针对这一情况，给孩子制订规划时也注意关注全面发展，我们都是语数外三门课统一补习的。"

"也就是说，要补就补三门功课？"杨柳问。

"对的，全面均衡地发展嘛。"

"你们这里，"杨柳接着问，"收费的标准是怎么样的？"

"哦，我们依照业内的统一价格，绝不乱收费的。一个课时六十分钟一百元，一次课至少三个课时，时间短了没有用。不过，我们中心有独特的优惠政策，您可以一次购买两年的课时，这样呢，可以打一个七折，价格还是很合理的，课时买得越多，优惠越大。像您这种情况，我建议您可以购买两年或是一年的，按次计算，如果孩子最近学得比较好，少补两个课时，如果孩子最近学得不好，就多补两个课时，非常灵活的，等孩子考完小升初，上了理想的中学，多余的课时也可以退款的，非常方便。"

杨柳翻看着那个看上去非常复杂的计价表，问："那，买两年的课时，打折后大约要多少钱？"

陈老师合上文件夹，轻轻地说出了一个数字。

第八章

杨柳一路走回家。这一条街原先细长紧窄，这些年大大地被改造了一番，马路拓宽为原先的五倍，沿路都是高大的商用楼。

杨柳不知道的是，在这些高大的商用楼里，几乎都有一个像“启明星”这样的培训中心，藏在每一楼层里，也可能藏在每一个临街或是隐蔽的街巷里。里面一样有“启明星”那里类似的小小的隔间，也会有一群这样穿戴齐整的人，他们脸上是有分寸的笑，说话用略带矜持的声调、专业的口吻，会说成串的有关教育的名词，他们彼此之间以老师相称，对来访的人一律称“这位家长”或“××妈妈”。

然后，他们会不露声色地向“这位家长”或“××妈妈”推荐他们的课程，并且说，一次性购买可以有很好的折扣，好像他们卖的不是“课时”而是吸尘器或是床上用品或是保健品或是“万能手机”或是某种有立竿见影之功效的祛斑药。

杨柳想不到这些，她被陈老师说的那个数字给愁死了。

交还是不交，这是个问题。

突然，有人从身后拍拍她的肩膀，杨柳吓了一跳，回头一看，是一个跟自己差不多年纪的女人，蓬着一头染作棕红的头发，棕红里又杂着新生的黑发。

“哎，我看你刚才从‘启明星’里出来，我也是去咨询的。老师说要交多少学费？是不是一次买一年两年的可以打折的？”

杨柳点点头。

“乖乖隆的咚，张口就是三万二，太吃黑了，当我们钱是大风刮来的。”那女人说，“你买吗？”

“还没决定。你呢？”杨柳反问她。

“哪个想买？三万二啊，买个什么放在家里好歹是个大件儿，可是买‘课时’，看不见摸不着的就三万二！可是，不交又怎么办？那种奥数题，难得个要死。我小叔子还是名牌大学的毕业生呢，昨天叫他辅导我儿子做奥数题，他算半天没算出来。我们更没法子辅导。还有那个英语，要想上金陵实验中学，要考他们的入学试，拿小孩儿当百科全书来考，全英文，百科知识，我的娘啊！谁会？我跟我老公，号称是大专生，英语差不多还给老师了，不补课，怎么办？”她额前一缕棕红的鬈发泛了枯色，随着她讲话频频颤动，仿佛应和。“我们小老百姓，无权无势，没有旁的门路，只有让儿子女儿靠自己的本事考试。还好有个考试，还算有个希望，要不考试，我们更是连好中学的门都摸不着。死学死考呗，要不怎么办？”

她闭了嘴，面容严肃沉痛地走在杨柳身边，过一个街口时，向杨柳点头示意，走了。

杨柳在一个星期之后终于下决心去“启明星”交了费用，又带着苏望去做了测试。苏望看测试的老师竟然面目和蔼，题目也并非语数外之类高深莫测的难题，有点儿像偶尔学校老师会给他们做的调查问卷，于是小小的心里深觉这个地方还可以，不是那么可怕。

杨柳看儿子脸色安静，甚至有点儿欣喜，心里又生出一重希望来。

也许，这里就是儿子人生的一个转折点，从此之后，儿子的学习状况可大大改善了。也许回回在学校的考试中取得不错的成绩，也许最终好像万马丛中杀将而出的一匹黑马，老师们也许纷纷会说，没想到这孩子这么有潜力。也许苏望终于在补习班扬眉吐气地考回一个一等奖。也许他会变得眼神清亮，神清气爽，愉快地上学放学参加各种补习竞赛。男孩子嘛，开窍得晚，一旦懂事，一旦有了正确的方法，遇到正确的老师，一切都会变的，会越来越出色。杨柳的眼前甚至出现儿子跨入金陵实验中学的情景。拔高了个头、舒展了眉眼的苏望，衣着得体文雅，书卷气，一路裹挟着人们欣赏、艳羡、喜爱的眼光往校园深处走。

金陵实验中学有直对着大门、极宽阔的水泥路，道两边是高大的梧桐，苏望就那样一直走到浓荫深处去。

自己就站在门前看着他走进去，走进去，一步顺风，一步顺水，一步春华，一步秋实。

那有多好啊。

那有多好。

苏望说："妈妈，你在笑什么？"

杨柳摸摸脸，说没什么呀。

苏望疑惑地望着母亲，他觉得妈妈今天特别和气，和气得都不像妈妈了，这让他有点儿惶恐不安，他抓紧母亲的手，又问一声，妈妈你笑什么呀，真是的。

杨柳说："儿子，我没有笑，我是在想问题，我们是小老百姓，没钱没势，儿子，你只有靠自己。妈妈交了那么多的钱，把家里都快掏空了，可是妈妈想得开，只要对你的学习有益，交钱就交钱。你要好好学习，拼命努力，知道吗？"

苏望抬头又观察一下母亲，觉得她又变得像真正的妈妈了，心里大大地松了一松。

这个礼拜天苏梁来接儿子去玩儿，苏望开开心心跟着爸爸出了门。

苏梁却一只脚门里一只脚门外的，杨柳便问他，有什么事？

苏梁支吾哼哈，只是说不出来。杨柳笑起来，说，你干吗？

有一瞬间，苏梁的眼看过去，站在对面的是年轻时的杨柳，促狭地问，你干吗呀小孩儿？

哎，哎，苏望的妈妈出声："有什么事要说吗？"

苏梁缓过神，吞吐着说，喏，你不要怪我多事，我听儿子讲，你又给他报了一个一对一的补习，我们单位也有人在给小孩上这种课，说是很贵，而且，说是里面的别别窍很多，他们会忽悠人买什么上课的课时，一买就是上千上万的钱。

杨柳连连说不会不会，那是家很正规的培训中心，做了有十五年了，口碑不错的。

苏梁心想，坏了，坏了，她已经交了钱了。

苏梁说，哦，那我走了。

门内的那只脚终是踏了出去，人却又回转来。

苏梁问："我再多句嘴，你别生气哈。你说，你到底是为什么呀？怎么会成这样的？小孩子该学到什么程度就是什么程度，我就不相信儿子没有个中学上。有学上不就行了，你到底为什么要这样折腾啊？我是看着你累，真的，你不要生气，我不是想气你才说这些。”

杨柳愣住了。

苏梁不是头一次问她这个问题，只是她从来没打算回答这个问题。因为对她而言那是一个“还用问吗”这样的问题。

然而，这会儿看着苏梁额角蹦出来的一股青筋，看着他突然凑近而显得微微变形的脸，杨柳觉得，其实在她的心里，这个答案原来那么模糊。就像记忆当中知道存在的一件旧物，可是到底搁置在哪一个角落，却记不清了，也没有心情翻箱倒柜地去找。

却终有一天需要翻箱倒柜。

杨柳靠在门口，认真地想了想，又想了想。

“一开始吧，我是说，是苏望小的时候……”

“我小的时候叫苏炜诚。”苏望突然插嘴。

“是，你那个时候还是苏炜诚。我是看别人那么投入地搞早期教育，觉得新奇，觉得他们能行我也能行。然后，有些事就一件接一件地来了。早教，选幼儿园，既然都选了好幼儿园了就得选个好小学，不然，好像前面的劲儿都白使了。那，既然选了好小学，自然得再选一个好中学、好高中，将来要考好大学。这是个连环套，你入了套了，走不出来了。就好像，好像一股洪流，人家都顺水走，如果我逆着水，怎么走这路呢？”

苏梁听住了，头一回，他这么有耐心地听杨柳说有关儿子教育的事。

“你是没怎么去过补习学校，”杨柳笑笑，改口道，“你不常去，你不能深切地体会那种氛围。你看见过吧，一下课，那么多的教室里，一下子吐出那么多的小孩，全是小孩，各家各户的小孩，全都来上补习班。大家都向前向前，你总不能反方向跑。打个不恰当的比喻，就好像日本鬼子来了，大家逃命，全体朝城外跑，朝江边跑，虽然到江边你还是要死命地挣扎，才能抢到一个活命的船位，但是好歹到了江边还有一点儿希望。你一个人反方向往城里跑，那就是个死。你看了《南京！南京！》那个电影没？”

“没看过没看过，爸爸妈妈我们什么时候去看？”苏望一兴奋，声音就会像个小女孩子似的尖细，他已经十岁了，还是尖细的童音，笑起来银铃似的，哭叫起来煞煞地刮着人的心。他像一只小动物那样，灵敏地感觉出了围绕在父亲和母亲之间的，难得的久违的友好气氛，把出去玩的事暂抛在了一边，起劲地只是围着爸妈转圈。

苏梁一时不晓得说什么，为了这一种友好与和睦，为了眼睛里刹那间看到的年轻的杨柳而微微脸红心热。

“我走了。我们走了。”苏梁说。

杨柳看他们父子走下楼，听着苏梁拖拖哧哧的脚步声向下向下，心“别别”地跳了一阵。

苏望接受一对一的辅导有一个多月了，眼看着月考又来了，杨柳特地让他多补了两节课，专门复习这一个月所学的重点内容。

从五年级起，苏望他们学校每个月月考一次，每次考试都按每个孩子的分数进行全年级电脑排名。家长们中间传着小道消息，说是凡五年级起每次考试排前十的孩子，将来到六年级有机会被金陵实验中学提前择优录取。

这消息是上一回家长会之后就疯传开来的，来源就是苏望同桌的妈。说是这位当妈的，居然还有一个大女儿，前年刚刚小升初，所以对一些情况门儿清得很。那一回开家长会，她就小小声跟杨柳抱怨说，当年想儿子，罚款超生一个，还是女儿，现在，人家家长经历一次小升初，我要经历两次。人家是丢半条命，我是丢一条命。杨柳觉得她挺直爽、挺好玩的。

后来也是由这位同桌的妈妈牵头，弄了个班级 QQ 群，也是有消息相互通通气的意思。杨柳是最早加入这个群的几个家长之一，后来她才明白，这哪是什么通气的群，简直就是个憋气群。只有她的前任妯娌许月娟没有加入这个 QQ 群，大家私下里议论起来，都说有钱人好命，少操多少心。

苏望同桌的妈把这个消息传出来之后，有的家长大为惊讶，也有的不以为然，说这不是新闻了，早些年就有，金陵实验中学嘛，现在人家也放开名额了，除了考进去的，也收一些关系户，使权进去的，还有使钱进去的，难免收到一些歪瓜裂枣，人家也要保自家的牌子，所以当然想要尖子生。尖子生也有失手的时候，再者说了，尖子生是抢手货，哪个好中学不想要，所以金实中当然要先下手为强，话又说回来，那能保持长期年级前十名的，都不是一般二般的小孩，都是人精。

杨柳想，前十名，这对于苏望而言是一个不可能完成的任务啊。

这一次月考，苏望的数学有了一些进步，上了九十分，英语保持原状，八十五分，语文上出了比较大的问题，一篇比较难的阅读理解把他给绕进去了，加上作文严重走题，语文的分数相当惨淡。

成绩和班级排名是通过手机发给每一位家长的，年级排名对每一个家长而言却是一个谜，除非老师主动告知，否则是无从知道的。

杨柳看着手机上的成绩，无语凝噎。

苏望安安静静地趴在桌上订正试卷，头低得那样低，像是在闻着卷子，不时地偷眼察看母亲神色，一只脚弓着，绷得紧紧，是一个随时可以逃跑的姿势。

杨柳说："行了，你别装用功了，先吃饭，吃过再写。"

苏望蹭过来吃饭。

杨柳照常把电视机打开，这会儿正是播报新闻的时段。

主持人说，我市今日发生一起中学生跳楼未遂事件，××中学初三（2）班的余×，今晨十时，刚下了物理课，试图从学校主教学楼七楼顶纵身跳下，后发现有遗书一张，上写我的死是自己选择的，与任何人无关。具体原因还在调查中。

苏望忽地拔高了声音气呼呼地对妈妈说："我们学校天天排名！他们要是再排名，我也跳楼！从我们学校五层楼顶跳下去！但是我不写与任何人无关，我就要写与你们都有关，谁让你们排名的谁让你们一天到晚考试的谁让你们一天到晚分分分分分的。"

"咣"的一声，杨柳手里的汤碗砸在桌上，一片油汪汪，向桌角慢慢坠下去，滴答到地上。

这一晚，苏望订正完数学卷订正英语卷，订正完英语卷又订正语文卷，还按老师要求把试卷上的作文重写了一遍。

十点半，苏望上床，杨柳替他关上房间的灯。

苏望在黑暗里说，妈妈，你放心，我不会真跳楼的，我没有那个勇气。我想活着。

第九章

杨柳再一次站到“启明星”培训中心门前是在一个半月以后。

一个半月前当她站到这里时心里的那些希望、憧憬、想象全都像泡沫一样在她的眼皮下次第破灭。

她一腔愤怒地推开那扇略有些沉重的玻璃门。

玻璃门里的时光忽地倒退了好些年，那宽敞明亮的空间变得略暗窄了一些，来来往往的也不是穿着制服、相互以老师相称的人。面前也有一个长长的接待台，成摞成排的文件夹。

有那么一瞬间的恍惚，杨柳以为她是来责问这些卖二手房的，为什么明明不是学区房却当学区房卖给她一个对她而言是天价的房子。

外头是瓢泼大雨，她浑身上下滴着水，一双皮鞋里灌满了水，一会儿就把屋内干干的地面染上一摊水迹，放在黑白片里，这一摊就跟血迹似的，仿佛她是吃人一枪鲜血淋漓的可怜人。

杨柳定定神，那暗窄的空间又亮阔了一些，来来去去的人又变回到那些老师。

有人迎了上来，亲切地招呼，这位家长，有什么需要帮助的?

杨柳说我找你们陈老师。

那边陈老师已迎了出来。

杨柳劈面便说，我要退学费！你把学费退给我，一共一个半月，我儿子上了六次课，这部分钱你们扣除，剩下的我要退款！

陈老师面上微微一阴，马上又换上一如既往温和有礼的微笑：“苏望妈妈，是出了什么问题吗？请到我办公室来，我们详细谈一谈。”

陈老师一坐下便说，我们一般是不退款的，而且我们办学十五年了，说真的，要退款的不是没有，可是真是很少很少，比如去年我手里有一个个案，就是退款了，刚签好合同一次课还没上呢，因为人家一家突然移民了，这个理由正当合理，我们全额退款。可是苏望妈妈，不知您有什么样的原因呢？我们不妨分析一下，看看问题究竟出现在哪儿。

杨柳说：“我儿子补了六次课，成绩丝毫没有进步……”

陈老师释然一笑，立刻接过话头：“苏望妈妈，每个家长都希望孩子接受补习后能立竿见影出效果，这个我们太理解了，真的，非常理解，我们都是做教育的，我们跟家长的心情一样，都希望尽快地看到孩子进步，可是，教育这件事儿，不是速成的……”

杨柳也把她的话截住：“这个道理说老实话，我比你更懂，问题不在这里……”

“那么问题在哪里呢？”陈老师的铅笔“哆哆哆”敲在文件夹上。

“问题在，你们许诺的课程、师资与我儿子实际享受到的差别太大，这要是买东西，就叫货不对版……”

“对不起苏望妈妈，我们不是卖东西的，我们是做教育的。”

“就因为是做教育，你，你们应该更诚实才对。”

“苏望妈妈，您这样说就有诽谤的嫌疑了，我们中心已有十五年的历史……”

“哪怕你们有五十年五百年的历史，问题还是问题，你们否认不了。”

“那您说说是什么问题。”

“我儿子说，老师很少给他讲新的题目，也不归纳总结，也不拓展，只把学校课本的内容又重新讲一遍。前后不过十分钟的讲解，之后就给他做题……”

“我们一向坚持精讲多练……”

“精讲多练也好精练多讲也好，问题是，老师让我儿子做题，连批都不批，让他自己对着答案改……”

“这也是我们中心的教学特点，为了培养孩子的自学能力……”

“你这话说的，我要培养儿子的自学能力，就把他留在家里自学了，还用得着费事巴拉送到你这里来？再说，你们收的也不是自学的价啊……”

“苏望妈妈，我认为您的理由并不充分……”

“还要怎么充分？那个补英语的老师，都没开口带读过几次，次次做题，我儿子做得一头雾水，回家来就说题目难，根本不是五年级的内容……”

陈老师微微一笑：“这个我可以进一步说明一下，我们中心使用的英语练习卷都是独家的，老师自编的，程度的确有点儿深，这样好不好苏望妈妈，下次我让老师弄得简单点儿给苏望做，因材施教嘛……”

“你这话是什么意思？”

“您误解我的意思了，我是真诚地说，我们坚持因材施教，苏望的水平大概……”

“你也不用讽刺打击贬低我家小孩，我也不跟你多费口舌，你们自己的合同上写得清清楚楚，随时可以中止课程……”

“我们写的是如果有合情合理的理由……”

“我的理由我认为很合理……”

杨柳觉得自己的话跟陈姓老师的话首尾连接起来，成一硕大的圈，在她眼前晃，然后又带着她一同旋转，转得她有呕吐之感。

杨柳下楼之后，那股呕吐的感觉还在，她在一家银行门前的台阶上坐下来，脚伸到盆栽的红掌里，红掌快败了，显得略有些脏相。

杨柳突地看到一个人。

她棕红色的头发今天恶狠狠地绑成一个紧紧的发髻，露出整个大脸与窄额。

她正拦住一个中年女人说话：“乖乖隆的咚，张口就是三万二，太吃黑了，当我们钱是大风刮来的。你买吗？”

“还没决定。你呢？”中年女人反问她。

“哪个想买？三万二啊，买个什么放在家里好歹是个大件儿，可是买‘课时’，看不见摸不着的就三万二！可是，不交又怎么办？那种奥数题，难得个要死。我小叔子还是名牌大学的毕业生呢，昨天叫他辅导我儿子做奥数题，他算半天没算出来……”

她絮絮地说着，声音比上次暗哑些。

突地一转脸，她看见了杨柳。

杨柳坐在高高的台阶上俯看着她。

她们对视着。

她抬腿作势要疾走，却又缩回脚来。一丝丝羞愧之色从她脸皮的深处浮上来，马上又不见了，像水里的浮标，忽隐忽现。然后她梗起脖子，四肢僵硬，像一个路标一样直直地戳在那里，无畏地大义凛然地望着杨柳。

有个女孩子朝她走过来，隔三步远，便把手里一个粉色 Hello Kitty 的拎包用力掷向她，她顺手接住，问："上完课了？"

那女孩子并不理会她，径自向前走，一张胖圆的脸绷得紧紧的。

她跟上去，这个时候，所有的羞愧都浮到她脸上来了，好像卸掉大浓妆脸上所有的斑痣皱纹全显出来似的，她气愤又无奈地跟在她女儿身后，碎步走着——女孩子的脚步太快了。

杨柳一直目送着她们消失在街口。这年头，当妈的都是苦人儿，杨柳想，谁也不比谁更走运，谁也不比谁更从容。

杨柳跟"启明星"足足交涉了一个月，最终他们答应退一部分款，杨柳实在怕了这场拉锯战，只好答应，可"启明星"又百般拖延，款子一直没有打到杨柳给他们的银行账户上。

又是苏望把这事儿说给苏梁听的，这小孩，现在热衷于在父母之间传达消息，把爸爸不愿出口告诉妈妈的话说给妈妈听，把妈妈不愿出口告诉爸爸的话说给爸爸听。他简直是爱上了这个勾当，这几乎是他生活里最叫他快活的事了。他说的时候，会细细地观察爸爸妈妈脸上的表情，看着看着，他就高兴起来，下次说得更起劲。有时杨柳木起脸来不给他任何反应，他便失望地用力抿一下嘴，接着再说。

半个月后，苏梁替杨柳把款子要回来了。

杨柳惊讶地问苏梁，怎么办成的?

苏梁说，他们单位正好有个同事的老公是工商管理局的，他出面帮忙，还有不成的。

杨柳笑笑说："你同事的老公？我怎么不知道你有个同事老公是工商管理局的，没听你说过。"

"是，是后来来的一个。"

“我欠人家一个人情，也欠你一个人情，我想约你同事和她老公吃个饭，你也要来。”杨柳说。

“算了吧，款子要回来不容易，花那个钱干什么？”

“要的要的。”

结果，苏梁没能把他的同事还有同事的老公约出来，“人家忙，这种饭局应酬多得忙不过来，再说他也不当回事，举手之劳。算了吧。钱你存起来。”

杨柳到底还是约了苏梁出去吃了饭，一家三口一同去的。

苏梁喝得略有点儿多，苏望也吃撑着了，都说那家的菜特别好吃。

苏梁晕头晕脑地躺在床上，迷糊里，自己还在“启明星”门口。

玻璃门，沉沉的，推开，弹向他，挟着一股厚重的风。

苏梁看见自己一天一天坐在“启明星”的办公大厅里，跟来咨询的人们喋喋不休地说，“启明星”是个骗人的机构，他们骗人的。

后来“启明星”的人不让他进去了，他就站在玻璃门口等着，说着。保安过来要拉他，他说那么好，你敢动我一指头我就报警，干脆让警察来揭开你们的骗子真面目。

醉醺醺的苏梁躺在床上，迷迷糊糊地想，真是，我长这么大，真是头一回做赖子。

反正钱是要回来了。

可是真没有必要啊，苏梁想到吃饭时有几回他的这句话就要冲口而出了，他想对杨柳讲这句话，一直想讲，但想想还是没讲，只喝酒，像是要用酒水治一治那点儿嘴痒。

真没有必要，这是干吗呀，就随小孩能学多少学多少，上个普通中学，将来上个普通大学，就算上不了大学，学个手艺就行了呗。

总算忍了没说。

酒醒了，胃里难受，像两张砂纸在相互打磨，苏梁叫他妈给做点儿薄稀饭。

武小慧说，你又到哪里喝酒去了？谁请你酒？

同事。

武小慧“哧”了一声：“我都听你儿子讲了，你好本事，替人家把要不回来的钱要回来了。蛮好嘛你们，一家人亲亲热热，旧梦重温。”

苏梁羞恼，只呼呼喝稀饭，也顾不得烫。

过一会儿他说："杨柳就是这样的人，平时看着挺精明，遇上儿子的事，十次八次犟头倔脑不管不顾的。"

武小慧笑说，哟，你这么了解她，越分开越了解。人家是因了解而分开，你们俩，是因分开而了解。

苏梁说，妈你都市情感剧看多了。

武小慧忽地一转话头："上次你处的那个人，怎么样？"

苏梁说不行，她人蛮难讲话的处不来。

武小慧说，我晓得你跟谁处得来。不是我当妈的心狠不希望你们一家人团圆，可是，叫我说，真在一起就怎么也处不来，不在一起就觉得怎么样都处得来。这是个怪圈，儿子你别不信我的话，你跟杨柳，难啊。

苏家母子餐桌上的交流到此戛然而止。

而姜丹华跟老公方耀平在咖啡店里的谈话却刚刚开始。

方耀平面前的一杯奶昔已经被他搅成了一汪混沌的糊涂，他盯着那泛着可疑灰色的一杯东西半天了。

姜丹华记起从前方耀平就喜欢吃这种东西，大冬天的也要吃。他们常在课余时间泡在学校对面的一家冷饮店里，那家店子有个奇怪的名字叫"意大利"，门面小，里头的装修也寒酸得很，可是东西品种却新，味道居然很不错，价钱也公道，所以总是挤满了年轻人，都是这附近两所大学的学生，有时候一帮人相约去意大利，仿佛是一个暗号，于是轰轰地就去了。多半还是跟对象一块儿去，一张桌一对火车椅上常常坐下两对情侣，各自就着对方含情脉脉的目光吃那些冰冰凉的东西，互不相扰。冬天店里会卖热饮，可是方耀平还是会要一杯奶昔。那个时候他们刚刚确定了关系。

那个时候，日子好，人也好。

第十章

姜丹华看着对面的方耀平。

年轻的方耀平忽然地来了，坐在她的对面，姜丹华下意识地伸出右手来托下巴，其实是为了挡一挡脸。一个中年的憔悴的不快活的女人，经不起年轻爱人一眼一眼地看。

但是那年轻的方耀平似乎并不在乎，热烈地对着她说话："毕业以后我打算留南京。"普通话里藏不住的一点儿苏南腔，厚却软，很中听。

姜丹华听见自己说："儿子这个星期要参加英语等级考试，正好在星期天，我周末就带他过来了，还住我爸妈这边，下周再带他回去。这边去哪里都方便。"

中年方耀平"嗯"了一声，说，好。他看见对面的忽地变年轻的姜丹华，吃了一惊。

"留南京教书吗？你又不喜欢当老师。"年轻的姜丹华要胖一点儿，有点儿小包子脸，干干净净，颧骨处有一点儿反光。

"我们，就这样下去了吗？"方耀平听见自己问。

姜丹华一时沉默。

"不当老师，我一向怕小孩子。"年轻的方耀平笑起来，"找家公司先干着，南京是留定了。"

"不这样又能怎么样？叫我撕破脸皮跟你吵我也做不出来，我想你也不至于急赤白脸地要跟我离婚。"姜丹华说。

"你……什么时候知道的？"方耀平刚问完这句话就后悔了。

"南京就这么好？"包子脸的姜丹华说，一边把杯子里的奶昔吸得"嗞嗞"响。

“什么时候啊，比你想的可能要早，比我想的可能要晚。”姜丹华说，摸摸自己的脸，就这么用手摸摸，也能感觉出脸上的每一根线条都向下，向下。

“南京多好。”年轻的方耀平说，把长腿舒舒服服地伸直，人靠向椅背，双手掌在椅面上，“南京，呵呵，那就是我的天堂哪。”

“你的意思是我们分定了？”方耀平突觉有点儿悲愤，他想，你看一个男人，他再显得不是东西，他也有权有点儿悲愤。

“我想过了，无论如何也要等到儿子考上中学。还有半年，等他跨过这道门槛，考进一个理想一点儿的中学，然后我们再慢慢处理我们的事，再慢慢地告诉他。”

“这样也好。”方耀平说。

姜丹华看着年轻的方耀平从椅子上站起来，他天生长腿短身子，每每只觉得他挺了一下腰板，就站起来了。

他站起来向外走，回头对姜丹华说，走啊。

姜丹华觉得自己身上一轻，然后看见年轻的、包子脸的自己一边一路小跑跟着年轻的方耀平，一边说，你慢点儿走。

姜丹华觉得再沉默一秒就要破功就要掉下泪来。“你不要再吃这个冷冰冰的东西了天热也不能多吃不是年轻时候了叫客套餐来吃有牛排那就牛排好了。”她说得又急又快，而眼睛撑得大大的，把满眶的泪重新憋了回去。

方耀平把奶昔糊涂推开：“我知道，这事一旦让你知道，就不可能有好结果。你从前就是眼睛里不揉沙子的。”

回到父母家之后，姜丹华试着问儿子，如果一直住在公公婆婆家好吗？

儿子一边飞快地做着英语练习一边斩钉截铁地说：“不好。”

姜丹华的妈做了夜宵送进方正的小卧室里给孩子吃，姜丹华的父亲在隔壁扬声说：“叫孩子早点儿睡吧，他最近太辛苦。你做妈的不心疼我们做老的心疼。”

姜丹华妈对姜丹华摆摆手，叫她不必理会他，又催着姜丹华也吃一碗酒酿元宵暖一暖胃。

热气裹着股甜香腾起来。

这一天的半夜，苏梁接到杨柳的电话。

这是他们离婚后杨柳头一回这样晚给他打电话。

杨柳她爸摔断了腿。

苏梁穿好厚衣服，临走又从柜子里扯了一件军大衣，那是他从前在军服厂门市部买来的，那会儿他们单位的小年轻也不知怎么了，一股风地去买军服当工作服，有美式的衬衫夹克，也有这种中式的军大衣。

苏梁抱着大衣，在武小慧一迭声的问话里头也不回地出了门。

杨柳她爸是起夜时摔伤的，一跤下去就站不起来了，苏梁和杨柳送他进医院，髋骨骨折，医生说这个年纪，且得在床上躺一阵子呢，所幸没伤着脑袋。

果不其然，这一躺就躺到了年底，苏梁跟着忙前忙后，杨柳妈过意不去了，可是杨柳爸却并不觉得，一味地只要苏梁陪着。说，儿子不在身边，这个时候我只有指望女儿女婿，还好我这个女婿靠得住。他拍着苏梁的背，叹着气："靠得住啊。"他说。

其间苏梁不知听了武小慧多少冷言冷语，到最后武小慧说，我知道我是说什么也白说，你就愿意当这个冤大头，贴钱贴人力，你不就想跟她复婚嘛。

苏梁气呼呼地反驳他妈："我想，也要人家肯才行。"

"她凭什么不肯，她怎么会不肯，凭她还能找到什么人去？"

"凭我又能找到什么人去。"

话说到这里，武小慧光了火："跟鬼迷心窍的人是讲不通的，你要一条道走到黑我也由着你。不过我提醒你，你们当初是为了什么离婚的，将来复婚在一起，除非你们不要儿子，不然你们还得吵还得离，我把话撂在这块，不信你就看。"

苏梁说，我其实也没真想，你要老这么说，我说不定真想了。你把我说得真的想了你不要后悔。

武小慧重重叹一声又说，你要想也要放到肚子里头想，不要把那想头放在脸皮上，男人对女人，女人对男人，太巴结了都不是什么好事，你用不着明知道她会去接小孩你也巴巴地跑过去接吧，这到底是为了见儿子还是为了见她？

苏梁气得摔摔打打："你又听许月娟说的吧，她最近怎么老往我们这里来？她不好好地在她那个豪华'别野'里待着老跑到我们这种破烂居民楼里来干吗？她除了挑拨离间还能有什么正经事？有本事管好我大哥，管我干吗？我又没有几百万几千万的钱怕人分了！她已经拿我大哥没办法了，气得变态了，管到我头上来了！”

武小慧听他话里有话，硬问他怎么说。苏梁不耐烦说鸡零狗碎，含糊地答，许月娟跟他大哥苏群还有苏群新任的小三儿在一张桌子上吃过饭。武小慧大惊道：“不至于吧，这也太贤惠过了。到底怎么一回事？”

苏梁没好气：“我知道他们什么狗屁倒灶的事！是大哥有一回喝多了自己告诉我的，我也没细问。”

说完钻进自己房间睡觉去了。

等杨柳爸总算可以下地的时候，苏梁给他买了一个新型的拐杖，下面是三角形的，看上去就坚固得很，杨柳爸喜欢得什么似的，天天撑着在家里慢慢地走来走去，后来又试着下楼。快到元旦的时候，杨柳给苏梁买了件皮衣，短款，深棕色，地道小羊皮，苏梁一看价格吓了一跳，说这么贵，你怎么舍得买！爸，我是说，你爸，这次受伤住院花了不少钱呢。

杨柳悄声说，哎你不用烦，这是我妈拿出私房来买的。

苏梁悄悄伸伸舌头，想起这前任老丈母娘从前是一向看他不大入眼的。苏梁说这皮衣可真是宝贵了。

杨柳会过意来笑起来。

杨柳妈说：“这段日子你们俩也辛苦了，不如你们趁周末再请一两天假，出去玩玩吧，苏望我给带着。”

杨柳爸一迭声说，好好好，去去去。

苏望说我也要出去旅行，杨柳妈丁是丁卯是卯地说，不行，就他们两人去，你不去，你跟着我和公公，要么叫你妈送你去补课，要么让你妈去旅行、你跟着我们，你选。

苏望一听这话，毫不犹豫地选了跟着公公婆婆。

杨柳爸乐不可支，说，去去去，你们去度蜜月，杨曦，你姐姐跟姐夫去度蜜月你跟着去干什么，当电灯泡啊。

苏梁看看他，原来杨柳爸还是脑子不大清楚。

杨柳和苏梁两个人真的去了周庄。

没想到有那么多那么多的人。

总算有长途车，路上还算顺，谁知道到了却找不着住的地方，所有的快捷旅馆都客满，两个人背着大包没头苍蝇似的从东跑到西从西跑到东，快十点，才找到一处离景区老远的旅馆尚有两个床位。

是老式的简陋的小旅馆，居然还是上下铺的，还男女混住。老板娘是当地人，干净爽利的一个女人，店子也算得上整洁，床单是新换的，摸上去簌簌响。杨柳住了下铺，苏梁住上铺。

可是这种环境，起头时两人无论如何睡不着，苏梁就坐在杨柳床边跟她闲聊天。可人多，那边厢几个年轻的学生已打起八十分来，吵吵嚷嚷。苏梁与杨柳看着那几个年轻的孩子，人大约只能在这么年轻的时候，玩才是真的玩。

他们开了扇窗，夜往深里去，有点儿冷，苏梁让杨柳披上薄被子，自己把上面一层灰色粗毯披在身上。忽地用皮带将毯子拦腰一系，揉乱头发，眼神炯炯，皱起鼻子，问杨柳，看这造型，你想起谁？

杨柳说没想起谁，谁啊？

苏梁伸右手拇指与食指在下巴处比画一下：“没看出来吗？像不像犀利哥？我们单位人给犀利哥起了个外国名字，叫‘眼神犀利夫斯基’。”

那边有小姑娘“噗”的一声笑出来，苏梁立刻缩回床铺中去。

他一直就喜欢跟年轻人一块儿玩，杨柳想起他特地为跟单位的小年轻一块儿出去玩而买的助力车。

苏梁有点儿讪讪的，小声说，笑个屁呀她。

这么近地看苏梁，杨柳发现他竟然也老了些，眼角有了细皱纹，鼻梁上也有，这简直让杨柳大吃了一惊，苏梁也会老，苏梁怎么会老呢？他不是什么也不管不问吗？他不是天塌下来也不耽误玩吗？他不是曾经整夜整夜坐在电脑前打网游，第二天早上青白着脸，蓬着多时未剪的头发，像一个十几二十岁的男娃吗？

是了，谁也躲不过岁月这把刀，只不过有的人，一刀下去，血溅三尺，有人却受的是钝刀拉肉的零碎苦，老得要很近很近才看得到。

第二天，两个人起了个大早，朝周庄景区赶。饶是这么早，到时周庄整个小镇的各个角落都是人，每条窄巷都是，乌泱泱一片一片。石板桥被人填满了，大家很有默契地一步一步在蹭着过桥，一旦挤到桥栏边，便抓紧时间做一个凭栏望水的姿势拍个照。

杨柳跟苏梁挤在人群里，怕走散了麻烦。忽地伸过来一只湿湿的微凉的手，抓住了她的手，是苏梁，杨柳回头看他，却见他眼观鼻鼻观心，然后没头没脑地说："这桥不会塌吧。"

"谁知道，这么多人，难说。"

"别怕，桥塌了我救你。"

杨柳说你脑子坏掉了哟，会游泳的是我不是你吧，还是我救你，我先一巴掌把你打蒙。

他们在无比的嘈杂声里有一搭无一搭地说些不着边际的话，走着漫长的全是人的路，吃着烟火气十足的农家菜，一天两天，过起来像飞一样。

第三天也到了晚上了，杨柳说，也好回去了。苏梁说，我知道，你要回去让儿子收收心学习，你怕他把心玩散了。

杨柳笑起来，说，我知道，你肯定想，有必要这样吗？小孩子难得休息两天，就让他玩玩呗。

苏梁也笑，说，我还真是这么想的，但是我也知道你肯定觉得这样不对。

杨柳说，唉，想想还有一年半就要升中学……算了，我不能想，一想就觉得头重，眼前一抹黑。

苏梁说哎，我们以前不就随便找个离家近的中学上上算了，当然啰，我们也都没读出来，反正都是一辈子。算了，不说了。

说得也是，杨柳说，自己没读出来，总希望儿子比我们有出息点儿，哪怕就一点儿呢。

旅馆里到晚上依然吵，他们索性走出房间，坐在小小的天井里聊天。这小店是老板娘自家的屋子因地制宜改建的，有个小天井，种两棵瘦桃。

夜里冷，苏梁递一件军大衣给杨柳，杨柳把大衣裹在身上，真是暖和，还是这种棉大衣抵寒。

大衣里有苏梁身上的味道，苏梁的味道还是年轻的，没有油气，懒洋洋的太熟悉太熟悉的家里亲人的味道，以前在一起时闻不到，分开了，发现自个儿的鼻子在烘烘的人气车船气草木气饭菜气里把这个味道认了出来。

苏梁缩缩脖子，深夜竟然这么冷。

杨柳觉得自己抢夺了苏梁棉衣里的暖和，也把他的生活弄得一团糟糕。她是搅和他命运的翻云覆雨手，可是他待她还是好的。

他是她的初恋，她也是他的初恋。从前苏梁外头没有人，她更没有。但是，除了逃到一个荒无人烟的地方，只得苏梁和她自己，谁也不认识他们，他们也不认识谁，没有小孩子，她只有他他也只有她，他们方才能相亲相爱白头到老。原来她的爱情与她的生活、她的孩子，是这样的水火不容，这个认知让杨柳很绝望。

杨柳想赶跑心里乱七八糟的想头，随口问苏梁，我听苏望说，前些日子你有个对象。

苏梁说，没成，现在不联系了。

杨柳干干一笑，咳一下问为什么不成。

苏梁闷半天，说了句："哆兮兮。"

杨柳想一下，明白了他的意思，开玩笑说："其实，这样的女人有利于你的成长。"

苏梁也想了一下，说，我好像想明白了一件事，就是我可能还是不结婚的好。

杨柳突然说："你有没有想过，要是我们当时不要小孩子会怎么样？"

苏梁又闷半天，说："我想不出来。有小孩，也蛮好。没有，可能也蛮好。"

第十一章

一入冬，一连半个月阴着天，偶尔落些细密密的雨，湿冷湿冷的。

周六这一天，一早就刮起西北风来，风里头裹着绵针雨，扑得人一头一脸，伞在这样的天气里是不管用的，时时被吹得翻过去，杨柳索性收起伞，将儿子棉衣的帽子给他戴起来，自己却不敢戴，一戴上，耳朵遮得严实，两边的视线也就遮挡住了，走在大马路上心里不踏实。今天补习班期末考试。

杨柳问苏望，你有把握吗？

苏望有气无力，老老实实地回答，没有。

又走了一会儿，杨柳问，有一点儿把握吗？有吗？

没有。苏望说。

那么一点点呢？一点点把握总有的吧？你也复习好几天了，也挺认真的，妈妈不是老表扬你这回复习得挺认真吗？

苏望想一想，小声说，有的。有一点点。

他的睫毛上挂着雨珠，衬得眼睛都湿漉漉的，鼻头红红，像哭过一场似的，其实他实在是一个不大哭的小孩子。

今天母子两个提前两小时就出门了，车意外地顺，时间还早，杨柳领着儿子慢慢地走着。补习学校不到上课时间是不开门的，杨柳找了家银行带儿子进去暖和一下，一边等着学校开门。

“考试考试，我讨厌考试。”苏望说。

“讨厌也没办法，人人都要考试。”杨柳说。

“苏炜奕就不要考试，我们学校的测验他也没参加。我告诉你呀妈妈，苏炜奕他有一个星期没来上学了。”

“管他。”

“我跟你说呀妈妈，你晓得他为什么不来上学？你肯定不知道。”

“我不想知道。”

“他不是生病了，是他妈妈带他到外国去玩了，真的，他宁可不上课也要去玩，他妈妈同意的，我们老师批评他妈糊涂，说这样的妈妈少见。他好运哦，不用考试。”

杨柳回过脸摸摸儿子的头：“你是不是觉得他妈妈好，你妈妈凶，天天逼你学习？”

苏望在玻璃门上呵一口气，画出一张脸来，说：“但是她是他妈妈你是我妈妈呀。”

隔着银行的玻璃门，苏望望外头渐渐大起来的雨。

是冬天的冻雨，“噼里啪啦”地打到地面上，地上蹦着无数银亮的小雪珠子。

苏望突然地把脸压到玻璃门上，兴奋地叫：“妈妈，下雪了！太好了！下雪了！”他还是细尖尖的童声，满腔的笑全冲到喉咙口，咯咯的，像打嗝似的，惹得银行保安笑了起来。

杨柳皱了眉头说：“是下雪了，你高兴什么，真下大了，回头我们回家坐车可就难了。最好等我们到家后再下。”

“现在下现在下。”苏望蹦着叫，“下吧下吧，下得越大越好，把路堵住最好，说不定，雪下大了，今天就要停课了，不考试啰！”他双手合十，口中念念有词，“老天爷，求求你快下吧快下吧，多下点儿雪，还有一个小时才考试呢，时间够了吧？可以下一米深的雪，不不不，下两米深最好！老天爷，求求你啦！下雪好吗？求求你啦！”

他闭上眼，继续念叨。杨柳拍拍他，他睁开眼，窄窄的小脸严肃得很：“别吵。”他说，“不要影响我跟老天爷说话，我多说几遍他一定会听到的。”

然而老天爷并没有听到苏望的念叨，雪珠子落了不过十来分钟就止了。

苏望惊恐地回头：“妈妈，雪为什么停了，突然就停了。”

杨柳又好气又心酸：“得了吧，别想好事了，你上这个补习班几年了，它什么时候停过课，有一年大暴雨，停过吗？去年大雪，停过吗？国庆节停过吗？圣诞节停过吗？元旦停过吗？”

“它干吗不停课啊，偶尔也可以停一次嘛！”苏望说，认真地天真着说。

“他们收那么贵的补习费，少上一次就要退一次的钱，退一个人的钱不算什么，可是退所有人的钱他们就要少挣好多钱，他们可不想少挣，一分钱也不想少挣。”

“挣的都是我们这些痴心父母的钱。”旁边也是个带着孩子的妈，这时候插嘴说，杨柳转过脸去对那女人笑起来。

“他们是谁？为什么那么坏？”苏望又问。

“坏什么？人家又没强按着你的头让你来上课！”杨柳没好气。

“怎么没强按我的头，就强按了。”

“你少废话，养养精神，话说多了伤神，等会儿考试就犯困了。”

“妈妈，他们到底是谁呀？”

“我说不上来儿子。真的，他们是谁呀？”

考试准点开始了，语文数学外语，一个下午连考三门课，每门考试中间有大约十分钟的休息，从一点一刻考到五点。

天一直阴着，风越发大了起来，可学校门口的小摊贩们还是支开了摊子，他们的伞被风抽打得呼呼作响，摇摇晃晃，油锅里一团团蒸腾起来的热气也被风打得四下飘散。

四点半钟，学校的教学楼下已开始聚集大批来接孩子的家长。

风住了，小摊前，热气白团团地在空中凝住了，天沉得快要落下来似的。

杨柳夹在人群里，听着人们议论纷纷，这是要下雪了，一旦下下来就小不了。老天爷睁睁眼才好，再等一小时下吧，等我们都到家，等我们坐上车，至少也等我们孩子考完吧。

杨柳看见前面一个熟悉的背影，是姜丹华。

姜丹华回头看见了她，先打了个招呼，姜丹华穿着一件旧的羽绒服，用一条格子围巾兜头兜脸地围着，这使得平日里她身上多年的教学生涯沤养出的那股子“老师的派头”消退了很多，让杨柳觉得格外可亲。

姜丹华拉杨柳挤到稍背风处。

还有十分钟考试就要结束了，人群里的声音小了下去，继而寂静降临了。无数张脸抬起来，看着楼上的走廊，仰头的角度统一，动作是团体操也没有的整齐，脸上的表情也一致地冻住了。

铃声远远而来，听不大清，这教学楼里的铃声一向如此细弱。然后，声音来了，小孩子的声音，裹挟着教室里温热混浊的气味，有声有嗅地来了。一团一团的声音一分一分地把走廊占据了。再然后，人出现了，一群一队穿得跟球似的小孩子，热腾腾的小孩子，带着声音与气味，一寸一寸地向走廊填过来。

雪突然地就下来了，雪片毫无来处地就出现了，大如小儿手掌，很缓慢地落下来，越落越多，越落越多，这么慢这么慢这么大这么大的雪，很快就把人的视线糊住了。

校工拿着小喇叭出来了，喊起来："下雪天，防楼道拥挤，开辟东面楼梯。三楼四楼学生家长，请到东面楼梯接孩子。"

人群应声而动，拥向东面楼梯。脚步"唰唰"，又骤然地没声了——东面楼梯也就十来步远。

这是一道极窄的露天楼梯，旧式的，扶手也是水泥的。楼梯上方缠绕交织着些乱拉的电线与绳子，绳子上还晾着些衣服——这补习学校平时是一所大专校的教学区，周末才租给补习学校用——那些是学生们忘记收起的衣服，冻得梆硬，被寒风吹起，相互击打，"砰砰"作响。楼梯连着的一面山墙上，爬山虎枯烂得不成样子。

小孩子们像水一样地漫过走廊直向这楼梯而来。

家长人群异常安静。雪"噗噗噗"地下，梆硬的衣服"砰砰砰"一声又一声，爬山虎叶烂枝"唰唰唰"地抽着山墙。

小孩子下楼来了，脚步声，叽叽喳喳的说话声，校工还用喇叭在喊："三楼四楼从东边楼梯走。"喊成了歌的调子。

头一个看见自家孩子的男人大声叫出孩子的名字，接二连三呼儿唤妈的声音响起来了，响成了一片，人群里炸响了一片一片的声音，终于把那些"噗噗噗""砰砰砰""唰唰唰"的声音盖住了。

姜丹华一把拉住杨柳，才使她没有被人群冲得滑倒。她们两个手拉着手，往一旁挤，三楼是五年级，四楼是六年级，三楼的先下来，杨柳看见了苏望，苏望眼尖，却没有出声叫妈妈，只伸出半个手掌向杨柳挥了挥——还有半个手藏进了衣袖里。忽地他看到了姜丹华，大声地叫了声姜老师。

姜丹华推着杨柳母子叫他们快走，路上小心些，雪越下越大，人群挤得不行。

杨柳紧拉一下姜丹华："那我们先走了姜老师，你们路上也小心些。"

窄窄的校门吐出一堆一堆的家长和孩子，孩子们几乎是立刻就扑向校门口那些油汪汪热腾腾的食物，把那些香味扑鼻的东西连同飞舞到他们嘴边的大朵雪花一起吞进肚里去。

这一回的雪没有给苏望小朋友带来任何的好运，没能使他躲过考试，也没能使他的成绩变得可看一些。

让他非常讶异的是，妈妈竟然一点儿也没批评他，并且，没有给他报寒假的特别补习班。

苏望和妈妈一起，过了一个快乐的没有补课的春节。

年三十晚上，杨柳没回娘家，是带着儿子一块儿过的，她买了很多的菜，苏望很高兴，但也提出疑问："我们两个人是吃不完的吧？"

杨柳说吃不完可以慢慢吃。

年三十杨柳家的门铃没有响。

年三十的晚上，许月娟是在医院里度过的。生病的不是她，是她的儿子苏炜奕。

许月娟没联系上苏群，苏群到国外去了，带着他的情人一块儿去的，许月娟知道，她看过那个情人，不是旧的那个，换了，才二十二岁，是个车模，高挑身量，瘦到无可再瘦，胸怀却波涛汹涌，眉目如画，深刻得有点儿凶相，下巴如锥。

他们三人，在一张桌子上吃过饭。

那一回，许月娟难得跟苏群一块儿吃饭，商量给苏炜奕建一个教育基金。许月娟跟苏群提了，将来是一定要把儿子送出国读书的，不拘什么学校，读完大学就在那边扎下根来，那么一定要买幢房子，车子也是必需的。此外，读书期间的学费生活费，总要先准备下来，还有，苏炜奕从小身体弱，那么当妈的怎么舍得他一个人在异国他乡，是一定要出去陪的，所以生活费得算两个人的。林林总总杂七杂八，事先备好，到时不至于忙乱。现在给孩子建教育基金不是再正常再普通不过的事了吗？平常人家省吃俭用还要弄一个呢。

许月娟正细细密密地说着，苏群并不搭腔，只用筷子拨着菜碟里做配料的一粒青梅。

忽地，苏群的电话响了，苏群接了，只听着，并不多说。许月娟借汤碗的掩护看着苏群，看他脸皮底下慢慢浸出来的笑，含糊，宠溺，那一点点笑把他整个的人都点亮了，许月娟脑子里“嘣”地响了一声，像爆了一个喑哑的炮。

末了听得苏群对着手机懒洋洋地说：“要来就来呗，在 × 饭店，× 包间，吃粤菜呢，吃得惯吗？”

许月娟觉得这会儿她顶好是起身走了算了，可是像是有什么东西扯着她拽着她留着她，大概是苏群脸上的那点儿笑吧。

第十二章

许月娟坐在儿子苏炜奕的病床边。

儿子睡熟了，其实他在被送到医院之后就一直没清醒过来。

这一吓非同小可，许月娟觉得自己一天之内被这一吓吓老了起码五岁。

直到医生诊断说，孩子并没有大病，只是疲劳过度引起昏迷，住几天医院好好休养一下，以后不能这么疯玩游戏了。

苏炜奕迷上游戏不是一天两天了，他有的是时间，手头零花钱也充足，买了装备，一个寒假直玩得昏天黑地，直到许月娟发现不对头去喊他，他刚站起来就一头栽倒。

儿子一直睡着，他是累坏了，连年三十午夜巨大的鞭炮声都没能吵醒他。

许月娟却精神亢奋得要命，闭不上眼睛，其实这间高楼病房还另有一张挺舒服的床，可她还是坐在儿子床边。

她觉得气闷肚胀，其实这一整天她也没吃什么。她松开裤扣好让肚子舒服一些。“嘣”，她立刻觉得一团肥肥的肉从裤腰里弹了出来，用手一捏竟捏出整把的赘肉来，泡泡软。

许月娟觉得自己是在与苏群和他的新情人面对面吃完饭之后的日子里开始发胖的。

人就那么快速地泡了起来，很多衣服都不能穿了，她也打算把荒废已久的瑜伽捡起来，并且计划把晚上的一顿饭改为酸奶与水果，但一想到那一天苏群的那点儿笑容，立刻就把所有的努力都放弃了。

不久之后，苏群果然给儿子苏炜奕弄了个教育基金，数额叫许月娟很满意。

许月娟索性就胖了起来，而且开始把保姆赶出厨房，自己掌起勺，立志要把儿子养壮实。

她在一个四川籍朋友那里学来一个菜色，买来肥一些的肉，略煮一下，切片但不切断，里头夹上自家煮好用细纱布滤过的细豆沙，一块块在盘子里码好，上头再盖一层红糖拌过的糯米，上锅急火快蒸，蒸到透熟时拿出，撒上白糖，未及端到饭桌上，便执筷对着那透明油亮的一块直戳下去，送到嘴里。

痛快得要了命了。

许月娟起身到外头去透气，到底是高级病房，走道里并没有一般病房的病气、腥气，是爽洁的味道，许月娟从这一头慢慢踱到那一头，再踱回来。

再踱回去的时候，有个中年男人迎面过来。

他没认出许月娟，许月娟却认出了他。

中年男人是莫奕华，名字里头有一个字跟苏炜奕重了。

许月娟叫他，莫奕华。

他停了下来，许月娟想，是了，真是他。

大模样并没有走，只是憔悴了，头发像盐里撒了把胡椒面。

人说好看的男人更不经老，不过莫奕华老得还是好看的。

年轻时候的寒酸到老了沉淀了，不那么捉襟见肘藏也藏不住了。

只是脸上还是透着不如意，这是一望而知的。

莫奕华也试探地叫了声，许月娟。

年三十的午夜，空空的医院走道，许月娟重逢初恋情人莫奕华。两个人站着聊了一会儿，从各自为何在医院说起。

许月娟说儿子病了不过没什么大问题，莫奕华说他太太病了，癌症。

许月娟“哦”了一声，说现在医学发达，也不是不可以治的。

莫奕华说晚了，都扩散了，手术时打开肚子医生又给缝上了，没办法了，让她在这里舒舒服服地住几天吧。

外头鞭炮声更密集了，一下把两个人的话音给吃掉了。

医院走廊里灯光明亮，许月娟不动声色中将莫奕华看了个仔仔细细。从前莫奕华真是好看，白净面皮，细致眉眼，端正鼻梁，身量细长，走在街上看他的人比看自己的人多。许月娟想起自己妈曾说过，这个男娃子好看是好看，但是好看得“薄”，一开始许月娟以为她在讲莫奕华身材单薄，可是自家妈妈却鄙夷一笑说你不懂。

后来许月娟才明白这个“薄”是什么意思，不由得感叹自家妈妈，到底是菜场市口混出来的，练就一双势利的眼，毒得很。

现在，在明亮如白昼的灯光下，莫奕华是显而易见地老了，而且老过了他的年岁，许月娟还记得他还小着她两个月。现在他身上的那点儿“薄”好像淡了一点儿了，但整个人又染了点儿“灰”。

许月娟下意识地把自己身上的开司米长大衣拉了一拉，衣服当然贵，颜色质地做工都好，然而还是小了一号，绷紧紧的，只显得她三分之一胸三分之一身子三分之一腿，不用看就晓得有多么不堪看。

莫奕华听得许月娟说孩子病了，客气地说去看看。

苏炜奕小朋友还睡着，脸陷进枕头与被子之间，许月娟没有告诉莫奕华小孩叫什么名字。

随口她又问莫奕华孩子多大了，莫奕华说高中了，明年就高考，还说女儿成绩很好，在 ×× 中学。

这又是一个在这个城市里响当当的学校的名字，许月娟看到莫奕华的脸被骄傲给点亮了，一瞬间他显得年轻得不像话。

许月娟也提出要去看看莫奕华的太太，莫奕华犹豫了一下带她去了。

莫奕华打开灯，许月娟看见病床上直挺挺地躺着个人，身上一堆管子，头上戴着毛线织的帽子，一直遮到眼皮上。人是没有了人样儿了，从前什么样子的，哪里还看得出来。

莫奕华有点儿不大自在，许月娟立刻察觉了，就说不打扰病人休息了，退了出来。

窗外又炸一记天地响，一痕光亮划破天空一角，带着呼哨声，然后在天幕上炸开一团碎金，是有人放烟花了。

“你还记得那年国庆放烟花吧？我们跑到我同学家去看，他家住顶楼。”莫奕华说。

许月娟笑说是啊，那个时候有点儿老土，听到放烟火高兴得不得了，好像非要看不可。

一刹那间，两个人都停下来不再说，都想起了那一次看烟火的不寻常处与妙处来。

于是讪讪地各自回自家人的病房。

许月娟坐在儿子病床边想，何必再提那次看烟花，不过他大概是无意的。

儿子住院的几天，许月娟常常与莫奕华碰面，他们甚至一起吃过一次饭喝过一次茶。

多少有点儿背着人，双方都有人来探病，莫奕华那头人不多，许月娟这头却有武小慧常来送汤送水，所以他们一块儿吃饭喝茶都选的近半夜的时间，待病人们都睡下了，一个病人是本身就没有大病，一个是大病已入膏肓，都不是十分急切的状况。

外头湿冷入骨，不时有鞭炮炸响。头一回两人约了要出去喝茶，出了门才醒悟过来现在是春节里，哪里有店还开门。附近一片黑灯瞎火，两个人又不好走太远，只好散了会儿步。

大年下很多人都回老家过年，这个城市一下子人少了许多，街道上来往的车辆也少了，半夜里更是阒静无声，两个人的步子几乎起了回声。头顶上梧桐树的枯枝在寒风里簌簌作响。四十多岁的男人和四十多岁的女人在散步。

大年初五总算有家茶社开门做生意了，是一家平日里他们俩谁都不会进去的场所，东西贵滋味马虎，平时做的是打八十分的人的生意。这大年下，八十分瘾头大的人已忍了好几天了，终于等到开门营业，所以这里人还挺多，烟气十足。许月娟要了一个小包间，门一关上，天地就静下来了。

许月娟先执壶给莫奕华倒上一杯水果茶，金黄色的水注入一掌握的小玻璃杯，有甜香散出来。莫奕华接过去暖手，还是从前的习惯。

闲谈是莫奕华起的头，说起太太的病，原来都拖了有好些年了。最初发现是早期，手术也挺成功，没想到复发得也快，一发就不可收拾了。人是时好时坏，坏的时候多，好的时候少。家里有病人长年住院，好像连日子都没心情去记了，一年一年，春夏秋冬，过年过节，大人小孩的生日，都忘了，只记得女儿从小学升到了高中。

莫奕华年轻时脾气就好，温温吞吞，说话都不高声，现在也是一样，但是说着说着，语气里也渐有了些委屈与抱怨。丈人家近两年也不贴钱了，家里还有儿子要结婚，其实是再婚，第三次了。都说久病床前无孝子，子女久病，爹妈的心肠也会硬起来。都说母爱伟大，可什么事都有例外。

许月娟还了解到，莫奕华这些年换过不少公司，后来终于在现在的这家定下来，现在也升到主管一级了。难怪，许月娟暗想，当年看他身上的那股子唯唯诺诺劲是没有了。又问起他老家的情况，莫奕华说他父亲前年去世了，母亲还健在，在老家跟着他姐过。条件自然谈不上好，比从前总是要好些。如果不是现在家庭的这种情况，我是要把老妈接到身边来的，现在也不可能了。莫奕华说。

许月娟听得多说得少，想说的话到了嘴边都觉得不合适，一句一句又吞了回去。

许月娟硬生生让儿子在医院住满半个月才让孩子出了院，因为苏群也回国了，见面时许月娟差一点儿没有认出他来。

大约是终于习惯了外国的饭食，苏群变成了一个富态的人，有了一个圆滚滚的肚子，脸上的皮全撑开了，看上去简直是另外一个人了。

还好他眉间那粒黑痣还在，不然许月娟就要问他贵姓了。

许月娟开始减肥。

所以杨柳不常在学校里碰到让她不愉快的这个前妯娌了，许月娟又换了个看上去利利索索的保姆来接儿子，下午她有瑜伽课。

杨柳笑问儿子，现在大妈不问你的成绩了吧？

苏望尖声说，她不好意思问了，苏炜奕现在是我们班成绩最差的人。老师说他天天坐在教室里聚精会神地走神。

母子俩是在去考试的路上闲话的。

这回考试有点儿特别，不是哪个补习班考试，更不是学校考试，学校这才开学，老师和小孩都还没从过年的感觉中回过神来呢。

杨柳春节的时候听从前的同学说，市里有一个奥数名师，人称有点石成金的能力，一般般的小孩到他的班上，半个学期内奥数成绩就会突飞猛进，都把他传成神了。他就在自家里收学生，是城南还没有拆的老房子，有堂屋院子的那种，收费嘛自然是贵一些，谁叫人家神呢。

杨柳托老同学做介绍，想让苏望也去上这个私人老师的班。约莫过了一星期，老同学那边才来回复说，收可以，可是人家要考一考苏望，看看他目前的起始水平如何。

“为了口碑嘛，要是补来补去没有进步，说不清是学生原来就不好还是老师没本事。一来二去的这个私人的补习班口碑不是不好了嘛。现在办学，口碑最重要，口碑就是钱。”

杨柳听说人家有可能收苏望，便也不计较同学的那一番乱七八糟的说辞了。

穿过城南羊肠一般细长曲折的小巷，杨柳终于找到了那个私人老师的家。

从城南老房子里出来时天都黑透了。七转八弯地，杨柳母子二人总算转到了大街上。杨柳眼皮底下，似乎还有老房子花格窗的木影。

地方真是好地方，现在才晓得这样的老房子的好处，屋顶挑高，木质的天花板，朝南，这倒春寒天气里竟然不冷。屋子敞亮，摆了一排排的正规制式课桌椅，前头立一块大黑板，靠墙一溜打制的书柜，一溜小格子，分门别类摆着试卷练习本。里头还有一个小小套间，摆着简单舒服的沙发，椅子，一张大书桌，带孩子来考试的家长们都坐在这里等候。窗玻璃上映着外头一株老梅的枝影，有懂得的家长说那是株绿梅。

杨柳想这才是读书的地方啊，人一坐在这里心就定下来了，要是苏望能考上就好了。风吹了来，梅枝在窗玻璃上敲得“嗒嗒”响。

大街上灯火好，人来车往，好像跟刚才的那个老房子隔了个年代似的。

杨柳一路带着儿子回家，不断地跟儿子说着话。

杨柳说其实你还是不错的，可能是太紧张了，你看，十道题你不还对了一道吗？也就是说正确率是百分之十。也不简单了，我听说有人一题都做不出来，这个老师出的题都特难。要不，咱们过段时间再来试下？

苏望“咕”地吞了口口水，杨柳笑说儿子你饿了吧？

苏望说：“我觉得那个人他说得对，我真的不合适学奥数什么的。”

杨柳问：“那么，你觉得你合适学什么？或者你想学什么？真的，没关系，你说真话、心里的话给妈妈听，妈妈不会怪你的。你如果真心觉得自己喜欢什么，爱好什么，妈妈会考虑的，真的。”

苏望想了一下，说：“其实我觉得我什么也不很喜欢，没什么爱好，音乐啦围棋啦什么的，我都不爱好。”

杨柳说：“你看儿子，你根本不知道自己想要什么，你也不知道自己的潜力。”

苏望问：“妈妈，那你知道你想要什么吗？”

杨柳“呃”了一声。

苏望说，妈妈你想要的就是“呃”吗？“呃”是什么？

杨柳说：“我想要，你成绩好，想你将来有前途，想你好呗，要比妈妈好，比你爸爸好。反正你得比我们好，就是这样吧。”

苏望低低声地笑了笑：“妈妈，我觉得你说得也不清楚。你说要我以后比你们好，你们现在不好吗？你大概是想，你们没有什么钱，也不是特别有学问或者有名气的人，所以希望我以后做有钱的或是有学问的或是有名气的人对吧？”

“对啊儿子，天底下的父母大概都是这样希望的吧。”

“大概是吧。”苏望叹了一口气，“不过妈妈，我觉得你说话还比较诚实，不像我们班刘苏的妈妈。上次有个家长学堂，我们姜老师请她来给我们做讲座，她说她希望刘苏以后做一个平凡的人，平平常常过一生，名利都是浮云，所以她鼓励刘苏多玩多读课外书，充分享受童年什么什么的。其实刘苏每到周末都出去上课，礼拜六上午上下午上，礼拜天晚上还要上一对一的课，刘苏说她不想活了，人生太累了。我觉得刘苏她妈太假了。”

杨柳呵呵笑起来。

苏望看看妈妈，突然说：“妈妈，其实我知道你想要什么，你想要一个比我聪明成绩比我好的儿子，让你觉得很光荣。”

不知道哪里炸响一声炮仗，孤零零“啪”的一声，就没了下文。

第十三章

苏梁守在杨柳家楼下，盯着四楼那扇窗子有个把钟头了。天还冷，窗子没开，像一张闭得死紧的嘴巴。

苏梁的心里猫抓似的，想着那张嘴巴里头肯定有什么事在发生，眼前全是模糊的碎影，杨柳的，别人的，苏望呢，苏望不晓得在哪里。苏梁忽地想起从前看过的一部电影，说一个女人在家会情人，怕儿子看到，就让小孩藏在壁橱里。苏梁奋力地调动记忆，想忆起杨柳现在住的这个地方到底有没有壁橱之类的东西，可是那么熟的房子，现在想起来竟然模模糊糊没个准样子，一会儿好像是有这么个壁橱，一会儿又觉得那不过是卫生间的门。

苏梁一边跺着麻了的脚，一边在心里鄙薄自己。

这又关你什么事呢？一个人要多傻才在前妻家楼下天天盯梢？

离了这么久了，她重找个人也是正常的。不过，他想象不出杨柳跟别的男人过是什么样子。一转念又想，杨柳那么一门心思扑在儿子的教育上，那个男人赞不赞成，过到后来会不会也吵成一团，这里面又隔了一层了，也不是他的亲生儿子。

那天是星期天，苏梁按老规矩来杨柳这里接儿子出去玩。说好的是十点半，好让儿子睡个懒觉，到了一看，原来儿子已经起来了，而且，在写作业。

趴在客厅的桌上，旁边坐着个黑头黑面的男人。

二十多年前苏梁还是个小学六年级学生，班上有个女生，有那么一段时间对他很好，班上人私底下都传他们俩是一对。每回放学，大家从座位上起来，鱼贯而出教室门的时候，女生总故意走在他身后。可是突然有一天，他发现女生走到另一个男生身后去了，十二岁的人一下子也明白了，她现在不喜欢他了。

这是不要人明说出来的一件事情。

在路上，苏梁问儿子那个人是谁。

苏望说：“是我妈妈刚给我请的一对一奥数老师。”

苏梁“哼”了一声：“就他那样儿，菜农似的，还会讲奥数？”

苏望也“哼唧”一声说：“他家也种菜。”

苏梁“哧”地一笑，说，哟嗬，还真是菜农？

苏望抬眼望望爸爸：“反正呢，我就要他给我讲讲奥数，他讲得还可以，比其他的老师讲得容易懂一点儿。不过，我就要他给我讲讲奥数，只讲讲奥数。”

“他叫什么？”

“叫什么不知道，他姓史，妈叫我喊他史老师。”

“哟，这个姓好。”

“为什么？”

“容易记啊，要是不小心忘记了，一上厕所就想起来了。”

苏望“哧哧哧”地笑起来，一笑就停不住，一路上想想就笑，再想想还笑。

自那天以后，苏梁就经常跑到杨柳家楼下来盯着。

盯着盯着就盯出了规律。周三晚上六点，周日上午八点，这个姓史的男人必来，风雨无阻。

有一回，苏梁看到他来的时候，手里头真的拎着两捆菜。

苏梁愤愤地想：“还真是菜农。”忽地想起一句笑话：秋波就是秋天的菠菜。

史钢强又来给杨柳儿子上课了，他是很准时的，路远，先坐公交再换地铁，但是他没迟到过。

杨柳把这个月的工资交给他，他接过去，坐下来开始上课。

杨柳在厨房看他带来的菜，菠菜，小棵，碧绿水嫩，还有两棵西蓝花一些胡萝卜。

都是地里现摘的，史钢强说是他们家种了自己吃的。

杨柳想这个人还真蛮好，厚厚道道，他的补习费也比一般的补习老师少收二十块钱一小时。到底是二十块钱呢，这现添出的一项开支真叫杨柳有点儿吃不消了，还好，她想，实在不行先动存款呗。反正这也不是长期的事，就这不到一年的时间，只要儿子的奥数成绩能上去。

水开了，水汽弥漫开来，热腾腾湿乎乎，杨柳打开厨房的半扇窗子。

杨柳眼尖，看到有个人真像苏梁，在底下转悠。

再一看还真是苏梁。

这一天史钢强给苏望上完课要下楼，杨柳说我送送你吧史老师。

史钢强脸上黝黑里透出红来，一直红到脖子里。

可其实杨柳只送他到了楼梯口，就站住对他说了声回见，下次还要拜托你啊史老师。

史钢强方方的背影消失在街口时，杨柳转身上楼，却突然一个转身，正正地与刚刚从楼梯拐角处冒出来的苏梁打了个照面。

杨柳“哼”一声说，苏梁你在这儿干什么？

苏梁察觉出杨柳的没好气，索性赖皮皮地答，不干什么，看看呗。

看什么看？有什么可看？杨柳说。

看人家演十八相送。

哟，你连这个都知道？你不是只看武打片恐怖片吗？

我现在迷上国粹了不行啊？

呸，国粹两个字怎么写你知道吗？

我是不知道，我只有回家查字典，我不像有的人，不用查字典，向人求教就行，人家是老师嘛。除了教奥数肯定还会教语文、教外语，什么都能教，十八般武艺……

对啊，老师嘛，老师里头有好多多才多艺的你不晓得啵。

多才多艺，对哦，除了会教奥数语文外语科学计算机，还会种菜，兼职菜农。也有可能是菜农兼职老师。

两个人站在黑黢黢的楼道里，把一句一句的话咬在牙齿缝里吵嘴，嘴里“咝咝”作响，像两条怒气冲冲的蛇。

你要干什么啊苏梁？杨柳吵不下去了。

我——不干什么，我能干什么？苏梁的声音渐次低下去，我能干什么啊？

苏梁，杨柳说，望着对面墙上电箱里各家各户电表上一点点的红光。苏梁，别这样了，没意思。我现在，一门心思只想把儿子的学习搞好，其他什么也不想，真的，什么也不想。

过了好一会儿，苏梁才说，我晓得了，你就当我二百五十三点吧。

说着，他塌着肩，一路去了。

后来，史钢强来的日子，杨柳就没在自家楼下看到过苏梁。

苏梁说的其实也没错，史钢强家里的确是近郊的菜农。

是杨柳在以前的公司认识的沈姐介绍史钢强给苏望补习的，没想到这几年里她还是辗转在各公司做清洁工，杨柳与她意外重逢，聊起各人这几年的生活，沈姐感慨说，你儿子都这么大了？五年级，那个时候你刚坐完月子回来上班，我还看过你儿子，抱在手上的小娃娃呢。沈姐告诉杨柳，说这个史老师是名校的在职老师，专门替人家小孩补奥数，课讲得特别好，她有朋友的小孩就是他给补的，原来只能得三等奖，补了一个学期终于得了一等奖了，沈姐这样告诉杨柳，有熟人担保到底好些，不然，你到培训中心托他们介绍一个老师，收你中介费不说，你晓得他们弄来个什么人？有不怀好意的人混到你家做坏事也说不定。沈姐这两年越发干瘦了，可是声气儿比过去还足，一提及她那个优秀的、考上了名牌大学研究生的儿子，额角的青筋都蹦出来，突突地跳，那是她儿子灌注在她身体内的精气神。

杨柳问过她为什么还不退休享享福，她说还要为儿子再苦几年，买套大点儿的房子给儿子结婚用。她家老头子开的小饭店做得不好，早关了，现在开了个早点铺子，卖煎饼和小馄饨，半间门面房，因为地段不错，租金贵得吓死人，还好生意不错。“不出来苦钱怎么实现目标?”沈姐乐呵呵的。

沈姐给了杨柳一个电话，杨柳和史钢强在电话里约好，周三晚上先来试教一节课。

史钢强略略迟到了一会儿，他在电话里说，出来的倒是不晚，没想到路上有追尾事故，堵车了。

杨柳怕他找不到七拐八弯的这片小区，在电话里客气地说：“我出来接您一下吧。”

当杨柳终于看到站在她面前自称姓史的补习老师时，她的心一下子就凉了。

这位哪像是城里头名校的在职老师啊，活脱脱一个农民，刚打地里田头撂下锄头过来。

杨柳还是把他带回家去给儿子补习了。随口问，中间介绍的朋友说您是名校的在职老师，请问老师您在哪所学校？

史钢强说，是十小。

杨柳又问，哪个实小，金陵实小？那是所好学校，跟颐和路小学齐名，不容易进哦。

史钢强含糊道，不是金陵实小是江宁十小。

杨柳曲里拐弯地“哦”了一声。

史钢强说话略带点儿土腔，不过倒是声音洪亮，讲解时伴有比较大幅的动作手势，挺热烈的样子，看得人替他累。

杨柳看着他给儿子上课，一边想，等会儿用什么借口回掉他。又想，要不要给今天的学费，按说好的，其实今天是试教，不满意不用付钱的。

杨柳还是决定把这次的补课费给史钢强，说好的补一个半小时，人家足足讲满两个小时，有声有色有动作，不给钱过意不去的。

转念又想，冒充名校老师，他做得出来，我跟他客气什么？又一想，算了，总算他还没有骗到底，也算是当面说了句实话。

课结束时，杨柳把钱递过去说谢谢老师，那么下次我再跟您联系吧。

史钢强马上问，哪天？要不还是下周三？还是从这个星期天开始头一次课？

杨柳“呃”了一声没有回答。

史钢强走后，苏望问：“妈妈，这个史老师下次什么时候来呢？”

杨柳意外极了：“怎么，你喜欢上他的课吗？”

苏望最不喜欢看妈妈脸上的热切表情，一提到补课竞赛什么的，妈妈的脸就像沸腾了似的。

“还可以吧。”苏望谨慎地选着词，“马马虎虎，嗯——就是他普通话不怎么好。”

“他又不是语文老师。”杨柳说。

“他上课这样的——”苏望叉起腰，学史钢强的样子，用手指头点着试卷，又五指并拢做一个猛然下切的动作，母子俩都笑了。

谁知道，史钢强第二天主动又打来了电话。

史钢强告诉杨柳，他的确不是什么名校的在职老师，他是一个民办教师，后来他们村小合并到镇中心校，教师剩余了，他没有了工作，就一直靠替人补习为生。这几年开始帮人补习奥数，也积累了一些经验，也有一些独家资料。

“因为家长们往往比较容易相信那些来自名校的老师，所以我不得不出此下策。如果你愿意，不妨给我一段时间，看看孩子的学习是不是真的可以提高，如果到时还不能满意，那我也没话讲。”

杨柳听他说得诚恳，想起他上课巴巴结结的样子，也就同意了。

“你没看到有些人家，还特地把小孩送到县中去上学呢，条件是不能跟这里比，但是人家图的就是教学质量高。史老师都教出两个一等奖了。”沈姐也劝杨柳。

于是杨柳就定下来史钢强做苏望的奥数一对一辅导老师，一周两次，一次一个半小时。

从第二次起，史钢强就实打实地讲一个半小时，一分钟也不多讲。

当然他也从来不迟到。偶尔来早了，提早上课就提早下课，时间控制到精准。

第十四章

杨柳在厨房里烧一锅赤豆莲子汤，这是给儿子和史钢强下课后准备的夜宵。

杨柳在扑起的热气里尖起耳朵听客厅里的动静。她听见史钢强不标准的普通话，心想，这个人中气倒是蛮足的。

她还听见儿子短而轻的笑声，这笑竟然是在做奥数题时发出的，简直千载难逢，杨柳心里“咕噜噜”地冒起一串希望的气泡。

儿子从前奥数那样差，说不定只是因为没有找对老师。

就像有人练武，必得有一个高手帮他打通任督二脉，一通百通，武功立刻增长数倍。

无论如何，有希望总是好的。尽管还未看到任何的一点儿实质性的进步，杨柳还是很感安慰。回回不错日子地把补课费给史钢强，史钢强接过去，也不数，往书里一夹，有一回杨柳无意间看到，他趁着苏望在做题，还是细细地把钱数了放到衣服里层的口袋里。

都不容易，杨柳想。从那时候起，她开始在史钢强每次来给儿子补课时给他们做一些点心汤水。史钢强非常客气，谢谢不住口。

总之他们相处得算是不错。

史钢强常常提上一捆自家地里现摘的菜来，作为给杨柳的回礼，菜都很肥嫩水灵，他说是特别用粪肥种出来自家吃的，绝对绿色。杨柳还跟他开玩笑说，你们自己吃的就用粪肥，拿出去卖的就用化肥，还越来越贵。史钢强也笑说，化肥也不便宜啊。

苏梁近来不上楼来了，每周来接儿子见面，总在楼下，还故意站得远远的，等着儿子下楼。

有次突然下雨，杨柳从窗口看下去，发现他两手空空，雨丝向他扑打过去。

这情景像一幅铅笔画儿，他是画上一个苦等的人，画家正在用铅笔画出雨丝风片，把他的身影模糊掉。

杨柳想让他上来免得在雨里站着，谁知他从胸怀里掏出一柄折叠伞，弹开，撑起，那伞小得跟顶草帽似的，杨柳看了好笑，那笑在脸上留了好久，变得板板的，等到杨柳想起来，把这笑收回去，它已在脸皮上留下一股子酸意。

史钢强给苏望补习了两个月，苏望自己说，他现在在补习班，可以听懂老师讲的大部分内容了，有一回老师叫他到黑板上去做题，他做对了，老师还表扬了呢。

很快又到了补习班期中考试的日子了，史钢强带来了不少练习卷，据他自己说，是他这些年收集的独家复习题，多给孩子做做，有好处，奥数这个东西，一靠领悟力，掌握方法，二就是靠多做题，有些题你见过，就比别人讨一分巧，再者嘛，就靠……

杨柳赶紧问，就靠什么？史钢强干笑两声，还是没说。杨柳心下也有点儿明白，不过既然人家留面子不说，自己也没有必要说破。

有些事，说破了，希望也没有了。

于是就做试卷，补习班原本就发了好几张复习卷，苏望说，老师要求上面的题目要全会，加上史钢强带来的试卷，杨柳看了都害怕，怎么可能做得完？

果然是做不完的，后来史钢强说，干脆别做了，我给你答案，你先看，看懂的题就跳过，看不懂的我给你细讲。苏望听老师说不用自己做，他直接给答案，立刻眉开眼笑，乖乖巧巧地听史老师讲题，史老师问他懂了没，他就点头说，懂的懂的。

考试那天，是个大晴天，天空蓝汪汪，令人心情舒爽。

杨柳心情很好，苏望看上去也比以往任何时候都轻松，杨柳觉得这兆头真好。

一周之后，成绩出来了。

杨柳又一次接到了补习学校的劝退书，说苏望不适合参加奥数学习。

杨柳问儿子，你是怎么回事，考完回来你不是说你做出来不少题吗怎么会是这个成绩一百二十分你只拿到不到三分之一的分这是怎么考的这是怎么回事啊是怎么回事啊我真不懂你你考试的时候到底在想什么啊你当时的心理活动是什么啊你别怕你告诉妈妈妈妈不打你说呀说呀你说是怎么回事怎么回事呢？

周三，史钢强又过来，他听到苏望说起成绩也呆了呆，弯了小指去搔头皮，搔得“咕嗞”作响，杨柳听得五心烦躁。

史钢强说，苏望你回忆一下你做过的题，到底哪种类型的你不会，主要错在哪儿。

苏望小心地说，老师发了那天的试卷和答案，但是没有把我自己做的发给我，所以我不知道错在哪儿。

他们从来不发我们自己的考试卷，苏望又补充。

史钢强继续“咕嗞咕嗞”地搔头发，略带了两分急躁说，是的是的，一般的补习班期中期末学生的试卷都不会发还的，这是规则。好好那我们看看你哪些类型不会。

苏望鼓足了勇气，用一种尖锐刺耳的声音说，我都不会！都——不——会！

杨柳先叫起来，你都——不会？都——不——会！

苏望叫，他们考的题目复习卷上都没有，他们考的不是叫我们复习的，有什么办法？我没复习过我怎么会做！

史钢强埋头“哗哗”地翻卷子看，还未等他进一步地说点儿什么，杨柳已如一道疾风一般从他身边卷过，卷到苏望身边，“啪”地一巴掌呼上了小孩子的脸。

那个小孩子的脸也只得一巴掌大，杨柳的这一巴掌整个儿地拍在他的脸上，吓人的一声响，“啪”！

没等苏望肺腑间的那一声哭叫冲破嗓子眼儿，杨柳的巴掌便兜头盖脸地下来了。

“啪”！“啪”！“啪”！

苏望的那一声哭叫被吓回了肚子，他只抬起胳膊，护着自己的头脸。

杨柳听见自己心底里那一泡希望碎了，碎成一万个小泡泡，“噗噗噗噗”一个个爆开，“噗噗噗”地响啊响，她就把这一声一声的“噗噗噗”呼到苏望的身上去，“噗噗噗”。

这一会儿她把什么都忘了，忘了苏望，忘了有史钢强在，甚至忘了那一天一天的风里来雨里去，忘记了口袋里只得十五块钱，打车眼睛盯着计程表的那一天，忘记了夏天豪雨里的一脚高一脚低，忘了冬天大雪里头的一脚深一脚浅，忘记了为了补课而给出去的一张又一张红票子。

她只听得那“噗噗噗”的声音。

“噗噗噗”地响啊响。

杨柳一巴掌落了空，原来是史钢强把已经蒙了的苏望拉过去，藏在了身后。

史钢强说不要这样，打失手了后悔的是你。

史钢强说要不这样，今天我们先不补习，我们下楼玩一会儿，散个步，回来再学习。

说着就带了苏望下楼去了。

苏望一声不吭，跟着他去了。

约莫过了有半个小时，苏望跟着史钢强回来了，一脸的五指印，这会儿全浮凸了出来。

他就带着这一脸的青红交错，埋头做题目，竟然一口气做对了四道题！

史钢强不停地惊呼赞叹，苏望又开始做第五道，史钢强大叫，又对了。再一细看，哦，原来还是不对，这一题看上去是什么类型，其实它是另一个什么类型。不过没关系，已经很不错了，今天你的表现很不错。

史钢强那一声夸张的叫好还盘旋在客厅上空。

杨柳给他们端来酒酿元宵，盛的时候热气扑到眼里去，眼睛痒，只一眨，眼泪就“唰唰”地下来了，涂了一脸。

外头开始下雨了，越来越大，史钢强借着说我去关窗，留点儿时间给杨柳擦眼泪。

补完课，史钢强要走，杨柳掏二十块钱给他说，史老师不好意思，今天叫你晚回去这么长时间，下雨，你打个车吧。

史钢强说，用不着用不着，这种天，也打不到车，不如坐地铁快些。

史钢强出了门，又立在紧闭的门前好一会儿，抽了支烟。

他听见屋子里隐隐约约小孩子的哭声，又夹杂了女人的哭声，心想，也真是不容易，想不开的人，都不容易。

补习学校要劝退苏望，这一次，杨柳不想再给老师塞购物卡了，这种花销也实在是负担不起。但是，又该怎么办呢？杨柳也没个人好商量，想到问苏梁，估计他会说，那就不上呗，我不明白你为什么一定要小孩上这个班过这个独木桥。要么，他会拿出钱来买好购物卡交给杨柳。

杨柳不想听到这样的话，也不想让苏梁花这个钱。

于是她咨询周末来给苏望补习的史钢强。

史钢强说，你就把小孩送去，往教室里一塞，转身就到楼下交费处把钱交掉，硬交，他们不会把钱往外推的。你就把儿子送过去，就送了他们还能怎么办？

杨柳“哧”地笑起来，苏望也笑了。

杨柳想，自己也不是没使过这种赖皮的法子，再使一次也无所谓。

谁知这法子还真灵。

苏望继续上补习班，史钢强继续周三周日来给他补课。

自从上次史钢强给杨柳出了那么个主意后，他跟杨柳似乎相处得更随意了一些，那一层老师和学生家长之间天然的隔膜好像没有了。

杨柳觉得史钢强有点儿像个老朋友了。

有的时候，史钢强还会帮杨柳做点儿家务，比如，替她把油渍麻花的抽油烟机给擦得锃亮。

有时候杨柳也很庆幸，觉得给儿子找这么个老师实话说挺好。

虽然他并不是杨柳想象中的可以帮苏望打通任督二脉的人。

也许，世上没有人能帮他打通任督二脉。

也或许，苏望的任督二脉根本打不通。

这个念头飞快地从杨柳脑中闪过，从她的耳朵眼儿里飞走了。杨柳赶紧关闭身体上每一个毛孔，不让它再钻进来。

渐渐地，史钢强在补习过后会拖拖拉拉地多留一会儿，跟杨柳闲聊一会儿，杨柳也没在意。

学校的功课也紧起来，听说这一回期末有可能区里要进行突袭式学习质量调研。考试前一天公布调研哪个年级，五六年级是最有可能被调到的。

姜丹华也找杨柳私底下交流过一次，说苏望近来在作业质量上的确有进步，但是似乎拖拉的问题比以前更严重了些。

姜丹华要杨柳盯紧一点儿，千万别让苏望在家写作业时发呆发愣，磨磨蹭蹭，要不，万一考试时，特别是考语文时来不及写完作文那分扣起来就不得了。

杨柳的情绪又坏到了极点。

每天晚上她坐在儿子身边，督促着他写作业。

只要苏望的手一停下来，她就催促，快写，别走神。

动作快，别玩文具。

快快快，还有好多作业没写呢，你抓紧今晚又要到十点钟才能睡。

她不停地催着儿子写作业。

她听见自己的声音一句接着一句一句赶着一句一句不等一句一句等不得一句地冲出喉咙。

苏望焦躁地说，行啦行啦知道了知道了我没走神啊我没发呆啊我只是刨一刨笔啊。

杨柳其实知道这样不对。真不对。

可她控制不了自己。

日子一天一天地过。

一切都照旧，没什么更糟的，也没什么好的。

只有一件事杨柳不知道。

那个下雨的周三晚上，那个苏望挨杨柳痛打的晚上，其实苏梁就站在他们家的楼下。

苏望打电话告诉爸爸自己没考好，他的小心眼里，是希望爸爸来，帮他一起面对可能大发雷霆的妈妈。

不过爸爸没有来。

苏梁站在楼下，雨开始下起来的时候，他想，要是杨柳这会儿过来关窗子，干脆自己就上楼去，死乞白赖地跟她说还在一起吧，看小孩分上，再说……

可终究杨柳没来关窗。

来关窗的是史钢强。

第十五章

姜丹华用力关上窗。

又下雨了，细密的雨丝扫进来，窗台上一片密密麻麻的碎点。

已经接连下了十来天的雨了，也下不大，但总也不停，空气里都起了毛。

儿子方正依然伏案做着奥数题。这个周末他要参加一场奥数考试，姜丹华对这次考试抱有很大的希望，这是方正所剩无几的得奖机会了。考试的难度相对来说不那么大，但因为是老牌奥数考试，奖状的分量还是比较重的。方正的初赛成绩中等偏上，顺利进入复试，他自己也似乎对这次考试颇有信心，姜丹华觉得这大约是一个挺好的兆头。

姜丹华觉得自己变得越来越迷信，简直不像自己了。年轻时她一向是坚定的无神论者，自从方正开始参加各类考试比赛，她慢慢地走到了另一个极端，对一切唯心的东西深信不疑。

方正第一次拿奥数比赛的二等奖时，她依然对儿子充满了信心，她的儿子只不过是一时失利，而且离一等奖只差三分，下一次他一定可以拿到一等奖。她甚至已经开始想象拿到奖时她会与孩子如何对话，带孩子去吃哪家饭店，或是去哪家影院看电影。她还想象着如何在办公室里装作不经意的样子将这个好消息不动声色地透露出去，如何让方正给办公室的老师们分巧克力以示一种轻描淡写的庆祝，在那个徐银娣面前露出怎样的表情。可是事情并没有按她的想象去发展，方正在之后的多次考试中不断地失利，他是永远的二等奖，有时居然只能得三等奖，还有两次连奖项的边儿也没挨上。

四年级的时候，有一次，方正在考试前很认真地复习了一星期，充满信心地参加补习班的考试，走出考场，他得意地跟妈妈说，感觉很好。姜丹华数着日子等到可以网上查分的日子，输入儿子的姓名和准考证号，立刻有新的页面跳出来，那个数字姜丹华是认识的，她跟这样的数字以及数字所代表的含义打了十多年的交道，但是那一瞬间，这个数字成了一个密码，她无法破解的密码，她不能了解的密码，它生硬冰冷高高在上，把它所包含的意义深藏起来，就好像姜丹华根本不配了解似的。

过了好一会儿，姜丹华才恢复神志，她抖着手又查了一遍，再一遍，奇迹并没有出现，还是那个冰冷的数字，与方正所说的不错的感觉完全不搭边。

再细一看，原来那个数字下还有一个链接，点开，有每个学生的得分分配情况，哪类题得多少分，哪类题又是多少分。

姜丹华发现，基础题方正几乎拿了满分，可是在提高题中他失分较多，综合题他几乎是全军覆没，只得了区区五分。

姜丹华无法接受这件事，于是小心地又问了方正一遍，为什么综合题会做得这样差。

方正也彻底被这个分数弄蒙了，细长的眼睛怕光似的不停地眨巴，是一种令人心痛的蠢相。他说，我也不晓得为什么综合题错得多，我记得我只有三题没做出来。

姜丹华问，你不是把所有类型的题都复习过了吗？为什么会有做不出来的题？方正说，综合题好多都不是上课讲的类型。

姜丹华知道儿子不是糊涂孩子，不至于连题型讲过还是没讲过都分不清，儿子的回答让她愤怒起来，她拨打了培训中心的咨询电话。

电话里传来钢琴声，《秋日的私语》，一遍又一遍，姜丹华耐心地等着那头有人回话。

那头一直繁忙，一次又一次都是音乐声，秋日似乎漫无尽头。

那是姜丹华人生里最长的一个秋天，只是没有浪漫温馨的私语，只有不断压制却不断高涨的愤怒委屈，“啪啪啪”地击打着姜丹华的神经。

神经筑长一道长堤，阻挡住了愤怒的洪水，但是它已然要溃塌了。

那一头忽地有了声音，这一头，那洪流冲破神经的堤坝奔涌而出。

我有个问题想咨询一下，我儿子在这次考试中基础分考得相当好，提高题有失分这也正常，我不能理解的是，孩子说综合题考的都是课堂没有教过的题，我想问一下，为什么会考没有教过的内容？

这是我们中心考试的特色，由三个部分组成，基础题是课内讲过的类型，提高题在基础题上加深难度，综合题考课外的内容。

我也是做教育的，我教了这么多年书从来没有听过考试会考从来没有教过的内容。教什么考什么，可以加大难度，但从来没听过考从来没有教过的内容，我认为你们的命题原则有问题。

这位家长，我们培训中心不是一般的学校教育，我们的考试主要的功用不是普及而是拔尖选优，考课外的内容是我们命题的原则，也是特色。这个没有办法。

课外什么内容？平时老师并没有讲明课外还要补充什么内容。

这个不在老师讲课的范围之内。

也就是说，你要考没教过的内容但又不明着告诉考生是哪方面的内容，你这不是为难孩子吗？而且，以前二三年级的时候并没有这种考法。

二三年级只是起初阶段，现在四年级了，自然不一样。

你们至少应该事先通知一下家长，我们也好准备，你这等于是让孩子赤手空拳就上战场。

这位家长，还是那句话，我们不是普及教育，我们是拔尖选优。

我认为你们的教育理念有严重的错误。

姜丹华听得那一头极轻微的一声笑，她从来不晓得原来一个短促轻微的声音居然有这样丰富的表情。

这位家长，那声音从远远的高高的地方传过来，说实话，小孩子学奥数，是要天分的。

在她的神经还没有崩断之前，姜丹华飞快地掐断了电话，她不能让那一头再看笑话，不能让那一头的声音轰然击倒她多年以来以希望搭建的宝塔。

这一次以后，姜丹华找人仔细地询问了这家培训中心考试命题的一些情况。熟人透露，要想在培训中心的考试中拿到那样分量极重的一等奖，只上他们中心的大课是远远不够的。那些考得好的孩子，都另外找一对一的辅导或是上中心设立的精品小班课。

说到底，不过是要家长再投入大量的时间和金钱罢了，熟人说，可是你有什么办法？好中学都认这家的奖状，一等奖是最硬挣的一块择校敲门砖。它从不强按头可是牛还是会乖乖喝水，这是人家的本事。

姜丹华又问，为什么这家中心竟然有这样的本事，熟人笑而不语。

自那以后，姜丹华又给方正报了精品小班，每周末又多出一节课来。

这两年下来，都是姜丹华带着儿子，周六上午上一节小班课，下午又去上大班课。每每听多少闲话抱怨，说的人头一个就是方正的外公，姜丹华自己的父亲。

几乎每一回出门，老爷子都会叽咕一句“拔苗助长”，时不时地，他在报纸上看到对中考高考状元或是什么比赛的状元们的采访，总是将报纸抖得哗啦作响，直递到姜丹华眼皮下头来，说你看看这个看看这个，人家状元没有一个上什么补习班的，都说从来没上过补习班，学好课内，多读课外书。

姜丹华跟他说，你听他们胡说，你以为面对记者采访人一定要说真话吗？

后来，她也就懒得再说，与父亲的关系渐冷，老爷子本来就个头高瘦，加上拉长的脸，成了一道长长的阴影，常投射到姜丹华眼前，姜丹华只装看不见。

“咯嗒”，方正放下笔，去上卫生间。姜丹华也站起来活动腿脚。

走到书柜前，她看见里面新摆上的一艘轮船模型。

那是一周前方正过生日，他们一家三口出去吃饭时方耀平送给儿子的。

当着儿子的面，姜丹华和方耀平还是有说有讲的，说的柴米油盐，滋味寡淡如水。儿子分把钟离了眼前，去了卫生间，两个人之间立刻起了厚重的墙。

他们已经没有了肢体的亲热，晚上睡在一张床上，连呼吸和身体的味道都各不相干界线分明。

姜丹华转身时碰上方耀平的背，她的睡衣边卷起来，露出腰上的一截，那块温热的肉擦过方耀平的T恤。方耀平想起新婚时，他们亲热之后会背靠背地睡，彼此用赤着的汗津津的背去蹭对方，又腻又滑，活像两条鱼。

方耀平闻到姜丹华呼出来的口气，浊热，咻咻的，方耀平想那不过是因为她胃不好。

姜丹华仅凭身体上那一小方肉的触觉便可知道，方耀平刚洗澡后换上的是那件穿了有十来年的旧棉T恤，长袖，咸菜绿色，颜色是快要褪尽，软得也快要不像布了。因为当年买得大了一号，方耀平一直拿它当睡衣穿。它有一个软搭搭的领子，领口三粒小扣，因为略大，穿上让人显出一点儿孩子气，成年男人成熟的肉体裹在轻微隐约的孩子气里头，甜烂禁忌。

姜丹华掀被下床，走到儿子房间，在儿子身边躺下来。

方耀平跟外头的那一个现在还有没有来往，姜丹华不知道。前段时间，她还会从他的面色中去猜测一下，方耀平年轻时是七情上脸的人，现在也没修炼到严丝合缝的地步，姜丹华猜似乎他与那位相处情况并不妙，姜丹华觉心里掠过一阵恶意的快活。不过渐渐地，她连猜也懒得猜了。

这个周末，难得方耀平主动提出要送儿子方正去参加奥数比赛。

姜丹华就在家包了饺子，做了方正最喜欢的八宝粥。

父子二人回来后一家子坐下来吃饭，明天是周日，姜丹华说方正你今晚不用学习了，休息吧。

方正"唰"地整个人被点亮了似的高兴。

姜丹华问他考得感觉如何，方正答感觉不错。

姜丹华笑笑说，每次都这么说，但愿这次真的不错吧。

方耀平不高兴地说，考都考完了，何必扫孩子兴。

姜丹华正后悔对儿子说了那句话，可却经不起方耀平提出来。

"你总是这样充好人，一天一天陪着孩子做题学习上课的人是我，我的心情你自然是不会懂的。"

"我是不懂，我也不懂你一个小教系统的人，怎么就不能找找关系、疏通关节给儿子择一个好学校，何必这样让孩子受苦受累。"

"我一向坚持一个观点，万事凭真本事。"

"你凭真本事的下场就是差一点儿被家长哄下台吗？"

姜丹华的血"轰"的一声冲到面门上来。

方耀平干干地咳一声，又说："也不是说考不好就一点儿办法也没有了，也可以考虑送儿子去县中读书。我有高中的老同学，现在在县中也是副校了，托托他是可以的。这也是一条路，不妨考虑。"

方正惊恐抬头。

姜丹华蹾碗，干脆地答："那是不可能的。你不必急着把儿子送走，以后上了中学，我还是带着他住在我爸妈那里，干扰不了你。"

姜丹华和方耀平只是听不见，其实他们一同在心里长叹的那一声。

跟这个人，真的是没什么好说的了。

第十六章

姜丹华挤进看榜的人群里。

她还是看不清公告栏里贴出的那几张 A4 大小白纸上的字。

她摘下眼镜用软纸擦拭镜片。四周的人不断地涌上来，海浪似的拍打着她推搡着她，她一个失手，眼镜掉下去，消失在众人的胳膊与腿里，她甚至听到镜片被踩碎的“咔嗒”声。

没办法，她老着脸央求身边的人替她看一下：“劳驾，帮我看一下，劳驾您，看一下。”

那人面目模糊，声音雄壮有力，不耐烦地答：“看什么，看谁？”

姜丹华说：“看一下，方正得多少分，方正是几等奖。颐小六年级二班的方正。”

可是那个人竟凭空消失了似的。

姜丹华想，还得靠自己，于是她奋力挤到公告栏下，她的脸贴上了冰凉的黑板，她趴在 A4 纸上看，啊，那些字细如蚊蚁，方正的名字到底在哪里？

她的视线忽而清晰忽而模糊，似乎看到了又似乎没看到。

忽然，她听得有人说，方正？啊呀，方正怎么错了这么多？这样的题也错？这个分数，得奖是没有指望了。

忽地，姜丹华好像又捧着儿子的另一张试卷，上面的分数烫痛了她的眼睛。

怎么？又一次的比赛，方正连初赛都没有通过吗？怎么会？他不是都做全了吗？他明明答得不错呀。刹那间，姜丹华觉得，仿佛是自己在写着那张试卷，难道没有做对吗？怎么会？会不会是分数登记错了？

于是她转身去央求人，把儿子的试卷拿出来看一看，会不会弄错了。可是别人立刻回绝了她，这怎么可能？比赛是从来不允许查试卷的。

那就没有办法了吗？

没有办法了。

不能再考一次吗？

不能。

怎么可能，这么多场考试，这么多场比赛，一场也没考好？一个名次也拿不到？

她开始跑起来，似乎有什么人跟她约好了，可以网开一面，让方正再考一次。可是方正还在家里没有出来，她要去接儿子，她得快跑，出租车是不可靠的，可能半天也打不到一辆车，可能会堵车，所以还是跑吧。

儿子似乎是在家的，她拿了一个包，把儿子桌上散着的文具划拉到包里，扯了儿子又开始飞奔。

包漏了，铅笔钢笔扑扑扑掉了一路，儿子蹲下去捡。接着儿子大叫起来，不不不我还没有准备好我不晓得怎么做题我还有好几张复习卷没有看过。

姜丹华说没关系你看边跑边看。

不不不，不行的不行的我看不清。

可以的可以的，我替你看，我陪你看，我们俩一起看。

姜丹华觉得自己腿沉得挪不动，热汗一层层地出，怎么就那么热。她开始脱衣服，棉衣，毛衣，夹着跑。

不知道为什么会有台阶，她踩空了。

她跌了出来。

姜丹华想，多好啊，原来只不过是梦。

她忆起儿子这一个月的日程。

没想到给儿子报的几场考试和比赛全赶到一起了。

头尾一个半月，八号一场比赛，方正已入围，决赛的日期尚未定，十五号一场比赛，二十二号一场比赛，这两场比赛还算好，都是在本市进行。二十九号晚上，她还要陪儿子去趟北京，火车票已买好了。

去参加今年在北京市举办的科技小明星的答辩，儿子有一篇论文入围，这是第一次，这个比赛增加笔试的环节，可是笔试的内容是什么没有人知道，无任何范围也无任何复习资料，比赛通知上只写明“检测学生以科学的方法解决实际问题的能力”。颐小这次只有五个人入围，方正是其中之一，也是唯一的个人论文，其余四人是一个课题小组，将会集体进行答辩。

二十九号正巧是周五，三十号比赛，三十一号返回，不会影响正常上课。姜丹华在办公室没透露一点儿口风，她嘱咐儿子对谁也别说，想着悄悄地去比，悄悄地回来，名次若好便公开，若还是二等奖，就装什么事也没有。

谁料人算不如天算，学校科学教研组的老师送火车票来时，偏巧她去上课。那年轻女孩子哪里知道姜丹华心里的弯弯绕，见姜丹华不在，便将两张车票压在她的水杯下面，还特地对正巧没课在办公室里闲喝茶的徐银娣说，麻烦你转告姜老师，火车票我给她放桌上了。

姜丹华一下课，徐银娣便迎上来说了车票的事，并问：“你要带儿子上北京？是个什么比赛啊？”

姜丹华肚子里的火腾地就烧起来了，怎么就偏偏给她知道了呢？

她没答话。

而徐银娣并不想放弃，追问道：“是个什么比赛，我怎么没听说过？”

姜丹华倒了大半杯热水，用力握在手中暖一暖手，这两天骤然降温，一节课下来，手都僵了。

热力沿着掌心向指尖跑，指尖麻痒起来。

徐银娣说：“是科学组的比赛吗？还是全国性质的？我怎么从来没听说过？科学组有什么比赛机会不通知全校的吗？决赛名额是指派的吗？”

“这话说的，现在的家长，一个个精得汗毛孔上都长心眼，计较得恨不得在学校弄个称人的天平，凡事把小孩放上去称量称量，科学组吃了熊心豹子胆也不敢把决赛名额给指派啰。这还是上学期发的通知呢，全国科技小明星论文评比，先报送论文，市里过关再送北京，北京二审之后下答辩名单。”姜丹华看着窗玻璃说。

“我怎么一点儿都不知道。”徐银娣说。

“你问谁？我怎么会知道你知道不知道。”姜丹华左边颧骨上的皮突突跳，快要撑不住脸上的那一个笑了。

“我得去问问他们科学组，有没有可能再补送一篇论文。”徐银娣带笑不笑地说。

“徐老师，你儿子的奖状已经够丰富了，我们羡慕都来不及。但凡我们孩子有你儿子那样多那样硬挣的奖项，我们也不至于千里迢迢跑这一趟。北京天寒地冻，已经下了两场大雪了。”

“哎呀，你们家方正奖状也不少嘛，我们还没有一张是全国性的奖呢。”

“什么全国性的奖，那奖还在半空里飘呢，说不定白跑这一趟。”

“不会不会，方正嘛，水平摆在那儿呢。”

姜丹华一边与徐银娣你来我往，一边深深地鄙薄自己。跟这样的一个人，家庭妇女似的对嘴，话里全是机锋全是毛尖刺，这是为什么呀？为儿为女，做父母的，死都可以。然而最可怜的，不是为儿为女付出生命，是为儿为女把自己变得不像自己。

姜丹华后来时常回想起这一次的北京之行，普快，硬卧，她整夜地不能睡，车厢里燠热得像蒸笼，男男女女混住在狭小的空间里，脱衣，脱外裤，就那么躺下去，睡得面孔扭曲发丝虬结，为了图省事，她穿着旧毛裤趿着踩倒了跟的皮鞋去上厕所。她不是没有经历过这种情状，大学时与同学一块儿旅行，比这个艰苦多少倍的条件都兴高采烈。

夜里睡不着，看见迎面有火车驶过来，硬座，车厢里还有暗暗的灯光。板硬的座位上坐着年轻的姜丹华方耀平和他们的几个同学。她和方耀平靠得紧紧地坐着，抖成一团，一件军大衣盖住两个人的半身，大衣下的手紧紧地握在一处。

早晨醒来，闷热依旧，嘴唇干涩，上下颚粘在了一起，人一坐起，头痛随之当头灌将下来。

那另一辆火车上，太阳照进车厢里来，年轻的姜丹华和方耀平就活过来，慢慢地转运身体，凑到那阳光里去，一方一方地晒暖身体，快活得没头没脑。

北京比赛的成绩很快出来了。

方正依然是二等奖。

好在是全国性的二等奖，姜丹华这样安慰儿子，也这样安慰自己。

又一个安慰接着到来，班上的数学老师推荐方正参加全市的数学之星比赛。这个比赛是可以自由报名的，但每校每班可有五个推荐名额，推荐生似乎要比自己报名的孩子无形中就高上去一个台阶。这个不仅家长心中有数，连孩子们自己也这样想。

方正又顺利地通过了初赛。姜丹华咨询了举办方，方正的成绩算是中上等。

徐银娣的儿子当然也进入了决赛。

决赛定在三周后，姜丹华在网上找来不少卷子，还给儿子在某大学办的培训中心定了三次一对一辅导，两百块一次。

方正却在这个时候出了从未有过的状况。

那是个周末，姜丹华发现儿子在看一本名为《经典手机段子大全》的书，说是跟同学借的。起先姜丹华并没在意，这种书虽意义不大但也不失机智，再说难得星期日，让孩子休息一下，放松放松。看着儿子边读边笑得咯咯的，她甚感安慰。这些天儿子压力也够大的，真是多少时候没听过他这样孩子气十足的笑声了。

这一天方正一直在读这本书，临睡之际还捧着边看边笑。

接下来的周二，方正的班主任来找姜丹华，说姜老师您出来一下我跟您说个事儿。

姜丹华耳朵里立刻听到徐银娣的耳朵“砰”地支棱起来的声音。

方正班主任往姜丹华手里塞了一本书说：“姜老师，我发现这两天方正在课堂上一直在看这个，起先只在副课上看，后来连上我的语文课都在看，我说过他两次，可是掉转脸他又拿出来看。我只好把书收过来了，您回去说说他。也别狠批评，但说是要说的。这学期这么关键，还有不到一个月就大考了。”

姜丹华一边谢了方正的班主任，一边压着直冲上脑门儿的怒火，把手中的书展开来看。

正是那本《经典手机段子大全》。

当晚姜丹华就好好地跟儿子聊了一会儿，她想着，孩子这是头一次犯这样的问题，也别说狠了，点到即止就行，方正不是那种糊涂孩子。

她替方正把书还给了同学。

她以为没事了。

没想到，这一回，是数学老师找了她去，跟她说，方正在上数学课时看《经典手机段子大全》，并且居然小小声地说给同桌听，两个小孩闷笑了一节课。

姜丹华整个人像一盆火油被人扔进了一根燃着的火柴，腾地烧出了冲天的火。

她未及等到午休，直接将正在上体育课的儿子拉到背人处，劈头将手中的《经典手机段子大全》砸到他的脸上。

方正的面门被砸个正着，却嘻嘻笑了起来。

姜丹华的心直往下坠去，坠出一迭声坏了坏了坏了。

姜丹华想我跟小孩子打交道十几年，最了解他们。小孩子不怕皮不怕淘不怕懒甚至不怕笨，最怕的就是这种老皮老脸，油盐不进。

第十七章

方正仰脸看着盛怒中的母亲姜丹华。

妈妈周正眉眼全挪了位置，鼻孔张大，鼻翼翕动，鼻子两旁的毛孔也全暴了出来，使得她脸颊上这两小块皮肤看上去像是两块陈年的猪皮。方正从来不知道妈妈也可以这么丑，丑得让他害了怕，也让他很伤感。他想起小时候看见爸爸腋下的长毛，吓得哭了，因为他以为爸爸是大灰狼变的。大灰狼把真爸爸吃掉了，变成了爸爸。今天他又体会到了那种恐惧，没法说也说不得，于是他努力地从脸皮底下挤出一个笑来，用这笑来抵挡心中的怕与痛。越是怕越是痛，就越是用力地挤出笑来，笑得脸皮又酸又麻。木掉的脸皮跟那个笑粘在了一起，甩不脱了。

姜丹华被儿子脸上的笑激得更怒，这样无耻这样满不在乎的笑，这样厚皮老脸的笑，把儿子方正端端正正的模样弄得七扭八歪，这小孩子成了另一个人了！丑而拧，什么也不怕什么也不在意什么也不要，包括这张笑着的脸。

姜丹华眼睛的余光看见有一只胳膊扬起来，在空中划了一个恶狠狠的半圆，朝着方正的那张窄长的小脸准确地迅疾地落下去，手心的肉与十二岁男孩子脸颊的肉都是嫩的、软的，可是碰在一块儿却可以发出这等惊心的脆响！

那整个下午，方正在自来水龙头那里洗了好几回脸，希望把左脸上文起的手指印洗掉，可是却只能使之稍稍模糊，看上去不那么像手指印。

方正希望这么做可以瞒过同学的眼睛，怪的是，同学的眼睛却好像全长到他这半边脸上了。方正想，好多人下课疯玩以后脸都是红红的，只不过他们是两边脸都红。他下意识地用手捂住自己不红的那半张脸，希望同学们把他红着的那半张脸看作是剧烈运动的结果。他认为，这大约是可能的。

可是这半边脸上的红痕却不能糊弄住外公外婆，并且导致了外公与母亲之间很激烈的争吵。

这一夜，方正和妈妈姜丹华是在离外公外婆家不远的一家如家快捷里度过的。

因为在争吵中外公大声地叫妈妈“要打儿子滚回自己家打，不要在我眼皮底下打”。所以，妈妈姜丹华马上收拾了一些衣物书籍，塞进一个小箱子里，拉着他冲出了家门。

这家如家快捷是面街的，打开窗子，可以看见外头宽阔的街道，来往车流的喧哗声被凉凉的风送上来，陌生却不乏舒适的环境给了方正很新奇的一种感觉，使他的心从刚才大人们的争吵而引发的紧张惧怕中舒缓下来，恍恍惚惚的，他以为是跟着妈妈出来旅行了，他开始让自己沉浸在这种假想里，脸皮也不那么酸麻了，好像原来的那个方正在半空中飘飘荡荡地降下来，老老实实地回到身体里。

方正看到妈妈姜丹华躺在房间的一张床上，没有像以往每天那样陪伴在他身边，等他把课内作业写完，再拿出一些课外的书本或是试卷来让他做，再一张一张地批改、讲解。她只是躺在那里，好像睡着了，可是她紧闭的眼睛不断有眼泪流出来，没有一点儿哭声，肩头也没有一点儿耸动，鼻子也没有抽抽，就只有眼泪流啊流啊，方正参考了自己全部的、对哭泣的认知，然后确认了妈妈的哭，与任何一种哭都不一样。

这世界忽然就只剩下妈妈和自己了，方正幸福又痛苦，内心满涨着与母亲相依为命的心酸与满足。他静悄悄地掏出书与本子，开始写作业，开始写妈妈准备的那些课外习题。他觉得自己每一个毛孔中都灌注着这种非常矛盾的情绪，这种矛盾给了他很多的精神头与力量，这个晚上，方正竟然比平时多做了一倍的练习。他把这些成果端正地放在妈妈床边的小柜上，然后自己去洗漱，爬上房间里另一张床上。

床单与薄被是刚换上的，清洁干爽，发出索索的声音，这让他很安心，甚至有点儿小小的愉悦。他把自己塞进去，好像那陌生的清洁与干爽可以帮他挡住很多东西，这一个晚上他睡得很好。

醒来的时候，妈妈姜丹华已经收拾齐整了，方正看到他的那些书本也被妈妈装进了书包。妈妈说：“起床，我们出去吃早点。”

她的声音一如往常的平静，这个发现叫方正很快活，他几乎想叫起来，可是他用力把快活压下去，他知道妈妈是不会希望他有这种莫名其妙的快活的。他只是快速地起床，刷牙洗脸，亲热地满脸热情地叫了一声，妈妈早。

这三个字满是牙膏薄荷的清香味道，姜丹华微微笑起来。

这一天正是周六，姜丹华带着儿子方正在快捷酒店住了两天，这给了姜丹华脱离了一切的快活。这快活让她细言细语地对待儿子，温和地叫他也不必做太多的练习，还买了熟食和米饭，带着儿子躲在房间里边吃边看电视。

隔绝，姜丹华想，是一个好东西，至少有时候是的。

周一到来，姜丹华带着儿子上学，放学后，回了父母家里。借着儿子的名头，跟父亲说了话，大家相安无事，恢复了平静。

方正也恢复了，没再在课堂或是课外看过那本书。之后的一些日子，姜丹华的心里总弥漫着安心与伤感，她沉在这种情绪里，陶醉在这种情绪里。

这一个周末，方正又参加了一次英语竞赛。

这场比赛足考了两个半小时，考场大楼离大门挺远，大门口有保安守着不许家长进入，家长们只得远远地看着孩子们走出大楼，从一群群涌出的孩子中寻找自家的孩子。

孩子们走近些，家长们忽地发现，他们一个个都端着两只手，一只手比画出一个“一”，另一只手比画出一个“六”，笑嘻嘻的。小孩子不断地从大楼里涌出，小孩统统比画着这种手势。这群孩子，排着七倒八歪的队伍，拎着各色书包或是手提袋，穿着各色衣服，高矮胖瘦也全然不同，可是，因为统统比画着这个手势，所以有一种怪异的齐整。

等待的家长们中有人笑起来。什么怪样子，有个男人边笑边说。

孩子们走得近了，开始有家长问自己孩子：“哎哎哎，你们这样比画是什么意思？”

孩子七嘴八舌：“这次考试啊，试卷你们猜有多少张？十六张！没见过吧？”

人群里发出惊叹声笑骂声。

姜丹华看见方正出来了，也那么端着手比画着，略有点儿羞涩，很快就把手放下了。

姜丹华笑着迎上去，却听见自己胸口里巨大的声响，帮凶帮凶帮凶！

原来她是一个帮凶，帮着她也不知道是谁的那个“人”用十六张试卷去加害她只有十二岁的小孩。

她糊里糊涂，只是愤怒却不知愤怒该向何人去。

不久后有一天，学校大扫除。第二天会有区里检查团来进行常规检查。

学校里人人忙得不可开交，从学生到老师，开始打扫各自的包干区，地面水流泛滥，被无数的大小脚踩出稀脏的印迹，看上去比没有打扫之前还脏。

姜丹华是班主任，必须待在班上组织孩子们劳动。

等到好容易弄完了一切，学生也放学了，她回到办公室，一看，她办公桌上所有的东西都不见了，只剩一台电脑的显示屏和一个水杯。

她“咦”了一声，转头到处去找。

只听徐银娣笑说：“对了各位老师，办公室是我的包干区，我跟各位说下啊，学校要求办公桌上除了电脑和水杯不许放任何其他东西，后勤主任和校长亲自来关照的，所以我把各位的东西都给你们塞书柜里了，各人查一下，应该不会有少的。”她轻快地又一笑，“幸好没有贵重东西吧，不然丢了什么我可真是赔不起。”

姜丹华于是去自己的书柜里翻找一些要用的东西。

这一翻不要紧，翻了一手的蓝黑墨水。姜丹华吓了一跳，随即想起来，自己是把一瓶墨水塞在书柜的一角的，大概是弄翻了。

再一细查，可不是，一瓶墨水被一大堆硬塞进去的书本和试卷弄翻了，大半瓶墨水几乎全部倾出，瓶中只剩一个底。

姜丹华想起一事，一边叫着糟糕糟糕，一边快手快脚将塞进去的书本试卷往外扒拉。

但是已经来不及了，那套试卷已然大面积地被墨水污了，用是肯定不能用了。

姜丹华只觉沉睡在肺腑间的那股怒气苏醒了，盘扎扭曲一路上升到嘴巴，终于冲口而出。

姜丹华用了从来没有过的高声大气责骂徐银娣，质问她有什么权利动别人的东西，有什么权利把别人的东西随意乱塞，说她不怀好意，强烈地怀疑她是故意为之，就是为了把自己好不容易给儿子要来的复习资料污染得不能再用。

“你不就是怕我们不久的将来抢了你儿子的推荐机会吗？这是不可能的，我们抢不起抢不来没有那个水平抢，你儿子已经很优秀了，凭他自己的实力就足以独占鳌头雄霸天下了，无须你当妈的再从中协助了。我们方正头脑不灵活跟他妈一样，不过下点儿死功夫，你又何必对孩子下狠手。你知道这几份可怜的资料对你儿子来说简直不值得一做可是我是怎么求爷爷拜奶奶才从别人那里拿到的只有纸的没有电子稿你现在叫我怎么给孩子做又怎么好意思再开口跟人要……”

姜丹华一边说一边在心里拦着自己，可是已经拦不住了，那些话像水冲垮了堤坝一样冲出来，滔滔不绝妄图淹没一切，首先淹没的就是自己的理智，大丢脸大丢脸，姜丹华心里明镜似的清楚，可是就是停不下来停不下来。

要死了，她想，停不下来。

徐银娣起先是一迭声地说对不起，夹着些短促的说不清名堂的笑，后来渐渐脸挂下来了。

“谁也不是有意的，说这么多有的没的是什么意思！”

“不是故意的，”姜丹华听见自己冷哼一声，“墨水瓶盖子拧得紧紧的，不是故意的就算是翻个个儿也不至于漏成这样。是不是故意的只有自己最清楚。问问自己的心吧，当然不是人人都可以自省的，特别是在刻意为之的状态下。”

姜丹华用力摔打那些杂乱的书本，“哗哗哗”地把那被污的试卷塞进自己的手提包里。

徐银娣也冷冷“哼”一声：“你也用不着气成这个样子。是不是故意我自己心里的确有数，也犯不着向你坦白。说到底一句话，不过是你担心儿子考不上一流中学丢了你的人，你姜丹华年轻时上大学那会儿就争强好胜，有人比你多考一分你都不肯罢休一定要找出原因来。江山易改本性难移，现在你也不过是为了自己的好胜心，你觉得儿子没给你争脸罢了，何苦把闲气撒在别人身上。”

徐银娣的话像雷一样轰轰地打在姜丹华头顶。

原来一层薄薄的窗户纸捅破时是这么大的动静，姜丹华想。

第四幕

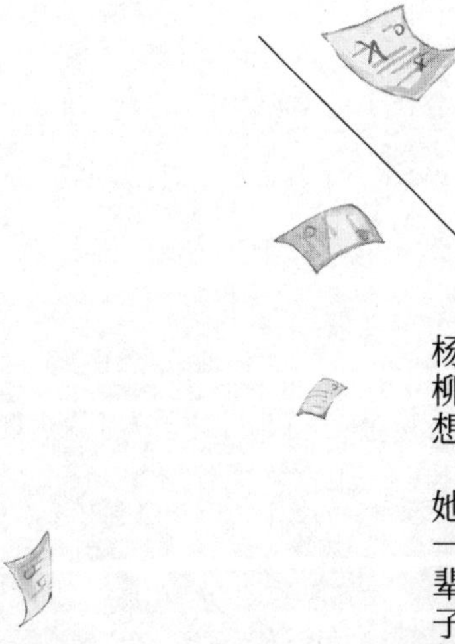

杨柳想，她一辈子都要背着这个不可告人的秘密活下去了。

第一章

自那次儿子住院之后，许月娟的心里有了一个秘密。

这个秘密忽而遥远如梦令人难以置信，忽而伸手可触令人心神摇曳。

她就带着那个秘密走在大街上，天是远的地是阔的，她身子外头的那层旧壳子裂了，一个新鲜热乎的许月娟从里头走了出来，一步是欢一步是喜地径自往前走，那个旧壳子看着前面的那个新人，跟是跟不上的，却又怕新鲜的嫩人着了风受了寒，所以旧壳子哆哆嗦嗦站在那里看着，看着新鲜的人理直气壮不管不顾地朝前走。

她成功减掉了八斤肉，其间的辛苦不足与人道，半夜里头饿醒了，觉得前胸与后背粘在了一起，肚子里翻江倒海的声音，幸而床上只得她一个人，苏群大半的时间是不回家的了。她翻来覆去，跟那饿斗争着，总算挣过去了，睡着了。

蒙眬里看见一个人，不顶干净的白皮肤，眼角细密的皱纹，还略有些下垂，挺挺的鼻梁，大小适中的嘴，构成一张叫她觉得舒心的脸，她心里头觉着好，怎么就那么好，自己居然知道自己睡着在笑。

她每天按时去健身房练习，咬着牙踩自行车，做仰卧起坐。她戒掉了麻将，怕长时间坐着肚子上的肉去而复返。

她每周总要有一天或是两天，这要迁就那人的时间，换两身素净端正的好衣服，也不多施粉黛，只抹一层 BB 霜用一点儿很淡的口红，然后走出家门。

是去见莫奕华。

自跟莫奕华重逢之后，许月娟就再也没断了跟他的联系。莫奕华似乎也愿意保持这种联系，相处当中，他还是二十年前那样的软语温言，日子久了，熟悉的感觉回来得越多，他甚至恢复了二十年前略略的一种做小伏低，许月娟四十多岁的女人心忽地又尊贵起来。

他太太的癌病过了年之后竟然有了些许起色，又拖了几个月，在医院进进出出好多回。

那天莫奕华突然打了电话叫许月娟出去，那是他们第一次大白天的跑出去。

找了个茶社坐着，茶喝过两道之后，莫奕华都没能把在嘴里吞吐着的话说出口。

许月娟何等玲珑的心思，主动问他，是不是手头紧。

莫奕华又支吾一会儿才说，是啊，如果方便的话，能不能……会很快还的。

许月娟心里微微地有点儿不舒服，像吃多了但又没吃太多，一个饱嗝没打出来，略略有些犯恶心。

她笑一笑说："这有什么不好意思说的，只要不是什么大数目，能帮的我又怎么会不帮你。三万够不够？"

莫奕华愣了一秒说够的。

许月娟过后就去银行取了钱，交给莫奕华，故意地没有问办事员要一个装钱的银行专用大信封，就那么一扎钱直接递给莫奕华。莫奕华把那一摞红票子拿在手上，横不是竖不是地好一会儿也没想起放哪儿是好。

当时许月娟想，这人是不能再见了。

谁知第二天挨晚那会儿莫奕华又打来电话问能不能出去一下，有事。

许月娟心里头飞快地拿捏了一下咸淡说，哟不好意思，家里有点儿事走不开，过两天好不好。

正待要挂电话，那边莫奕华急慌慌地说，能不能抽一点点时间，十分钟就好，我把钱还给你。

这真意外极了，许月娟跟他约好一家茶社，收拾一下去了。

莫奕华把昨天那一摞红票子又还给了许月娟，这一回是用白纸细细包好的。许月娟推挡了一回说这是干什么，我又不急等着用。莫奕华坚持说，没想到他老婆的父亲和兄弟凑了笔钱来，昨天送过来的，所以现在借的钱用不着了，原本一是为了付医药费，二是为了他女儿临近高考，大量的课外补习课要用到一笔钱。

莫奕华说要走，可是并不站起来挪步子。许月娟也坐在那里不动。

莫奕华忽地捧头呜咽起来，说，七年了，七年了，她的病治好又复发，查出来的时候女儿才上小学，现在快高中毕业了，七年了没有一天安生日子，真可怕。

许月娟盯着他盐与胡椒颜色的头发。

莫奕华搓搓脸，眼角红红的，许月娟想到底是好看的男人，经得住这样的哭。

莫奕华又说，你当年不选我是有道理的，我这个人运气不好，一辈子就运气不好。

这一回是许月娟蒙着脸哭将起来。

他们的关系，就是在那一个晚上发生的变化。他们哆哆嗦嗦，互相搀扶着，找一个酒店，许月娟先进去订了间房，房间号短信发给莫奕华，过了好一会儿他才敢上去。

后来莫奕华说，过去我们多么老实，真是，谈了一年多恋爱到底还是没敢。

许月娟窝到他怀里去说是啊，多傻。

许月娟自此真正有了一个情人。

偶尔也会怕，不过四十来岁的女人，疯起来那劲儿，是可以克服一切小惧怕的。

她甚至想过在儿子生日那天约莫奕华三个人一起吃次饭，后来到底还是打消了这个念头。

元旦是许月娟儿子苏炜奕的生日。

她不能指望苏群今年还能回来陪儿子过生日，谁知他竟还是回来了。

苏望的生日跟苏炜奕是同一天，但是这一回苏望说，要提前过，因为元旦要放假的。杨柳起先没明白，元旦放假正好过生日，为什么要提前呢？

苏望说："妈妈，你不懂了吧，我们班现在有个新风俗，就是谁过生日谁就要请全班人吃巧克力，还要送些小礼物。"

杨柳"哧"地笑出来："作怪作怪，过生日不是人家送礼物给你吗？怎么倒过来了？这是哪里的规矩，我从来没有听说过。"

苏望露出一点儿惊讶继而又有一点儿鄙视："现在小学里都这样的，妈妈你已经'奥特'了。"

杨柳说："你那是什么表情？你说我什么？"

"'奥特'，这个不是坏词，就是说一个人有点儿落伍。"苏望小心地解释道。

"到底为什么要给全班人送礼？"杨柳又问。

苏望挺同情地看看妈妈，叹了口气："是为了以后班上要是有什么选举之类的事，别人会举你的手啊！这叫作争取基本群众！"苏望的小面孔颇为严肃，"要是你不请客，不给人家送点儿小礼物，到时候谁也不会主动举手选你的，人家选自己还来不及呢，现在班上选什么，大家都拼命投自己的票。"

"选上了怎么样？"

"选上了就会有奖状啊，有奖状以后可以拿给中学看。"苏望问，"妈妈，你怎么这些都不知道？我们班刘苏的妈妈什么都知道。"

杨柳"哦"了一声，她从来都只低头走路，从来不抬头看天，信息比较闭塞，一门心思只带着儿子参加各种考试比赛，料不到这里头还有这么多的弯弯绕，真真长了学问。

杨柳决定给苏望办好这件事。

那天史钢强又来给苏望补习，趁着苏望自己做题的空当，杨柳跟史钢强玩笑似的提起这事，说现在的小学生真不得了。

史钢强笑说，可不是，现在的小孩子，比我们小时候心思复杂得多了，这也是大势所趋。你也是需要多关注一下这类的事情了，毕竟还有一年，苏望就真的要择校了。前些天我跟以前的同事碰见，他们还跟我说起，现在当父母的，要担任三个角色：学习辅导老师、心理医生和考试信息员。

杨柳突然颓丧起来，叹气，说，像我这样的家长，真是，你说这三个角色我能当得起哪个！

学习没本事辅导，心理也一窍不通，信息又闭塞，我向谁去打听去？报纸上电视上提供的信息多半只是政策性的，政策归政策，你知道下面的学校自己私下里还有什么规定？跟老师谈？多半人家也只是说一些常规性的东西，泛泛得很，那回我儿子他们班开家长会，每个老师都说，如果打定主意以后上中学要择校的话，你们家长可以各显神通，我哪有什么神通？我们家一家子都没大学问，八竿子也打不着教育部门的人，那些有门路路子广的人，我们更是够不着，只好指望小孩自己考好成绩，偏偏小孩又不争气……

兴许是近来心头压的事太多，杨柳自己都控制不了，“嗬嗬嗬”地向史钢强说了这么多，以往他们也常交谈，不过谈些苏望学习上的事。

史钢强说，老话说，家家都有一本难念的经，一点儿没说错，现在，各家各户的这本经，多半一念到小孩这块就难起来，难啊，各有各的难。像你，一个人带孩子，难；像我，想把女儿带在身边又不可能，一年能见上三两次面就不错了。

史钢强这个晚上也有点儿控制不住地多话，说起自家的事来。说他老婆早几年就跟他离了婚，那个时候民办学校刚解散，他没了工作，就到各学校去代课，哪个学校有老师生病了、怀孕了，他就去顶个缺，什么课都教过，语文，数学，体育，科学，社会，甚至还当过两个月的英语老师，自己的英语早还了一半给老师了，教了没多久，人家家长向学校投诉，又做不成了。拿了点儿可怜的工资回来，那边父母家又出了点儿事情，只好把钱贴过去，结果老婆一气之下就提出离婚了，还把女儿带走了。

史钢强重重地叹气。

你不易，我也不易。他看看杨柳，杨柳正垂着头，她头发剪得短短的，身上穿着家常旧衣，领子又软又塌，这么一低头，便露出一截细脖子，后颈下小小一块雪白的脊背，从上到下一身愁，重重地叹着气。

杨柳抬头时看见史钢强的眼神，微微一愣，自觉今天是话太多了，转念又嘲笑自己敏感过头。

杨柳张罗着要给苏望买生日要送给同学的巧克力和礼物，巧克力还好办，送的小礼物倒让人作难。送什么呢？一块橡皮？一支笔？苏望说，最好特别一点儿，人家不是很喜欢文具的。杨柳在批发市场转了半天，稍稍像样一点儿的，买十来件还不算什么，买五十份，就相当可观了。

正愁着呢，苏望拉着他爸苏梁过来了，苏梁手里拎着一大包东西。

苏梁起先不肯上楼来，上回跟杨柳吵过之后，他就没上过楼。这回架不住儿子生拉活拽，就上来了。

杨柳是好久没有这么近地看过苏梁了，他看上去瘦了些，但脸色还算健康，脸上表情别扭，要绷可没绷住没绷紧的样子。杨柳索性大方地走上前叫他进来，苏梁走进来坐在客厅的一把椅子上，脖子梗得直挺挺，不知为什么，杨柳看着他那副样子，“哈”的一声笑出来了。

苏梁活泛起来，像冻住的鱼又到暖水里似的，三个人低头拣看苏梁带来的东西，弄得塑料袋里“哗哗”直响，听起来透着兴头喜气，这是这个家里久久没有的氛围了。

苏望尤其兴奋，因为爸爸给他买好了送同学的巧克力和小礼物，买的是费列罗巧克力，女生一人一支带着娃娃头的漂亮木杆子工艺铅笔，男生一人一个小小的回力汽车。

杨柳说，呀，这要花不少钱呢，你……

苏梁眼睛没看杨柳，却冲着儿子说：“儿子，咱要买就买好一点儿的，不能叫人家看低你，对吧？”

杨柳笑着说：“看低不看低要看成绩本事，这个更重要吧。”

苏梁依然不看她，说：“人际关系也挺重要的。你看我，跟谁都很大方，都是你好我好大家好，所以在单位人缘特好，哪个年龄段的人都跟我好，都带着我玩儿。”

杨柳点点头，很诚恳地说：“这倒是的，这个是你的优点。”说着去收拾摊了一桌子的东西。

恰巧苏梁也伸手要拿东西，结果两个人的头撞到一起，都撞得生痛的。

苏梁这回再也绷不住了，笑起来。

杨柳想，也只有苏梁了。

第二章

那天，杨柳问儿子，同学们喜欢你的礼物吗？

却不料苏望长长地叹了一口气说："妈妈，为什么你要跟苏炜奕的妈妈同一天生小孩呢？"

杨柳一时不解，苏望又叹了一口气。

杨柳这才猛然记起，苏家这小哥俩是同一天出生的。杨柳心中有数了，试探着问："苏炜奕他妈也给同学们发礼物了？"

苏望说是的，沉默一会儿，小孩子又说："他带来的巧克力很高级的，是外国的，上面的字连我们外语老师都不认得，他说是德国字。他还给全班每个女生一人一盒漂亮珠子，可以穿成各种各样的装饰品，给全班男生一人一个拼装的果宝特工。"说着，他从书包里掏出一个颇精巧的玩具来，"我们班人全乐死了，激动得要命，吵得都没法上课了。"苏望说着，开始埋头写起作业来。

杨柳想，这事儿估计是许月娟故意的，不由得动了气，坐在桌边半天没说话。

苏望小心地观察了母亲的神情，突然说："但是呢，我还是喜欢爸爸给我买的这些礼物。你觉得呢，妈妈？"他又小心地看了妈妈一眼，"其实你觉得爸爸怎么样？你觉得他好吗？我觉得他比大伯伯好，大伯伯有点儿阴森森的，而且从来不带苏炜奕出去玩。"

杨柳不由得细细看了看儿子，苏望的头却低低的，没有抬起。

杨柳摸摸他软软的头发说是，还是你爸爸好。

苏望抬头看看妈妈，好像想说什么，张张口，吸了口气，又不说了，低下头去继续写作业。

接下来的一周，杨柳带着苏望去上课，又碰上了姜丹华。

正是通过姜丹华，杨柳听到了一个令她大吃一惊的新消息。

姜丹华说，下周，培训中心就又要考试了，这一回考试和以往不太一样，不光考奥数和语文，还要考奥英。而且，奥英要和奥数加在一起算一个总分，凭这个总分去评培训中心的全能之星，而这个全能之星将来升中学是相当有用的，若能拿个一等奖就不愁了，若不行，二等奖也是好的，比什么奖也没有强。

杨柳一下子慌了，问姜丹华奥英是不是难度比较大的英语考试，是不是每个人都要考，姜丹华说是啊，怎么你不知道？

杨柳急慌慌地说，啊，这可怎么办？我外语学是学过，丢也丢了些日子了，课本上的内容勉勉强强可以帮帮他，可这奥英，我真是一窍不通了，这可怎么办这可怎么办？

姜丹华同情地看看急得脸色都变了的杨柳，说，要不，你再找个老师给他突击补一下，英语这个东西，不是一天两天可以突击好的，但好歹补总比一点儿不补好，多少可以总结一下语法规律，多背些单词多做些题，对家长和孩子的心理也是一种安慰。

杨柳简直可以听见自己头发变白的声音，这心操到哪一天是个头呢，她想。

杨柳当时就告别了姜丹华，开始给儿子找起英语老师来。

培训班周围的小区墙上，多半贴着各种补习班的宣传单，一个比一个说得玄乎，一个比一个自夸得厉害，可细细看宣传单，所用的教材都不同，而且都开始上课很久了，也不知做不做一对一辅导。杨柳看上面的电话号码打过去问，对方多半一口答应可以补习，但至少要报一学期的课，他们不给人做临时突击性的补习。杨柳暗想，这大概是觉得突击的补习油水少的缘故。倒是有两家说可以突击补，杨柳便问补不补奥英，那边便说补奥英，杨柳又问用什么材料，那边支吾着说要什么样的材料都有，很丰富。

杨柳却想起了受骗的那一次，想着，越是急越是不能贸然报名，不然，再上一回当，白花钱不说，对儿子也没有任何帮助，于是挂掉了电话。

杨柳急得两夜没睡好觉，周三史钢强来给苏望补数学时，杨柳病急了乱投医，问史钢强认不认识能突击补习外语的老师。

史钢强想了一会儿说："我的朋友当中教数学的多，教英语的，我还真不认识。这样吧，我托人给你要一些相关的试卷来，你不是也学过外语吗？你让儿子做做看，你自己对照着答案给他改改讲讲，试试看呗，这么急，也难找到好老师。"

杨柳千恩万谢地送走了史钢强，其实心里并没有抱太大的希望，也不知史钢强会不会真的把这事儿放在心上。

谁知第二天晚上，史钢强又来了，真的带来了几份试卷，杨柳都不知道说什么好了。

史钢强送完了试卷也没急着走，竟然坐了下来，杨柳一时不知怎么是好，挓挲着手站着，一时间冷场了，只听得史钢强手指轻轻在桌面上弹击的声音，"喀哆哆"，"喀哆哆"，"喀哆哆"。

杨柳给史钢强泡了杯好茶，史钢强双手接过去，将手指在杯子上捂着。不知为什么，那弹击的声音还在，"喀哆哆"，"喀哆哆"，"喀哆哆"。

杨柳想了想，于是招呼苏望过来做英语试卷，苏望刚刚将学校的作业写完，看妈妈又弄来好些试卷，情绪立刻跌落到谷底，咕咕哝哝地待写不写。

史钢强说："快开始做吧，老师在这里监督你。"

这一句话，坐实了他要在这里待上三两个小时的事实，杨柳只得坐下来陪着儿子一起做试卷。

一张方桌，苏望坐左边，杨柳坐中间，史钢强坐右边，一边靠着墙。

杨柳的一边，是儿子气咻咻的鼻息，另一边，是史钢强一口一口呼呼的吸茶声。这情景让杨柳有点儿透不过气来的不适感，她知道史钢强的茶已经喝干了，却并不想给他添上，只做一心看着儿子写题的样子。史钢强轻轻起身，杨柳想他大概是要告辞了，心口一松。谁知他只是走到厨房去，自己给茶杯续了水，又坐了回来。

苏望做了一会儿，开始不停地呼难，难啊难啊，这题目从来没见过啊，怎么做啊。杨柳集中精神将答案写给他看，努力地给他讲解，自然讲得不十分清楚，苏望连说，什么呀，不懂不懂。后来，索性撂下笔，再不肯写了。

史钢强出声道："苏望，你不要闹了，懂事一点儿，你妈也不容易。"

到底史钢强算是他老师，苏望嘟起嘴，收了声。

杨柳一抬头，吓了一跳。史钢强的脑袋什么时候伸过来了，离得那样近，他“唰”地将目光转落苏望的笔尖，杨柳可以闻得见他头上的油气。

杨柳心里突然生了股怒气，这怒气找不着出口，只在她腔里打着转，逼出她的汗来，她支起右胳膊，遮挡着脸，也挡住那边扑落过来的目光。这一张桌子坐三人的架势算什么，杨柳想，九点半钟了，他还坐在这里干什么？一时又想到人家是专程送卷子来的，也是自己托人家的，不由得后悔当时多嘴求了史钢强。

史钢强望着杨柳，手里杯子里的茶水渐次冷了，他又起身续了一回水，从背后打量着杨柳。杨柳半个身子俯在桌子上，背显得很单薄，身上的一件毛衣款式旧了，颜色也褪了，成一种乌突突的灰黑色，起着球，因为俯趴着，腰绷得直了，屁股的形状显得很好，史钢强用目光在这个背影上来来回回地睃着，又转过去，走到桌边坐下来。这样一来，便可看见杨柳的侧面，她小小的面孔很严肃，眉头团着，肤色尚白却有些干燥，眼角的细纹因此而明显，但整张脸莫名地还有一沓青春的残迹，这残迹使得她有一种零碎不全的好看，偶尔很动人，偶尔就很平常。这平常与动人交织在一起，让史钢强内心躁动不安。他看着她细细地在对着答案，用一支红笔在儿子做的试卷上画着，时不时地打着一个个的叉，微微地叹着气，又不敢把气完全叹出来，史钢强想，真不容易啊。

好容易做完了一份试卷，苏望似懂非懂，杨柳也不想再跟他纠缠下去了，总不能让史钢强一个晚上都待在这里。

她不好开口请史钢强走，可又不能让他再待下去，还好苏望打了一个长长的哈欠，杨柳便说，苏望你也该洗洗睡了，不然明天起不来，早读不能迟到的。

史钢强附和说：“对啊，苏望你要睡了，你们都该休息，那我走了。”

杨柳如蒙大赦，史钢强感觉她整个身体一下子松了一松。

史钢强出门，杨柳去送，站在门口，杨柳从口袋里掏出准备好的两百块钱，一边说，麻烦你了史老师，不好意思让你今天多跑这么一趟。说着把钱塞过去。

史老师连说不必不必，又把钱塞回来，顺便就拉住了杨柳的手。

杨柳被火烫了似的差一点儿跳起来，用力挣出手来，那钱又回到她手中，她急急回身，“咣”地就关上了门。

周末终于来了，杨柳带着儿子去考试，心情乱成一团麻，苏望也没精神，踢踢踏踏地走着，还没进考场，杨柳便知道他不可能考好的。

她觉着自己大约是骗不了自己多久了。

儿子拖着步子进了考场，杨柳在惯常坐着等候的银行坐下来。

银行里依然全是等候的家长们，各做各事，有两个老年妇女不停地讲着自家孙子孙女的事，杨柳内心无限烦闷，突然渴得不行，而且非得喝一杯凉东西，就起身去买了瓶雪碧，一气喝掉半瓶，心里的热火才下去些，经冷风一吹，肚子里的冷跟外头的冷一起围上身来。

接儿子的时候，杨柳看那些走着跑着跳着拖着步子的小孩子，从身边经过，杨柳没好气地把撞到她身上的小孩子推开。这些孩子，杨柳想，他们，他们都是苏望潜在的敌人，要抢掉他上好中学的机会上好高中的机会上好大学的机会找好工作的机会，他们大约全都比苏望强，他们要永远压着苏望，压得他不能翻身，压得他机会全无，为什么要有这么多这么多的孩子，如果没有他们，苏望是不是可以多一点儿机会，自己也不至于这样苦，要受这种磨折，也不至于一定要敷衍这个老师那个老师。

这一刻，杨柳跟自己灵魂中最丑恶的一个化身劈面相逢。

姜丹华望着慢慢走出来的儿子，她叫着："方正，这里。"

方正笑笑，走过来，姜丹华照例问他感觉考得如何，方正说，还不错的，特别是外语，挺有把握，有一题最难，做出来了，问过老师，答案是对的。

方正近来的学习状态终于恢复了，在学校几次测验成绩都很好，姜丹华稍有安慰。

想到也有一阵子没有回自己的家了，不如今天回去一下，让儿子跟他爸爸在一起玩一玩，放松一下。

姜丹华后来多次想过，要是这一次不回去，会是什么样呢？

第三章

那次真是怪，明明记得家门的钥匙是放进包里了，从爸妈家出来的时候还特意检查了一下，可是站在家门口，却无论如何也找不到那串钥匙。

姜丹华在穿戴上一向不讲究，年轻时就如此，白白地闲置了好模样，从来都是简单的衣服，一个大包背着来来去去，有时一只包一背就是两三年不换，脏了擦一擦，用坏了为止。现下她肩上背的这个包，还是几年前方耀平给她买的。那个时候，她正要去外地参加一次研讨，还要在会上宣读自己的一篇得一等奖的教育论文。临走时，方耀平笑她说，你打算就背着这个包去？带子上的皮子都磨穿了。于是他出去给她拎回一个新包，价钱叫姜丹华啧啧不已，心里还是高兴的。

包大而深，质量好很实用，就只一个缺点，小东西扔进去，就很难摸得到。笔啦，公交 IC 卡啦，钥匙啦，润唇油啦，放进去容易，往往摸上半天才寻得出来。方耀平看她在包里抓挠的时候常笑她说，这哪里是找东西，跟捉虱子似的。姜丹华也笑说，这哪里是个包，分明是口井。

站在门边摸钥匙的时候，不知为什么，会想起这些事。琐琐碎碎，要是青春年少的人回想起来，心口怦怦跳，想一想要笑，想一想又要笑啊。只是，中年人，不小不老的，想这些就没好意思，像是不配似的。

好容易钥匙摸出来了，却发现，上头挂了许多年的一个毛绒小狐狸挂饰没有了。东西是不值什么钱，但是用了这么多年，小狐狸尾巴上的毛都被捏得稀少了，就这么突然地没了。

门打开时，姜丹华忽地听到屋内奇怪的声音，急促惊慌，是什么人与另一个什么人碰到一起，撞在一块儿的声音。姜丹华的耳朵忽然地变成了功放，把这事实上很细微的声音扩得这样大，轰轰地在屋子里炸响。

姜丹华听见儿子方正说，妈妈，脱鞋啊。

姜丹华站着没动。

卧室里头走出两个人来，方耀平和另一个。

姜丹华觉得身上的血液“哗哗”地自上往下流，全灌到两条腿上，使得腿膨胀起来，沉重起来，往地下打桩似的打下去，要生出根来了。头却轻飘飘的。然后，她被腰斩了，轻飘飘的上半身和厚实沉重的下半身分割开来。

姜丹华并不承认自己此刻是悲痛欲绝，她想，不是那样的，要不，自己怎么还有闲情闲工夫好好地看了看那个女人呢。不见得好看到哪里去，五官粗大，眉毛浓黑，但是年轻，饱满，一双眼睛炯炯有神，头发粗厚，蓬了一头。

方耀平说，我们单位的同事，来拿个文件，急用的。

他那么软绵绵地说着，底气杳杳，撑不起那么个大个子。

年轻女人低头穿靴子。那靴子才真像两口细长的井似的，她正努力地把小腿塞进去，姜丹华差一点儿就要伸手帮她了，这么蠢笨相。姜丹华居然笑了一下，方耀平的脸被这一声笑点燃了，赤红鼓胀，姜丹华想这个时候手指戳上脸皮，会淌血的吧。

方耀平也不问她怎么这个周末想起来回家了，他安慰自己说不是怕，是真问不出口。

儿子方正安安静静地像个影子似的飘回他自己的卧室。

姜丹华却并没有走，去厨房做饭去了。把带来的熟菜一样一样摆盘加热，炒了两个素菜，又做了个汤，七七八八汤汤水水铺了一桌子。一家子三口人坐下来，吃。大家都把话和在饭菜里一口一口地吞下去。

三个人不约而同地吃得饱胀过头。

当晚，姜丹华住在自己家。方耀平磨蹭到很晚很晚才回卧室，站了半晌才挨着床边躺了下来。

他才躺稳，姜丹华一跃而起，快得不可思议，“呼啦”一下，那么大力，将被子掀到地上，将床单扯下来，将床垫扯下来，最后将席梦思垫子掀歪了。那样重的东西，平时须得两个人才能翻面。

床垫“噗”地倾到地上，声儿挺响。

方耀平看着黑暗里站着的姜丹华，他看不见她的脸但是看得见她无边的怒气。她也看不见他的脸，她也不想看见。

方耀平说你要干吗呀干吗呀。姜丹华说你滚吧滚吧，快点儿从我家里滚出去。

方耀平说这也是我的家。

你也配有家。

你这话过分了。

不会比你做的更过分，我简直……简直不能想象，把姘头往自家带，这哪像你方耀平做得出来的事。

你不是不要回这个家吗？你一个已婚妇女成天觍着脸住在父母家，你还要什么自己的家，你的生活里，有工作有儿子，再加上父母就够了，就多我一个。

你少无耻，你明知道我为什么要住父母家。

你是为了儿子没错，但是自从你有了儿子，你就慢慢不需要我了，终于到这么一天，你是彻底不需要我了。这么多年了，我也想要一种被需要的感觉。

儿子不需要你吗？

我要的不仅仅是孩子的需要，要是我只需要被儿子需要，我何必结婚，不结婚也可以有儿子。如果人人都随便找个人生孩子，有孩子就行，那家庭可以解体了，男人女人精神上不相互需要，你是你我是我，凑在一起一双劈开来四只，这种日子，是什么日子？这种日子我过了多少年？姜丹华，你放弃我在先我背叛你在后。从什么时候起你不再需要我，你是一个完全独立于我生命之外的存在。你只通过儿子跟我联系，但实际上你的一切都没我的份儿了，我还死乞白赖黏着你干吗？

姜丹华坐在光秃秃的床上，她说我们离婚吧。

后来回了父母家，姜丹华把包都倒出来找，到底还是没有找到那只多年来带在身边的小狐狸，不晓得是什么时候掉的。

方耀平与姜丹华的离婚手续办得很顺利，他们也没有财产纠纷，房子给了方耀平，家里的存款方耀平转了一大半到姜丹华名下，而且他每个月还要负担儿子的生活费。

他们约好暂时不跟方正讲，马上他就面临着小升初了，各个名校的独立招生就要开始。

等他定下要上的中学，考完毕业考再说。

离了婚的那一夜，姜丹华给自己也给儿子放了一个晚上的假，早早地上床睡觉，一觉睡到夜里一点多，连梦都没有。

之后就再也睡不着了。天花板和墙壁上有大团的影子，外头窗下正好有路灯，不拉厚窗帘，半夜里起夜时都不用开灯。

从这一夜起，姜丹华每晚十一点半睡，到了一点就醒，一直醒到四点，蒙眬再睡两小时。这是她新的生物钟。

杨柳近来睡得也不大好。

上个星期，史钢强突地开口请他们母子俩周末到他家去玩玩。

“乡下地方，好在地方大，看看菜地，看看大棚，看个新鲜，爱什么菜摘一点儿，当去郊游，不要嫌弃。”史钢强说。

杨柳稀里糊涂地带着儿子跟着他上了开往郊区的车。

路况很好，走高架，时间不长就到了。当从车上下来踩到实地上时，杨柳才问自己，哟，我来这趟干吗？

这才觉出这一场的多余来，可又不好马上原车返回去。

史钢强家倒是有个两层半齐整的小楼，还挺新。史钢强说是他跟他兄弟两个合伙盖的，现在住着他父母兄弟一家，不过今天他们走亲戚去了。

杨柳跟着他屋后地里乱逛了一圈，一阵儿一阵儿地发着蒙，一声一声地在心里问自己到底来干吗呢。

要是再看不出史钢强的意思，杨柳觉得自己就是蠢得没边儿了。

杨柳走在窄窄的田埂上，一步一滑。刚下过一场小雨。她的鞋上很快粘上了一层泥，鞋子变得重起来。

杨柳突然想，不如就这样不清不楚着，也没什么关系吧？不说答应也不说不答应，给他点儿希望让他有点儿念想，建立起一种似是而非的虚头巴脑的关系，他辅导起儿子来会更尽心一点儿的吧，以后择校的时候，说不定他可以帮上一点儿忙呢？说不定呢，他这么几年家教做下来，对择校啦这些事不陌生吧，多少总有些门路的吧。他不是说过嘛，他辅导过区教育局一个处长的小孩，后来那个小孩进了金陵实验中学，他不是说了嘛，那些真有办法的那可是真有办法，全市所有的好学校，摊在他们面前任他们选，就跟皇帝翻牌子似的，愿意翻到哪张牌子就是哪张牌子。那么就这么吊着他吧，以后再说。她被这个可怕的实用主义的念头吓坏了。

杨柳猛地一滑，左脚整个踩入菜田的泥水里，泥水糊满了她的脚面。那边史钢强拿了个篮子过来，看见她一脚的泥，忙说，回家洗洗脚，回家洗，我那里有全新的袜子你换一双。

不不不，杨柳一迭声地说，不不不不用。她想象不出在一个某种程度上来说完全陌生的男人家洗脚，不不不，她厌恶想象中那个画面中的自己，三步两步逃也似的逃出菜地。

史钢强赶上来说，哎哎哎，你怎么啦？不洗就不洗也没的什么关系的，何必呢。

杨柳回到史钢强家，苏望上来问，妈妈，我们什么时候回家？

杨柳说，不好意思，我们要回去了。

苏望的小脸上出现一抹欣喜之色，他说，妈妈妈妈，我们去坐车吧。

后来母子俩坐上郊区车回去，杨柳一身汗两腿泥地坐在最后排最右边的位子上，苏望躺在她的腿上打盹儿。

杨柳想，是了，那么做也不是不可以，也不是不可以的，但是，太不要脸了。

而且，最重要的也还不是要不要脸的问题。

苏梁的脸浮上来，浮在杨柳卧室的天花板上，跟壁画似的。一天一天一月一月一年一年，颜色掉了图案糊了，总还有个影子在。

接下来的那个周三，正是杨柳要付史钢强这个月工资的日子。杨柳把钱准备好，特地往里头多加了二百块钱。等史钢强给苏望补好课出门时，递到他手里，你数一下史老师。

史钢强说不用了。杨柳说你还是数一下吧史老师。史钢强就打开信封数了一数。数完了，史钢强也没说什么。

隔天史钢强打来电话，说小杨，我呢，这边还有个学生，现在实在忙不过来，路又远，要不，补课的事，暂停一下吧。

杨柳说好。

同一天，莫奕华也给许月娟打了个电话。

莫奕华告诉许月娟，他太太昨天半夜里，过世了。

许月娟说哦，那，你节哀顺变吧。放下电话才觉得说了句不着调的蠢话。

莫奕华的太太癌症七年，两次发作之后，走了。

莫奕华把这个消息头一个就告诉了许月娟，然后才打电话通知丈人丈母家。一场丧事办完了再想起来，真是够急吼吼的。

第四章

莫奕华的太太去世之后，许月娟足有一个多月没有联系他。她觉得此时此刻凑上去，那套路让她觉得自己有点儿轻贱。但是她按捺不住心里的一点儿蠢动。就在这个时候，莫奕华来找她了。许月娟看到他，暗暗地吃了一惊。

莫奕华竟然白胖了一些，是了，他的面庞饱满了一些，撑起了原本黄瘦瘪塌了的脸部皮肤，他微微驼着的背伸展了，这使得他看上去高了些许，他衣着齐整，头发带着新剪的生涩痕迹，这痕迹稍稍改变了他的面部轮廓，使得他像一个什么人。许月娟想，像谁呢？

莫奕华说想请许月娟吃饭，他选的饭店隐秘，包间小巧干净，菜色不算顶好，但还算新鲜，正是饭点，人却也不多，真的很适合私密的会面。这一顿饭吃了三个小时。

回家后，许月娟躺在床上，闭上眼，蒙眬要睡，突然想起来了，今天的莫奕华究竟像谁。

像年轻时候的莫奕华。

那个莫奕华已经久远得她想不起他的样子来了，但是这一个晚上，他却那么清晰地浮现在她眼前的那一片昏暗里，竟然让许月娟感到微微的自卑。这么年轻的莫奕华，一片昏暗里生出来的一团光一样的莫奕华，他回来了，却只面对着一个四十多岁的许月娟，人老了，日子也过成这样了，还有什么好说的，还有什么好说的。

许月娟对自己说，当年也是你自己不要他的，毫不留恋地一刀两断，现在又装什么深情，好像当年是哪个逼着你离开他似的，何必自己骗自己，有谁比自己更清楚自己，时光倒流二十年，她许月娟还是会做同样的选择吧。

眼泪痒爬爬地从眼睛里一直流到脖子后头去。

后来莫奕华又约过她几次，许月娟每每想说不去，但是又抗拒不了亲近他的念头。这念头在她心里一天比一天膨胀，到后来简直没法子忍，像是一天看不到他都不行。苏群不在南京，这给了她无数可能的时间，他们频繁接触，避开任何有风景的地方，专找那偏僻的地方坐着说话。许月娟学会了在网上预订旅馆的房间，把号码事先告诉莫奕华，然后一个人先进去确认，一刻钟之后莫奕华再跟上去。许月娟多少还是心虚的，但是拦不住自己。

一个月以后，苏群回来了。来家里看了看儿子，丢下了给儿子买的礼物，许月娟自然另有一份。然后他就走了，没有在家住，连借口都省了。今天的苏群不再是以前的苏群了，他发达得很，也算是数得着的可以上得台面的人物了，这一年的春节居然坐到政府办的茶话会的桌子上去了。他做什么，不会再跟许月娟交代了。

许月娟心里清楚他外头有不止一处的住房，但是不知道他新近大手笔买下了市中心一处高档公寓，在里面养了一个新的情人。还是儿子苏炜奕把这个消息告诉她的，他说爸爸接他到新家去了，新家很好看。儿子还吞吐着跟她说，新家里还有个阿姨，在大学里面上班，爸爸也带他到阿姨的大学里接阿姨。后来苏群有一次回家来，说起一会儿要去 × 大，许月娟问是去接人吧。苏群竟然不否认。苏群说，现在我身边就只这么个人，你不必费心思做什么，我就告诉你，你只管当好你的苏太太，其他的不要过问。

许月娟说什么样个人这样动你的心，把身边的各色美人都放弃了？

苏群笑笑，说，那自然是一个满意的人。人家是研究中国古典文学的博士生，温婉有才华。

许月娟说，哦这么好，你不给人家一个名分吗？

苏群说，你安分一点儿，有些事，我决定就行了，你接受就行了。我自然有安排，到时候也不会少了你的。

苏群走了以后，许月娟才发现自己捏了两手的汗，要是不这样捏着，说不定她今天就和苏群你死我活了。

许月娟想，与其这样坐以待毙，等着苏群什么时候判她一个死刑，不如，不如采取主动。

这个把月，许月娟哪里还顾得上儿子的学业，苏炜奕一向轻松快活，如今更加地轻松快活。除了上一回上体育课时不小心扭伤了脚，脚脖子又肿又痛之外，小小的苏炜奕相当满意目前的学校生活，因为他实在是承载了同学太多太羡慕的眼光。他除了轻轻松松地上一个一对一的英语课之外，没有任何额外的负担，这一对一的辅导每周五晚上在他的家里，老师过来教个两小时，有时他觉得累，妈妈就会让老师少上一小时的课。

许月娟跟儿子说，脚不方便干脆你在家休息一段时间，无所谓的，不会缺太多课的。没想到苏炜奕说，不用了，学校挺好玩的，现在周三还有“快乐星期三”活动呢，我参加了模型组，把爸爸上次给我买的模型带到学校装好了。而且，苏望会帮我的，苏望天天扶我上厕所，还帮我拿饭盒呢。

这倒让许月娟相当地意外。

南京的天气，进入五月就开始热起来，薄毛衣都穿不住。而小升初择校的高潮也来到了。

姜丹华收拾心情开始给儿子择校。

她征求了一下儿子自己的意见，儿子说了三所想上的中学，正合了姜丹华心，跟儿子开玩笑地说，我们也学一学高考填志愿，暂且把这三所学校称作第一志愿、第二志愿和第三志愿。

儿子方正问，妈妈，要是上不了第一志愿怎么办？一般人要是上不了第一志愿会怎么样?

姜丹华说，也不怎么样，可以考虑第二志愿啊，就算是第三志愿，也是数一数二的好学校了，好多人想上这第三志愿还上不了呢。

方正半天没有说话。过了一会儿，他悠悠地叹着说：“以前我们下课都玩得挺开心的，现在大家也都不玩了，就待在教室里，天天谈小升初的事，反正各种乱七八糟的消息都有。”

姜丹华安慰他说：“都是这样啊，六年级每个班都是这样的。这也说明你们都懂事了，知道操心自己的事了，也算是一种进步。不过，糊里糊涂的不好，心思太重了也不好，你不要太有压力，不想参加这种谈论就到操场上活动活动。”

方正说：“我是想啊，是想到操场，但是我一到操场，就觉得人家一定说了什么特别的消息，我要是没听见，就会错过机会。”

姜丹华笑起来：“你们到底是小孩子，所谓消息，也都是东一耳朵西一耳朵听家长说的，哪会有什么准消息。”

方正说：“谁说的，我们班好多人，知道得可清楚了。大家都想择校啊，都认为那几所重点的学校教学质量好啊，上了好初中，以后才能上好高中，上了好高中，才有可能考名牌大学，以后才能找好工作。我们班的李伟时，他说了，他家人跟他讲，以后，要让他参加公务员考试，然后找关系给他安排一个好工作，到时候可以去找门路，但是前提是，他要有一个名牌大学的文凭，要不然，求人帮忙的时候不好意思开口，毕竟在求人家，如果是自己家人这么有路子，就不怕了，什么也不怕。所以现在呢，死也要先上好初中才行。”

“都死了还上什么好初中。”姜丹华皱皱眉头，“以后你不要参加这种谈话了，影响心情。你放心，妈妈总会尽最大的力量帮你的。”

谁知方正长长地叹了一口气，说：“但是妈妈，我知道你是个老实人，你不好意思求别人的，你脸皮薄，我们只有靠自己努力。你知道吗妈妈，我在奥数小班上课，老师说了，想学的就坐在前排，不想学的就朝后坐，睡觉也可以。可是大家都抢着往前坐。”

你呢？

“我也尽量往前坐啊，不过有时候我抢不到前排的位置就只好坐后一点儿。我也不好意思抢位子。每回抢位子，我都觉得好紧张。所有的人都跟别人不说话的，抢位子的时候就不像是闹着玩儿那种，是真的抢，很凶恶的那种。”

方正说着，不停地把手里的一张餐巾纸折过来折过去，折得毛毛的，然后开始扯那毛毛，扯得稀碎，雪花似的飘了满桌。

“妈妈，”他说，“上了初中以后我不用再上奥数了吧？大家都说以后就不用上了，小升初结束以后所有的奖状都没有意义了，到了中学又不可能要你小学时候得的奖状，用来干什么呢？就像上小学的时候，不可能承认幼儿园的时候得的奖状一样啊。”

他目光涣散，一张窄条小脸绷得紧紧的，脸上竟然有“生亦何欢”的悲哀。姜丹华走上前去，抱住儿子，十二岁的少年方正，身高一米七五，从身后看去，是一个青年了，但是转到前面看，他还是一个小小的小孩子，五官尚未长开，这种不协调，使他浑身上下散发出一种错位的悲伤。他带着他孩童的脸庞和他青年似的身体，放在哪里似乎都不对，充满着走投无路的慌张凄凉。

那是一个周末，她带着精心为儿子制作的简历，去全市最好的金陵实验中学，准备投档。

离着学校尚有一站路的距离里，姜丹华就发现，有不少人行色匆匆，表情凝重，整个人绷得像一张弓，她知道那多半也是来送材料的家长。果不其然，这一群人一路相随，只是每个人都用冰冷的气场将自己与他们隔离开来，彼此之间流动着强大的几可触摸到实体的敌意。

一到学校门口，姜丹华就被惊得目瞪口呆，半步也动不了了。

金陵实验中学校门是五年前重建的，阔大气派，一个不小的前操场与一幢新的现代化的教学大楼一览无余。校门前，是有历史的，不甚宽阔的每到上学放学时段一定会堵得不可开交的马路。

今天，此时，整个路面已经被密密麻麻的家长填满了！

而且，在学校门口，还摆起了一溜摊子。一顶顶遮阳大伞支了起来，伞上印着各补习学校的名字，以及开设的课程，再摆上一两张课桌，桌子上放着宣传单，每个摊位另还雇着数位散发广告的年轻人，拦着那些家长，分发广告单，派送布拎袋。

而真正实验中学所设的咨询点倒显得不起眼极了，被挤到路边一个小小的角落，家长们得披荆斩棘才能到达。负责咨询的老师倒是温文尔雅，修养良好，言语和蔼，不厌其烦又滴水不漏地回答着家长的各色问题。家长们纷纷感叹，到底是人家金实中的老师，素质多好，难怪这么多人打破头也要上金实中。

金陵实验中学每年的招生，分为三种不同的情况。一为优录，就是学校出面，到各个名牌小学，去挑选那些学校六年级排名前五的孩子提前签约录取。二为投档，就是家长将孩子的简历与获奖证书资料投给学校，由学校择优录取。三呢，就是六月份的考试，一场考试，涉及语数外、天文地理人文常识体育知识，考足三小时，根据成绩再一次择优录取一批，而这种考试，也并非你想参加就可以参加的，得由计算机摇号产生名单，摇上号才有参加考试的资格。实话说来，这也是实验中学现阶段可以采取的最好的招生方法了。若是放开名额，他们的大门会被挤倒的，发生踩踏事故甚至更可怕的事件，也是可能的。

姜丹华极其忐忑地替儿子方正投了档。她替儿子做的简历近五十页，包括个人简介，四五六年级的成绩册，各项获奖证书的复印件，按奖项高低排列。她是老师，她了解现在小升初时往好中学投档的孩子，那简历是很惊人的。有一回，一个六年级男生的家长跟儿子的班主任说想要投档到金陵实验中学，并颇为得意地说，儿子的奖状把一个文件袋装得鼓鼓的，神情得意，言语间显得信心十足。班主任一向不大喜欢这孩子和他的家长，觉得孩子自由散漫，学习不踏实，成绩也不稳定，爱耍些小聪明，并且觉得其家长也十分自以为是，于是便笑着说，我跟你说句实话吧，一山还有一山高，我朋友的孩子，你晓得人家投档时用什么装孩子的奖状证书？蛇皮袋。姜丹华对这位同事的言论颇不以为然，家长一走她就对这位说，何必跟家长说这种话，金实中设了自己的门槛，但也是面向全市小学，投不投档是人家的自由，接不接受是金实中的自由。等过一段时间，姜丹华才醒悟过来，她其实就那么把同事给得罪了。快四十的人了，依然没有学会藏好自己的情绪，所谓情商低就是说的自己了。

蛇皮袋之说自然是有些夸张，但是，姜丹华还是被一位同样向金实中投档的家长带来的简历惊着了，那么厚那么厚，足有一百多页，并且制作精良，显然所费不菲。

这之后，姜丹华母子就陷入了不安的等待中。姜丹华的脑海里，一遍一遍地过着方正那几十页简历中的内容。其实最最管用的就是那几张与奥数有关的奖状。奖状从颜色到上头的字都透着喜气洋洋，却又是那么不堪一击，因为上头的都是二等奖二等奖二等奖，姜丹华有预感，或许孩子努力了半天，就因为几个二等奖，就像差着这一口气没提上来，他可能与想上的中学失之交臂。而姜丹华，虽自己在小教系统，可是把自己认识的人兜底翻出来想，哪一个，也够不着帮自己想办法走门路，她也不认为自己认识的区教师进修学校的领导会愿意帮着她一个普通的老师。那还了得，区里多少个学校？多少个语文老师？哪一个没孩子？哪一个孩子不面临着小升初择校或是中考择校？若是都去找领导，领导忙得过来吗？如果上不了金实中，姜丹华想，那这几年到底又是为了什么？为了什么呢？她一念又落到方耀平身上，家也破了，人也离散了，又是为了什么呢？

尽管预感结果不会理想，姜丹华心里总还是存着一点点希望的，万一呢，万一方正简历中有什么打动了金实中的校长，就收下他呢？心情再不好，姜丹华也用一张轻松的笑脸对着儿子方正。孩子也不容易，内心何尝不是一场煎熬。

等待的第三天，姜丹华便又受了一场打击。

徐银娣的儿子，以年级排名第三的成绩，以及若干次奥数一等奖的实力，被金实中优录了。

徐银娣快活成了一只喜鹊，从一楼飞到五楼，又飞下来，飞到学校的各个角落，给全校每个老师，包括门房、校工和食堂的工人都发了巧克力。厨子不了解情况，问她是家里的什么人结婚，她说，哪里，是儿子争气，上了好中学，大家一道开心开心。声音轻快得没有了年纪。当年评职称时，因为抄袭他人教案和论文，她被禁评职称整整三年，这么一耽误，她比同龄人的职称低一个等级，工资也相应少近一千块钱。大会小会做检讨，过后每每被拿出做反面例子以告诫青年教师不可犯同样的错误，人人看她是一个无能的人，业务差，屡屡被家长投诉，差一点儿就被发配去支教了。她徐银娣这一口长气憋了多少年，终于扬眉吐气，全都因为有个好儿子。没有关系，她这一辈子再无能也没有关系，她最大的成就就是有一个争气的肚子，生一个不让人操心的好儿子，从小懂事爱学习，脑子又灵光，所以说，老天爷是公平的，人说上帝关上你面前的一道门，必为你另开一扇窗，儿子，就是她心里通往希望通往幸福通往骄傲的最敞亮的一扇窗。徐银娣在楼梯间里忽然就热泪满腮了。

姜丹华这一天格外地忙碌，她整整一天都待在教室里，把两堂副课也要来上语文课。她不能待在办公室里，不能看徐银娣一张笑得快要滴下来的脸，不能听她忽地变得少女一般清脆的声音，像一刀一刀刮在玻璃上，尖厉得让人咬牙。

当她的学生们都放了学，她也待在教室里，批作业，写教案，准备隔天上课的PPT，不能让自己闲下来。

儿子方正到教室来找她，安静地坐下来写作业。下班后姜丹华带他回家，晚上照常写作业，复习功课。之后去睡。姜丹华呆呆地坐在被窝里。她父母住的这套房，属二十世纪九十年代初期的拆迁回迁房，格局不好，但面积不小，有三间卧室，两大一小，父母住了一间大的，另一间大些的，给方正做了卧室兼书房，这间最小的，就成了她的房间。早两年由姜丹华出钱买下了产权，姜丹华只得一个妹妹，在外地工作又在那里成家，人又特别好，跟姜丹华感情很深，从来没有就房子的事说过一句闲言碎语，这才使得姜丹华在这里住得安心。

姜丹华开了床头一盏小灯，想看看书，可半个字也读不进去，脑子如同一个牛皮的鼓，被外头一只无形的手，一下一下敲着，“嗡嗡”地响。忽地有人在她卧室的门上轻轻地敲敲，儿子方正走了进来，叫，妈妈。

高高瘦瘦，青年的身材孩子的面容，方正蹭到母亲床边，又叫一声妈妈，哽咽地，一只手插在睡衣的口袋里。他把手拿出来，伸过来，拳头里紧紧攥着个东西。他展开手，说，妈妈，徐老师给我的巧克力，她非要塞到我手里的。

姜丹华脑子“轰”的一声，那一刹那间她想从床上跳下去，跑出去，一路跑一路跑一路跑，不需要一个目的地，跑到时与空的尽头里去、空隙里去。

可是她不能跑不能逃走。她还有儿子呢。她把儿子拉到床边坐下，把他手里的巧克力拿下来，那巧克力被儿子的手汗腌得软塌塌的。姜丹华说，晚上吃糖不好的。方正把他的脑袋搁在母亲的肩膀上，他说，妈妈，妈妈，我觉得我上不了金实中的，真的，肯定不行，我今天听徐老师说的，她说去年有个小孩，得过全国钢琴比赛金奖的，但是奥数只得过二等奖，人家金实中没有要他呢。妈妈啊，金实中不会要我的，对吧。我没有那么聪明，我奥数永远只能考二等奖。

小孩子突然笑了一下，说，金实中不要我，那我怎么办呢？

姜丹华把他像一个小娃娃一样抱着，说，没关系，我们可以投考其他的中学，汇文中学也是很好的，还有钟山中学，最近都要公开招生，有他们学校自主命题的考试。你是有实力的，儿子，你是妈妈的聪明孩子，最好的孩子。

好奇怪，姜丹华想，这一会儿她一点儿也不恨徐银娣了，不恨徐银娣故意背着她塞糖给方正，不恨徐银娣故意在方正面前讲那些话。她忽然想到徐银娣的还有自己的可怜来。小升初是什么东西，叫人一个个地变成了什么样的怪东西！

正是从这一天起，姜丹华发现了儿子的不对劲儿。

他饭量急剧减少，有时姜丹华看他吃得太少，哄着劝着他多吃一口，小孩子不声不响硬把饭菜咽下去，转头却吐个干净。他睡不好觉，姜丹华的卧室与他的只隔一道墙，可以听见他整晚翻身的声音，轻轻的咳嗽声，短促的压低的叫声。姜丹华过去看他，拉亮灯，看见他毫无睡意的眼睛，睁得大大的，她抚摸他，轻轻拍着他，他才终于睡了。可是第二天晚上，姜丹华发现，孩子在漆黑的客厅里转来转去。

方正在接下来的两场择校考试中败下阵来。

六月初，是培训班期末考试的日子，培训班总要比正规的学校提前三个星期进行期末考试，一则是为了避开学校的考试，二来，他们考完之后可以有充足的时间来阅卷，然后准备暑期各类补习班的招生。

杨柳又一次送儿子去考试，心里却比任何一次都轻松，总是怕跌到坑底里，现在，杨柳觉得自己已经在坑底里，反而不怕了，没有了希望，也就没有了担心和惧怕。她已经根本不指望儿子能考出什么好成绩了，只机械地送他来参考，再等着接他就可以了。

儿子一晃一晃地进了考场。天热燥燥的，才六月，太阳底下已经站不住人了。不知道为什么，杨柳今天特别不想去银行坐着等儿子。她根本不想坐着，有什么事赶着她似的，但凡她要坐下来，那些事就会恶鬼似的缠了她一身，她只能不停地走着，走着，专拣从来没有走过的小巷走，腿像不是自己的似的，不晓得酸不晓得累。

忽地她发现自己走到了一个汽车总站，站上停着两辆又旧又泥乎乎的车，一看，原来是往郊区去的车，上头已坐了几个人，司机也刚从车站休息站里出来，上车，关门。

杨柳扑上去，“啪啪啪”地拍车门，司机重开了门，杨柳跳上去，司机恶狠狠地白了她一眼。她找到后排一个靠窗的座位坐下来。

车子开起来了，“咣咣咣”作响。开过闹市，开过街心公园，开过渡江纪念碑，窗外的风景里开始出现菜地，水稻田，二层的小楼，白墙灰顶，假琉璃瓦的门头，气温降了好几度似的，开着的窗有风吹进来。

杨柳想，就这样吧，就这样走了吧，走得远远的，消失吧，再也不要回去。找个地方，也不必太远，住下来，身上还有一张银行卡，里头的钱还够租个屋子，然后找个工作，比如在镇上的饭店里洗碗端盘子，或是在乡办厂里踩缝纫机，或是去扫街拖垃圾。干一天活，回家洗洗，做两个小菜，吃饭，然后舒舒服服看电视，追韩剧，看宫斗戏，再之后倒在床上就睡。一个人过一辈子，什么也不用想，什么也不用操心，什么也没的盼没的等，无所谓什么希望，也不会有失望。多好，怎么就不是美好的一生？

杨柳关掉了手机。身体里有一个自己跳出来说，你这个女人真可怕。另有一个自己跳出来说，可怕什么？我受够了，一个人有权利为自己活一回，有权利享受些不操心的日子。你没有经历你不懂得什么叫可怕。

长途车最终在一个陌生的镇子停了下来。

第六章

杨柳好容易才打到一辆车，司机听说她要进城，要了一个匪夷所思的价格。杨柳想都没想，答应了。

破旧而肮脏的出租车飞驶在近郊的公路上，路好像永远也到不了头。杨柳的脑壳里空落落的，像个风干的葫芦，稍一晃就发出空空的声响儿。

快进城的时候，有点儿堵，杨柳望着一望无际的车流，风干的葫芦开始被疯狂的念头一点点塞满：下车？飞跑？过了大桥再打车？手比她的脑子要快，她已经拉开了车门。

司机吓了一跳问你干什么？

杨柳说我要接我儿子去。

司机说你发疯啦，你看看这些车。

杨柳说我要去接我儿子，我儿子要下课了。

司机说你早干吗去了。

杨柳说我要接我儿子去，我要接他。

手机在开机不到十分钟的时间里就响了，在狭小的车内，响得离奇，声音一下一下打在人的太阳穴上。

是补习学校的班主任老师打来的，问家长为什么还不来接孩子。

杨柳说我被堵在大桥上了。

老师说那怎么办？我也要下班的。

杨柳说老师求求你求求你，想办法安排一下我儿子，一个小时，只要一个小时。

老师在那边说好吧，叹了口气。

杨柳听得苏望在那一头喊了一声妈妈。

老师已经挂断了电话。

杨柳在一片凝固住的车流里等了有一个小时。

她坐在出租车里，司机骂骂咧咧，后悔抱着侥幸心理跑了这么一趟，白白赔上了工夫，话也越说越难听。

杨柳把额头贴在出租车灰蒙蒙的窗玻璃上。

忽然听司机说："是你害得我，你还哭起来，有什么可哭的。"

杨柳想，我哭了吗？

事实上她是哭了，只是她自己听不见也没有意识到。

还好这一场堵车并没有演变得更加严重，车流开始缓缓流动。很快，出租车就驶出了大桥。

杨柳到培训中心门口，掏出身上所有的钱付车钱，司机抽走一张红票子，冲头冲脑地说算了算了，那个钱我也不要了，算我倒霉，你收起来给小孩买晚饭吃吧。

杨柳看到苏望的时候，他正待在狭小的门房里，啃着一根老玉米，是门房给他的，装着书的袋子压在他的脚面上。

看到妈妈来了，苏望倒呆了半晌，嘴角粘着一粒玉米粒。

苏望说，妈妈，我以为你不要我了呢。

说着话的时候玉米粒掉了下去。

杨柳说，不会的，不会的。

苏望问真的吗？

杨柳说真的。

真的？

真的呀。

就在杨柳短暂出走的这一天，姜丹华搬出了父母的家。

她租到一小套房子，二十世纪八十年代建的，旧是旧了点儿，但好在交通还算方便，而且不属于任何好学区，所以一直租不出很高的价钱。看起来，方正很喜欢那细长而高挑的窗，刚搬进去的那一天，他就在窗台上坐了好久。

他那么坐着的时候，无意间就会把下嘴唇微微伸出去一点儿，包向上嘴唇，这使得他显得老气难看又意外的天真。苍老无望和天真烂漫，这两种全然对立的力量，在他薄薄的脸皮下面拉扯着他的面部肌肉，让他没办法做一个确切的表情出来，所以他的脸上一片空白，但是姜丹华知道他心里头在打架。一个自己和另一个自己厮打着，你死我活，灵魂没有法子，只好袖手旁观，所以孩子才这么安静。他从小就安静，现在这种安静在他的身上得到了令人恐慌的发展，甚至在姜丹华的父母，他的外公外婆激烈冲突的时候，也没有任何的波动。外公对着他的母亲姜丹华大发雷霆，拍桌子打板凳地骂，说她自己虚荣害了自己的儿子害了他们一家子。孩子现在脑子有问题了吧，看你怎么办？治不了你自己苦一辈子是活该，小孩子也苦一辈子。姜丹华说，我儿子脑子没有病，他是心理出了问题，我会治好他的。

你治好他？你有多能？你从小就是这个毛病，自以为是，你有什么了不起，凭什么你样样要比人强？凭什么你要勉强儿子比人家强？你强，强到哪里呢？也不过就当个小学老师，强？天底下多少人比你强？你不就是想儿子给你长脸吗？你凭什么逼他给你长脸？你以为你了不起，你了不起，我们做父母的又跟你享了什么福了，还不是操心受累到如今？现在还要跟着你一起替你儿子操心。天天陪你们熬油似的熬到十一点才睡。

姜丹华说谁让您跟着熬了？您自己关起房门来睡好了。

她父亲说不行，你们在我就睡不好。我七十了熬不起，我跟你说了，想在我家里待每天就只能到十点，这是极限。

姜丹华躲进方正的小屋，听着暴怒的父亲的大呼小叫，听母亲与他争辩，听东西砸碎在瓷砖上尖锐的声响，方正安安静静地坐在她身边。

就是那一刻起，姜丹华决定带儿子搬出父母的家。

最终，方正没有被任何一所重点中学录取。他就近升入户口所在地的一所普通中学。

她开始带儿子进行心理咨询治疗，现在的每一个周末，变成了她领着孩子去咨询或是外出长时间地散步聊天或是看电影。

姜丹华总是找着话题跟儿子交谈，方正其实也并非一言不发，也没有露出一点儿厌烦的表情。这个小孩子，就算在情绪最低沉的时候也在克制着自己，或许是天性或许不是，他总是用一种和缓的声调跟母亲说话，回答母亲的提问。姜丹华意识到，兴许这样的交谈反而会让他感到紧张感到疲劳。于是她索性在漫长的散步过程中保持安静，那一次，姜丹华明显地感觉到孩子的整个状态松下来，她听到他很轻很轻很轻地吐出一口气，脸上的肌肉也松弛下来，这使他巴掌大的脸上开始有一种活气在流动。他们沿着城墙走，高大的树遮天蔽日，他盯着爬了一墙的爬山虎看了很久很久，久到姜丹华以为他会永远地站下去，突然间他笑了一下。他把手抄在大短裤的大口袋里，将裤子拉离身体，这使得他的身体呈现出一个葫芦的形态，他摇晃着身体，仰着小小的脑袋。从后面看去，他是一个年轻的男子了，平静又悠闲，内心波涛汹涌，看得姜丹华泪流满面。

所有的课外班都停了下来，慢慢地，方正的睡眠有所改善了。

暑假开始了。

有一天晚上，姜丹华觉得有点儿不舒服，早早地睡下来。这是近十年来她第一次八点半就上床睡觉。

她很快地入睡，这是一场很劳累的睡眠，简直累得不知道怎么办才好，不知道以一个什么样的姿势躺着才能稍稍缓解那种透骨的疲倦感。

半夜的时候，她蒙眬醒来，没来由地胸口很重，想伸手摸一摸到底是什么东西压着她，意识对手臂说，来，抬起来，摸一摸，可是手臂不肯听从命令。

然后那极度的疲倦感终于过去了，她觉得身子轻快起来。周围是一片广阔的水，浅蓝色的透明的水，她在水面上走着，天空明晰，水天一色，空气温润微凉。似乎有声音在问她：你怎么这么逍遥自在啊？你难道不上班不带孩子了吗小孩是不是要小升初了？

她听见自己回答，关你什么事？

恍惚间，她觉得自己好像是没有孩子的，无父无母，无家无室，无子无女，孤鸾到极致就是自由。

她漫步在水上，一直走一直走一直走。也不累，只觉得舒爽极了，自在极了，轻快极了，孤独极了，自由极了。从来没有这样快活过，最好的日子里也没有。

第二天，她醒得比平时略晚，一睁眼，竟然看到小少年方正坐在她的床头，俯身看着她，叫，妈妈妈妈。

姜丹华“嗯”了一声。

方正大大地吐了一口气，笑起来，妈妈我以为你生病了呢，喊你也不理，拍你也不醒呢妈妈。

在一个无人知晓的夜晚，一场大病汹汹地来了，又奇迹般地走了，把姜丹华由头到脚从里到外连皮带骨地洗了一遍，每一根发丝每一个毛孔每一处关节都没有放过。

终于又能觉出累了，四肢全摊在床上，软得像布娃娃的手脚。但是心情却是喜欢的，淡淡的平静的喜悦。

方正问，妈妈你笑什么？

姜丹华很慢很慢地说，你拉妈妈一下，拉妈妈起来。

方正小心地拉起妈妈的胳膊，但是没有拉动她，于是他俯身，一只手伸到妈妈身体与床单之间，搂着她，另一只手用力而缓慢地拉，终于把妈妈姜丹华拉了起来。

姜丹华慢慢地在家里走来走去，像刚刚学步的婴儿似的，内心平静而欣喜。

方正的一双眼睛跟着她走，他意识到妈妈今天有点儿不大一样，又说不上来什么地方不一样。

他一整天都黏着妈妈，好长时间没有这样黏人了。他长得好快，上唇上开始出现很细很细的茸毛，要近看才见，远远地看去只是一层淡青色。

到晚上吃过饭，娘俩坐在没有封闭的阳台上乘凉，夜来香浓酽的香味笼罩着他们。

方正忽然问，妈妈，你失望吗？你是失望的吧妈妈？

姜丹华说，是啊，不过是在今天以前。

方正说，你不要失望，我也不要失望。妈妈，没什么好失望的，这是我最近才开始的想法。

姜丹华说，真是，没什么好失望的。

方正说，一开始我是勉强自己不要失望的，那时候觉得自己假惺惺的，慢慢地我真的不失望了，你看妈妈，原来假的居然可以变成真的，真的也可以变成假的，其实好跟坏也是一样，想到这个，我就不失望了。你看，妈妈，他举起一只手，在空中画了一个圆，我把这件事想成了一个圆。我发现要是一个人把一件事想成了一个圆，就想通了，妈妈，你也快把一件事想成一个圆吧。

姜丹华问，这些天你一直在想吗？

方正说，我一直在想，我现在觉得想是一件很好玩的事。以前只做题只学习，没有想，现在，我懂得想了。

他把手叠在母亲放在藤椅上的手上面，姜丹华抽出手，又叠在他的手上面，你看，你在这头我在那头，从你到我，我们就是一个圆。你是我的圆，儿子。

你也是我的圆。

彼此信任彼此依靠，彼此救赎。

新学期开学的时候，姜丹华送儿子到新学校。

没有想到这所普通的中学校园这么美，大面积绿色植被，规划得很好的花圃，小巧的喷泉池，碎石子的小道，曲径通幽的回廊，这个学校足有一百年的历史了，主教学楼是仿旧式建筑，为了与后面一幢小小的三层楼风格统一，那座楼已可称得上是文物了。老师们站在校门口与教学楼前，微笑着迎接新生。

姜丹华看着儿子穿过浓荫，走进圆形的拱门里去，教室高大细长的窗户一扇扇地打开了。

这一年的九月，还发生了两件事。

第一是，莫奕华告诉许月娟，他的女儿考取了一所首都高校，一本，专业很好，马上要去报到了。

第二，杨柳听儿子说，苏梁要结婚了，找的是他们单位的一个女孩子，才二十四岁。

第七章

这一年，许月娟四十三岁了，苏群大她六岁，快五十了。

就是这一年，他们两人同时陷入了枯木逢春般的恋爱。

两个人的脸上和周身，都挂着鲜明的幌子，像乡下酒家挑在门头的旗，他们都以为对方看不出来自己爱得有多疯，其实对方也真的没有看出来，没有看出来不过是他们根本没想看出来。

他们热情得近乎愚蠢地各自爱着一个人，只不过苏群更加明目张胆。

他觉得这个年轻女人身上有着他对于女人所有的向往，博学，温柔，独立，妩媚，通情达理，知冷知热。在他还是个穷小子的时候，以为这一辈子只能向往一下，这样的女人哪里轮得上他。后来他有钱了，又怀疑这样的女人这世上哪里会有。

他每天到某大学门口等着年轻的恋人下班，他们招摇过市，全不在意周围人的眼光，他们早就住在了一起，除了没有一个法律上的名分，苏群觉得，他们就是一对新婚夫妻。至于名分，苏群想，只是迟一步的事，等他把一切都准备好。

而许月娟，甚至开始准备着向苏群提出离婚。

她想，如果由她这方面提出来的话，金钱上是要损失的，但是好在，这些年，她自己也有相当的积蓄，足够她跟莫奕华舒舒服服地过下半辈子，等莫奕华退休了，他们可以一起出去旅游，找一个安静的地方，租上套房子，住上几个月，住烦了再换一个地方，中国大得很，十年二十年，跑不过来的。当然她去过很多好地方，不过，跟可心的人出去，看到的一山一水才是风景。那在第五大道上拎着大包小包出来进去的，算什么呢？

她以为自己突然地就看开了，就爱情至上了。爱情至上是要有条件的，从前没有的时候，只好认命，现在有条件了，就自己创造命运。她这一辈子，也算是活得当机立断了。

就在这个时候，莫奕华给许月娟带来了一个消息。

莫奕华激动得语无伦次了，脸上的红光破坏了他原先清秀的轮廓，有的男人，是要苍白着看的，像莫奕华，一旦红紫了面皮，看头就要打个折扣了，许月娟想。他那么激动地说着，有几点唾沫星子都迸溅到了她的脸上。

我女儿高考成绩下来了，考得很好，第一志愿，一本，在北京，专业绝对好。

那很好啊，恭喜恭喜。许月娟说。

是啊，是啊，莫奕华说，多不容易啊。那个时候她中考，正好她妈病发，我也没空管她，差两分没有进重点中学，我们家当时经济条件也不好，就没给她交择校费，让她上了学区校。没想到她是真争气，在学校年年排前十名，这次超水平发挥，全校第一，全区也排得上号。穷人的孩子早当家，这话是不错的。

莫奕华迅速地回归了好父亲的角色，快得令人难以置信。他开始了忙碌，给女儿买东西，吃的穿的用的，大把地花钱，加上第一年的学费，全不在乎。许月娟买了块表叫他送给他女儿，当然是好货色，但也没有贵到如何。许月娟是很分得清的，她心里头一直有一杆秤，什么东西放在上头一约，分量立显，她送礼从来没有送错过。苏群创业之初，就是她帮着一家一家给求得着的人选礼品的。

暑假过完之后，莫奕华亲自送女儿去北京。他到了北京才给许月娟打了个电话告诉她，自己在单位请了一个月的假，想陪到女儿基本适应了新环境再回来。

许月娟绷着脸，用一种轻快的喜气洋洋的调子说，好啊，好啊。

她“咔嗒”一声挂了电话，在皮沙发上深深地坐下去，柔软的皮子贴着她光裸着的腿，比腿上的皮肉还像皮肉，年轻的皮肉，那个时候多么好。

杨柳也挂掉了电话，她只听到那边苏梁“喂”了一声，不知为什么就立刻失了所有说话的勇气。

有什么可说的呢，没的让人笑话自己不地道，每回听到前夫找着了对象，或是要结婚了，都巴巴地打个电话过去，是想要干什么呢？

这一回人约是真的要结婚了。找的是他们单位的一个女孩子，才二十四岁，说是人家姑娘自己贴上苏梁的，知道他结过婚，年纪又比她大得多，还有小孩，还是贴上去。这话是儿子苏望学给杨柳听的，说是奶奶说的。奶奶说，怎么办呢？人家就是要贴上来，什么也不计较，就看中苏梁的人才了。我觉得我儿子也没什么了不得，但是架不住人家就看上他了。苏望尖了嘴唇，将下嘴唇努力地突出来，上嘴唇缩进去，边说边扬着眉头，真的跟他奶奶、苏梁的妈武小慧十分神似。

杨柳“啪”地一巴掌打在他后脑勺上，说你正事不足邪事有余，叫你背篇英语要死要活的，家长里短的事倒记得清楚学得快。

苏望无端挨打挨骂，十分委屈，且气愤。

我知道，爸爸要结婚了，你不高兴，就拿我出气。苏望说。

杨柳断喝一声，你不要乱讲，自觉底气不足。

杨柳的手机又响了，是她妈妈打过来的。

杨柳妈在那一头大哭，哭声尖锐恐慌：“你快回来一趟，你爸爸不行了。”

杨柳的父亲死了。

杨柳飞快地思考了一下，把儿子苏望托给了邻居大妈，尽可能快地往家里赶，到的时候，竟然发现苏梁已经在那儿了。

两个人什么话也不及说，赶紧用一副旧床板抬了父亲下楼去等 120，电话打了有一会儿，可救护车一直没来。

好容易车来了，人抬上去的时候，杨柳一摸父亲的手，已然冰冰凉了。

杨柳母亲只晓得不停地重复，我就出去了一会儿工夫，就一会儿工夫，老天有眼，我真的就出去了一眨眼的工夫。哪个晓得他就下床了呢。杨柳的父亲的痴呆症这几年已经相当严重了，完全不认得人，过去的事倒清楚，眼前的事一无所知。本来杨柳妈给他请了个保姆专看着他，后来发现，那保姆竟然哄走了老头子的一张银行卡，幸好他糊涂，说不清密码，杨柳妈大发雷霆，把人轰走，工钱也不肯给，闹得不可开交。之后，她就再也没敢请保姆，自己照顾着老伴，杨柳一回家，她就怨天怨地。

有一天，她当着杨柳的面，把玉米糊一勺一勺喂到他嘴里。杨柳说：“你慢一点儿，等他把东西咽下去再喂第二口。”杨柳妈叫起来：“你说得轻松，装孝顺装得像，你过多长时间才来看他一回，天天侍候他夜里也睡不好的人是哪一个！”

杨柳跟母亲置气，抢过碗来自己喂父亲，老头慢吞吞地咽着糊糊，巨大的喉结在瘦得皮挂挂的脖颈间一上一下地耸动，没头没脑地笑，柳柳小曦小苏孙子地乱叫，混混沌沌的眼睛，眼角堆着眼屎，丑得那么慈爱。杨柳的心快被自责泡烂了，她的确是太忽略他了，一个月顶多过来看他一回，每周六送儿子上课，一到周日就累得不想动弹，还得挣扎着起来陪儿子写功课，给他做饭。她不敢带儿子回娘家来，儿子从小跟外公亲近，一来，两个人就缠成一团，也不知他们是如何交流的，话多得针都插不进去，结果就是儿子作业一个字也没写。后来，杨柳就很少带儿子过去看他了。

父亲忽地推推她："给我点两滴麻油。"他笑呵呵地说，口水滴拉下来，"点两滴麻油。"杨柳照办了，他吞下一口加了点儿麻油的玉米糊糊，舒服地伸长脖子，仰起头"香啊香啊"地叫。杨柳对他笑，杨柳妈却在一边骂着："活作，活作，你给他吃麻油吃香了嘴，以后天天要这样吃。"

杨柳说你就让他吃点儿麻油又怎么了？

杨柳妈的声音尖刺得像刀片在玻璃上划："你给他吃习惯了，以后他天天想花头乱吃东西！哪个在玉米糊里加麻油的？他乱往饭菜里放作料你晓得吧？上一回他往我的排骨汤头放洗衣粉，还好我发现了，一个不在意他敢往饭里头放点儿老鼠药，吃死了我们两个人要等臭了才会让人知道。"她又走过来，夺下杨柳手中的碗，拿一方洗得雪白的纱布给老头子擦嘴，一边说，这辈子你有什么好处到我身上，年轻时吃没的吃穿没的穿，老了老了还要跟你受苦。你怎么不死，你怎么不死，死了你舒服我也解脱了。

杨柳愤而去抢母亲手里的碗，两个人气势汹汹地对视，在彼此的眼里都看到了深不见底的绝望。

杨柳妈哭道，你要是真心疼他，把他接过去照顾，我保证你一个月一个星期都过不得。

杨柳哑了。

她是没那个决心，在一个人带着儿子的同时，再去照顾一个得了阿尔茨海默病的人。

杨柳也知道母亲为什么这样抱怨。杨曦在美国早就成家了，娶的是他同校的低年级同学，去年他老婆生了个儿子，杨曦一心想接母亲过去带带小孩，照顾照顾家，但是父亲这种情形，母亲是无论如何走不了的。

杨柳开始下意识地逃离自己的家，她想父亲又怕看到他，看到他就觉出自己的无情无义不是东西。

这一次，母亲的确只出去了一小会儿，她看老头子睡觉了，通常他的午觉会睡得很长，她就去银行交了个电费。

走时，卫生间的波轮洗衣机正在转着，洗着两床被套，是他早上刚刚弄脏了的。杨柳妈想，只出去一小会儿，是不要紧的，银行就在楼下嘛，就一小会儿。

谁知道老头子在她刚刚出门的时候就醒了，摸索着下了床，拖拖拉拉地往卫生间走，说，柳柳的衣服要洗好了，再不晾出来就焐臭了。

他准确地摸到了卫生间，走到洗衣机跟前，打开上头的盖子。

然后，他脚软了，滑了一下，一头栽进了洗衣机里。

杨柳妈回到家的时候，就听到洗衣机发出的古怪声响，空，空，空，空。

丧事多亏了苏梁跑前跑后，办得挺妥当，遗体告别的时候，杨柳看见苏梁流了一脸的泪，清鼻涕拖下来，他偷偷地捏掉了。

苏梁头一次到杨柳家里来，那个时候父亲还年轻硬实，拿出藏的高粱酒拉着苏梁喝，热情地张罗给他拣菜，苏梁碗里的菜一直堆到他鼻尖。苏梁走后他一个劲地夸，有手艺，长得好，人也不滑头。第二回苏梁去，就给他带了那种他最喜欢的高粱酒。

他们一直投缘，亲父子也不过就是那个样了。

第八章

这一天晚上，杨柳住在了娘家。

儿子这几天被苏梁接回去，住在了奶奶家，杨柳跟他说，自己要出两天差。她跟苏梁商量好，没把外公突然去世的消息告诉孩子。怕影响孩子的心情，这是他小升初前最关键的一学期。

父亲的床铺被拆掉了，他用过的旧被褥也烧掉了。屋里空出来的那一块，地板的颜色终于被杨柳用木刷子刷了出来，墙壁是苏梁新上的涂料，一片刺目的雪白。

杨柳妈在杨柳刚刚上床躺下的时候，摸了进来。

杨柳妈说，这一回多亏了苏梁。杨曦一时又回不来，要不是他，凭我们两个，那真是不能想。你不晓得，苏梁，这两年，到我们跟前，来得比你勤，你爸去医院检查，基本上是他带着去的，他们一直感情好，苏梁叫我们不要讲给你听。

杨柳妈停了一下，又说："要我说，你们也没有什么大的矛盾，苏梁没有什么对不起你的，你呢，也没有什么对不起他。哪家夫妻不吵架？现在离婚不丢人，复婚也不丢人，我看你可以考虑。"

杨柳躺下来，以毛巾被蒙脸说，妈，我累了你让我睡吧。

杨柳妈走出屋去，在门口站住，又说，你自己的事，自己想清楚。

现在苏望毕竟才上小学，你一个人带着小孩硬撑撑还行，娃儿再大一些，你吃不消的，经济上，精神上，都吃不消。就算你以后能再找一个经济条件好的，不是亲爹，不可能当冤大头替人家养儿子。那个时候，你用自己的钱往自己儿子身上花，他也许还要不高兴，要是他也带着个小孩，就更难。

杨柳说，妈，你不知道，苏梁有对象了，要结婚了。

老太太站在门边，说，啊——

杨柳拉灭灯，闻着墙上新鲜涂料湿冷呛喉的味道，在漫长的夜里，想着她生命里的几个男人。一辈子无可无不可的，永远向着她的父亲，疏远得连样子都模糊了的兄弟，瘦骨伶仃一提到学习就愁眉不展的不争气的儿子，还有，苏梁。

一只手就把他们都数过来了，拇指数爸爸，食指数兄弟，中指数儿子，无名指数的是苏梁。

她的手指一根一根被切掉了，食指，拇指，现在的无名指，将来的中指。她将会有一只光秃秃的手掌，端不动拿不稳握不了抓不住，只剩着一根小指，弯一弯跟哪一个勾一勾，说拉钩上吊。

过了两天，杨柳约苏梁到她那里吃饭。苏望挺开心，在一旁大呼小叫地蹿来蹿去，杨柳让他去写作业，说了几声他不去，继续围着爸妈乱转。倒是苏梁喝了一声快去，他才去了。

苏梁说，这两天你好好歇一歇，小孩子写作业什么的，就让他自觉去写。

杨柳说，不晓得为什么，每天晚上八点钟左右是最困的，儿子在写作业，我就靠在他小床上陪着，靠着靠着就睡过去了。又睡不沉，耳朵里听到儿子问我问题，可是听不清，心里头似明白似不明白，下意识地还回答，可是话全呜噜在嘴里，就听到儿子急得问：什么，什么，妈你说什么啊？

苏梁说，你看你，累成这样做什么，这么多年我就觉得，你这么累做什么啊。

杨柳说，不瞒你说，我连睡觉都总梦见儿子考试进步，可惜美梦从来没有成真。

苏梁说，别急，这种事急不来的。说不定呢，说不定我们儿子到了中学忽然开窍了，懂事了，刻苦了，知道好好学习了，人也变聪明了。

杨柳慢慢地说，以我们俩的遗传，他也聪明不到哪里去，我以前死活不肯承认，现在发现其实骗不了别人不过是骗骗自己，不承认这个也不行了。

你比我聪明点儿。苏梁说。

我只不过希望儿子活得比我们好一些。杨柳说。

好不好的，活一步算一步呗，何必还自己为难自己。只要不为难自己，就不会为难孩子。

苏梁笑笑，不过不聪明又怎么样，我是不聪明，但是我现在活得也不比人家差多少，我有手艺，现在也是老师傅了，一个月拿的也不算少。我又涨工资了你晓得吧？

杨柳这些天来头一次笑起来："我怎么晓得，你又没告诉我。"

苏梁也笑了，我没来得及说呢，那我现在告诉你。

杨柳说，不用了，不用了。

苏梁望望她。

杨柳又说，我呢，现在也没别的希望，就希望儿子尽可能考一个好一点儿的中学。

然后呢？苏梁说，然后你又会想让他尽可能考个好高中，再然后呢，又会想让他尽可能考个好大学。人的希望一直就是这样，没个完，没有的时候希望有，有了以后希望有得更多更好。

人不就活一个希望吗？杨柳说。

也对，苏梁很温柔地说，也对，人活着就为着个希望。

送苏梁走的时候，杨柳借着黑往他手里塞了一张银行卡，杨柳说，密码还是以前的那个。不要嫌少，自己添两套好衣服。我真心诚意祝贺你，你以后，好好过日子。

苏梁的手心里全是汗。

好多年前，他头一次去她家，见未来的丈人丈母，出来的时候，杨柳一拉他的手，也是，摸到一沓汗。

苏梁站在黑暗的楼道里，那张银行卡隔着层裤子烙着他的皮肉。

深秋的蚊子在他的身边轰然乱飞，急慌慌的，因为他的长袖衣裤而无计可施，只好专注地对付他的头脸，有两只甚至撞上了他的额角。它们无可奈何垂死挣扎急速扇动翅膀的声音，在苏梁听来很凄惨很宿命。

这是蚊子最后的一段日子。

而苏梁，他似乎看见自己从前的那些日子正在眼前流沙一样地流走。

苏梁带着一头一脸的大包回了家。

许月娟也站在黑暗里，在心里送别她年轻时的爱人，她以为他还是他，实际上他已经不是他的那个爱人。

她站在那里，听莫奕华滔滔地说着话。在茶室里，他已经说了一个晚上了，归途中又说了一路，只是说着他那个争气的女儿。许月娟试着转过话题，可他三句两句就又绕回到女儿身上。许月娟觉得他有点儿像以前看过的一出戏里头的人，那个做戏的女小生，圆胖的脸孔，涂得污糟糟，发了福的身材裹在一袭烂袍子里，鼓胀得像个包子，做悲愤状唱着，隐约记得三两句词：

是心不诚，命不济，

还是你冥冥之中也把我欺。

忽地他中了，可是中了举子他就疯了，在污泥里头滚了一身脏，又被他老丈人劈面打了一记耳光的，他是叫什么来着？

莫奕华是叫他女儿的成功给弄得神魂颠倒了。许月娟想。

可怜他这么多年一直活得憋屈，许月娟想，生活里一样好事也没有，开始是小职员，不得志，后来是老婆病，病一次还不够，还要病两次，升不了职得不了官，钱总是不够花，人人对倒霉者除了同情之外还有份低看。突然有这么一天，他的大烦恼没有了，却添了新荣光，同事邻居，人人羡慕他有这样一个争气的女儿，他如何能够不说？

所以刚开始，许月娟是由着他发泄他的快活，她看着他说。看着看着，一不小心就喝多了茶，胃里饱胀，坐立不安。又不能上大街上溜达，他们这种关系。

后来她就想转话题，想斩断他的话头，想叫他，别说了别说了。啊，刚重逢的时候，她是多么想见到他，天天想见。想看他一声一声地叹着气，连叹气都是轻的缓的，都不会大声。看他消瘦苍白，垂着头，想看他回想起初恋时脸上会出现的一点儿惋惜一点儿怨气。

所谓鸳梦重温，重温的不过是梦里头的影子，心心念念想让从前没有成真的成了真。刚刚重逢时的莫奕华，身上还带着那重影子。

可是现在，他慢慢地变得像一个婆妈的女人一样，热衷于谈论孩子。每次见面，三两句话之间，他就会把话题转到女儿身上去。讲他女儿如何一去大学便表现不俗，讲他女儿如何被大家推为系花。讲她早早立志要考本校的研究生，因为学校环境很好，学术名气也可以。讲他后半辈子主要的人生目标就是供女儿读书，“她能读到什么地步我就供她到什么地步”。

说啊说啊，说得许月娟慢慢地冷了心。

她在缅怀过去，希望前缘重续，而他不过拿她当个不收钱的心理医生，以前是说家里命不好的老婆，现在是说家里志得意满的女儿，他不过需要一个听众。

而且，跟这样的一个人续的也不是前缘，许月娟想。她要的是那个白净寒涩、满怀忧伤的小青年，不是这个唠唠叨叨的痴心父亲。因为不再操心，他白胖起来，红光满面，头发油气，开始脱落。年轻时的清寒秀气，中年时的潦倒忧郁全淹没在一片丰满肉头的欢天喜地当中。

许月娟透过莫奕华不断翕动着的两片嘴皮，就看穿了她自己可能的未来。

下决心跟苏群离，苏群一定不会把儿子给她，她这么多年苦心经营的一切都会落空。跟莫奕华在一起了，等于丢下自己的儿子去带别人的女儿，把十来年存下来的钱财拿去培养一块不是身上掉下来也贴到自己身上去的皮肉。然后，彼此因为对各自子女金钱与情感上付出的不均而相互埋怨计较，争吵不休，恶语相向，成为一对新的怨偶，只是他们之间的第三者第四者是彼此的孩子。

不要说别人，自己都忍不住骂自己一声二百五。许月娟笑起来，真是二百五。

不过是元旦三天假，莫奕华就又要去北京看他的女儿。许月娟笑说，干脆你续几天假，多住几天，陪女儿考完了一起回来过年不好吗？

莫奕华听了笑开了说，哎这个主意也不错，单位里如果能准假，倒是可以考虑一下。

他坐了动车走了。

不过许月娟不知道他是什么时候回来的，他来过两回电话，头一次许月娟没有接，第二次按了拒接。

莫奕华也不是蠢人，后来也不再打电话来了。

对于许月娟来说，一个人要是真下决心断绝自己的想头，是很容易的。只要真下决心。

姜丹华从儿子学校回家的时候，天也全黑了。

是儿子的班主任，也是他的语文老师找她过去谈一谈。

去之前姜丹华心里慌得了不得，却原来是老师跟她说，方正在写作上相当有天赋，当上了学校文学社的副社长，“他一直在写着一个系列的绘本故事，你知不知道？那天我们班搞才艺展，他拿出这套作品来展览，正好我们班家长中有一个是出版社的，看了觉得好，想给他出版呢。”

老师拿出一个硬皮大厚本子，递给姜丹华。

姜丹华一翻就呆掉了。

她从来没有看过这个本子，也从来不知道儿子是从什么时候开始创作的，他用什么时间写呢，那个时候他那么忙，忙着赶场子上课，参加各种竞赛，还有学校里的课，竟然写了这么多，还自己配着画，故事忧伤却不乏自嘲俏皮，画面简洁人物却生动至极，姜丹华看得入了迷。

掩上本子想，原来她从来没有真正懂得过儿子。

儿子的班主任还告诉姜丹华，方正现在参加了学校的文学社团，他们有一个自办的校园刊物，几乎每期都会有方正的文章，还有几篇作文发表在晚报上，老师跟姜丹华说，这孩子挺有天分的。“要是您愿意，可以跟我们班的那位出版社的家长联系，我们班，也算是出了一个少年作家。”老师说。

姜丹华从老师办公室出来，在操场上看到了正在上体育课的儿子。

这一节课练习跳沙坑，儿子正站在队伍后等着轮到他。

他完全继承了父亲的大长腿，抱臂站着，一条腿微微斜伸出去，目光穿过前方的同学，穿过沙坑，穿过宽阔的操场与学校的有年头的围墙，和围墙上密匝匝的爬山虎，落在一个只有他自己才明白的地方。旁边有同学跟他说话，他回答，两人一同笑起来，友好地互相捶打。普通的十三岁的男生什么样，他就是什么样。同学转过身去，方正的脸上还留有笑容，像是他还没来得及收拾好刚才的表情，慢慢地整理之后，他又恢复了望向远方不知名地方的样子。轮到他跳了，他起跑，助跳，奋力一跃，在跃起的刹那，他的五官纠结起来，与肢体一同使着劲儿，他好像从什么东西里头，比如壳子、束缚，或是挟持，挣脱出去似的，然后落地，带起一片细沙。那是一个不好不坏的距离，如同他所得的无数次的二等奖那样，不近不远，不好不坏。

同学中起了一阵喧哗，方正居然抱拳向大伙儿拱了一拱，那一刻他居然有点儿嬉皮笑脸，是一个当妈的姜丹华从来没有看见过的方正。

姜丹华想，不是每一个大长腿的人都适合跳高跳远或是跨栏，就像不是每一个资质不错的孩子都一定能得一等奖，不是他不努力，不是他不上进，只是他不适合，再努力也于事无补。金字塔会有一个庞大的底端，有一个耸然的顶端，然而，那被忽略的，在底端与顶端之间的那一群，或许是最艰难的一群。下不去可也上不得，他们在双重的挤压之下，艰难地，完成一个对自我的认识过程，完成一个由希望到失望再到希望再到失望的灰色的循环过程。而自己，姜丹华认为，就是那个让方正的自我认识变得更加艰难痛苦的人。

她不许他认识自己，她硬要指着那个真实模样的方正说，这不是你，这才不是你。你看，她展示给他一个更完美更优秀的样板，她说，这个才是你应该的样子。她压制他揉捏他搓着他打着他，刀切斧削凿子凿，她让他痛不欲生却又说不得诉不得，他伤了皮肉筋骨，血流成河，但却有强大的再生能力，长好之后，还是那个真实模样的方正，终于不疼了不受罪了，但是她的刀斧与凿子却又磨得锃亮地迎上来了。有一天他发现，自己都拒绝承认那个真实模样的方正才是自己，而认为那完美优秀的样板才是自己，他以为他只是不够努力，只要再努力一下，也许只要一下，他就会成为那样的样板。突然，她又跳出来告诉他，不，你错了，那个不是你，不是你。

他痛，却不能说，所以把他自己封起来，像遇到危险遭遇痛苦的小动物缩进了黑暗温暖的洞穴中。

方正又排回到队尾，脸上有没来得及收回去的笑容。

真正的笑，会有余音，会无声地在脸上停留一会儿，方正那样的笑，不是这么回事。

你以为他还在吗？不是的，他已经不在了。他在他的洞穴里。她要多愚蠢才会觉得方正这孩子的抑郁症状都消失了呢？

姜丹华站在那里看儿子上课，用十分钟的时间洞悉了儿子几年以来的生活以及这生活里，她所犯下的罪恶。

过了两天，就是周末。方耀平突然打来个电话，说是想叫儿子和姜丹华一起出去吃饭。他说他在报纸上看到方正发表的作文了，想帮儿子庆祝一下也放松一下。

姜丹华问方正想不想去，方正说，去呗。又说，你也去吧妈妈。

姜丹华就跟儿子一起去了。

方耀平选的饭店正是姜丹华和儿子都喜欢的，过去他们一家三口偶尔也去，菜色一如既往地合胃口，方正吃得很多，连姜丹华也吃得不少，方耀平非常周到地给他们布菜，问他们还有没有别的想吃的，主食要菜泡饭还是阳春面，要不要来点儿新鲜水果，甜点呢？吃不了甜点可以打包。方耀平还很客观地赞扬了方正，说他写得的确是不错，希望他坚持写下去。

突然就静下来，真怪，就那么静下来了，谁都不想说话，只听见金属筷子轻磕在盘子边上极细微的声音。他们一家子都是好教养，吃饭时从不会在唇齿间发出声音。可是方正忽然“呼噜”一声吸了一口汤水，突然静下来的方耀平似乎被这一声惊了一下，姜丹华却笑了一笑。

吃完饭，方耀平又送他们回到姜丹华租的地方。

儿子安静地洗漱，他真是从来不大声大气，安静得似乎没有他这个人。

姜丹华站在他身后，看着儿子瘦削的背，蝴蝶骨把T恤撑起两块对称的鼓。

姜丹华说，儿子，有件事一直想告诉你，本来你刚上中学的时候就该说了，拖到现在。儿子，我跟你爸爸，我们分开了。

儿子方正正在抹脸，毛巾移开之后，带出一片水汽，露出他年轻光洁的脸，热水作用下红扑扑的脸。

方正说，我早就知道了。本来还希望你们可能还会和好，但是今天一起吃了这顿饭，觉得不会了。

方正说，妈妈，你怎么会以为我还不知道的？

方正突然间尖刻起来的腔调，他脸上突兀的嘲讽的笑，在刹那间，封死了姜丹华所有的话的出路。然后他低下头，又抬起头，满怀真诚的歉意，他拿还湿着温着的毛巾包着他母亲的双手，搓了两下，他说，妈妈你不要那么多的心事，平平静静快快乐乐就行。现在这样，有什么不好呢？

过了两天，姜丹华打电话给方正的语文老师，先是感谢了老师对方正的鼓励和关心，姜丹华说，至于要不要出版那本长篇绘本，让方正自己决定吧，不要告诉他我来过学校，“你就干脆当没告诉我，就当我从来没有看过那个硬皮大厚本子”。

方正上初一的这一学期，苏望也上六年级了。

这一天终于来了，杨柳想。

五年级下半学期的时候，她已开始为苏望的小升初择校而焦急了，可好在，毕竟还有大半年的时候，那痛苦还算是在远方，中间还隔着一道护城河，痛苦尚未完全攻陷她的人生堡垒。

然而现在，它已经来了，他躲不掉了，她也躲不掉了。

苏望依然成绩平平，特别是数学，偶尔还会有一两个难看的成绩。语文尚可，英语尚可，各种择校必备之奖状证书等物，依然存货少得令人绝望。杨柳想，到了这份儿上，还心怀希望，想着在这最后的时光有奇迹出现，这当妈的得多缺心眼儿才行啊。

苏望他们班早有一个家长QQ群，以前不过是家长们替孩子问问作业，骂骂糊涂的忘记记下作业或是作业没有记全的儿子女儿，偶尔老师会在群共享里发布一些复习资料，家长们屁颠颠地当宝似的下载了打印出来给孩子用，更偶尔的，家长会替孩子问一两个问题，正是头一天晚上辅导孩子学习时遇上的难题。大部分时间里大部分的家长都是沉默的，活跃的从来只是那么几个妈妈。

可是到了六年级，突然地，QQ群变成了一个火热的焦虑情绪的制造机，一个焦虑症患者的集中地，家长们在这里把自己的焦虑发泄出来，转嫁到他人的身上，同时也从他人的身上接收更多的焦虑。

几乎每天，群里都很热闹，一考完试，有的家长便公布自己孩子的成绩，无声又喧哗，叙说自己的孩子考得如何如何不好，马上会有家长接话道，你这个成绩还不好啊，大约可以排第几第几了吧？要说差我们才考得差呢。其实，杨柳想，真正孩子考得差的，是不会作声的，比如我。

有那一两个子女成绩好的家长显得颇为胸有成竹，时不时地在群里担任着指点迷津的角色，比如，有一位，是个有一份闲职的妈妈，她的女儿在班上成绩一直名列前茅，课外的奖状什么的按有的家长的话来说，不要太多，多得要漫出来了。有那爱开玩笑的家长曾对这位当妈的说，把你女儿奖状的地缝子扫扫，扫他几张三等奖给我们儿子，就够他上个不太差的中学了。这位妈妈大约真的是很闲，几乎每一回杨柳点开QQ群，都可以看到她在线，她那细小浓黑的字体飞快地划过屏幕，一行又一行，像电影的最后，那一排排急速出现急速上升又急速淹没到黑色屏幕的最上方的演职人员的名单，看着看着，杨柳就迷糊起来，总觉得很快会出现一个惨白闪亮的“end”，宣告一场短暂又漫长的迷梦的结束。

“全优成绩，是升入好学校的必备条件。从四年级起，每一本成绩手册上，每一门功课，每一个细格子里，都必须是优，这样才可能有最基本的择校竞争力，若是出现一个良字，那些好学校是一票否决你的。”那些细小浓黑的字打出这样的讯息，像荆棘一样狠狠地刺入杨柳的眼睛。

最基本的竞争力苏望都不具备，他的成绩手册里遍布着良，偶尔还有中，偏生那些优字不知为何总写得饱满浓黑油亮，而那些良与中，则干瘪暗淡，笔触半死不活，颜色暧昧模糊，多像儿子糊里糊涂仓皇可怜的十二年的生命。

杨柳小心地战战兢兢地打了一行字：一定要全优吗？是系统默认的字体。

那边回复她五个惊叹号，一个比一个饱满一个比一个粗大，像一个又一个大棒，兜头朝杨柳打下来。

家长们渐渐地分成了几派。

优等生的家长们相互吹捧对方的孩子，贬低着自家的儿女却又不忘漏一两句儿女非凡之处。

中等生的家长们相比之下倒是一派悠闲镇定打定主意上哪所哪所中学了不烦了烦也烦不了那么多。

住宅学区好的扬扬自得，庆幸之余入群不过隔岸观火聊以深慰自己曾经付出的焦虑。

那几个成绩特别差总是倒数的孩子家长，倒有一种意外的活泼和幽默，他们时时发上来的一些搞笑或带点儿色的图片，一点点社会新闻热门八卦成了群里的调剂品。但很快，调剂品失效了。

日子一天天过去，今年度小升初的官方政策依然如深闺少女简直就要终老在深宅大院里。然而，按照尽人皆知的惯例，小升初战争的序幕早已拉开。

杨柳深陷入战争之中，成了一个没头苍蝇般的大头兵，不知道要冲向谁不知道要投靠谁。

有一天，杨柳接到老师用短信发布的成绩，发现儿子这次的数学测验，居然破天荒地考了个九十五分，正欣喜得要泪下的时候，突然那QQ群又闪动起来。

还是那位消息灵通的优生家长，细小浓黑的字体打出一行字：

> 数学吴老师说了，这次的测验卷学校选择失误，难度系数太低，所以，班里自行决定，每个人的分数都打八折。我女儿这下子只得八十分，这可是她读六年书从来没有过的成绩，呵呵。

杨柳望着这一行字，望着打八折三个字，嘴里的水“噗”地喷到地上，她觉得自己好像把心肝儿五脏全喷出去了。

第十章

像苏望这样中等偏下的孩子的家长，是最最隐形的一群，她们对于那些充满自信、如同充足了气的足球般在群里上蹿下跳的家长只有仰慕的份儿，对于她们所带来的各类消息只有被动接受的份儿。

今年小升初的政策还没有公布，不过说实话，有关小升初前期的一些事，一些信息啦什么的，教育局不会教你，老师不会教你，你只能从一些论坛、QQ群里知道一些。我们同事说的，她是过来人，女儿去年刚小升初。

这一天，杨柳一打开QQ，就看到儿子班级家长群里这样的一行字。

这是一场暗战哪。

一位妈妈接着打出一行字来。

一个又一个的家长开始发言，一行一行的字突突突地在群里跳出来，跳出来。五颜六色，得意扬扬来势汹汹劈头盖脸。

杨柳想，到哪里去寻求那家长说的信息呢？她要从哪里得知所谓的“前期的事”呢？

她坐在家里，细细地梳理了一下自己的关系网，想从中找出一两个可以帮得上忙的人。

家人？家里只有老妈一人，她能知道什么呢？苏梁？估计他比她更糊涂，何况他现在正忙着建一个新家。苏群或是许月娟？人家有的是钱，早就说要把儿子送贵族学校，人家根本不会参与这种竞争，你看许月娟，儿子班上，只得她一个家长没有加入 QQ 群，她是完全置身事外的有福的人。单位同事？人家就算有路子，也犯不着浪费在一个平常的同事身上，家里但凡有点儿人脉资源，都留着用在自家孩子身上呢，好钢用在刀刃上嘛。

杨柳头一回觉得这样孤单，举目无亲，走投无路。就算下决心倾家荡产送礼走门路，那也是拎着供品找不着庙门。

杨柳想来想去，只得老了脸去找苏望的班主任姜丹华。

姜丹华倒是挺客气地接待了她，跟她讲了一些去年小升初的方案细节。目前政策尚未出台，也不好说什么，可是大体上不会有太大的变化。说改革说了有十多年了，哪是那样容易就改得了的。姜丹华说，如果你想择校呢，一是抓住这最后的半学期，尽可能让孩子去参加些比赛考试，能拿个二等奖三等奖也是好的，能拿些人家中学看得上眼的承认的证书也是好的。二呢，是抓孩子课内的功课，努力地让孩子在六年级的期中考试中考出个像样点儿的成绩，以保证成绩册子好看一些，当然最好是全优，我们呢，也会尽可能地给家长一帮助，比如学校规定，到了六年级，数学九十分就可以得优等，要是稍差那么一两分呢，也不是不可以通融的，语文呢，能上八十五，就可以得优了。你得让苏望好好地努力争取一下。等各个中学具体的招生开始以后，你就可以根据孩子的实际情况去递材料了，多跑几个中学，多递几份材料，谁也说不准哪块云彩有雨对不对？

杨柳听着姜丹华说，一路在小本子上飞快地记录着，越听心里就越凉下去，姜丹华说的几条，哪一条对苏望来说，都是千难万难的事。她没少让他参加比赛，可是多半，他连决赛都进不了，偶尔有一次进了决赛，可连三等奖的影子都没见过。她也没少让儿子去考证书，至今不过拿到一份英语水平证书，听说还是民间组织的考试，很多学校不承认的。学校的功课，苏望也不过学得结结巴巴，英语勉强能得个八十来分，数学遇上稍难一些的卷子连八十分都上不了，语文呢，作文一直是苏望最头痛的，常常一扣就是十来分，再加上基础知识部分再东扣一分西扣一分，能上八十就谢天谢地。

杨柳下意识地用签字笔将小本子戳出一个个细小的洞来，她能感到原本就不多的可怜的信心与希望就从这一个个小洞里“哧哧哧”地漏走了，她这几年的光阴岁月，她陪着儿子付出的那些努力，经历的那一些困苦，“哧哧哧”地漏走了。

她的耳朵里充斥着这细小的“哧哧哧”的声音，震得她脑袋“嗡嗡嗡”地响。

杨柳厚着脸皮张嘴，感觉到自己的舌头从上颚上撕扯下来，她问，我冒昧打听一下，去年，您孩子是怎么择校的呢？

有一丝阴影飞快地从姜丹华脸上掠过，刹那间杨柳就意识到自己说错话了。

姜丹华沉默一会儿说，我说句实在话吧，每个孩子的实际情况千差万别，我的情况对你也许没有任何参考意义。

杨柳因为羞惭与后悔瑟缩得不知怎么是好，她恨不得当着姜老师的面，一巴掌拍在自己的脸皮上。

姜丹华看着面前的这个女人，这个只小着她几岁的同龄人，她的天涯沦落人她的同病相怜人，不自觉地“咔嗒咔嗒”把手中红圆珠笔按来按去，“咔嗒咔嗒”。

姜丹华说：“你也不要太焦虑苏望妈妈，这几年，有些学校也有摇号制度，就是说，开放一些招生名额给普通的孩子，由电脑摇号，摇上就可以上，到时候你不妨试试。不过，这种事，全靠碰运气了。”

当年，方正就没有运气。

“苏望妈妈，我说句不该我一个教育工作者说的话，天无绝人之路，实在不行，还有就近入学这一条路呢。其实，条条大路通罗马，孩子还小，往后的路，长着呢。我教过的学生中，到初中高中才开窍，成绩突飞猛进的也不是没有。”

不管怎么样，杨柳是从心底里感激姜丹华的，这么几年，她没有从姜丹华这里听到一句打击儿子的话。连她这个做母亲的，气急败坏中，也不时地会把儿子贬得一无是处。

不过，杨柳想，不是当妈的，人家又何必贬你。不连皮带骨扯着筋，哪里用得着说那些伤人的话，老师跟妈妈，隔着一层肚皮，就隔着千山万水。只有当妈的，一边骂着孩子，一边痛入心扉。

那个跟她血脉相连牵筋连骨的小孩，他的未来，是她全部的希望。

杨柳开始害怕再进儿子班级的家长群，很害怕。怕一点开就会跳出一些让她想不到的消息，说着那些她想办可又没法子没门路办，又不甘心办不到的事。

可是，她却又不由自主地点开这个群，一次又一次地跳进那五颜六色的字里行间去。跟中了邪似的。

有时候，终于关掉QQ，呆坐着时，想起苏梁已是许久没有来电话了。

四月份的时候，杨柳带着儿子去参加一个英语考级，这是杨柳经过反复认证的，确认是中学承认的一种全国性英语考级证书，为了让儿子能通过这次考级，杨柳从两三个月前就为儿子报了一个辅导班。

这考级有点儿不同寻常，时间竟然在晚间七点，包括笔试和口试，一直要考到九点半。因为考试地点离家很远，五点钟杨柳就领着苏望出门了，在外头一家干净的小馆子里吃了饭，饭菜出人意料地便宜又美味，苏望吃得快活得几乎忘记了考试这码事，像一只小猪似的发出一些“哼哼”声。倒了两次车，母子二人到了地方，可并没有看见什么学校，路边只有一些小店铺和小超市，高大的商业楼晚上黑黢黢的，没有人，偶有一扇窗口有盏孤灯，像是大楼脸上滴下的一颗闪闪发光的泪。

眼看时间快到了，杨柳着急起来，倒是苏望机灵起来，看见路边一个修车的，说妈妈我们去问问他吧。

谁知还没等母子二人开口，那修车的便说：“送孩子考试的吧？喏，顺着这条巷子进去，左一拐就是了。今晚上我都指了有一百次路了。”

却原来这什么补习学校深藏于小巷深处，看着原先是厂房，后来改成一间一间的教室。杨柳不由得想，现在办培训学校可比办工厂挣钱多了。

杨柳把儿子送进考场，在二楼，楼道拐角处有厕所，大概堵住了，扑鼻的臊臭，连教室里也闻得到。杨柳陪儿子坐着，还有些时间，监考老师都还没进来。苏望有点儿考前莫名的兴奋，在座位上扭动着说，好臭好臭。

老师进来了，家长们自然得退出去。

杨柳走到门口，回头看看，这家培训学校是做成人培训的，课桌椅都较宽大，杨柳看见小小的儿子坐在那课桌后，好像掉在一个窟窿里似的。从前那么多次考试，她只能把送子送到门边，从来没有进过考场，从来没有看到过儿子坐在考场里的样子，考场不过是一个模糊不清的景象，她只想象过他可能做对几题或是做错几题，或是遇到难题正在抓耳挠腮，可是她从来没有亲眼见过儿子坐在考场的桌子后面，像现在这样，整个人扑在桌子上，下巴抵在桌子上，撅了屁股，把那椅子一摇，又一摇。她把儿子孤零零地留在这里了。

老师出声叫大家把书本放到讲台上去，儿子站起来，拎着他的小布包，“咣”地把它扔到一堆包上，又走回座位“咣”地把自己扔到椅子里，皱起鼻子，大约觉得教室里的味儿实在是不好。他把脑袋左右摇晃两下，看到依然站在门边的母亲，他也没有笑，却挥挥手示意她快离开。

又一位监考老师，拎着播放听力的录音机进教室，轻声地和气地对杨柳说，家长在外头等，考完孩子就出来了。

那将是两个半小时以后了。杨柳想。她躲进厕所里，待了好久好久，好离儿子近一些。她在窄小的隔间里，在那刺鼻的臊臭里，泪流满面。

杨柳在外面乱转悠，学校旁有一家茶餐厅，有不少家长进去喝茶等孩子了。杨柳舍不得，那一杯咖啡一小碟葵花子就要三四十块钱。她走出去差不多两站路，才找到一家麦当劳，买了杯最便宜的饮料，坐着。一直到还有四十分钟考试结束，才又走回学校门口。

所有的家长都聚集过来，在一楼窄窄的楼道里等着孩子们下来。

最早一个班的孩子下楼来了，爸妈们自动向两边分开，中间渐成一狭长的小路，成一夹道之势。人是很会夹道的，迎奉时夹道，送别时夹道，送葬时也夹道。欢喜，鼓舞，凄凉，哀伤，希望绝望大喜大悲，人来客往生老病死，全在这夹道里了。

第十一章

那天英语考试，杨柳意外地遇上了一个人。

是苏梁的侄子苏炜奕。

杨柳有很长时间没有见过这个小孩儿了。

他是跟苏望一起走出来的。

一见之下，杨柳觉得这孩子真是可怜见的。按理说他家条件那样好，怎么这孩子竟然比苏望还要细瘦些，还矮着一个头尖儿。一张小脸只得一掌宽，越见得眼睛大而深黑。脸上的表情淡淡的，淡得好像一抹就可以全然抹去。他穿了件深灰的连帽外套，深色裤子，背着一个双肩包，都是质地很好的东西，一看就晓得便宜不了。他被人挤得歪歪倒倒，杨柳连忙走过去一手抓住儿子一手抓住他，生怕他一下被挤进一片黑暗里去就此化掉了。

苏望倒是一腔热情地对妈妈说："苏炜奕也来考这个英语证书。"终于有一个切切实实的，他认识的，也算得上亲近的人，跟他受着一样的苦，这使得苏望心里好受多了。

苏望又说，苏炜奕一直有家教教他学英语，以前他什么课也不上，但是现在他上英语只上英语，因为他将来要出国嘛。妈妈，你不晓得苏炜奕的口语有多好，把老师都震了呢。

刚才在考场，苏炜奕在讲台上回答老师的口试题，很流畅很地道，并且透着那么一种不耐烦甚至是气呼呼。可是老师频频点头，还说他口语不错，苏望的小心眼儿里颇觉与有荣焉，小声地跟身边的考生说："哎，他是我们家的，是我的亲戚。"

学校门口的人渐渐稀了，最后只剩下杨柳带着两个孩子还站在那里。来接苏炜奕的人还没到，杨柳也不好就把他那么丢在那儿。

没了人气儿，连路灯的光都昏乎乎的。

杨柳问苏炜奕："你妈妈说了几点来接你的？"

苏炜奕答："不是妈妈来，是保姆阿姨来。我告诉了她时间的，可能她忘了。"

苏炜奕开始无声无息地流起眼泪来，两行泪挂在雪白的脸孔上。杨柳看了特别不忍，就过去搂住他薄薄的肩，说："不要哭，你不是有手机吗？打个电话给保姆阿姨。打不通也不要紧，你跟婶婶回家好了，等到家了再打电话联系你妈来接你，就是在婶婶家住一晚上也行，没关系的。"说着就借着暗悄悄地红了一红脸，居然失口还用了从前的称呼。

可是苏炜奕并不介意，侧过头来看了看杨柳，不停地眨巴着眼睛，似乎挂在睫毛上的泪珠让他的眼皮痒索索。这么一乱眨，眼泪就珠子似的扑落下来。

还好保姆终于来了，急忙急乎的，头发都飞散起了毛。一路说着，暗咕隆咚的，她跑错了巷子，绕来绕去绕不过来了，一边还抱怨为什么要到这种偏僻的地方来考试。天知道，她刚刚从与学校只隔五十米的一家茶餐厅里出来，她坐在里头等着接小孩，本想吃一杯茶的，谁知那里有人打八十分，缺人手，她凑上去直打得昏天暗地，猛然省过来，才发现早过了接孩子的时间。

杨柳和儿子看着苏炜奕与保姆渐渐走出小巷，打上出租车，开远了。

娘儿俩这才去坐公交车。苏望把两只手全塞进母亲的右手里，坠着妈妈走路。忽地，他老气横秋地说："妈妈，有时候我觉得，苏炜奕也不是那么幸福的。你觉得呢？"

杨柳笑说："你少管人家家的闲事，你觉得考得怎么样？"

苏望叹了口气，说："还可以吧。"

他永远用这个答案，去应对母亲永远一样的问题。

这之后的一段日子，杨柳和儿子就被各类各样的考试给淹没了。

杨柳抱着普遍撒网看看能不能捞到条鱼的想法，所有的考试、比赛，都替儿子报了个名，然后替他找好一对一的考前辅导。

杨柳把各培训机构的套路都摸得门儿清。她知道，到了考试季，各家培训机构都会有考前辅导，各式各样名目繁多的考试他们都能提供突击式辅导。家家培训机构的课程表，比任何一家大小饭店的菜都要花哨，套餐齐全，零买也行，明码标价，如果孩子能在什么考试或是比赛中取得特别优异的成绩，培训中心还可以退还你部分学费，然后，将孩子的名字红底黑字地写下来，或是打在电子屏幕上，放在门口那就是生动的广告。

杨柳从来不指望苏望能替自己把那花出去的学费挣一点儿回来，她只指望他好歹能拿回个奖项来，三等奖就好，能有二等就是苏望超水平发挥了，一等奖就不去想了，只要有奖，有奖就行，叫花子还能点菜吃不成。杨柳觉得，现在的她，简直比叫花子还不如。叫花子不过要钱要口吃的，要得多要得少都是一天，吃得好吃得不好，能果腹就行，比她多着一份从容。

她满腹焦虑地推开一扇又一扇培训机构的门，为儿子选一个考试突击辅导老师或是一个突击小班。

她满怀希望地牵着儿子走进一个又一个考场，到了查分时紧张得手脚发抖冰凉，每每失望得像被抽去了筋骨。

钱是流水一样地花将出去了。

那天她刚刚拿了工资，扣掉房贴养老保险医疗保险后只得不到四千块钱。交了儿子的补习费一千二，再还了信用卡的账，只剩下不过一千五，这一个月的日子还怎么往下过？

好在苏梁那边儿子的生活费是不错日子地给，而且那天儿子还替爸爸传话说，额外打了些钱在卡里，知道最近苏望补习班上得多。

杨柳去卡里一查，足足多出五千块钱来，发了好一会儿的愣。

可是她现在也真是没有时间去想这些，满脑子只是儿子小升初的事儿。

儿子每晚得做题到十点半，杨柳也不敢让他睡得太晚，怕影响了第二天学校的课程。

好在最近学校里的功课不算太紧，老师们也说，知道你们最近考试比赛多，算了，暂时学校也不搞考试测验什么的了，给你们点儿机动的时间做最后的努力吧，作业还是要做的。

有时杨柳也会替儿子去完成那种机械的抄写作业。一边写一边还对儿子唠叨说，我这不是帮你作假，主要是为了给你节省点儿时间，等过了这段，我就绝不会这么做了。

儿子听了却也并没有多话，只笑笑说，妈你不用觉得惭愧，我们班替小孩写抄写作业的家长多着呢，大家都是好心。

儿子头埋得低低的，恨不得扎进那一堆的书本试卷和纸张里去。

他时而“唰唰唰”地写，多半停下来，用力咬着笔杆子思考，状极苦痛。

杨柳看着儿子说，儿子，妈知道你辛苦了，你不容易啊。

儿子没抬头，过一会儿突然说，你也不容易啊。

这个考试竞赛季，苏望终于收获了一张数学三等奖和一张英语的优胜奖。

所谓优胜奖，杨柳是知道的，不过是个安慰奖，可是，到底是个奖。

进入五月，杨柳知道，真正的小升初，开始了。

她在家长论坛上下载了不少有关今年小升初的资料，本打算好好地一字一句地认真地读一读，可是两天过去了，却始终没有足够的勇气打开这些文档，好像不去看，小升初就还离她有些距离，一旦打开，她就真的要跟它面对面，你死我活了。

她到底还是打开了，因为儿子班上有一些优等生，已经被一些一类的好中学“签”走了，她不能再耽误下去了，得行动起来。

杨柳开始给儿子收拾资料，做简历材料了。

拿得出手的东西少得可怜，杨柳在桌边坐了整整两个晚上，绞尽脑汁为儿子写简历，最终凑成三千多字，再把那些小奖状按等级大小排好，那张三等奖的数学奖状当然是放在最前面。送到誊印社打印制作，封面选了一年多前给儿子拍的照片中的一张，是儿子在阅江楼最上一层楼上照的，倚着栏杆，眺望着远方，有点儿少年老成的架势，都说那张照片照得好，怪文气的，看上去是个爱读书的人。

材料里当然附上了自己的联系电话，她反复核对了好几遍。为了保险起见，她还写了自己娘家的固定电话，和苏梁的手机号码。

这么个小小的人儿也有材料了，他人生的头一份简历，头一块敲门砖，看看究竟能不能敲开世界的门，让他挤进这一辈子的纷繁挣扎里去。

杨柳还有点儿迷信，阅江楼的顶层，步步高啊，或许能给儿子带来些好运。

杨柳开始往她心目中选定的几所中学投材料了。

根据苏望的学习成绩，她没敢选真正一流的学校，而选了名声稍弱一些然而口碑不错的几所中学。

头一家是八中，这是这几年里新兴的一所中学，说是年年中考的成绩都很好。

杨柳拿着薄薄的一册材料，在八中门前转来转去转了有一个多小时。她在马路牙子上坐下来，没有勇气进学校去。耳边听得学校的上课铃响了，下课铃响了，接着又是上课铃。人的声音起了，又退了。

杨柳在数到了一千之后，终于抬腿走进了校门。

人家只淡淡地说了声，材料放着，等通知吧。

有这么第一步，下头的几步就好走一些。杨柳一共替儿子投了四所中学。

她是什么办法也没有的，什么人也托不着的，儿子又不够争气，除了等待，她不知道还能做什么。

杨柳一直没有接到任何一所学校的电话。

学校的功课开始紧起来，要毕业考了，无论如何这张卷子还是要考好的。

苏望每晚依然还是做题到十点半，然后洗脚刷牙睡觉，杨柳还是每晚陪着儿子一直送他上床。杨柳已经养成每隔五分钟看一看手机的习惯，手机一旦沉默，跟砖头没什么两样。她甚至在睡梦中都会隐隐地听到手机铃声，可是一按上去，那一头就只有“嗞嗞啦啦”的电流的声音，杨柳急得大喊，喂，喂，喂，我是苏望家长，你好，我是苏望家长，你好，你好，喂喂喂！

苏望看着发呆的妈妈，犹豫了一会儿，突然发问：“妈妈，我问你一个问题。如果你的生命可以重来的话，这里有一个条件哦，这个条件就是，你还能记得我的性格啦、成绩啦、表现啦什么什么的，要记得这个条件哦，在这个条件下，如果你的生命可以重来的话，你还要不要我做你的儿子？”

杨柳说：“如果我记得你的性格啦成绩啦表现啦什么什么的，我还记得你曾经是我的儿子，那样的话，就算我的生命重来一百次，我还是要你做我的儿子。”

苏望把目光转向天花板，凝视了一会儿，笑着说，这样我就放心了。

低下头去继续写作业。

久等不来消息，杨柳只得老着脸又一次去找姜丹华打听。

姜老师告诉她，如果这个时候学校还没有给你回复，就意味着没有指望了，想别的办法吧。

杨柳拖着像是不是自己的腿脚走回家，一头就栽到床上了。

醒过来的时候，她觉出嘴上的一溜燎泡。

还发现苏梁坐在床边。

杨柳回到了几年前，她刚生完儿子，一个长长的午觉醒来，看见苏梁坐在她床边，打着盹儿。他总是像猫一样，任什么时候什么地方都可以打盹儿，完全像睡熟了似的，可是一睁眼，马上就清醒了。

像现在这样。

苏梁说，你看你，你看你呀。

是儿子苏望打电话把他爸爸叫来的，苏望说，爸爸爸爸救命呀，妈妈好像死了。

苏梁觉得天灵盖“噌”的一声就飞了，凉风从上面直灌下来，一直冷到喉咙口，跳起来往门边跑，撞在实木的椅子上。

他妈武小慧听得轰隆声，从厨房里出来看，发现苏梁人和椅子一起倒在地上，也吓了一跳，忙过来把苏梁拉起来。苏梁整个人的重量压在老妈身上，像整个糊在薄墙上的泥。

杨柳出事了，他说，她死了。杨柳死了。

之后多少年，一直到苏望长大成人，苏梁一想到这件事，都忍不住要抽儿子一巴掌。

苏梁拿了药来给杨柳吃，杨柳发烧着，躺在床上，浑身发软，心头倒比昏倒前清明了。

儿子苏望靠在妈妈床边，不时抬头看妈妈一眼，对她笑一笑。他把手放到妈妈的肚皮上，好一会儿后，笑起来，说，妈妈，你的肚子里好像有一个心脏，怎么一跳一跳的。

杨柳摸摸他的头发，说，乱讲，肚子里怎么会跳。哦，她说，当年，你在妈妈肚子里时，我的肚子真的会跳，是你在动。

苏望说，妈妈，要是我能回到你的肚子里去就好了，可惜人是不能重新回到妈妈肚子里的，不管他怎么努力也不可能。这就是人类的悲哀。

接着他却又高兴起来："妈妈，你吃糖粥不吃？我煮的，嗯，我跟爸爸一块儿煮的。"

他半个身子扑在母亲腿上，抬起脑袋，这姿势活像他三四个月的时候，无论在地上还是在床上，都喜欢这样趴着，然后，努力地抬起头，挂下一挂口水，亮晶晶地坠在粉红色的嘴边。他的眼睛不大但又黑又亮，他爬起来飞快，苏梁说过，活像一只蟑螂。这是一个胡乱的比喻，此刻杨柳却因为它而笑起来。

苏望真的到厨房去捧来了一碗粥："妈妈你看，我一边煮一边往里面放糖一面用勺子搅和，你看，现在米都融到一起去了，很好吃的。"

他轻快地说着，很快活的样子。

苏梁把杨柳扶起来让她靠在被子上，叫儿子到客厅里去看会儿电视，苏望看看爸爸又看看妈妈，笑了一笑，快走出卧室的时候，他忽地回头说，妈妈，刚才我以为你要死了呢，幸好你没有，所以我觉得特别幸福。

苏梁眉头团得紧紧的，转过脸，冲着杨柳。

这全是你自找的。苏梁说，人家不是说了吗，有多大的头戴多大的帽子，你小头非要戴个大帽子，别说戴不着，就是真走了狗屎运戴上了，真就那么舒服啊？你非要勉强儿子做做不到的事，你逼他也逼你自己还逼我，把我们好好的一个家逼散了黄儿。我们一家三口个个不得好过，你现在就高兴了吗？我就不懂。苏梁压着声音发火，压得五官微微挪位，简直不像他了。

你不想我们一家三口在一起好好过吗？你就这么看不得我们一家人好好过吗？非要择校干什么？你就是勉强把他送进好学校了，他要是跟不上，他没好日子过，你也没好日子过，何必呢？就我们原来颐和路的旧房子，附近就有中学，就在那里上不行吗？就近入学不行吗？那学校有什么不好？里头读书的就都不是人了？

杨柳不作声，想着，是了，原来她跟儿子这么多年，户口还落在颐和路，没有迁过。那里也再没划入颐和路小学的学区。她从来只想着择校，今天才想起来自己户口在哪里。

户口本上户主名字还是她杨柳呢。

我不是想着嘛，有可能的话，还是择校的好，那所中学近是近，实在是不怎么样。

不怎么样又怎么样？小老百姓你想怎么样？就算你想怎么样也要能怎么样才行，你到底想让儿子将来干什么呀？当官当大学者当艺术家当企业家，都是要天分要门路要遗传的，你说，我们哪一点有这样的遗传？我们哪有一点儿门路？

我不就是想让儿子过得比我们好一些，社会地位比我们高一些，各方面都比我们强一些。

杨柳，你觉得的好，儿子不见得觉得好，将来他觉得什么好，那才是真的好。他觉得怎么过一辈子，你决定不了，你设计不了，你也预见不了。要不到的就不要，你让他按他本来的样子长，按他本来的样子去发展，将来的事，谁知道？既然谁都不知道，不如平平常常好好过日子。杨柳，你告诉我，你真的这么不想好好过日子吗？

我想，可是想不着了哇，你现在有了你的好姻缘，有了新指望。苏梁，过去是我对不起你，你以后，好好过日子。

苏梁“哼”了一声。

你想，我没觉着你想，你要真还想一起好好过日子你给我一万块钱礼金干什么？你怎么就知道我一定能结得了婚，你什么也不知道什么也不知道。

所以你就给我的银行卡里打五千块？你这是要还我钱？

我是这个主意。我想分两次，以给儿子交学费的名义把钱再还给你，还完了我就不欠你的了。

你从来不欠我的，苏梁。是我欠你。

你也不欠我的，你一手带大儿子，儿子成绩不怎么样，那是他的天分不够，也可能是你给他的压力太大，但是并不代表你不是一个好妈妈。你带大我们的儿子，你欠我什么呢？那个时候吵来吵去，也不是因为谁欠了谁，分开也不是因为谁欠了谁。

苏梁奋力地搓着脸皮，他的脸皮如今也松了，手一推，便起一条一条的褶，手松开，还能还原，他还是不大显老，他还是一个颇可看的男人。

苏梁尖了手指，拔下巴上新冒头的一点点胡楂，他说，我跟你说件事，我不结那个婚了。

什么？

就是那个女的，我们不结婚了。你不要乱想，跟你没关系，是我们自己的问题。是她提出来的。大概当时说结婚，她是一时冲动，后来回过味儿，觉得以她的条件，嫁给我是亏了。人家年纪轻轻，人长得又不难看，前面有的是机会，干吗非要跟我，我算什么？结过婚又有孩子，什么也没有什么都不是的一个老男人。

杨柳不知道要说什么，心里头是喜的，她知道，真真切切是喜的。

儿子小学阶段最后一次家长会，杨柳是和苏梁一块儿去的。

会上她遇上许月娟。

许月娟看看一块儿来的苏梁和杨柳，笑笑，苏梁白了她一眼，杨柳用胳膊肘碰碰他，叫他不要摆出脸色来，自己先有点儿红脸。

许月娟却意外地比以往什么时候都热络亲切。她和杨柳趁会还没开，站在走廊上闲话。她告诉杨柳，已定了将儿子送入贵族学校，住校，一路读到高中毕业后，直接把儿子送到国外去读大学，也有可能上完初中就走。

杨柳说哎呀你也舍得。许月娟说，到时候我也会到国外去跟儿子一起生活。

言语间并不见以往的骄傲。她提到上次杨柳陪着苏炜奕等保姆的事，说了好几声谢谢。她还说起苏望这个小孩子其实有个大优点，心地不错，许月娟看看站在一边发呆的苏梁，说，像他爸。苏梁是老实人，许月娟说，跟苏群不一样。

许月娟没有说的是，苏群终于向许月娟提出了离婚，他要在有生之年，和寻找多年才找到的理想伴侣好好地享受人生。

新的小升初方案在这最后一次的家长会后第二天出台了，特别提出，将各重点中学择校的比例又降低了好多，以就近入学为主要原则。

一夜之间，这个城市的学区房又炙手可热。

而这个时候，杨柳却听到一个消息。

有一所市级重点中学，自主招生，有个新的做法，就是让所有想报考该校的学生先进行一轮摇号，就是用电脑进行排位，但是，摇上号，并不代表可以直升该中学，还得进行第二轮的加试，考语数外三门功课，再择优录取。

杨柳听到头一条，心又活动了一下，可听到第二条，立刻又灰了心，收拾东西准备让儿子就近入学。

苏梁却告诉她，他已为儿子报名参加摇号了。

我知道不报名你总不会甘心的，不如让儿子去碰碰运气。摇不上号，这不是人力可以扭转的，摇上号考不上，也没有办法，反而能踏实点儿，老老实实到地段学校去。不然你一辈子都会不安心。

杨柳笑起来，苏梁也笑，说，你看我没说错吧，说到你心里去了吧。

这一次，大约是苏望六年以来唯一走运的一次，他居然摇上号了。

听说摇上号之后还会有一场考试，苏望倒吸了一口凉气，隔着一个苏梁，杨柳都能听见小孩儿喉咙里“咝咝”的吸气声。

杨柳说，别紧张儿子，试试呗，不行就算，妈不会给你压力，你看，我都没给你找老师补习对不对。

苏望认真地想了一想，认真地点了点头。

考试是在一个六月的周日，大晴天，可又不是很热，都说，哟老天爷给面子，这架势，不热又没雨，是个好日子，正适合考试。

前一天晚上，杨柳替儿子准备第二天要用的文具时，无意间在儿子书包的夹层里，找到一张皱得不成样的纸，上头，苏望写了三行字。

就这三行字，杨柳看了足足一个晚上。

第二天，苏梁杨柳两个人送儿子去参考。怕迟到，他们一大早就出门了。到考点时实在是太早了，苏梁杨柳就领着儿子在附近散步。

走到一家房产中介门口，那家中介还没开门，却有一个男人，站在门口大力捶门，那么用力地捶，卷帘门在他的大拳头下瑟瑟发着抖，发出刺耳的声音。捶不开门，他就踢，其实不是踢，是踹。一脚又一脚，大力地踹在卷帘门上。然后，那个男人算得上魁梧的身体弹起来，跃起来，如一枚炮弹，向那门撞去，“轰轰轰”。门终于瘪下去一块。

一会儿就围上来一群人看，七嘴八舌地问什么事啊什么事啊。

男人见有人来看，终于找到一个发泄的途径，开始滔滔不绝地说起来。

杨柳听了个仔细。

原来，那男人买了一套二手房，地段很好，是学区房，五十九平方米，每平